Ellin Carsta
Eine neue Zeit

TINTE & FEDER

Das Buch

Hamburg 1893: Nach turbulenten Jahren ist die finanzielle Lage der Hansens endlich stabil und sie haben an Macht, Ansehen und Einfluss gewonnen. Das liegt vor allem am reichen Ertrag, den die Kakaobohnen aus dem eigenen Anbau in Kamerun bringen. Der wirtschaftliche Erfolg spiegelt sich aber nicht im Privatleben der Familienmitglieder wider und neue dunkle Wolken ziehen am Horizont auf.

Luise ist zu einer selbstständigen jungen Frau herangewachsen, die sich aktiv in das Familienkontor einbringt und ganz in ihrem beruflichen Dasein aufgeht. Als ihr Vater einen Ehemann für sie bestimmt, ist Ablehnung ihre erste Reaktion. Es widerstrebt ihr, sich in die ihr zugedachte Rolle der gut erzogenen Tochter zu fügen, auch deshalb, weil ihr Herz noch immer für Kamerun, vor allem aber auch für Hamza schlägt.

Die nach dem Ehebruch aus der Familie verstoßene Elisabeth verwendet immer mehr Energie darauf, ihrem Exmann und dem Rest der Hansens zu schaden. Sie fängt ein Verhältnis mit August Frederiksen an, dem Erzfeind ihres verstorbenen Schwiegervaters, und spinnt einen perfiden Plan. Wird es ihr gelingen, die Hansens in den Ruin zu treiben?

Die Autorin

Ellin Carsta ist das Pseudonym der deutschen Autorin Petra Mattfeldt, die zusammen mit ihrem Mann und ihren drei Kindern in der Nähe von Bremen lebt. Alle Fans ihrer Bestsellerreihe um die »heimliche Heilerin« können sich mit der Veröffentlichung der »Hansen-Saga« über neuen Lesestoff freuen. Weitere Informationen zur Autorin finden Sie unter www.petra-mattfeldt.de.

ELLIN

CARSTA

Eine neue Zeit

DIE HANSEN-SAGA

ROMAN

TINTE & FEDER

Deutsche Erstveröffentlichung bei
Tinte & Feder, Amazon Media EU S.à r.l.
5 Rue Plaetis, L-2338 Luxembourg
Oktober 2018

Umschlaggestaltung: bürosüd° München, www.buerosued.de
Umschlagmotiv: © Romrodphoto / Shutterstock; © Jan Martin Will / Shutterstock; © Kateryna Yakovlieva / Shutterstock; © Malyugin / Shutterstock; © Baturina Yuliya / Shutterstock; © Chyrko Olena / Shutterstock; © Color Symphony / Shutterstock
1. Lektorat: Silvia Kuttny-Walser
2. Lektorat: Renate Novak
Korrektorat: Gisela Wunderskirchner/DRSVS
Gedruckt durch:
Amazon Distribution GmbH, Amazonstraße 1, 04347 Leipzig /
Canon Deutschland Business Services GmbH, Ferdinand-Jühlke-Str. 7, 99095 Erfurt /
CPI books GmbH, Birkstraße 10, 25917 Leck

ISBN: 978-2-91980-154-1
www.tinte-feder.de

Für meinen Franz!
Ich freue mich darauf, weiter mit dir
durch die Vergangenheit an die entferntesten Orte zu reisen.

Prolog

Das weiße Steinhaus mit den flachen Anbauten rechts und links wirkte beinahe rosafarben, als die Sonne unterging und die ganze Landschaft in dieses einmalig sanfte Licht tauchte, das es nur in Kamerun gab.

Die Wärme des Tages schien noch über den roten Dachziegeln des Hauptgebäudes zu flirren, während das Stroh, mit dem die Erker gedeckt waren, bereits das letzte Licht in sich aufgenommen hatte.

Luise sah aus einiger Entfernung hinüber, drehte sich dann um und ging zu dem Baumstamm – ihrem Baumstamm, auf dem sie schon so viele Morgenstunden gesessen und die wechselnden Farben des Himmels betrachtet hatte. Sie blickte zum Berg, um den sich bereits die Dunkelheit auszubreiten begann.

Hinter sich hörte sie Schritte, vertraute Schritte, die sich langsam näherten. Ganz selbstverständlich setzte Hamza sich neben sie, ohne ein Wort zu sagen, nahm ihre Hand und hielt sie in seiner. So saßen sie da, vertraut und verbunden, in stiller Eintracht und mit dem Gefühl, ganz allein auf dieser Welt zu sein. Alles um sie herum schien nur ihnen zu gehören und niemandem sonst.

Sanft lehnte Luise ihren Kopf an Hamzas Schulter, schloss die Augen und atmete ruhig. Er legte seinen Arm um sie und hielt sie fest. Tief sog sie den Duft seiner Haut ein, genoss die Wärme seines Körpers, spürte die Vertrautheit, die sie miteinander verband. Es gab hier nur sie beide.

Ihr war, als drehte sich die Welt ein bisschen langsamer, ganz so, als nähme sie Rücksicht, um sie nicht in ihrer Zweisamkeit zu stören. Für Luise fühlte es sich richtig an, es waren Momente, die vollkommener und schöner nicht hätten sein können.

Aber plötzlich wurde ihr ängstlich zumute. Die Sonne ging unter, nicht auf. Sonst saßen sie doch hier und beobachteten den Sonnenaufgang, nun war es andersherum! Sie öffnete die Augen, sah, wie sich die Wolken am Himmel zusammenzogen. Ganz plötzlich fühlte sie sich allein, sie spürte Hamzas Umarmung nicht mehr. Hektisch blickte sie um sich. Wo war er hin? Sie sprang auf, konnte ihn jedoch nirgendwo sehen. Die Wolken am Himmel zogen sich weiter zusammen, schon war leichtes Donnergrollen zu hören. Ihr wurde kalt, so bitterkalt, eine Gänsehaut überzog ihren ganzen Körper. Sie rief seinen Namen, wieder und wieder, doch weder erhielt sie Antwort, noch konnte sie ihn irgendwo entdecken. Ihr Herz schlug wild, sie schluckte schwer, rief weiter nach dem Geliebten.

Die Wolken über ihr wurden dichter, Regen prasselte nun auf sie nieder und durchnässte ihre Kleidung. Rasch bildete sich ein Rinnsal, das immer breiter wurde und zu einem Fluss anschwoll, der sich einen Weg auf die Kakaopflanzen zu bahnte. Schon hatte das Wasser die ersten Stämme erreicht, knickte sie um oder riss sie einfach mit sich. Luise schrie auf, rannte zum Haus hinüber, rief nach ihrem Vater, nach Hamza und Malambuku. Doch niemand war da. Sie schrie um Hilfe, so laut sie konnte, aber niemand kam.

Sie war ganz allein, das Wasser floss immer schneller, der Fluss wurde immer breiter und erreichte nun auch das Haus.

Luise klammerte sich an den Pfosten der Veranda, so fest sie konnte, doch auch dieser knarrte und drohte den Wassermassen nachzugeben. Schließlich wurde er fortgerissen – und Luise mit ihm. Sie tauchte unter, konnte nicht mehr atmen, versuchte an die Oberfläche zu gelangen, strampelte wild.

Hektisch schnappte sie nach Luft und fuhr hoch, brauchte einen Moment, um sich zu orientieren.

Sie war schweißnass und saß in ihrem Bett. In ihrem Bett in der Villa in Hamburg, weit weg von Kamerun, von der Plantage und von Hamza. Sie schluckte schwer, und ein paar Tränen liefen ihr über die Wangen. Ihr Blick fiel auf die Uhr: gerade einmal kurz nach drei. Sie schlug die Decke zurück und setzte sich auf die Bettkante. Dann stand sie auf und ging ans Fenster.

Nur Dunkelheit war draußen zu sehen, kein Lichtschein, keine Wärme, nichts, was ihr die Geborgenheit gegeben hätte, die sie so sehr ersehnte. Sie war zu Hause und doch nicht daheim. Einsamkeit umschloss sie wie die nächtliche Dunkelheit das Haus. Minutenlang stand sie da. Wenn es doch nur ein kleines Licht dort draußen gäbe, etwas, das ihr Hoffnung schenkte. Aber alles blieb finster, dort draußen und in ihrem Herzen.

Sie ging zurück zum Bett, legte sich hin und zog die Bettdecke bis zum Kinn. Luise wollte die Augen nicht zumachen, sie war fest entschlossen, nicht wieder einzuschlafen. Sie hätte es nicht ertragen, die Bilder von Kamerun erneut vor sich zu sehen und doch zu wissen, dass sie nie wieder dorthin zurückkehren konnte. Nein, lieber bliebe sie wach, bis der Morgen kam, auch wenn sie noch so erschöpft wäre. Nur nicht mehr träumen. Am besten niemals mehr.

Hamburg, im Jahr 1893

1. Kapitel

»Guten Morgen, Luise.«

»Guten Morgen, Vater.« Luise sah auf, als ihr Vater das Esszimmer betrat. Direkt hinter ihm folgte Anna, die Haushälterin der Hansens, und trug eine Kanne mit duftendem Kaffee herein.

Robert Hansen setzte sich Luise gegenüber an den Tisch. »Danke«, sagte er zu Anna, als sie ihm die Tasse füllte.

Die Haushälterin lächelte und knickste. »Ihr Frühstücksei ist gleich fertig, gnädiger Herr.«

»Sehr gut, danke, Anna. Ich habe heute Morgen großen Appetit.« Er langte nach dem Brotkorb und nahm sich eine Scheibe, während die Haushälterin das Esszimmer wieder verließ. »Offen gesagt, bin ich froh, dass die Feiertage vorbei sind und wir bereits die ersten beiden Wochen des neuen Jahres hinter uns haben. Ich mag es, wenn wieder alles ohne Unterbrechungen seinen gewohnten Gang nimmt. Ach, ehe ich es vergesse: Mit der Lieferung gestern traf ein Brief von Begemann ein.« Robert griff in seine Jackentasche und zog einen Umschlag hervor, den er Luise reichte. »Hier, bitte.«

»Danke.« Sie nahm den Brief aus dem Kuvert und begann zu lesen.

Kamerun, 15. Dezember 1892

Lieber Robert,
ich sende Dir und Deinen Lieben diese Zeilen in der Hoffnung, dass es Euch gut gehen möge, und hoffe, dass Ihr – wenn Euch dieser Brief erreicht – ein glückliches Weihnachtsfest und einen schönen Jahreswechsel verbracht habt.

Bei den hiesigen tropischen Temperaturen, die immer um die dreißig Grad Celsius liegen, sehne ich mich in der Weihnachtszeit doch manchmal nach der Heimat mit ihrem Schnee, den Frostnächten, heißem Punsch, Gänsebraten und einem herrlich geschmückten Christbaum. Aber dann erblicke ich frühmorgens den Sonnenaufgang mit seinen pastelligen Farben, lasse meinen Blick über unsere wunderschöne Plantage schweifen und stelle einmal mehr fest, wie schön es hier ist.

Aber genug der Melancholie: Wie Du an der aktuellen Lieferung erkennst, ist der Ertrag unserer Plantage nach wie vor sehr gut und ausgeglichen. Das Klima hier in der Küstenzone Kameruns lässt die Kakaopflanzen, wie Du ja bestens weißt, das ganze Jahr über prächtig gedeihen. Deshalb konnten wir jetzt nach dem Ende der großen Regenzeit und bis zum Beginn der Trockenperiode wieder eine besonders hochwertige Ernte einfahren. Wenn Du die Lieferung prüfst, wirst Du selbst sehen, wie gut sie ist.

Wie steht es um Hamburg? Ist die schlimme Cholera-Epidemie, die im August ausgebrochen war, nun endgültig überstanden? Unter den Deutschen hier kursierten Gerüchte, dass es sogar noch mehr als die von Dir genannten über achttausend Toten gegeben haben soll. Manche sprachen gar von an die zwanzigtausend armen Seelen. Gemeinsam mit Malambuku und Hamza habe ich mir größte Sorgen gemacht!

Wie mir bei den Gesprächen nach den Gottesdiensten zugetragen wird, soll es nicht ausgeschlossen sein, dass es hier zu Unruhen kommen könnte. Man sagt, dass ein im Dienst des Kanzlers und stellvertretenden Gouverneurs Leist stehender Assessor namens Wehlan zu einer Expedition in das südlich gelegene Gebiet der Bakoko entsandt wurde, um diese zur Zusammenarbeit mit dem Deutschen Reich zu bewegen. Ich kenne Wehlan nicht, weiß aber um die harte Hand des Kanzlers Leist und kann mir nicht vorstellen, dass es nur Gespräche geben wird. Ich hoffe aber und bete, dass wir nicht betroffen sein werden.

Ich werde in meinem nächsten Brief, den ich der folgenden Kakaolieferung beifüge, Weiteres berichten.

Dein ergebener Verwalter
Heinrich Begemann

Luise ließ den Brief sinken. »Als ob diese vielen Toten durch den Cholera-Ausbruch nicht schon schlimm genug gewesen wären, jetzt erfinden die Leute sogar noch mehr hinzu!« Sie schüttelte den Kopf.

»So sind die Menschen nun einmal. Wir können von Glück sagen, dass es niemanden aus unserer Mitte getroffen hat.

Immerhin sind die Gängeviertel, wo die Armen hausen und die Krankheit wohl am schlimmsten gewütet hat, nicht so weit von unserem Kontor entfernt.«

»Ich bin so froh, dass das vorbei ist«, bemerkte Luise, was Robert, der gerade ein Stück von seinem Brot abgebissen hatte, mit einem Nicken bekräftigte.

Er schluckte den Bissen hinunter. »Heute ist ein wichtiger Tag, Luise«, wechselte er dann das Thema. »Wenn alles gut läuft, könnte es für das Kontor den Beginn einer neuen Zeit bedeuten.«

»Du scheinst sehr zuversichtlich, dass der Abschluss gelingt, Vater.«

»Ich würde nicht so weit gehen, den Abschluss als sicher zu betrachten, doch ich freue mich auf die Verhandlungen. Es ist ein wichtiger erster Schritt. Und ich möchte, dass du dabei bist.«

»Bei den Verhandlungen?« Luise hätte sich fast an ihrem Brot verschluckt und musste husten.

»Allerdings. Du kennst sowohl die Bestände als auch die Warenein- und -ausgänge besser als jeder andere im Kontor. Ich wüsste doch gar nicht mehr, was ich ohne dich tun sollte.«

Luise freute sich über das Lob und lächelte. Es stimmte tatsächlich: Alles, was die Abläufe im Kontor betraf, beherrschte sie aus dem Effeff. Sie wusste genau, wer ihre Kunden waren und wie viel Kaffee und Kakao diese benötigten, und sie konnte fast exakt vorhersagen, wann von diesen eine neue Bestellung eingehen würde. Demzufolge empfand sie es als ein Leichtes, vorauszuplanen, was für welchen Zeitpunkt einzukaufen war, um die Bestände stabil zu halten. Aber bisher hatte sie sich stets nur um den Einkauf der Waren gekümmert und sich in den Verhandlungen trotz ihrer neunzehn Jahre sehr geschickt gezeigt. Das fiel ihr nicht schwer, denn sie kannte die Preise und wusste sehr genau, was die Verkäufer für ihre Ware verlangen durften.

Die Tatsache, dass sie eine Frau war, hatte die Verkäufer nur anfangs irritiert. Sehr rasch hatten sie akzeptiert, dass sie, wenn sie mit dem *Peter Hansen & Söhne, Kontor seit 1850* Geschäfte machen wollten, entweder mit Luise Hansen verhandeln mussten oder eben leer ausgingen. Keiner hatte sich dann noch gesträubt. Schließlich wollten sie alle ihre Ware verkaufen und gute Geschäfte machen, und am Ende des Tages zählte nur eins: wie viel man in der Kasse hatte.

Doch mit Käufern zu verhandeln, war etwas ganz anderes. Erst recht, wenn es um einen möglichen Abschluss mit einem Großkunden ging, wie er heute anstand. Überhaupt erst den Kontakt zu Wilhelm Petersen, der allein in Hamburg die zwei größten Kaffeehäuser und darüber hinaus Filialen in Eckernförde, Flensburg, Husum, Wismar und Lübeck besaß, herzustellen, um mit diesem in Verhandlungen zu treten, war alles andere als leicht gewesen. Wilhelm Petersen hatte früher, als Luises Großvater noch lebte, Geschäfte mit ihm gemacht. Nachdem das Kaffeekontor Hansen jedoch vor über fünf Jahren in erhebliche Lieferschwierigkeiten geraten war und dann sogar kurzfristig vor dem Konkurs gestanden hatte, waren die Einbußen für die Kunden, die mit den Lieferungen gerechnet hatten, ebenfalls eklatant gewesen. Die Aussicht, Petersen möglicherweise zurückzugewinnen, bedeutete für das Kaffeekontor Hansen sehr viel. Nicht nur im Hinblick auf den Umsatz, sondern insbesondere auch auf das Ansehen der Familie, das die Hansens in den letzten Jahren mühsam wiederhergestellt hatten. Ein Abschluss mit Wilhelm Petersen würde das letzte Quäntchen bedeuten, um das Kontor wieder zu einer Blüte wie in den großen Jahren zu führen und die bereits gute und stabile finanzielle Lage ein für alle Mal abzusichern.

»Ich glaube wirklich nicht, dass ich das kann«, sagte Luise und sah ihren Vater an. »Wilhelm Petersen könnte mein Großvater sein. Ganz gewiss wird er sich nicht auf Verhandlungen einlassen, die ich führe.«

»Du sollst die Verhandlungen ja auch nicht führen«, erwiderte Robert, »sondern nur dabei sein. Ich habe schon oft beobachtet, dass dein Liebreiz und Charme die Menschen erreicht und sie dann auch mir gegenüber versöhnlich gestimmt sind. Bei dem alten Petersen müssen wir alles einsetzen, was uns irgendwie nutzen kann.«

Luise lächelte. »Deswegen willst du mich also dabeihaben.«

»Du bist mir doch nicht böse?«

»Aber woher denn. Ich hoffe nur, dein Plan geht auf. Wenn wir Petersen gewinnen, und sei es auch nur für einen kleinen Teil der Ware, wird das unser Ansehen so aufwerten, dass wir uns vor Aufträgen kaum werden retten können. Womöglich müssen wir dann sogar erwägen, weitere Lieferquellen zu erschließen.«

»Das ist meine Luise!«, sagte Robert stolz.

»Denkst du, dass die Kakaobohnen aus Kamerun dann überhaupt noch reichen werden?«

»Ich hoffe nicht«, sagte Robert schmunzelnd. »Ich trage mich bereits seit über einem Jahr mit dem Gedanken, noch Land hinzuzukaufen und so unsere Plantage zu vergrößern.«

»Haben wir denn dafür das Geld?«

»Ja, wobei wir auch auf die Unterstützung der Bank bauen können. Ich habe vor einigen Tagen mit Bankier Palm gesprochen und anklingen lassen, dass wir in diese Richtung planen. Er zeigte sich angetan und hat mir volle Unterstützung zugesagt.« Robert schüttelte den Kopf. »Wenn ich da vier Jahre zurückdenke, kann ich kaum glauben, was wir alles erreicht haben. Damals haben wir alles auf eine Karte gesetzt, und unser Mut wurde belohnt.« Er hob seine Kaffeetasse und trank einen Schluck.

»Aber der Einsatz hatte auch einen hohen Preis«, sprach Luise ihren Gedanken aus, bereute es aber augenblicklich.

»Entschuldige bitte«, fügte sie rasch hinzu, »das hätte ich nicht sagen sollen.«

Roberts Miene wurde ernst. »Es war nicht immer einfach. Doch wir haben das Beste aus der Situation gemacht, Luise. Wir haben Opfer gebracht, ja. Doch unsere geschäftlichen Ziele haben wir erreicht, sogar übertroffen. Und das ist die Grundlage für ein glückliches Leben. Wie dein Großvater immer zu sagen pflegte: Geld allein macht nicht glücklich, doch kein Geld macht erst recht unglücklich.«

Luise schmunzelte. »Ja, ich erinnere mich, dass er das oft gesagt hat. Ich vermisse ihn wirklich sehr.«

»Ich auch. Doch ich bin sicher, dass er sehr stolz auf das wäre, was wir geschafft haben. Er war ein Hanseat durch und durch. Die Erfolge, die das Kontor in den letzten Jahren erzielen konnte, hätten ihn stolz gemacht.«

Luise hing noch dem Gedanken nach, was der Erfolg sie alles gekostet hatte. Sie wusste, dass ihr Vater nicht gern darüber sprach, und fürchtete, ihn zu verärgern, wenn sie es dennoch tat. Doch sie konnte nicht anders. »Darf ich dich etwas fragen, Vater?«

»Sicher.«

»Auch wenn es um Mutter geht?«, fügte sie zögernd hinzu.

Robert führte abermals seine Tasse zum Mund. »Frag mich.« Er zog die Stirn in Falten, ihm war deutlich anzusehen, wie unangenehm ihm dieses Thema war.

»Hast du etwas von ihr gehört?«

»Vor einigen Monaten, ja.«

»Wirklich?« Luise sah ihn verblüfft an. »Warum hast du mir das nicht erzählt?«

»Es war kein erfreuliches Gespräch.«

»Darf ich fragen, worum es ging?« Luise senkte den Kopf. Sie konnte die Antwort des Vaters erahnen, hoffte jedoch inständig, dass sie falschlag.

»Um Geld«, gab Robert knapp Auskunft.

»Ich verstehe.« Luise seufzte. Das und nichts anderes hatte sie erwartet. »Hat sie auch nach mir gefragt?« Luise schluckte schwer und hatte Mühe, die Tränen zurückzuhalten.

»Aber natürlich«, versicherte er eilig. »Ja, das hat sie selbstverständlich. Sie wollte genau wissen, wie es dir geht und wie du dich machst. Und ob du glücklich bist.«

Luise sah ihn an. »Ich danke dir für die freundliche Lüge, Vater. Doch sie ist nicht notwendig. Sie hat gar nicht nach mir gefragt, habe ich recht?«

Nun war es Robert, der ihrem Blick auswich und auf seinen Teller sah. »Weißt du, das Gespräch war nur kurz. Wir haben gestritten, und sicher hätte sie es gern noch länger getan, doch ich war schroff und habe das Gespräch dann schnell beendet.«

»Lass gut sein, Vater. Ich weiß schon, dass ich ihr nichts bedeute. Wahrscheinlich war das auch früher nicht anders, selbst als wir noch eine Familie waren.«

Robert zerriss es fast das Herz, diese Worte aus dem Mund der Tochter zu hören. Zu gern hätte er ihr widersprochen, doch das wäre nur eine weitere Lüge gewesen. »Wenn es dir recht ist, würde ich das Thema gern beenden.«

»Ja, damit bin ich sehr einverstanden.« Luise trank einen Schluck von ihrer heißen Schokolade, die inzwischen schon fast kalt war.

Anna klopfte an und betrat dann den Raum. Sie trug ein silbernes Tablett, auf dem sich nichts außer einem gekochten Ei befand. Sie ging zu Robert und stellte es vor ihm ab.

»Danke, Anna.«

»Einen guten Appetit, gnädiger Herr.«

Robert schlug das Ei auf, aß es mit Genuss und biss immer wieder von seinem Brot ab. Luise hatte ihr Frühstück bereits beendet, als ihre Tante Vera und deren Tochter Frederike, die ebenfalls in der Villa wohnten, das Esszimmer betraten.

»Guten Morgen«, sagten Vera und Frederike fast gleichzeitig, was von Luise und Robert freundlich erwidert wurde.

Nachdem die beiden sich gesetzt hatten, fragte Vera: »Robert, könnte ich dich heute Abend vielleicht sprechen, wenn du aus dem Kontor kommst?«

»Sicher. Worum geht es denn?«

»Um Richard«, antwortete Vera knapp. »Ich möchte das gern unter vier Augen besprechen.«

»In Ordnung. Allerdings weiß ich noch nicht, wann ich daheim sein werde. Heute kommt Wilhelm Petersen ins Kontor.«

»Wilhelm Petersen?«, echote Vera.

Es klopfte, und Anna kam herein, um Vera und Frederike Tee zu bringen. Bis sie den Raum wieder verlassen hatte, sagte niemand ein Wort.

»Ich hätte nie gedacht, dass Wilhelm Petersen jemals wieder Geschäfte mit dem Kontor machen würde«, nahm Vera das Gespräch wieder auf.

»Es hat mich einige Mühe gekostet, ihn von der Wichtigkeit eines Gesprächs zu überzeugen«, gestand Robert ein. »Und es hat tatsächlich mehrere Monate gedauert, bis er einem Treffen zugestimmt hat. Wir haben einige Male telefoniert und, nun ja, heute ist es also so weit. Ich muss zugeben, dass ich etwas nervös bin.«

»Dass dir das gelungen ist, Robert, ist fast ein kleines Wunder.«

»Er hat noch keine Zusage gemacht«, wiegelte Robert ab. »Es ist nur ein unverbindliches Treffen, bei dem ich Petersen unsere Leistungen vorstellen darf. Ob es am Ende zu einem Abschluss kommt, ist keineswegs sicher.«

»Der Erfolg ist bereits in dem Moment garantiert, wenn er einen Fuß über die Schwelle des Kontors setzt«, beharrte Vera. »Wirklich, Robert, du kannst sehr stolz auf dich sein.«

»Vielen Dank für das Lob, liebe Schwägerin.« Robert deutete eine Verbeugung an. »Luise wird ebenfalls dabei sein. Drückt uns die Daumen!«

»Luise?« Vera sah verwundert zu ihrer Nichte. »Na, wenn das kein Vertrauensbeweis ist.« Sie wandte sich an ihre eigene Tochter. »Siehst du, Frederike, auch Frauen können etwas erreichen, wenn sie sich einbringen.«

Frederike seufzte laut, und ihr traten sofort Tränen in die Augen.

»Es muss ja nicht das Kontor sein«, fuhr Vera fort. »Doch wenn du immer nur hier in der Villa hockst, wirst du nie jemanden kennenlernen und gewiss auch nichts erreichen. Du kannst schließlich nicht dein ganzes Leben hier im Haus verbringen. Das tut dir nicht gut.«

Luise, die wusste, dass Frederike ihre Zeit am liebsten mit Zeichnen verbrachte, sagte rasch: »Vielleicht könntest du morgen ins Kontor mitkommen, Frederike? Ich muss die Bestandslisten durchgehen und könnte deine Hilfe gut gebrauchen.«

Frederike warf ihrer Cousine einen dankbaren Blick zu. Luise hatte sie schon öfter ins Kontor mitgenommen, nur damit ihre Mutter für eine Weile Ruhe gab. Nützlich gemacht hatte Frederike sich dort allerdings nicht, sondern lediglich am Fenster gesessen und die Alster mit den Handelshäusern gezeichnet. »Ja, ich komme gern mit.«

»Danke«, sagte Luise und lächelte. »Dann bin ich viel schneller fertig.«

»So, die Damen.« Robert erhob sich. »Ich werde mich dann verabschieden.«

Luise stand ebenfalls auf. »Ich muss noch rasch etwas von oben holen, dann bin ich auch so weit.«

»Sehr gut«, sagte Robert. »Dann euch beiden einen guten Tag«, wünschte er seiner Schwägerin und seiner Nichte. Er ließ Luise den Vortritt, als sie das Esszimmer verließen, und sah ihr nach, als sie geschwind die Treppe hinauflief. »Junge Damen rennen nicht«, rief er ihr nach.

»Alte auch nicht«, gab sie keck zurück, erreichte den oberen Flur und bog in Richtung ihres Zimmers ab.

Robert musste lachen und schüttelte dabei den Kopf. Er liebte seine jüngere Tochter von Herzen, und er genoss ihre heitere Ungezwungenheit. Für eine junge Dame war sie wahrscheinlich etwas zu forsch, zu unabhängig. Er sah Probleme auf sich zukommen, sie in die Hände eines geeigneten Heiratsanwärters zu geben. Doch er wusste, es musste sein, schließlich war es an der Zeit, dass Luise ihren Platz in der Gesellschaft fand. Er fürchtete, dass er zu egoistisch gewesen war. Vielleicht hatte er Luise länger, als es gut für sie war, an seiner Seite im Kontor arbeiten lassen. Sie war ihm ohne jeden Zweifel die wertvollste Mitarbeiterin, doch war dies nicht die Rolle einer jungen Frau aus gutem Haus. Es war an ihm, einen Ehemann für sie zu finden, dessen gesellschaftliche Stellung adäquat war und der darüber hinaus eine Position im Kontor einnehmen konnte, die Robert nicht nur nützlich schien, sondern auch sicherstellen würde, dass das Kontor nach seinem und Karls Tod in der Familie bleiben würde, selbst wenn niemand mit dem Namen Hansen an der Spitze stünde.

»Ich bin so weit«, schallte es von oben herunter, noch bevor er Luise sehen konnte. Er ersparte sich den Hinweis, dass es sich für eine junge Dame nicht gehörte, quer durchs Haus zu rufen. Manchmal fühlte er sich schlichtweg überfordert, denn es wäre eigentlich die Aufgabe der Mutter gewesen, die Tochter angemessen zu erziehen. Doch nachdem seine Ehefrau Elisabeth damals, während Roberts und Luises Aufenthalt in Kamerun, eine Affäre mit seinem Bruder Georg begonnen und ihn so auf die schlimmste Art hintergangen hatte, die man sich nur vorstellen konnte, hatte Robert seine Ehefrau aus dem Haus geworfen. Im Schulterschluss mit seinem Bruder Karl hatte er

Georg aus der gemeinsamen Firma gedrängt, sodass es nun nur noch zwei Hansen-Söhne gab, die den Fortbestand des Kontors gewährleisteten.

Der endgültige Bruch mit seinem Bruder war Robert nicht leichtgefallen, insbesondere weil er überzeugt war, dass hauptsächlich Elisabeth für all das verantwortlich war. Die Trennung von seiner Frau hatte er wesentlich besser verkraftet, auch wenn er damit seinen Töchtern die Mutter genommen hatte.

Seine ältere Tochter Martha war dennoch ihren Weg gegangen. Seit fast zwei Jahren war sie nun schon mit Ludwig Ahrendsen verheiratet, der einen großen Spirituosenhandel betrieb. Im letzten Jahr hatte Martha dem kleinen Eduard das Leben geschenkt, ein Prachtbursche, der wuchs und gedieh. Martha selbst füllte geradezu perfekt ihre Rolle als Ehefrau und Mutter aus, nahm vielerlei Verpflichtungen wahr und unterstützte ihren Ehemann nach Kräften. Sie lud seine Geschäftspartner ein, richtete festliche Abendessen aus und bewegte sich souverän auf dem gesellschaftlichen Parkett. Ja, Robert konnte stolz auf seine ältere Tochter sein, wenngleich er sich des Gefühls nicht erwehren konnte, dass sie ihn mehr und mehr an Elisabeth erinnerte.

Luise war genau das Gegenteil, sie hatte ganz und gar seinen Charakter geerbt. Robert wusste, dass dies für das Verhältnis zwischen Vater und Tochter positiv war, nicht jedoch für Luises gesellschaftliches Fortkommen. Sosehr er auch versuchte, den Gedanken zu verdrängen, dass er ihr einen Ehemann suchen und sie gehen lassen musste, wusste er doch genau, dass es an der Zeit war. Sie würde dieses Jahr im Dezember ihren zwanzigsten Geburtstag feiern. Es musste also sein. Doch Robert hatte nicht die geringste Ahnung, wie er es Luise beibringen sollte, denn damit ginge unweigerlich das Ende ihrer Arbeit im Kontor einher.

»Können wir?« Luise sprang mit großen Schritten die Stufen herab.

Robert lag schon ein Tadel auf der Zunge, dass sich das für eine junge Dame nicht zieme, doch er schluckte die Bemerkung hinunter. »Ja«, sagte er stattdessen nur, griff nach seiner Aktentasche, die an dem kleinen Schränkchen im Flur lehnte, ging zur Tür und ließ Luise vor sich hinaustreten.

Die Kutsche stand bereit. Luise begrüßte fröhlich Hugo, der ihr den Schlag aufhielt und die Hand reichte, damit sie bequem einsteigen konnte. Robert folgte ihr und setzte sich. Gleich darauf trieb Hugo die Pferde an, nachdem er auf dem Kutschbock Platz genommen hatte.

Die Kutschfahrt von der Villa zum Kontor dauerte knapp zwanzig Minuten, und Luise genoss sie jeden Tag ganz besonders. Sie fand es schön, diese Zeit mit dem Vater zu verbringen und mit ihm plaudern zu können, da im Tagesablauf dafür sonst keine Zeit war. Zwar arbeiteten beide zusammen im Kontor, doch waren sie dort zu beschäftigt, um sich über irgendetwas anderes als über Lieferungen, Bestandslisten, Rechnungen und Warenein- und -ausgänge zu unterhalten. Nicht, dass es Luise wirklich gestört hätte. Sie liebte die Arbeit im Kontor. Sie war das Einzige in ihrem Leben, was die ständigen Gedanken an Kamerun ein wenig in den Hintergrund drängte. Und darüber war sie froh.

Ihre und ihres Vaters Rückkehr nach Hamburg war nun bereits drei Jahre her. Doch sosehr sie sich auch bemüht hatte, es war nicht ein einziger Tag vergangen, an dem sie sich nicht nach dem Land, vor allem aber nach den Menschen dort gesehnt hatte. Vornehmlich nach einem bestimmten, den sie einfach nicht vergessen konnte, so tief die Enttäuschung über ihn auch reichte – Hamza. Der Mann, in den sie sich damals in Kamerun unsterblich verliebt und der ihr das Herz gebrochen hatte. Alles hätte sie für ihn aufgegeben, doch er hatte sich gegen sie entschieden. Er war nicht gekommen, um gemeinsam mit ihr zu fliehen und sich bis zu den englischen Kolonien durchzuschlagen. Auch nach all den Jahren in Hamburg schnürte es ihr immer noch die Kehle zu, wenn sie an den Tag der Abreise zurückdachte. Sie atmete tief aus.

»Einen Groschen für deine Gedanken«, sagte ihr Vater und lächelte sie an.

»Ich … ich musste an Petersen denken«, log Luise rasch.

»Mach dir keine Sorgen. Wenn wir nicht wieder mit ihm ins Geschäft kommen, dann ist es eben so. Aber dann haben wir es wenigstens versucht.«

»Ich hoffe nur, dass es nicht an mir liegt, falls wir scheitern.«

Robert lachte auf. »Das können wir wirklich ausschließen«, meinte er. »Petersen hat seine Entscheidung bereits getroffen, darauf wette ich. Entweder kommt er, um sich zu vergewissern und seine Einschätzung zu bestätigen, dass künftige Geschäfte mit uns nicht lohnen. Oder aber er will wieder mit uns zusammenarbeiten und lässt uns nur noch ein bisschen zappeln.«

»Wie kommst du darauf? Ich meine, so sicher zu sein, dass er seine Entscheidung bereits getroffen hat.«

»Ich habe im Laufe der Jahre viel gelernt, Luise. Vor allem seit Großvater nicht mehr lebt. Wenn ich dir einen Rat geben darf: Beobachte die, die du bewunderst. Nimm dir aus jeder Begegnung mit einem klugen Menschen eine Kleinigkeit mit und eifere ihm nach.«

»Du meinst, ich soll die Menschen imitieren?«

»Im besten Sinn des Wortes, ja.«

»Hm«, machte Luise. Auf diesen Gedanken war sie noch nie gekommen. Und irgendwie zweifelte sie auch daran, dass dies für sie der richtige Weg war. »Aber wenn ich mir immer nur etwas von anderen abgucke, bin ich am Ende dann noch ich selbst?«

»Eine sehr kluge Frage, meine Kleine. Ich gebe dir ein Beispiel: Wie du so dasitzt, erinnerst du mich sehr an deine Großmutter. Deine Haltung, meine ich.«

»Ja, das stimmt schon. Sie hat früher stets darauf geachtet, dass ich mich gerade halte.«

»Siehst du. Deine Großmutter hatte eine sehr aufrechte Haltung. Deine Mutter übrigens auch«, fügte er noch hinzu. »Und du hast nichts anderes getan, als es nachzuahmen, nicht wahr?«

»Ja, das stimmt.«

»Und ich zum Beispiel habe deinen Großvater oft beobachtet, wenn er mit seinen Geschäftspartnern verhandelt hat, welche Worte er wählte und wie er reagierte, wenn ein Gespräch nicht nach seinen Vorstellungen verlief. Ich konnte ihm das sofort ansehen, weißt du? Er hatte die Angewohnheit, seine Mundwinkel anzuspannen, wenn er nachdachte oder sich über etwas ärgerte. Er hörte dann immer sehr aufmerksam zu, zog oft nur eine Augenbraue hoch.«

»Das machst du auch«, erkannte Luise.

»Ganz recht. Irgendwann fiel es mir selbst auf. Aber es ist nicht nur die Mimik. Ich habe beobachtet, wie mir meine Geschäftspartner gegenübertraten. Und inzwischen kann ich schon im Voraus recht gut einschätzen, wie ein Gespräch verlaufen und ob es zu einem Abschluss kommen wird. Ich lege für mich stets vorher fest, was ich von meinem Gegenüber erwarte und was ich durchsetzen will. Spüre ich, dass wir auf Augenhöhe sind und uns gegenseitig mit dem nötigen Respekt begegnen – ich würde fast von geschäftlicher Wertschätzung sprechen –, dann kann ich bereits nach nur wenigen Minuten einschätzen, ob wir zusammenkommen oder nicht. Selbst wenn wir noch Stunden miteinander reden, ändert sich meine Einstellung nicht mehr.«

»Aber du hast stets viel zu tun. Warum also nimmst du dir so viel Zeit, obwohl das eigentliche Ziel rasch zu erreichen wäre?«

»Um zu lernen«, kam die prompte Antwort. »Von jedem Menschen, dem du begegnest, kannst du etwas lernen«, erklärte der Vater. »Und sei es manchmal nur, wie du es *nicht* machen solltest. Allerdings ist das eher selten der Fall.« Er sah kurz zu Boden, dann blickte er wieder auf. »Vor fast fünf Jahren, damals nach deines Großvaters Tod, gab es kaum noch jemanden, der mit uns Geschäfte machen wollte«, erinnerte er sich. »Und dass die Bank uns nicht das Vertrauen entzogen hat, kam einem kleinen Wunder gleich. Keiner wollte mehr etwas von unserem Kontor wissen, und ich sah in viele Gesichter, die Selbstvertrauen, manchmal, ja sogar meistens eine gewisse Arroganz ausstrahlten. Doch eines hatten sie alle gemein: die Entschlossenheit. Da stand ausnahmslos Entschlossenheit in ihren Augen, Luise. Und genau das habe ich mir abgeschaut. Ich habe es ihnen gleichgetan und damit wahrscheinlich den einen oder anderen überrascht. Ich habe ihnen einen Spiegel vorgehalten. Waren sie arrogant, war ich es auch. Waren sie freundlich, aber unverbindlich, stellte ich mich darauf ein. Geschäfte miteinander zu machen, ist immer auch eine Sache des Vertrauens. Und um Vertrauen aufzubauen, gibt es nichts Wichtigeres, ja auch nichts Einfacheres, als deinem Gegenüber einen Spiegel vorzuhalten. In deinen Gesten erkennt er sich wieder, und das schafft Vertrauen.«

»Ist es wirklich so einfach?«

»Ja, meine Luise, das ist es. Das und die Tatsache, dass du etwas hast, was er unbedingt will.«

Luise lächelte. »Und dafür, dass wir immer genug von dem haben, was die Kunden wollen, sorge ich.«

»Ja, das tust du. Und zwar sehr gut.«

Die Kutsche hielt, und Luise blickte zum Fenster hinaus. Sie war überrascht, dass sie tatsächlich bereits das Kontor erreicht hatten. Die Fahrt war wie im Nu verflogen, und es waren genau diese Momente mit ihrem Vater, die Luise so sehr genoss und die ihr das Gefühl gaben, etwas von ihm und seinem geschäftlichen Geschick lernen zu können.

Hugo öffnete den Schlag und reichte Luise die Hand, damit sie sicher aussteigen konnte. Sie dankte es ihm mit einem Lächeln, verließ die Kutsche und blieb stehen, um auf ihren Vater zu warten. Robert verabschiedete sich von Hugo und gab dem Kutscher den Auftrag, sie um fünf Uhr wieder vom Kontor abzuholen. Sollten sie dann noch nicht so weit sein, sollte er einfach unten warten, wie er es in all den Jahren schon so oft getan hatte.

Hugo hatte schon im Dienst von Peter Hansen, Roberts Vater, gestanden. Er war eine treue, verlässliche Seele, auf die man zählen konnte. Nun kam er langsam in die Jahre, und Robert ahnte, dass er seinen Dienst als Kutscher nicht mehr allzu lange würde versehen können. Dann war da noch die Pflege des Villenanwesens. Auch diese Arbeit würde dem Mann, dessen Alter Robert auf über sechzig schätzte, in naher Zukunft immer schwerer fallen. Bereits im letzten Frühjahr, nachdem die geschäftliche Situation der Hansens sich kontinuierlich verbessert hatte, hatte Robert einen Mann eingestellt, den Hugo in der Gartenarbeit und den Aufgaben rund um die Villa unterwiesen hatte. Er war ein guter Arbeiter, solange man ihn antrieb. Dies verstand Hugo wie kein anderer, sodass Robert hoffte, mit der Einstellung des Jüngeren wenigstens für die nächsten Jahre eine Lösung gefunden zu haben. Wie es danach weitergehen würde, das wusste Robert zum jetzigen Zeitpunkt noch nicht zu sagen. Er konnte nur hoffen, dass die Entscheidung noch ein wenig Zeit hatte.

»Auf Wiedersehen, Hugo«, sagte Luise. »Ich wünsche dir einen schönen Tag.«

»Auch Ihnen einen wunderbaren Tag, Fräulein Luise«, gab der Kutscher in väterlichem Tonfall zurück, berührte mit den Fingerspitzen seinen Hut und nahm dann wieder etwas schwerfällig seinen Platz auf dem Kutschbock ein. Er trieb die Pferde an, als Luise und Robert das rot verklinkerte Gebäude mit der Aufschrift *Peter Hansen & Söhne – Kaffeekontor seit 1850* betraten.

Robert hatte nach Georgs Hinauswurf aus der Firma dessen Büro im ersten Stock bezogen, ein Eckbüro, das durch die großen Fenster hell und freundlich wirkte. Luise hatte ein eigenes Büro nur drei Räume weiter bekommen, wofür sie mehr als dankbar war. Sie konnte es nicht leiden, während der Arbeit gestört zu werden, und war froh, wenn sie die Liefer- und Bestelllisten auf ihrem Schreibtisch ausbreiten und in aller Ruhe nach und nach bearbeiten konnte.

Eines Tages, so hoffte sie, würde Vater ihr das Büro direkt neben seinem geben, das nun schon seit Jahren leer stand. Es war das Büro ihres Großvaters gewesen, und erst vor Kurzem hatte sie zum ersten Mal gespürt, dass sie gern dorthin umziehen würde. Nicht weil sie sich anmaßte, die übergroßen Fußstapfen ihres Großvaters ausfüllen zu können. Nein, es war vielmehr der Wunsch, weiter von ihrem Vater zu lernen und irgendwann Seite an Seite mit ihm zu arbeiten und mit Onkel Karl, der das Kontor in Wien führte. Sie war fest entschlossen, ihren Teil als Mitglied der Familie Hansen beizutragen, um das Kontor noch größer werden und immer besser dastehen zu lassen. Eines Tages würde es an ihr sein, die alleinige Verantwortung zu tragen.

Natürlich gab es da noch ihren Cousin Richard, der in Heidelberg Rechtswissenschaften studierte. Doch sie zweifelte, dass er tatsächlich vorhatte, eines Tages im Kontor mitzuarbeiten. Und insgeheim sah sie es auch nicht recht ein, denn Richard war immerhin der Sohn Onkel Georgs, der sein Anrecht auf die Firmenanteile damals verwirkt hatte. Sie kannte sich zwar nicht wirklich mit diesen rechtlichen Dingen aus, doch sie hatte einmal ein Gespräch belauscht, in dem Onkel Karl anlässlich eines Besuchs in Hamburg ihren Vater darauf angesprochen hatte, wie sie beide künftig mit der Versorgung Tante Veras und deren Kindern verfahren wollten. Immerhin wäre es eigentlich an

Onkel Georg gewesen, seine Frau und die Kinder zu alimentieren, was er aber seit seinem unfreiwilligen Ausscheiden aus der Firma nicht mehr konnte. Er hatte es, soweit Luise wusste, in all den Jahren nicht so recht geschafft, wieder auf die Beine zu kommen. Und wenn doch, dann hatte er gewiss genug damit zu tun, die durchaus luxuriösen Ansprüche ihrer eigenen Mutter zu erfüllen, wegen deren Affäre es überhaupt erst zum Bruch in der Familie gekommen war.

Luise fühlte sich ein wenig schuldig, dass sie so schlecht über Richard dachte und mögliche Ambitionen seinerseits, eventuell in die Firma einsteigen zu wollen, so kritisch betrachtete. Zu Ende gedacht, bedeutete dies doch auch, dass ihre Cousine Frederike ebenso wie deren Mutter Vera unversorgt dastünden, kämen Robert und Karl nicht mehr für sie auf. Und das wollte Luise ganz gewiss nicht. Doch bei Richard war es etwas anderes. Sie hatte ihren Cousin nie besonders gut leiden können. Für sie war er einfach ein verzogenes Kind, auch wenn er über drei Jahre älter war als sie und studierte.

»Guten Morgen, Herr Hansen, Fräulein Hansen.«

»Guten Morgen, Fräulein Schreiber«, grüßte Robert höflich und reichte der Sekretärin seinen Mantel, den diese sofort zur Garderobe brachte. »Gab es bereits Anrufe?«

»Ja, gleich, als ich kam«, gab sie Auskunft. »Die Sekretärin von Herrn Wilhelm Petersen hat angerufen.«

Robert holte tief Luft. Luise warf ihm einen Blick zu, der Bedauern ausdrückte. Es würde also nichts werden mit dem Geschäft.

»Sie ließ ausrichten, dass bei Herrn Petersen ein Termin ausgefallen ist und er und seine Begleitung bereits mittags Zeit hätten, wenn es Ihnen passt. Dann würde er ein Treffen im Restaurant vorschlagen.«

»Wirklich?« Robert schien überaus erfreut. »Ja, rufen Sie die Sekretärin bitte an und richten Sie aus, dass wir uns im

Restaurant ›Zur Erholung‹ an der Alster treffen. Um zwölf Uhr dreißig oder um dreizehn Uhr – ganz wie es Herrn Petersen beliebt.« Er tat, als verbeuge er sich.

»Ich werde es ausrichten«, erwiderte sie pflichtbewusst. »Soll ich dann gleich einen Tisch dort reservieren, sobald die Uhrzeit durch Herrn Petersen bestätigt wird?«

»Bitte, Fräulein Schreiber, machen Sie das. Für vier Personen.«

»Vier?«, fragte Luise überrascht.

»Ja«, Robert machte eine Handbewegung, »für vier Personen.«

»Wer kommt denn noch?«

»Na, wir beide, Petersen und seine Begleitung. Du hast es doch eben gehört.«

Luise sah ihren Vater an. Sie merkte, dass er ihr etwas zu verheimlichen versuchte.

»Für einen kurzen Moment«, sagte Robert, »hatte ich wirklich Bedenken, dass Petersen uns versetzt.«

»Gibt es da noch etwas, das du mir sagen möchtest?«

»Nein«, antwortete ihr Vater knapp. »Und nun beeilen wir uns ein bisschen, damit wir wenigstens noch einen Teil unserer Arbeit schaffen.«

Er nickte Fräulein Schreiber zu und ging dann in sein Büro. Luise drehte sich um und begab sich an ihren eigenen Schreibtisch, wobei sie sich des Eindrucks nicht erwehren konnte, dass ihr Vater eben nicht aufrichtig zu ihr gewesen war. Was könnte das zu bedeuten haben?

Sie dachte noch kurz darüber nach, vertiefte sich dann aber schnell in ihre Arbeit, als sie die vielen Unterlagen auf dem Schreibtisch liegen sah. Gestern war eine große Lieferung Kakaobohnen eingetroffen, außerdem noch eine etwas geringere Menge Kaffee. Sie nahm die Zettel in die Hand, verließ ihr Büro und ging zu den Lagerräumen im unteren Stockwerk, die sich weit nach hinten zogen und deren Größe man nicht erahnen konnte, wenn man die Vorderseite des Kontors betrachtete.

Einige Arbeiter waren damit beschäftigt, Säcke mit Kakao- und Kaffeebohnen zu sortieren und zum Weiterversand zusammenzustellen. Luise grüßte höflich und ließ sich zeigen, was gestern Abend noch angeliefert worden war. Die Männer gaben ihr bereitwillig Auskunft, doch das war nicht immer so gewesen. Die Position, dass die Arbeiter ebenso auf sie wie auf ihren Vater hörten, hatte sie sich hart erkämpfen müssen. Inzwischen jedoch gehörte die zarte blonde Frau untrennbar zu diesen Hallen, die fast bis zur Decke mit Säcken gefüllt waren – ein Umstand, der Luise sehr zufrieden machte.

Fräulein Schreiber, die sich nicht recht damit abfinden konnte, nicht nur für Herrn Hansen zu arbeiten, sondern auch für dessen Tochter, die überdies noch um einiges jünger war als sie selbst, hatte ausgerichtet, dass das Treffen um zwölf Uhr dreißig durch Wilhelm Petersen bestätigt worden sei. Also machten sich Robert und Luise kurz nach zwölf auf den Weg, was dazu führte, dass es noch nicht einmal zwanzig nach war, als sie das Restaurant erreichten.

Sie hatten einen schönen Platz mit guter Sicht auf die Alster und sprachen nur flüsternd ein paar Worte, während sie auf Wilhelm Petersen warteten. Als dieser dann das Lokal betrat, demonstrierte Luise einmal mehr, welch gut erzogene junge Frau sie war. Formvollendet und sehr charmant verhielt sie sich, als Robert sie Wilhelm Petersen vorstellte. Sie zeigte ihr schönstes Lächeln – das jedoch auf ihrem Gesicht gefror, als sie sah, in wessen Begleitung Petersen gekommen war.

Luise kannte dessen Neffen Hans bereits vom Sehen. Er war Ende zwanzig, schlaksig und geradezu abstoßend blass, fast als hätte er eine Krankheit. Luise war ihm einige Male bei Gesellschaften begegnet, an denen sie hatte teilnehmen müssen.

Er würde eines Tages Wilhelm Petersen beerben, da dieser keine eigenen Kinder hatte. Es hatte da noch eine Tochter gegeben, soweit Luise sich aus den Erzählungen ihrer Großmutter erinnern konnte, doch diese war schon in jungen Jahren verstorben, und die Petersens hatten keine weiteren Kinder mehr bekommen. Es war also an Hans, eines Tages in die Fußstapfen seines Onkels zu treten. Luise konnte ihn nicht ausstehen und hatte sich stets von ihm ferngehalten.

Jetzt sah sie zu ihrem Vater, dann zu Wilhelm Petersen und begrüßte schließlich auch Hans, was bei den beiden anderen ein breites Lächeln hervorrief. Luise schnürte der Gesichtsausdruck ihres Vaters die Kehle zu. Sie ahnte nun, wie eng er sich die künftige Verbindung der Familien vorstellte.

»Setzt ihr zwei euch nur nebeneinander.« Robert deutete auf die Stühle gegenüber, auf denen Luise und Hans Platz nehmen sollten. »Dann könnt ihr jungen Leute euch unterhalten, falls euch das Gerede übers Geschäft zu langweilig wird.«

Luise rang sich ein Lächeln ab, als sie ihren Vater ansah. Doch in ihren Augen konnte er ablesen, dass sie ihm am liebsten an die Kehle gegangen wäre. Er blickte zu Wilhelm Petersen und begann sofort ein Gespräch. Luise empfand eine solche Wut auf ihren Vater, dass sie am liebsten aufgestanden und weggerannt wäre. Doch sie tat es selbstverständlich nicht. Sie wusste, wie sie sich zu benehmen hatte. Auch wenn sie gern ihre Enttäuschung laut hinausgeschrien hätte.

2. Kapitel

»Er ist ein Widerling!«

»Luise, bitte nicht in diesem Ton. Außerdem kennst du ihn doch kaum.«

»Vater, was auch immer du und Petersen vorhabt, es wird nicht funktionieren. Wenn ich ein Teil der Abmachung bin, damit die Geschäfte wieder anlaufen, wird das Kontor darauf verzichten müssen.« Luise funkelte den Vater wütend an.

»Luise, was glaubst du eigentlich, mit wem du hier sprichst!«, empörte sich Robert. »Du klingst, als würde ich dich auf dem nächsten Markt zum Verkauf anbieten.« Sein Gesicht wurde rot vor Zorn.

Luise sah zu Boden, während die Kutsche vom Kontor in Richtung Villa fuhr. »Entschuldige bitte!« Tränen stiegen ihr in die Augen. »Ich war nur so erschrocken … so überrascht«, korrigierte sie eilig, »als ich gesehen habe, dass Hans dabei ist.« Sie schluckte schwer. »Bitte, Vater, ich möchte nichts mit Hans zu tun haben.«

»Ich mache mir wirklich schwere Vorwürfe, dass ich dir viel zu lange alles durchgehen ließ, Luise. Offenbar fehlt dir die mütterliche Strenge doch mehr, als ich dachte. Dein Verhalten enttäuscht mich sehr.«

»Es tut mir leid.« Sie blinzelte die Tränen fort.

Eine Weile sprach keiner von ihnen ein Wort, und Luise hielt das Schweigen nur schwer aus. Ihr Vater und sie hatten immer ein besonders gutes Verhältnis gehabt. Jetzt schien alles, was ihr noch am Morgen vertraut war, plötzlich fremd. Was hatte ihr Vater wirklich vor? Sie zweifelte, ob sie ihn so gut einschätzen konnte, wie sie immer geglaubt hatte.

Sie versuchte, ihre Anspannung zu beherrschen, und sagte in möglichst heiterem Tonfall: »Aber das Gespräch mit Wilhelm Petersen ist doch gut verlaufen, nicht wahr? Oder wie schätzt du die Situation ein?«

»Zusagen gemacht hat er bisher nicht«, antwortete Robert sachlich. »Aber ich bin und bleibe zuversichtlich.«

»Es tut mir wirklich sehr leid, dich enttäuscht zu haben.« Abermals füllten sich Luises Augen mit Tränen, und sie knetete nervös die Finger. »Es ist nur …«. Sie hielt inne.

»Es ist nur *was?*« Robert war die Verärgerung über das Verhalten der Tochter deutlich anzumerken.

»Glaub mir bitte, Vater, ich weiß sehr genau, was meine Rolle ist und was von mir erwartet wird. Doch ich habe immer gehofft, eines Tages einen Mann zu treffen, der in gesellschaftlicher Hinsicht infrage käme, darüber hinaus aber auch nett wäre, ja mir vielleicht sogar gefallen würde.« Sie wusste, dass ihre Worte geschwindelt waren. Sie hatte nie einen Gedanken daran verschwendet, dass sie eines Tages romantische Gefühle für einen Mann hier in Hamburg entwickeln könnte. Denn trotz aller Enttäuschung wusste sie tief in ihrem Innern, dass es immer nur den einen geben würde, dem ihr Herz gehörte – Hamza. Und das würde sich auch nicht ändern, und käme der netteste Mann der Welt ins Kontor hereinspaziert, um sie zu heiraten.

»Ich kann dich einerseits verstehen«, gestand Robert ein. »Doch andererseits, Luise, bist du inzwischen neunzehn Jahre alt, im Dezember wirst du zwanzig. Deine Schwester war in diesem Alter bereits verheiratet und hat inzwischen einem Kind das Leben geschenkt.«

»Aber Frederike ist auch noch nicht verheiratet, und sie ist genauso alt wie Martha«, hielt Luise dagegen.

»Frederikes Situation ist keine einfache, und das weißt du sehr genau, Luise. Sie ist zwar eine Hansen, aber die Tochter von Georg, der nichts mehr aus dem Kontor zu erwarten hat. Es mag einem nicht gerecht erscheinen, doch fällt das nun einmal auf seine Tochter zurück. Sich mit ihr einzulassen, wäre für einen jungen Bewerber, der es gesellschaftlich zu etwas bringen will, alles andere als vorteilhaft.«

»Marthas und meine Situation ist nicht anders als Frederikes, nur eben auf unsere Mutter bezogen.«

»Auf eure Mutter, ja. Doch nicht auf mich. Ich habe als Geschäftsmann etwas vorzuweisen. Mit mir ein Bündnis einzugehen, ist lohnend. Frederike jedoch hat in dieser Hinsicht nur noch ihre Mutter.«

»Es zählt also gar nicht, was Frederike für ein Mensch ist?« Luise presste die Lippen zusammen. Sie wusste, dass es besser wäre, augenblicklich still zu sein. Doch alles in ihr rebellierte gegen diese unglaubliche Ungerechtigkeit, sowohl Frederike als auch ihr gegenüber. Genau genommen, *jeder* jungen Frau, die gern ein selbstbestimmtes Leben führen würde, nur eben nicht als Mann auf die Welt gekommen war.

»Luise, was soll das werden?« Robert sah sie aufmerksam an, als versuchte er einzuschätzen, was in seiner Tochter vorging.

»Ach, nichts.« Wieder starrte sie zu Boden.

Robert ließ seinen Blick aus dem Fenster schweifen. »Ganz abgesehen von der schwierigen Situation mit ihrem Vater wüsste ich nicht, wie sie überhaupt mit jemandem in Kontakt kommen sollte, wenn sie die Villa nie verlässt.« Er sog geräuschvoll die Luft ein und sah sie wieder an. »Du kannst mir glauben, Vera und ich haben darüber gesprochen. Ich habe mehr als einmal versucht, das zu tun, was eigentlich die Aufgabe ihrer Mutter wäre. Doch Frederike wagt ja kaum einen Blick aus ihrem Schneckenhaus und macht es mir nicht gerade leicht. Sie weiß es noch nicht, aber auch aus diesem Grund haben Vera und ich entschieden, dass sie in Kürze nach Wien zu Karl und Therese ziehen soll. Bitte sag es ihr noch nicht. Das ist die Aufgabe ihrer Mutter.«

»Ihr schickt sie weg?«

»Wir geben ihr die Möglichkeit zu einem Neuanfang an einem Ort, an dem nicht jeder die Geschichte ihres Vaters kennt«, stellte er richtig.

Luise schluckte schwer. Ihr lagen Erwiderungen auf der Zunge, doch sie wusste, dass sie damit die Wut ihres Vaters nur noch verstärken würde. »Ich verstehe«, sagte sie deshalb nur.

Die Kutsche erreichte die Villa, und Luise war froh, dass das Gespräch somit beendet war, wenngleich es sie verunsicherte, dass ihr Vater und sie nun recht unversöhnt blieben. Sie hoffte, dass sich später noch eine Gelegenheit ergeben würde, mit ihm zu sprechen. Vor allem aber war sie nicht sicher, was sie von dem Zusammentreffen mit Wilhelm und Hans Petersen zu halten hatte.

Die Gespräche während des Essens waren freundlich gewesen, für Luises Geschmack jedoch viel zu unverbindlich. Ihr Vater hatte sie gebeten, die Arbeit der Hansens in Kamerun, Wien und Hamburg zu erläutern und einige wenige Zahlen zu nennen, aus denen hervorging, in welchem Umfang das Kontor schon jetzt Kaffee- und Kakaobohnen liefern konnte. Luise war dem Wunsch gefolgt, hatte das Unwohlsein, das Hans ihr bereitete, ignoriert und ruhig und konzentriert die Arbeit des Kontors dargestellt. Robert hatte immer einmal wieder eine Anekdote einfließen lassen und damit die Atmosphäre ein wenig aufgelockert. Luise hatte über manche Bemerkung, die ihr Vater beitrug, gelächelt und den Petersens eine gewisse Heiterkeit vorgespielt. Sie konnte nur hoffen, dass sie nicht bemerkt hatten, dass das Lächeln ihre Augen nicht erreichte. Es war das erste Mal in all den Jahren gewesen, dass Luise sich darauf hatte konzentrieren müssen, so zu tun, als ob sie die Ausführungen zum Kontor und zum Handel genieße. Tatsächlich war es Luise schwergefallen, nicht den Faden zu verlieren, wenn Wilhelm Petersen ihr eine Zwischenfrage stellte, um seinen Teil zu einer gelösten Stimmung beizutragen.

Kaum hatte die Kutsche angehalten, wurde die Tür der Villa geöffnet, und Vera trat vor das Haus. Sie zog sich die Stola, die sie sich offenbar nur rasch übergeworfen hatte, enger um die Schultern und blieb oben auf den Stufen stehen, um Robert und Luise zu empfangen.

Hugo kletterte vom Bock, öffnete die Tür der Kutsche und reichte Luise die Hand. Robert folgte ihr, und zusammen gingen sie dann die Stufen zur Villa hinauf.

»Da seid ihr ja«, begrüßte Vera ihren Schwager und ihre Nichte. »Ich war richtig unruhig. Wie war denn nun das Treffen mit Petersen?«

Luise fragte sich, ob Vera womöglich eingeweiht gewesen war, dass nicht nur Wilhelm, sondern auch Hans Petersen an der Zusammenkunft teilnehmen würde. »Mit *den* Petersens«, korrigierte sie. »Es war nicht nur Wilhelm Petersen, sondern auch sein Neffe Hans dabei.«

»Aha«, kommentierte Vera. »Soll er in den nächsten Jahren den alten Petersen an der Firmenspitze ablösen, oder was war der Grund?« Vera sah interessiert von Luise zu Robert.

»Das Treffen ist gut verlaufen. Wir werden euch beim Abendessen davon erzählen.« Robert stapfte missmutig an Vera vorbei. »Ich will mich jetzt erst einmal frisch machen.«

Veras überraschter Gesichtsausdruck verriet Luise, dass diese offenbar wirklich keine Ahnung hatte, was Robert mit dem Treffen bezweckt hatte.

»Was hat dein Vater denn?«, fragte sie die Nichte, als Robert in der Villa verschwunden war.

»So wie es aussieht«, erklärte Luise leicht gereizt, »haben Vater und Wilhelm Petersen zur Vorbereitung des Treffens nicht nur darüber gesprochen, welche Bohnen wir liefern können.«

»Sondern worüber?«

Ein Blick Luises genügte, damit Vera begriff, worum es ging. »Ah, ich verstehe.« Sie legte der Nichte die Hand auf die Schulter. »Und das hat dir nicht gefallen, oder?«

»Nein, hat es nicht.« Luise ballte die Hand zur Faust. »Hans Petersen ist ein Widerling«, wiederholte sie nun ihr Urteil, über das sie ihren Vater bereits während der Fahrt in Kenntnis gesetzt hatte. Sie zwang sich, dieses Mal die Tränen nicht zuzulassen. Luise wusste selbst nicht, weshalb sie so wütend war und derart dünnhäutig reagierte, obwohl ihr Vater ihr bisher überhaupt nicht gesagt hatte, dass er eine Heirat zwischen ihr und Hans Petersen plante. Aber sie hatte sich hintergangen gefühlt, für dumm verkauft. Ihr Vater hatte gesagt, dass sie ihn mit ihrem Verhalten enttäuscht hätte. Jetzt jedoch spürte sie, dass es andersherum ebenso stand: Sie war von ihm enttäuscht, und zwar zutiefst. Er hätte sie vorwarnen und offen mit ihr sprechen müssen.

»Robert ist ein sehr guter Vater«, sagte nun Vera, »der um dein Wohl und dein Fortkommen besorgt ist. Das kannst du ihm unmöglich zum Vorwurf machen.«

»Er hätte mich vorwarnen müssen«, beharrte Luise.

»Weshalb denn? Wenn ich es richtig verstehe, war es doch nur ein Treffen, um einander kennenzulernen, oder nicht? Schließlich hat Robert dich nicht zum Traualtar gezerrt, wo Hans Petersen dich bereits erwartete, oder?«

Luise öffnete den Mund und schloss ihn wieder. Ihre Tante hatte vollkommen recht, und auch wenn Luise es nicht gern eingestehen wollte, schämte sie sich, offenbar überreagiert zu haben.

»Ich weiß ja nicht, was ihr auf dem Nachhauseweg miteinander besprochen habt«, fuhr Vera fort, »aber wie dein Vater eben gestimmt war, würde ich vorschlagen, dass du dich möglichst rasch bei ihm entschuldigst.«

Luise fuhr sich mit der Zunge über die Lippen. »Das werde ich.«

»Gut. Gehen wir hinein. Kommt es mir nur so vor, oder ist der Januar dieses Jahr noch kälter als sonst?«

Luise antwortete nicht. Sie ließ der Tante den Vortritt und ging dann ebenfalls ins Haus. Nachdem sie die Tür hinter sich geschlossen hatte, sagte sie der Tante, dass sie sich bis zum Abendessen in ihr Zimmer zurückziehen wolle, und stieg die Treppe hinauf. Anders als sonst ging sie heute nicht bei Frederike vorbei, um sich noch ein wenig mit ihr zu unterhalten, sondern steuerte direkt ihr eigenes Zimmer an.

Sie war durcheinander. Weshalb nur hatte sie so überreagiert und sich derart schroff und ungezogen ihrem Vater gegenüber gezeigt? Sie verstand sich selbst nicht. Eigentlich war sie sonst immer recht gelassen und hatte im Laufe der Jahre und vor allem auch durch die Arbeit im Kontor gelernt, ihre Gefühle zu beherrschen und selbst in schwierigen Situationen eine gewisse Ruhe an den Tag zu legen. Bis vorhin hatte sie gemeint, dass nichts sie so schnell aus der Fassung bringen würde.

Sie setzte sich auf die Bettkante und barg das Gesicht in den Händen. Dann ließ sie sich nach hinten fallen, streckte die Arme von sich und starrte auf den Fleck an der Decke, von dem sie bis heute nicht wusste, wie er entstanden war. Luise überstreckte den Hals und drehte ihn so weit wie möglich erst in die eine, dann in die andere Richtung. Sie hatte hämmernde Kopfschmerzen, und ihr Nacken war steinhart. Sie berührte mit der rechten Hand die linke Schulter und massierte sie ein wenig. Dann nahm sie auch die linke Hand zu Hilfe und massierte beide Schultern. Sie war über die Maßen verspannt, kam selbst mit noch so starkem Druck der Finger nicht gegen die Verhärtung an. Sie ließ die Hände wieder sinken, legte sie rechts und links neben den Körper und versuchte sich zu entspannen.

Was war denn nur los mit ihr? Jeden Moment würde sie in Tränen ausbrechen. Sie atmete tief ein und aus, wie ihr Großvater es ihr beigebracht hatte, wenn sie bei Prüfungen zu aufgeregt war und sich auf die Aufgaben nicht konzentrieren konnte. Das war anfangs ein echtes Problem gewesen, weil sie bei dem bloßen Gedanken, bei einer Prüfung zu versagen, vollkommen panisch wurde und nicht einmal mehr die Fragen verstand. Das hatte ihr in kürzester Zeit eine Reihe schlechter Noten eingebracht. Erst als der Großvater ihr sagte, dass er genau wisse, was mit ihr los sei, und dass sie lediglich eine kleine List anwenden müsse, um die Angst zu besiegen, war es schlagartig besser geworden. Sein Rat lautete, dass sie beim Einatmen bis drei zählen solle, beim Ausatmen dann bis fünf, und dies insgesamt dreimal hintereinander. Und schon sei die Angst verschwunden. Luise hatte fast nicht glauben können, dass es wirklich so einfach sein sollte. Doch sie versuchte es, und ihr Großvater behielt tatsächlich recht – Angst war seit diesem Tag kein Problem mehr für Luise Hansen.

Nun lag sie auf ihrem Bett, schloss die Augen, atmete ein und zählte bis drei, atmete aus und zählte bis fünf. Dies wiederholte sie insgesamt dreimal. Es tat ihr gut, doch sie spürte, dass sie sich noch nicht wieder völlig unter Kontrolle hatte. Also atmete sie erneut auf die bewährte Art und wiederholte es noch viermal, bis sie eine deutliche Besserung verspürte.

Es klopfte, und sie hörte Frederike rufen: »Darf ich hineinkommen?«

Luise blieb einfach liegen. »Ja, komm rein.«

Frederike trat ein und schloss die Tür hinter sich. »Geht es dir nicht gut?«

»Doch. Nein – ach, ich weiß es nicht.« Luise drehte den Kopf so, dass sie ihre Cousine ansehen konnte, die sich nun auf die Bettkante setzte. »Ich glaube, mein Vater hat einen Bräutigam für mich ins Auge gefasst.«

»Wirklich?« Frederike wirkte eher aufgeregt, die Verzweiflung der Cousine schien sie nicht zu teilen. »Wer ist es?«

»Hans Petersen.«

»Der Neffe von Wilhelm Petersen?«

»Genau der.«

»Ich kenne ihn vom Sehen«, sagte Frederike. »Schlecht sieht er nicht aus.«

»Wie bitte? Du hast wohl keine Augen im Kopf! Seine Haut ist so käsig blass, als hätte er eine Krankheit, und überhaupt sieht er gar nicht wie ein richtiger Mann aus mit seinen schmalen Schultern. Eher wie ein Männchen.«

Frederike kicherte.

»Ich meine es ernst, ich finde ihn widerlich.«

»Ach, Luise, du übertreibst.«

»Du kannst ihn gern haben, wenn du willst.«

Frederike sah zu Boden. »Eine wie ich ist wohl kaum gut genug für Wilhelm Petersens Neffen, der eines Tages das Unternehmen führen wird.«

Luise tat es leid, dass sie die Cousine durch ihre ungeschickte und leichtfertige Bemerkung traurig gemacht hatte. »Entschuldige bitte. Ich habe es nicht böse gemeint.«

»Das weiß ich doch«, gab Frederike zurück.

Luise überlegte einen kurzen Moment. Dann setzte sie sich auf. »Weißt du was? Eigentlich ist das gar keine dumme Idee.«

»Was meinst du?«

»Na, du und Hans Petersen. Das könnte eine Lösung für uns beide sein.«

»Wie bitte?« Frederike tippte sich mit dem Finger gegen die Stirn. »Du bist ja nicht mehr ganz bei Trost, Luise Hansen.«

»Ach, so hübsch ist er nun plötzlich doch nicht, oder wie?«

»Das meine ich gar nicht. Aber du redest so daher … so als könnten wir beide entscheiden, wer Hans Petersen nimmt.«

»Es wäre zumindest einen Gedanken wert.«

»Nein«, sagte Frederike. »Ich weiß schon, dass ich mich irgendwann damit abfinden muss, entweder jemanden zu nehmen, der zwar einen gesellschaftlichen Status hat, dafür aber schon uralt und vielleicht auch fett ist, oder aber einen, dessen Familie genauso in Ungnade gefallen ist wie meine.«

»Das würde mein Vater nicht zulassen«, versuchte Luise sie zu trösten und war plötzlich doch ganz zuversichtlich, da ihr Vater ihr anvertraut hatte, dass Frederike bald nach Wien geschickt würde, damit sie dort ein neues Leben beginnen könnte. Sie hatte sich bisher kaum Gedanken darum gemacht, welch schweren Stand Frederike hier in Hamburg hatte, weil sie einfach nicht gut genug gestellt war, um in der feinen Gesellschaft Fuß zu fassen. Und das alles nur, weil ihre eigene Mutter und Frederikes Vater sich so schändlich benommen hatten. Es war eine Ungerechtigkeit, die Luise furchtbar wütend machte.

»Bestimmt gibt es auch eine andere Lösung«, sagte Luise tröstend und streichelte der Cousine über den Arm. »Du wirst schon sehen, deine Mutter und mein Vater werden sich etwas einfallen lassen.«

»Es ist nett von dir, dass du das sagst, aber ich hege keine großen Hoffnungen.« Frederike machte eine kurze Pause. »Versprichst du mir, dass du es niemandem sagst, wenn ich dir etwas anvertraue?«

»Natürlich, ich verspreche es.«

»Schwöre es mir.«

»Ich schwöre.«

»Es gab da mal einen, in den ich verliebt war.« Frederike lächelte bei der Erinnerung. »Und er war ebenso in mich verliebt.«

»Wirklich? Und was ist geschehen?«

»Wir haben uns einige Male getroffen. Es war sehr romantisch. Wir hatten starke Gefühle füreinander, und er hätte auch in gesellschaftlicher Hinsicht gepasst.«

»Und dann?«

»Dann haben mein Vater und deine Mutter … nun ja, du weißt schon, das, was damals eben geschah.« Sie schluckte schwer. »Dass mein Vater hier ausgezogen ist und seine Anteile am Kontor verloren hat, hat sich in Hamburg rasend schnell herumgesprochen. So war ich dann nicht mehr gut genug für …«, sie unterbrach sich, »für den Mann.«

»Wer ist es?«, fragte Luise, die bemerkt hatte, dass Frederike soeben seinen Namen hatte aussprechen wollen.

Frederike schüttelte den Kopf. »Es ist besser, wenn du es nicht weißt.«

»Weshalb?«

»Weil du ihn kennst.«

»Ich kenne ihn?«

Frederike nickte.

»Kenne ich ihn gut?«

»Ja«, antwortete Frederike knapp.

»Jetzt spann mich nicht auf die Folter. Wer ist es?«

Wieder schüttelte Frederike den Kopf. »Es ist besser, wenn du es nicht weißt, glaub mir.« Sie seufzte, dann sah sie Luise an. »Warst du schon einmal verliebt?«

Luise presste die Lippen zusammen und zögerte. Dann schüttelte sie den Kopf. »Nein, noch nie.«

»Es ist das Schönste und Schlimmste zugleich, weißt du? Wann immer ich ihn sehe, den Mann, in den ich mich verliebt habe, fällt es mir schwer, nicht in Tränen auszubrechen.«

»Du siehst ihn also immer noch?«

»Manchmal. Zu …«, sie zögerte, »zu bestimmten Anlässen.«

Luise fragte sich, welche Anlässe damit gemeint sein könnten. Schließlich ging Frederike wirklich nur noch selten aus dem Haus, führte so gut wie kein gesellschaftliches Leben. Die wenigen Male, die sie Vera begleitete, wenn diese sich mit jemandem traf, waren kaum erwähnenswert. Frederike kam eigentlich nur dann unter Menschen, wenn Vera im Auftrag des Kontors eine Gesellschaft ausrichtete und zu einem kleinen Fest in die Villa einlud. Ansonsten spielte sich Frederikes gesamtes Leben in der Familie ab. Zu gern hätte Luise gewusst, wer der Mann gewesen ist, der Frederikes Herz gebrochen hatte und in den sie noch immer verliebt zu sein schien.

Es klopfte, und Anna sagte den jungen Frauen, dass das Abendessen in Kürze aufgetragen werde. Frederike und Luise standen sofort auf, gingen gemeinsam ins Bad am Ende des Flurs, wuschen sich die Hände und schlenderten dann nach unten ins Esszimmer.

Vera und Robert saßen bereits am Tisch und unterhielten sich, verstummten aber sofort, als die Töchter das Zimmer betraten.

»Guten Abend«, sagten Luise und Frederike fast wie aus einem Mund, was von Robert und Vera erwidert wurde.

Die jungen Frauen setzten sich an den Tisch. Keine von ihnen sprach ein weiteres Wort.

Anna betrat nach kurzem Klopfen zusammen mit Trude, dem Dienstmädchen der Hansens, das Zimmer. Beide hielten Tabletts mit Speisen in den Händen, die sie auf dem Tisch vor den Hansens abstellten, um ihnen dann das Essen vorzulegen. Doch Robert hob die Hand und sagte: »Danke. Wir nehmen uns selbst. Das wäre für den Moment alles.«

»Sehr wohl, gnädiger Herr.« Anna knickste und verließ zusammen mit Trude das Esszimmer. Dann schloss sie die Schiebetür von außen.

Während die vier sich von den Platten und Schalen bedienten, wurde nicht gesprochen. Die Spannung, die in der Luft lag, war fast greifbar. Erst als alle ihre Teller gefüllt hatten, sagte Robert: »Es gibt einige Dinge, die Vera und ich mit euch besprechen möchten.«

Luise überlegte, ob es klug wäre, sich jetzt und im Beisein von Vera und Frederike bei ihrem Vater zu entschuldigen. Einerseits war es ihr peinlich, andererseits wollte sie es nicht länger hinausschieben. Sie war gerade im Begriff, etwas zu sagen, als Robert fortfuhr: »Vera und ich hatten soeben ein sehr ernstes Gespräch über euch beide. Und ich will es gleich vorwegnehmen: So wie bisher kann es nicht mehr weitergehen.«

Frederike schluckte schwer, sah erst Luise an, dann von ihrer Mutter zu Robert. »Haben wir etwas Unrechtes getan?«

»Das Versäumnis, liebe Frederike, liegt eher bei deiner Mutter und mir, und wir mussten uns eingestehen, einige Fehler bei eurer Erziehung gemacht zu haben, die es dringend zu korrigieren gilt.«

Luise wusste genau, was ihr Vater meinte. Sie war mit ihrer heftigen Reaktion heute zu weit gegangen. Hoffentlich würden die Folgen nicht gar zu arg ausfallen.

»Frederike, ich möchte mit dir beginnen«, kündigte Robert an. »Du bist eine wirklich hübsche junge Frau, und wir wissen sehr genau, wie dich der Skandal um deinen Vater nicht nur in persönlicher, sondern vor allem auch in gesellschaftlicher Hinsicht zurückgeworfen hat. Mein Fehler war, dass meine Bemühungen im Hinblick auf deine Zukunft wohl nicht ausreichend gewesen sind, da ich als dein Onkel und Familienoberhaupt hier die Verantwortung trage.«

Frederike presste die Lippen zusammen. Ihr war die Anspannung bei den Worten ihres Onkels deutlich anzusehen.

»Deine Mutter und ich haben uns lange darüber unterhalten, was wohl das Beste für dich und deine Zukunft ist. Und wir haben auch deinen Onkel Karl in Wien in unsere Überlegungen eingeweiht.«

»Ja?« Frederike sah ihn ängstlich an.

»Wir halten es alle für das Beste, wenn du, zumindest für eine Weile, deinen Lebensmittelpunkt nach Wien verlegst. Dort weiß niemand über die Geschichte deines Vaters Bescheid, und dein Onkel ist ein angesehener Geschäftsmann, der dich in die Wiener Gesellschaft einführen kann.«

»Ich soll aus Hamburg fort?«

»Es ist nur zu deinem Besten, Frederike«, sagte nun Vera. »Wie Robert eben schon anmerkte, ist das Ansehen deines Onkels Karl und seiner Familie dort sehr hoch. Und du könntest Therese mit den Kindern helfen. Dann hättest du eine Beschäftigung.«

Frederike schien zu überlegen, während Luise starr auf ihren Teller blickte. Sie wagte es nicht, die Cousine anzusehen. Was mochte wohl in ihr vorgehen? Bestimmt war sie verzweifelt über die Entscheidung. Zögernd wandte Luise nun doch den Kopf und sah zu Frederike. Ihre Blicke trafen sich. Doch anders als erwartet wirkte diese keineswegs schockiert oder gar verzweifelt. Vielmehr schien sie über das Gehörte nachzudenken.

»Vermutlich habt ihr recht«, sagte Frederike dann zu Luises Überraschung. »Das könnte tatsächlich eine gute Möglichkeit für mich sein. Und die Vorstellung, mich um Franz und Helene zu kümmern, gefällt mir sehr. Franz habe ich zuletzt gesehen, als er noch ein Baby war, und Helene noch nie. Es wäre schön, sie beim Heranwachsen begleiten zu können.«

Roberts Miene entspannte sich. »Ich möchte dir etwas sagen, liebe Frederike, auch wenn ich nicht dein Vater bin: Ich bin sehr stolz auf dich und deine Reaktion. Ich gebe zu, dass ich mit einer gewissen Uneinsichtigkeit und einigem Widerstand gerechnet hatte. Dich nun so reden zu hören, verrät mir, dass deine Mutter dir ein sehr positives und richtiges Denken mit auf den Weg gegeben hat. Und dir, liebe Schwägerin, will ich sagen, wie glücklich du über deine wohlgeratene Tochter sein kannst.«

Bei jedem Wort, das ihr Vater sprach, fühlte sich Luise förmlich schrumpfen. Jedes einzelne traf sie wie ein Stich ins Herz, denn sie wusste genau, dass das Lob für die Cousine gleichermaßen eine Kritik an ihrem Verhalten heute darstellte.

»Danke, Robert.« Vera lächelte erst ihn, dann Frederike an. »Du wirst mir sehr fehlen, Frederike. Doch ich weiß, dass es das Beste für dich ist.«

»Mit dem Zug ist Wien längst nicht so weit weg, wie man meinen könnte«, sagte Frederike. »Ich verspreche, dass ich dich bald einmal besuchen kommen werde, Mutter.«

Vera musste ein wenig um Fassung ringen bei dem Gedanken, bald ohne die Tochter zu sein, doch sie sammelte sich und zwang sich zu einem Lächeln.

»Gut. Nun zu dir«, sagte Robert, und sein Ton veränderte sich abrupt. War er eben bei Frederike noch freundlich gewesen, wurde er jetzt sehr ernst. »Dein Verhalten heute hat mich nicht nur verstimmt, sondern geradezu schockiert. Ich hätte dir wesentlich mehr Reife, vor allem aber Verantwortungsgefühl zugetraut.«

»Es tut mir leid, Vater.«

»Unterbrich mich bitte nicht, Luise«, sagte Robert streng.

Luise senkte den Blick.

»Ja, ich habe mit Wilhelm Petersen am Telefon besprochen, dass Hans und du euch unverbindlich kennenlernen solltet. Ich bin dein Vater, und so etwas ist meine Aufgabe. Wilhelm und mir schien es ein guter Gedanke, dass unsere Familien wieder näher zueinanderrücken und so womöglich ein großes Bündnis entstehen könnte.« Er hob den Zeigefinger. »Und dies keinesfalls ausschließlich darauf bezogen, dass Hans und du heiraten könntet. Es ging vielmehr darum, einen engen Kontakt aufzubauen, der auf gegenseitigem Vertrauen basiert. Und da der junge Hans für Wilhelm Petersen das ist, was du für mich bist, und wir so in eine gemeinsame Zukunft blicken könnten, hielten wir es nur für angemessen.«

Luise sah ihren Vater an und fragte sich, ob er die Wahrheit sagte. War es wirklich glaubhaft, dass Wilhelm Petersen und er eine Verbindung zwischen Hans und ihr für annehmbar halten könnten, die nicht auf einer Ehe basierte? Sie wagte es nicht, ihn zu fragen. Sein Blick genügte ihr, um zu wissen, dass sie nach seiner Enttäuschung über ihr Verhalten zum jetzigen Zeitpunkt gewiss nicht in der Situation war, irgendwelche Bedenken zu äußern.

»Ich möchte dich um Verzeihung bitten, Vater, und ich hoffe, du nimmst meine Entschuldigung an. Ich hätte es besser wissen müssen. Du hast mir nie das Gefühl gegeben, über meinen Kopf hinweg Entscheidungen zu treffen. Mein Misstrauen war also nicht angebracht.«

Sie beobachtete sehr genau seine Reaktion. Fühlte er sich womöglich ertappt, weil er dieses Mal genau so hatte verfahren wollen? Hatte er sie übergehen wollen, indem er etwas mit Wilhelm Petersen arrangierte und nun so tat, als wäre dies nie seine Absicht gewesen?

»Ich nehme deine Entschuldigung an, Luise. Doch ich werde nicht so tun, als wirke die Enttäuschung über dein Verhalten nicht nach.«

»Das verstehe ich natürlich. Ich hoffe nur, dass ich dir in nächster Zeit beweisen kann, dass so etwas nie wieder vorkommen wird.«

»Darauf hoffe ich ebenfalls.« Robert atmete geräuschvoll aus. »Nun, ich gestehe jedoch durchaus ein, dass mir eine Verbindung zwischen dir und Hans Petersen nicht unrecht wäre.«

Luise wollte etwas sagen, wollte protestieren, besann sich aber eines Besseren.

Robert wartete einen Moment, ob seine Tochter etwas erwiderte. Als dies nicht der Fall war, fuhr er fort: »Doch zunächst einmal sollte es uns nur darum gehen, mit Wilhelm Petersen die ersten guten Abschlüsse zu vereinbaren und dann die Geschäftsverbindung nach und nach auf eine Ebene zu heben, die die frühere noch bei Weitem übertrifft.«

Luise war erleichtert. Zumindest stand derzeit nichts an, worüber sie sich sorgen musste. Wenn ihr Vater jedoch glaubte, ihre Einstellung zu Hans Petersen würde sich mit der Zeit ändern, dann täuschte er sich. Doch sah sie derzeit keinen Grund, ihm dies auch zu sagen.

»Ich hatte das Gefühl, dass das Essen mit den beiden ziemlich gut verlaufen ist«, erklärte sie nun Vera und Frederike und versuchte auf diese Weise, den Fokus des Gesprächs von ihren Verfehlungen weg- und zu einer unverfänglicheren Ebene hinzulenken. »Wenn ich es richtig einschätze, war Wilhelm Petersen recht beeindruckt davon, wie gut das Kontor sich in den letzten Jahren entwickelt hat.«

»So habe ich es auch empfunden«, meinte Robert und steckte sich nun erstmals etwas von seinem Essen in den Mund, das inzwischen fast kalt geworden war. Luise sah, dass die Körperhaltung ihres Vaters sich ein wenig entspannte. Offenbar hatte ihm der Ärger über die Tochter doch mehr zugesetzt, als sie anfangs gedacht hatte.

»Dann finde ich, dass wir alle mit dem heutigen Tage doch letztendlich sehr zufrieden sein können«, resümierte Vera. »Übrigens haben Robert und ich auch noch über eine andere Angelegenheit gesprochen, die wir euch nun gern mitteilen möchten: Richard wird nach Hause kommen und im Kontor mitarbeiten.«

Luise ließ die gefüllte Gabel sinken, die sie sich gerade in den Mund stecken wollte. »Wie bitte? Richard ist doch längst noch nicht mit seinem Studium fertig.«

»Er ist schon recht weit vorangekommen«, hielt Vera dagegen. »Und da er ohnehin eine Anstellung im Kontor vorziehen würde und das im Bereich der Rechtswissenschaften erworbene Wissen dafür mehr als ausreichend ist, scheint es unnötig, dass er noch weitere Jahre mit der Theorie verbringt, während er im Kontor praktische Arbeit leisten könnte.«

»Er ist von der Universität geflogen, richtig?«

»Luise!«, schimpfte Vera. »Wie kannst du so etwas behaupten?«

»Hätte sie es nicht gesagt, dann hätte ich es getan«, warf Frederike ungewohnt selbstbewusst ein. »Und vermutlich liegen wir beide mit unserer Vermutung richtig, ist es nicht so?«

Vera warf ihrem Schwager einen Hilfe suchenden Blick zu.

»Die Ausbildung Richards ist weit fortgeschritten. Er wird einen Gewinn für das Kontor darstellen«, stellte dieser klar. »Außerdem ist er ein Hansen. Ob nun Georgs Sohn oder meiner – sein Platz ist im Kontor, das euer aller Großvater gegründet hat. Ich denke, das reicht als Erklärung, oder habt ihr hierzu weitere Fragen?« Robert blickte erst Luise warnend an, dann Frederike.

»Ich zumindest freue mich, dass mein Sohn heimkehren wird«, sagte Vera in beleidigtem Tonfall.

»Und welche Aufgaben soll er im Kontor übernehmen?«, fragte nun Luise.

»Das werden wir noch sehen. Wo er mir am nützlichsten erscheint.«

Luise sah ihren Vater an. Sonst sprach er stets davon, dass sie gemeinsam entscheiden sollten, was das Beste für das Kontor war. Er hörte sich Luises Ideen an, befand diese fast immer für gut und lobte sie. Nun jedoch hatte er nur festgestellt, Richard dort einsetzen zu wollen, wo es ihm am besten erschien. Sie konnte nur hoffen, dass das Ganze vorübergehend war.

Heute zumindest hatte er seiner Tochter klare Grenzen aufgezeigt. Er war der Vater und sie nur die Tochter, die sich in seine Entscheidungen zu fügen hatte. Luise fühlte sich zurückgesetzt und bestraft. Doch sie wollte es sich nicht anmerken lassen. Sie musste jetzt klug und erwachsen reagieren und durfte keinesfalls ihre Enttäuschung nach außen tragen. Er erwartete von ihr, dass sie sich würdig zeigte, im Geschäftsleben zu bestehen. Und Luise war entschlossen, genau das zu sein.

Doch die Zweifel, ob sie damit wieder zu ihm durchdringen konnte, blieben.

3. Kapitel

Der Abend, an dem Robert seine Nichte von seinem und Veras Entschluss, sie nach Wien zu schicken, unterrichtet hatte, war gerade mal fünf Tage her. Und soeben hatte Luise ihre Cousine zusammen mit deren Mutter zum Bahnhof gebracht, sich verabschiedet und noch gewartet, bis der Zug in Richtung Wien abgefahren war. Dann war Frederike weg. Einfach so. Vera und Luise hatten sich die Kutsche geteilt, die zunächst Luise zum Kontor und dann Vera zur Villa zurückbringen sollte. Auf dem Rückweg hatten die Frauen kein Wort gesprochen. Vera hatte sich einige Male mit ihrem Spitzentaschentuch ein paar Tränen aus den Augenwinkeln getupft, während Luise nur dagesessen und aus dem Fenster gesehen hatte.

Es war schon eigenartig, Luise wusste zwar immer, dass sie sich ganz gut mit Frederike verstand. Dass ihr der Abschied von der Cousine jedoch derart zusetzen würde, damit hatte sie nicht gerechnet. Ihr war, als hätte sie einem der wichtigsten Menschen in ihrem Leben Adieu sagen müssen. Irgendwie, ohne dass es Luise bewusst geworden war, war Frederike für sie in den letzten Jahren so etwas wie eine Schwester geworden. Anders als ihre richtige Schwester Martha, die Luise mit ihren oberflächlichen Ansichten eher gleichgültig war und zu der sie nie ein besonders gutes Verhältnis gehabt hatte. Frederike hingegen war für Luise eine wichtige Vertraute geworden, auch wenn sie nie gewagt hätte, ihr alles zu erzählen, was sich vor über drei Jahren in Kamerun zugetragen hatte.

Nein. Darüber hatte Luise mit niemandem gesprochen, und manchmal hatte sie sich selbst gefragt, ob sie alles, was in dieser Zeit und an diesem fernen Ort der Welt geschehen war, nur deshalb für sich behalten hatte, weil es ihr auch irgendwie peinlich war. Ein Gedanke, der sie beschämte, denn sie fand es ziemlich heuchlerisch, einerseits so offen von dem Leben und den Menschen in Kamerun zu schwärmen und andererseits zu verschweigen, wie tief die Bindungen wirklich waren, die sie mit den Menschen dort, vor allem mit einem von ihnen, eingegangen war. Doch ihr war immer bewusst gewesen, dass es hier niemanden gab, der sie verstanden hätte. Also fand sie es klüger, es ganz für sich zu behalten.

Vor allem ihre Schwester Martha hätte ihr Verhalten aufs Schärfste verurteilt, und Luise wäre nie so dumm gewesen, sich ihr anzuvertrauen.

Luise hatte Martha Bescheid gegeben, dass Frederike heute nach Wien abreisen und für unbestimmte Zeit – womöglich sogar für immer – dortbleiben würde. Die Schwester hatte es zur Kenntnis genommen, jedoch gleich mitgeteilt, dass sie vermutlich nicht die Zeit finden würde, sich von Frederike zu verabschieden. Dabei waren die Cousinen sich früher um einiges näher gewesen als Luise und Frederike. Ja, sie waren stets die zwei Vertrauten gewesen, die die gleichen Ansichten, die gleichen Themen und die gleichen Vorlieben gehabt hatten. Wann genau sich das geändert hatte, wusste Luise nicht zu sagen. Sie war überrascht, dass es Martha offenkundig egal war, dass Frederike fortging und dann nicht mehr in der Nähe, sondern fast tausend Kilometer entfernt leben würde. Als Luise das Telefonat beendete, hätte sie nicht einzuschätzen gewusst, ob Martha überhaupt irgendjemand wichtig war. Vermutlich nur ihr Ehemann Ludwig und ihr Sohn Eduard – zumindest hoffte Luise das.

Ihr drängte sich die Frage auf, ob Martha zum Abschiednehmen gekommen wäre, wenn nicht Frederike, sondern sie selbst fortgegangen wäre. Sie schob den Gedanken beiseite. Was bedeutete es schon, wenn Martha wie üblich nur an sich dachte? Sie war eben ganz wie die Mutter, der ausschließlich ihr eigener Vorteil und ihr gesellschaftliches Ansehen, vor allem aber Geld und ein hoher Status wichtig waren. Man konnte Martha nur wünschen, dass es mit ihr in der Zukunft nicht die gleiche Wendung nähme wie mit Elisabeth, die seit der Trennung von Robert und dem Fortgang mit Georg zu keinem gesellschaftlichen Ereignis mehr eingeladen worden war und mit ihrem Geliebten in einer eher bescheidenen Wohnung lebte, und das auch nur zur Miete. Auch wenn es sich nicht schickte, so empfand Luise es doch als gerecht, und sie spürte eine gewisse Genugtuung, dass ihre Mutter durch ihr schändliches Verhalten alles verloren hatte, was ihr das Wichtigste in ihrem Leben war.

Doch auch daran wollte sie nicht mehr denken. Daran nicht und nicht an Martha und auch nicht an Frederike. Sie wollte sich um ihr eigenes Leben kümmern und nur noch solche Gedanken zulassen, die sie im Kontor weiterbrachten. Es war eigenartig, doch das Zusammentreffen mit den Petersens vor fünf Tagen und die darauf folgenden Streitigkeiten mit ihrem Vater hatten Luise noch einmal mehr zum Nachdenken gebracht. Ihr Vater trug es ihr offenkundig noch immer nach, wie sie sich ihm gegenüber verhalten hatte. Zumindest hatte Luise den Eindruck, als redete er nur das Nötigste mit ihr. Wenn sie ihm eine Frage stellte, so beantwortete er diese knapp, statt wie sonst mit ihr über den einen oder anderen Vorgang zu plaudern und sich mit ihr zu beraten.

Luise kam es fast so vor, als wollte Robert sich einfach nicht wieder freundlich zeigen, ja er vermittelte sogar den Eindruck, als ginge es ihm darum, Luise auf Abstand zu halten.

Nachdem sie sich von Vera verabschiedet hatte und diese in der Kutsche sitzen geblieben war, um sich von Hugo zur Villa zurückfahren zu lassen, schlug sie sogleich den Weg nach oben ein. Sie bog jedoch nicht nach rechts ab in ihr eigenes Büro, sondern nach links in das ihres Vaters.

»Guten Morgen, Fräulein Schreiber«, grüßte Luise, als sie an dem Schreibtisch der Sekretärin vorbeiging.

»Guten Morgen, Fräulein Hansen. Sie können da jetzt nicht hinein. Ihr Herr Vater hat eine Besprechung.«

»Eine Besprechung? Mit wem?«

»Die Herren Petersen sind da«, erklärte sie.

Kurz zögerte Luise und war schon in Versuchung, umzukehren und in ihr eigenes Büro zu gehen. Dann besann sie sich jedoch.

»Ich werde mich dazugesellen«, kündigte sie Fräulein Schreiber an.

»Aber ich weiß wirklich nicht …«, versuchte diese noch einen Einwand vorzubringen.

»Das müssen Sie auch nicht«, erwiderte Luise kühl. »Es genügt, wenn ich es weiß.« Luise konnte die belehrende Art der Sekretärin nicht ausstehen. Fräulein Schreiber wurde eingestellt, nachdem ihr Vater Fräulein Denker, die seinerzeit die Sekretärin von Georg gewesen war, entlassen hatte. Sie las Robert jeden Wunsch von den Augen ab, während sie die Aufträge, die Luise ihr erteilte, nur recht widerwillig erledigte. Das erboste Luise gewaltig. Wenn es eines Tages so weit wäre und ihr Vater ihr die Firma übergeben würde, wovon Luise fest überzeugt war, könnte Fräulein Schreiber von Glück sagen, wenn sie bis dahin anderswo eine Stelle oder eben einen Mann gefunden hatte, um ihre Versorgung sicherzustellen.

Sie klopfte an und öffnete die Tür, ohne eine Antwort ihres Vaters abzuwarten. »Vater, da bin ich wieder ... Und wie ich sehe, haben wir Gäste.« Sie ging auf die Petersens zu, die Robert gegenüber auf dem weichen Ledersofa Platz genommen hatten, das zusammen mit zwei passenden Sesseln um einen Glastisch angeordnet war.

Sofort standen alle drei Männer auf. Luise ging als Erstes auf Wilhelm Petersen zu, streckte ihm die Hand entgegen, dann tat sie das Gleiche bei Hans. Sie lächelte die beiden freundlich an. »Dass wir uns so bald wiedersehen, hätte ich nicht zu hoffen gewagt. Ich freue mich wirklich sehr.«

Dann ging sie zu ihrem Vater und gab ihm einen Kuss auf die Wange. »Guten Tag, Vater. Frederike lässt dich grüßen.«

»Vielen Dank, Luise.«

»Möchten Sie uns nicht Gesellschaft leisten, Fräulein Luise?«, fragte Wilhelm Petersen.

»Nun, ich fürchte, meine Tochter ist über die Maßen beschäftigt«, wehrte Robert ab.

»Ja, das stimmt. Wir haben in der Tat gerade sehr viel Arbeit«, gab Luise dem Vater recht. »Aber für besondere Gäste wie Sie nehme ich mir gern Zeit.«

Sie setzte sich auf den freien Sessel, woraufhin die Petersens auch wieder Platz nahmen. Robert brauchte einen Moment zum Reagieren, setzte sich dann aber ebenfalls wieder hin.

»Aber ich wollte Sie keinesfalls stören, meine Herren. Bitte fahren Sie doch mit Ihrer Unterhaltung fort. Ich war nur so erfreut, als ich hörte, dass Sie im Hause sind. Da wollte ich mir keinesfalls die Gelegenheit entgehen lassen, Sie zu begrüßen.«

»Ich muss schon sagen, Fräulein Luise, Sie sind eine überaus charmante und kluge junge Frau«, lobte Wilhelm Petersen.

»Und eigennützig«, erwiderte sie mit einem Lächeln. »Schließlich ist es mir ein Vergnügen, ein wenig Zeit mit Ihnen beiden verbringen zu dürfen.«

Robert warf seiner Tochter einen verwunderten Blick zu, fing sich aber gleich wieder, um es seine Gäste nicht merken zu lassen.

»Wir sprachen über den Handel im Allgemeinen und seine Entwicklung in Hamburg, aber natürlich auch über die Bohnen«, setzte Robert sie ins Bild.

»Kakao oder Kaffee?«, fragte Luise.

»Wir waren noch beim Kaffee«, antwortete Wilhelm Petersen. »Zum Kakao wollten wir erst kommen.«

Luise blickte dessen Neffen an. »Sag bitte, Hans, ich darf dich doch so ansprechen?«

»Aber ja, gewiss.«

»Sehr gut. Bitte nenn mich Luise. Um ehrlich zu sein, war es mir bei unserem letzten Treffen fast zu förmlich.« Sie lächelte freundlich. »Also, Hans, warst du schon einmal in einem der Herkunftsländer des Kaffees oder Kakaos?«

»Nein.« Hans schüttelte den Kopf. »Nein, noch nie. Und ich weiß auch nicht, ob ich das überhaupt möchte.«

»Das kann ich gut verstehen, es ist schon ein ganz anderes Leben dort. Aber ich kann es dennoch nur empfehlen.« Sie wandte sich Robert zu. »Unsere Zeit in Kamerun werden wir beide nie vergessen, nicht wahr, Vater?«

Robert musterte sie kurz. Luise konnte ihm geradezu ansehen, dass er sich fragte, was sie mit ihrer Freundlichkeit gegenüber Hans Petersen bezweckte.

»Ja, das ist wohl wahr«, ließ er dann verlauten. »Kamerun ist fantastisch. Wer einmal dort war, vergisst das Land nie wieder.«

»Das klingt, als würdest du gern noch einmal dort hinfahren?«, fragte Hans.

Luise spürte einen Druck in der Brust. Sie musste sich zusammenreißen, um ihre wahren Gefühle nicht zuzulassen. »Nun ja, es war eine interessante Erfahrung. Aber mein Platz ist hier in Hamburg. So schön das Land auch sein mag, es geht doch nichts über die Heimat und meine Aufgaben hier im Kontor.«

Robert musterte Luise abermals, schien sich jedoch allmählich zu entspannen. So plauderten die Hansens noch eine Weile mit den Petersens über dies und das, nicht jedoch über konkrete Geschäfte. Es schien, als vermieden die Parteien es geradezu, in irgendeiner Form konkret zu werden. Erst als sie sich voneinander verabschiedeten, sagte Wilhelm Petersen: »Robert, ich muss schon sagen, es ist beeindruckend, was Sie und Ihr Fräulein Tochter auf die Beine gestellt haben. Ich gebe zu, dass ich skeptisch war, und eigentlich hatte ich, als wir hierherkamen, noch nicht vor, etwas Konkretes anzubieten. Doch in all den Jahren im Handel habe ich gelernt, nicht nur auf meinen Kopf, sondern auch auf meinen Instinkt zu hören.« Er sah kurz von Robert zu Luise. »Ich würde mich freuen, wenn Sie die Firma Wilhelm Petersen wieder in Ihre Kundenkartei aufnehmen würden.«

»Es wäre mir eine Freude, Wilhelm.« Robert streckte ihm die Hand entgegen, die der Ältere ergriff und kräftig schüttelte. »Eine echte Freude.«

»Wunderbar. Dann werde ich Ihnen in Kürze eine Liste zukommen lassen und erbitte möglichst rasch Ihre Antwort, wann Sie die Waren liefern können.«

»Sie können sich darauf verlassen, Wilhelm.« Er deutete auf Luise. »Die eingehenden Bestellungen überwacht meine Tochter. Sie können also sicher sein, dass alles reibungslos vonstattengehen wird.«

Luise war über die Worte des Vaters erleichtert, denn es war das erste Mal seit Tagen, dass er ihr wieder freundlich gesinnt schien.

»Ich werde mich um jede Ihrer Bestellungen persönlich kümmern, Herr Petersen. Und um deine natürlich ebenso, Hans.« Sie reichte beiden die Hand. »Darf ich Ihnen sagen, wie sehr ich mich freue, dass Sie ins Haus Hansen zurückkehren? Mein Großvater wäre sehr glücklich, wenn er diesen Moment noch erlebt hätte.«

»Wohl gesprochen, Fräulein Luise.« Wilhelm Petersen nahm nochmals ihre Hand und hauchte einen Kuss darauf. »Und wenn es Ihre Zeit erlaubt, Fräulein Luise, wäre es mir ein Vergnügen, Sie, Ihren Herrn Vater und auch die weiteren Mitglieder der Familie Hansen bald einmal in unserer Villa begrüßen zu dürfen.«

»Wann immer Sie uns eine Einladung zukommen lassen, werden wir dieser mit größtem Vergnügen folgen«, sagte Luise so froh, als könnte sie es kaum erwarten. »Ich hoffe, du wirst dann auch dabei sein, Hans?«

»Äh, ja, gewiss.« Es schien, als überraschte Luises Bemerkung ihn.

»Fräulein Luise, Sie sind die junge Seele dieses Kontors«, sagte nun Wilhelm Petersen. »Einen guten Tag noch! Sie werden in Kürze von uns hören.«

»Auch Ihnen einen guten Tag.«

Als die Petersens das Büro verlassen und die Tür hinter sich geschlossen hatten, sahen Luise und Robert sich einen kurzen Moment nur an. Dann jubelten sie etwas verhalten, damit die Petersens sie beim Weggehen nicht womöglich hören konnten, und fielen sich schließlich in die Arme.

»Luise, du bist wie ausgewechselt«, stellte Robert fest. »Und ich kann dir nur sagen, wie stolz ich auf dich bin, dass du über dich hinausgewachsen bist und ein solches Verhalten an den Tag legst.«

»Du hattest vollkommen recht, Vater, und das ist mir klar geworden. Hier geht es nicht um persönliche Befindlichkeiten, sondern ums Geschäft. Ich möchte als vollwertige Händlerin wahrgenommen werden. Dazu passt nicht, dass ich mich aufführe wie ein weinerliches Mädchen.«

Robert schloss Luise fest in seine Arme, und sie genoss es, auf diese Art von ihm gehalten zu werden.

»Mit dieser Einstellung, Luise, werden wir nicht mehr aufzuhalten sein.«

Sie drückte sich an ihn. In diesem Moment war sie glücklich, doch sie fragte sich gleichzeitig, was er von ihr erwartete: Wie weit sollte sie wohl gehen, um alles aus dem Kontor herauszuholen? Eine Frage, die sie beunruhigte.

4. Kapitel

Therese reckte den Hals. Sie hatte Franz auf den Arm genommen, damit er im Gewimmel des Bahnhofs nicht verloren ging, während Helene in dem geflochtenen Korb des Kinderwagens saß und sich neugierig in alle Richtungen umsah. Franz zog an dem Seidenband, das Thereses locker aufgesteckte Haare zusammenhielt, und sie konnte seine Hand gerade noch fassen, bevor er es vollends von ihrem Kopf zog. »Nicht, Franz, lass das.« Sie hielt sein Händchen fest, stellte sich auf die Zehenspitzen und hielt weiter Ausschau nach der Nichte ihres Mannes. Sie konnte nur hoffen, dass sich Frederike nicht allzu sehr verändert hatte. Therese hatte sie schon lange nicht mehr gesehen und fürchtete, sie womöglich nicht zu erkennen, wenn sie mit den vielen anderen Menschen am Bahnsteig stand.

Dann hörte sie, wie jemand ihren Namen rief, und versuchte auszumachen, woher die Stimme kam. Sie sah eine junge Frau mit dunklen Haaren, die ihren Arm in die Luft streckte und ihr fröhlich zuwinkte.

Therese ließ den Kinderwagen einen Moment los, um zurückzuwinken, fasste dann wieder an den Griff und versuchte, sich einen Weg zu Frederike zu bahnen, die bereits auf sie zukam.

Als sie einander erreichten, sahen sie sich kurz an. Dann umarmten sie sich, wodurch Franz ein wenig gedrückt wurde und augenblicklich protestierte.

»Frederike, wie schön! Wir haben uns so sehr auf dich gefreut.«

»Ich bin wirklich sehr glücklich, hier zu sein. Vielen Dank, dass ich bei euch wohnen darf!« Sie wandte sich an Franz. »Guten Tag, Franz. Du kennst mich bestimmt nicht mehr, oder? Du bist aber groß geworden.«

Franz sah die fremde Frau an, lehnte den Kopf an die Schulter der Mutter und wich Frederikes Blick aus.

»Er ist ein bisschen schüchtern. Außerdem habe ich ihn aus dem Mittagsschlaf gerissen, da ist er immer ein bisschen grantig. Das wird sich rasch geben.«

Frederike lächelte, beugte sich zu Helene im Kinderwagen hinunter. »Na, du Hübsche.« Sie strich dem Kind zärtlich über die Wange, worauf Helene sofort zu glucksen begann. »Ich bin deine Cousine.«

Helene griff nach Frederikes Finger und hielt ihn fest, was diese zum Lächeln brachte. »Du hast aber einen zupackenden Griff«, lobte sie, zog ihren Finger zurück und richtete sich wieder auf.

Therese verlagerte Franz' Gewicht, der mit seinen knapp drei Jahren allmählich zu schwer wurde, um ihn länger zu halten.

»Soll ich ihn nehmen?«, bot Frederike an.

»Ich glaube, das würde er im Moment noch nicht wollen. Aber du könntest den Kinderwagen schieben. Dann kann ich ihn anders halten. Aber nur, wenn das mit deinem Koffer geht.«

»Ja, das geht. Mein Koffer ist nicht schwer.«

Therese war die Erleichterung anzusehen, als sie Franz' Gewicht auf ihren anderen Arm verlagerte und ihn nun vor dem Oberkörper trug. Er schlang seine kleinen Arme um ihren

Hals, lehnte seinen Kopf an ihre Schulter und schien überaus zufrieden.

Frederike hielt ihren Koffer in der Rechten, während sie mit der Linken den Kinderwagen schob. Ein solches Modell hatte sie in Hamburg noch nie gesehen. Die Holzräder waren auffallend groß, viel größer als die, die sie für Kinderwagen kannte, sodass die Konstruktion mit dem geflochtenen Korb darauf ihr bis über die Hüfte reichte. So war es leicht, das Gestell an dem geschwungenen Holzgriff in die richtige Richtung zu lenken.

Sie bahnten sich einen Weg durch die Menschenströme, die ihnen entgegenkamen und an ihnen vorbeizogen. Frederike blieb keine Zeit, die riesige Bahnhofshalle mit den Oberlichtern im Dach zu bestaunen, da sie Mühe hatte, Therese in dem Getümmel nicht aus den Augen zu verlieren. Erst als sie die große Ankunftshalle erreichten, verteilten sich die Menschen, sodass die Frauen nebeneinander gehen konnten.

»Wir müssen da entlang.« Therese deutete mit dem ausgestreckten Arm und führte Frederike über den Bahnhofsvorplatz. Dort beugte sie sich herunter und stellte Franz auf die Beine, der jedoch augenblicklich protestierte.

»Du wirst jetzt mal ein bisschen laufen«, erklärte Therese freundlich, aber bestimmt. »Gott hat dir deine Beine nicht gegeben, damit du deine Schuhe an meinem Rock reinigst.«

Die kleine Helene saß aufrecht und durch Kissen gestützt in dem Kinderwagen und spielte versonnen mit ihren Händchen.

»Ich kann sie jetzt schieben«, bot Therese an, doch Frederike schüttelte den Kopf.

»Das ist nicht nötig. Es sei denn, du möchtest es.«

»Aber nein. Du kannst sie gern schieben. Aber dann gib mir wenigstens deinen Koffer.«

Frederike wollte etwas erwidern, doch Therese lächelte freundlich und hielt ihr die Hand hin, sodass sie die Frau ihres Onkels nicht zurückweisen wollte.

»Der ist ja wirklich nicht schwer«, stellte Therese überrascht fest. »Ich hoffe doch, dass es nicht daran liegt, dass du schon bald wieder zurückwillst.«

»Nein.« Frederike schüttelte den Kopf. »Ich wusste nur nicht … nun ja, was ich mitnehmen sollte, weil ich … also, ich habe mir lange keine neuen Kleider gekauft.«

Therese sah sie überrascht an. »Weshalb nicht? Gibt dein Onkel Robert dir kein Geld? Das Kontor steht doch gut da.«

Frederike schluckte schwer. »Ich will es nicht, weil … nun, weil er nicht mein Vater ist und meine Mutter und ich Onkel Robert und Onkel Karl ohnehin schon auf der Tasche liegen.«

Therese blieb stehen. »Hat dein Onkel Robert so etwas zu dir gesagt?«

»Nein«, stellte Frederike klar. »Ganz im Gegenteil. Er hat mir immer wieder angeboten, mich neu einzukleiden. Aber ich …«, sie suchte nach Worten, »ich denke, ich habe einfach ein schlechtes Gewissen.«

Therese stellte den Koffer ab und zog Frederike kurz zu sich heran, die etwas überrascht war, denn diese Art von spontanem Körperkontakt kannte sie von ihrer eigenen Familie in Hamburg nicht.

»Du hast eine vollkommen falsche Einstellung, mein Kind. Zum Glück bist du hergekommen. Du wirst schon sehen, dass wir das hier ganz schnell aus der Welt bekommen und du zu einer schönen jungen Frau aufblühen wirst.« Sie tätschelte Frederikes Wange. »Ich glaube, dass deine Onkel Robert und Karl sich sehr ähnlich sind. Und deshalb weiß ich auch sehr genau, dass du eine falsche Einstellung hast. Du bist nicht nur die Tochter deines Vaters, sondern die Nichte deiner Onkel. Eine Hansen.« Therese nahm den Koffer wieder auf. »Komm. Wir gehen erst einmal nach Hause, und ich zeige dir dein Zimmer. Es wird sich alles finden, Frederike. Hier bei uns kannst du alles hinter dir lassen.«

Sie gingen weiter, und Frederike hatte Mühe, die Tränen zurückzuhalten. Die wenigen Worte Thereses hatten sie tief berührt. Sie kannte die Frau ihres Onkels nur oberflächlich. Doch die Herzlichkeit, mit der diese ihr begegnete, war so überwältigend, dass sie es kaum glauben konnte.

Ohne Hast gingen sie durch die Straßen Wiens, und Frederike sah sich in der Stadt um, die künftig oder zumindest für eine Weile ihr Zuhause sein würde.

»Ich werde dir in nächster Zeit alles in Ruhe zeigen, wenn wir keinen Koffer dabeihaben«, erklärte Therese, als sie Frederikes Blick folgte.

»Es ist wirklich schön hier bei euch. Noch schöner, als ich es in Erinnerung hatte.«

»Es ist jetzt auch nicht mehr weit bis zum Haus«, teilte Therese mit. »Womöglich hätten wir doch einen Fiaker nehmen sollen, aber ich habe schon öfter erlebt, dass die Kutscher nicht gern einen Kinderwagen mitnehmen. Und ich mag mich nicht dafür entschuldigen, zwei Kindern das Leben geschenkt zu haben.«

»Ich gehe gern zu Fuß. Aber gib mir bitte den Koffer auch einmal wieder. Du musst ihn wirklich nicht die ganze Zeit tragen.«

»Wir sind ja schon fast da.« Therese machte eine Kopfbewegung. »Dort vorn, das große weiße Haus am Flussufer. Das ist unseres.«

»Das ist euer Haus? Was ist aus der Wohnung geworden? Ich fand sie so schön.«

»Ich habe die Wohnung auch sehr gemocht. Aber mit zwei Kindern ist sie einfach zu klein geworden. Und hier haben wir auf der Rückseite des Hauses einen Garten. Ein Garten mitten in Wien, stell dir vor!« Es klang schwärmerisch.

»Wirklich?« Frederike freute sich mit ihr. »Das ist ja wunderbar.«

»Ich freue mich schon jetzt auf die wärmeren Monate, wenn die Kinder draußen spielen können. Aber wir dürfen sie dort nicht aus den Augen lassen. Die Wien macht hier einen Bogen und fließt direkt hinter dem Garten vorbei. Franz' Beinchen mögen zwar noch kurz sein, doch er ist recht flink unterwegs – insbesondere in den wenigen unbeobachteten Momenten.«

»Der Fluss heißt Wien, genau wie die Stadt? Wie hübsch!«

Frederike genoss die entspannte Stimmung zwischen ihnen. Ja, sie fand es von Moment zu Moment reizvoller, hier in Wien und so weit weg von zu Hause zu sein. Es war eigenartig, denn eigentlich hatte sie sich daheim in Hamburg nie eingesperrt gefühlt. Jetzt jedoch, hier in Wien und mit Therese, fühlte sie sich frei auf eine Art, die sie nie zuvor gekannt hatte. Was war es bloß, was diese Stadt, kaum dass sie richtig angekommen war, mit ihr machte?

Sie erreichten das Haus, und Therese bat Frederike, einen Moment zu warten. »Ich werde nur eben Franz und den Koffer hineinbringen und dir dann mit dem Kinderwagen behilflich sein.«

»Ist gut.«

Therese half Franz Stufe für Stufe hinauf, zog einen Schlüssel hervor und sperrte die Tür auf. Frederike war überrascht, wollte es aber nicht zeigen. Bei einem derart stattlichen Haus hatte sie damit gerechnet, dass Therese und Karl Personal beschäftigten, das ihnen die Tür öffnete und seinen Dienst im Haus versah. Vielleicht hatte das Hauspersonal aber auch nur frei oder war unterwegs, um Botengänge zu erledigen. Sie wollte jedoch lieber nicht fragen, um Therese womöglich nicht vor den Kopf zu stoßen.

»Du wartest bitte hier, Franz.« Therese fasste ihren Sohn an den Schultern. »Ich gehe nur hinunter und helfe Frederike.«

Der Kleine nickte, und Therese stieg die Stufen wieder herab, fasste den Kinderwagen am Gestell, und zusammen hoben die Frauen ihn an, während Helene darin vor Vergnügen jauchzte.

»So ist es viel einfacher«, sagte Therese und stellte den Wagen wieder ab, als sie die Stufen geschafft hatten. »Normalerweise hebe ich die Kleine heraus und hole den Kinderwagen erst später herein. Siehst du?« Sie zwinkerte Frederike zu. »Schon jetzt wird mein Leben leichter, kaum dass du da bist.«

»Du bist wirklich so freundlich zu mir, Therese. Oder soll ich Tante Therese sagen? Ich weiß gar nicht, wie ich das wieder gutmachen kann.«

Therese lachte glockenhell auf. »Um Himmels willen nicht Tante Therese sagen! Meine eigene Tante war Tante Therese, und die war eine ganz fürchterliche Person.« Sie hob das Kinn und streckte den Zeigefinger vor.

»Du trägst einen großen Namen, Therese. Du musst dies machen, du musst jenes machen. Ach, Therese, du machst ja schon wieder alles verkehrt. So wird aus dir niemals eine Dame«, äffte sie nach, was ihr an Erinnerungen durch den Kopf ging.

Frederike lachte auf. »So war meine Tante Elisabeth auch.« Sie verzog das Gesicht. »Also, ich wollte es nicht klingen lassen, als gäbe es sie nicht mehr. Es gibt sie eben nur nicht mehr in unserem Leben.«

Therese legte den Kopf schräg. »Ich kann nur erahnen, wie schwer das alles für dich, deinen Bruder und auch deine Cousinen gewesen sein muss. Wien wird dir guttun, Frederike. Hier kannst du alles hinter dir lassen.«

»Aber deshalb wird es doch niemals aus meinem Kopf verschwinden«, erwiderte Frederike traurig.

»Verschwinden nicht, aber es wird dir mit der Zeit nicht mehr so wichtig erscheinen. Es wird hier …«

»Mama!« Franz zupfte an Thereses Rock und unterbrach sie. »Ich muss mal.«

Therese streichelte ihm übers Haar. »Aber natürlich, mein Schatz. Ich komme.«

Sie wandte sich wieder an Frederike. »Kannst du so lange bei Helene bleiben?«

»Aber natürlich.« Frederike beugte sich zum Kinderwagen hinunter und hob die Kleine heraus.

»Sonst muss ich sie immer mitnehmen, weißt du?« Therese lächelte Frederike an. »Ich merke es schon. In zwei Tagen werde ich dich auf Knien anflehen, für immer hierzubleiben.«

»Mama!« Franz zog stärker an Thereses Rock.

»Ich komme ja schon.« Sie nahm die Hand ihres Sohnes und lief mit ihm los.

»Es ist schön, dass du hier bist!« Karl nahm seine Nichte bei den Schultern und drehte sie vor sich einmal herum.

»Es ist wunderbar, bei euch sein zu dürfen, Onkel Karl.«

»Dürfen? Frederike, wir sind glücklich, dich hier bei uns zu haben.« Er ließ die Nichte los. »Und? Wie war die Fahrt? Es war das erste Mal, dass du allein unterwegs warst, noch dazu über Nacht, nicht wahr?«

»Allerdings. Und ich gebe zu, dass es manchen mulmigen Moment gab. Womöglich habe ich es mir nur eingebildet, doch ich hatte das Gefühl, dass einige der mitreisenden Herren mir Blicke zuwarfen.«

»Bei einer schönen jungen Frau wie dir wäre alles andere eher verwunderlich«, meinte Karl.

Sie schüttelte den Kopf. »Ich denke nicht, dass mein Aussehen oder meine Jugend der Grund waren. Es war eher so, als störten sie sich daran, dass eine Frau allein reist.«

»Dann waren es sehr dumme Männer«, sagte Therese, die in diesem Moment den Raum mit einer Fleischplatte in den Händen betrat. »Ich bringe das hier jetzt ins Esszimmer. Kommt ihr?«

»Das duftet ja köstlich. Natürlich kommen wir«, sagte Karl, legte seiner Nichte den Arm um die Schultern und ging mit ihr gemeinsam hinüber.

»Hoffen wir, dass Franz wirklich eingeschlafen ist.« Therese setzte sich an den Tisch und bedeutete Frederike, neben ihr Platz zu nehmen. »Helene ist da ganz anders. Sobald sie satt und sauber ist und ich sie hinlege, ihr einen Kuss gebe und ein Lied vorsinge, schläft sie ein. Aber unserem Franz fällt immer noch etwas ein, und er findet manchmal erst Stunden nach seiner eigentlichen Schlafenszeit zur Ruhe.« Sie horchte, ob Geräusche aus dem Kinderzimmer drangen, doch es war nichts zu hören. »Es gab Zeiten, da konnten wir nicht eine Mahlzeit in Ruhe einnehmen.«

»Weshalb ich immer wieder gesagt habe, dass wir uns ein Kindermädchen ins Haus holen sollten«, hielt Karl ihr vor.

»Auf gar keinen Fall. Ich hatte, als ich klein war, Kindermädchen. Nicht nur eines, nein mehrere. Nur meine Mutter habe ich kaum zu Gesicht bekommen.« Therese schüttelte den Kopf. »Ich werde für unsere Kinder da sein. Darüber gibt es keine Diskussion.«

»Du siehst, meine liebe Nichte, dass ich rein gar nichts im Hause Hansen zu sagen habe.«

»Du hast im Kontor das Sagen, das muss genügen«, stellte Therese mit einem schelmischen Schmunzeln fest, reichte ihrem Mann über den Tisch hinweg die Hand und drückte seine. »Und gib es zu: Das gefällt dir.«

Karl gab Therese einen Kuss auf die Hand. »Und wie es mir gefällt!«

Frederike lächelte. Wie herzlich die Stimmung zwischen den beiden doch war. Sie vermisste es, in einer intakten Familie zu leben. Nicht, dass ihre Mutter und ihr Vater zu Zeiten, als sie noch alle in einem Haus gelebt hatten, auch nur im Ansatz so liebevoll miteinander umgegangen wären wie Therese und

Karl. Nein, das sicher nicht. Sie waren einander freundlich und mit gegenseitigem Respekt begegnet. Das war alles. Bei Therese und Karl jedoch war jeden einzelnen Moment zu spüren, wie sehr sie sich liebten. Und das war etwas, was ihr zu Hause in Hamburg schon seit Langem gefehlt hatte. Sie konnte sich an einen so zärtlichen, von Liebe geprägten Umgang überhaupt nur aus den Zeiten erinnern, als ihre Großmutter Marie und ihr Großvater Peter noch gelebt hatten. Ja, diesen beiden war ebenfalls anzumerken gewesen, wie sehr sie einander verbunden waren. Bei ihren Eltern jedoch oder auch bei Elisabeth und Robert war es da ganz anders gewesen.

Und auch wenn sie sich zuvor nie wirklich Gedanken darüber gemacht hatte, spürte sie in diesem Moment sehr deutlich, dass sie so und nicht anders leben wollte. Sie wollte sich nicht mit irgendeinem Mann zufriedengeben, der trotz ihrer zweifelhaften Familienverhältnisse bereit war, sie zu nehmen. Sie wollte sich verlieben, ehrlich und aufrichtig, ganz so, wie es schon einmal geschehen war, auch wenn sie daran zweifelte, dieses Gefühl je für einen anderen Mann empfinden zu können. Und dennoch wollte sie genau dies wieder erleben. Sollte es ihr nicht vergönnt sein, dann würde sie eben arbeiten gehen und selbst für ihr Auskommen sorgen. Andere Frauen hatten dies schließlich auch schon geschafft.

»Therese, darf ich dich etwas fragen?«

»Aber natürlich, Frederike, was du willst.« Therese lächelte die Nichte ihres Mannes freundlich an und reichte ihr das Gemüse.

»Bevor du Onkel Karl kennenlerntest, hattest du doch bereits ein eigenes Kaffeehaus und konntest damit dein Auskommen bestreiten, nicht wahr?«

Therese schmunzelte. »Allerdings. Und ich habe es noch immer. Weshalb fragst du?«

»Wie hast du das geschafft? Ich meine, als Frau.«

»Sie ist einen halben Tag mit dir zusammen, und schon will sie den großen Aufbruch wagen«, bemerkte Karl grinsend und zwinkerte ihr zu.

»Gut so!«, sagte Therese. »Weißt du, ich glaube, ich war einfach schon immer anders als andere Frauen oder auch Mädchen. Ich wurde gut erzogen und habe alle Annehmlichkeiten der gehobenen Gesellschaft kennengelernt. Doch eines hat mir nie behagt: mir sagen zu lassen, was ich zu tun habe. Oder vor allem, was ich auf keinen Fall tun sollte. Ich fand es immer ungerecht, dass meinem Bruder Florentinus Dinge gestattet wurden, nur weil er ein Junge war. Das wollte ich irgendwie nicht einsehen. Ich wollte darüber immer gern mit meiner Mutter diskutieren, doch das kam für sie nicht infrage. Also habe ich beschlossen, damit aufzuhören und nur das zu tun, was ich für richtig hielt. Und wenn mir jemand sagte, ich könnte oder dürfte etwas nicht, weil ich eine Frau bin, habe ich gelacht und es erst recht gemacht.«

»Ich bewundere dich«, brachte Frederike fast ehrfurchtsvoll hervor.

»Versuch einfach nicht, den Leuten zu gefallen«, riet Therese. »Versuch, dir selbst zu gefallen. Tu die Dinge so, dass du selbst stolz auf dich sein kannst. Und vor allem: Sei dir nicht zu schade, etwas Unangenehmes zu erledigen. Ganz gleich, welche Stellung du hast. Putze, hämmere und bohre, trage schwere Lasten und bemühe dich vor allem, es immer allein zu erledigen. Wenn dir jemand zu Hilfe kommt, ist es gut. Wenn nicht, dann beiß dich einfach durch.«

»Ich glaube nicht, dass ich das könnte.« Frederike presste die Lippen aufeinander. »Luise ist auch so wie du. War sie schon immer. Ich habe mich früher mit Martha viel besser verstanden als mit ihr. Wahrscheinlich weil Martha und ich im gleichen Alter sind und Luise zwei Jahre jünger ist als wir. Irgendwie passte es da mehr. Doch wenn ich sie heute ansehe, wie sie jeden

Tag ins Kontor geht und es ihr so unglaublich leichtzufallen scheint, die Arbeit dort zu verrichten und sogar die Angestellten in ihren Aufgaben zu unterweisen, dann komme ich mir einfältig und dumm vor. Luise ist so, wie ich heute auch gern wäre.«

»Dann sei so.« Therese blickte auf die Teller, die nun mit Speisen gefüllt waren. »Nun fangt an und lasst es euch schmecken, guten Appetit!« Sie wandte sich wieder an Frederike. »Ich weiß nicht, ob es deiner Mutter recht ist. Doch da sie und dein Onkel Robert es für eine gute Idee hielten, dass du hier bei uns lebst, denke ich, dass nichts dagegen spricht, wenn du hier die Selbstständigkeit lernst, die ich in deinem Alter längst hatte. Was meinst du dazu?«

Frederike zögerte. »Ich wäre glücklich, glaube ich. Doch ich habe das Gefühl, vieles einfach nicht zu können.«

»Nur weil du es dir nicht zutraust«, erwiderte Karl. »Dein Großvater hat zu uns Brüdern, als wir noch Kinder waren, immer gesagt, dass wir alles schaffen können, wenn wir es nur wollen.«

»Weil ihr Jungen wart«, hielt Frederike dagegen.

»Merkst du es gerade selbst, Liebes?« Therese legte ihre Hand auf die von Frederike. »Du sprichst gegen dich selbst und redest so, als wolltest du auch uns überzeugen, dass dir nichts gelingen wird. Wenn du so denkst, wirst du damit recht behalten.«

»Womit?«

»Dass es nicht gelingen kann. Dein Onkel Karl glaubt an dich, ich glaube an dich. Nur du leider nicht.«

Frederike traten Tränen in die Augen.

»Ach, Liebes, ich wollte dich nicht verletzen«, sagte Therese rasch. »Ich weiß nur sehr genau, welche Zweifel an dir nagen und wie sehr du dir wünschst, allem Widerstand zum Trotz du selbst sein zu dürfen.«

Frederike wischte eilig die Tränen aus ihren Augen.

»Es ist dein erster Tag hier«, sagte Karl in beruhigendem Tonfall. »Gib dir selbst etwas Zeit. Ich bin mir sicher, wenn du erst eine Weile hier bist, wird sich vieles von selbst regeln.«

»Was denkst du, Frederike, möchtest du morgen mit mir und den Kindern ins Kaffeehaus gehen? Dann kann ich dir alles zeigen. Und du kannst für dich entscheiden, ob du deine Tage hier mit mir und den Kindern oder doch lieber dort verbringen möchtest. Oder sogar bei deinem Onkel im Kontor, um zu lernen.«

»Einfach so? Ihr lasst mir die Freiheit, selbst zu entscheiden?« Frederike sah überrascht zwischen Therese und Karl hin und her.

»Ich merke schon, bei euch in Hamburg scheint es ganz anders zuzugehen als hier bei uns«, sagte Therese. »Dein Onkel hat vollkommen recht. Nimm dir ein wenig Zeit. Du bist gerade einmal einundzwanzig Jahre alt. Ja, es ist an der Zeit, dass du deinen Weg findest. Doch erst einmal solltest du dich fragen, wo du überhaupt hinwillst, bevor du losziehst. Hier bei uns ist der richtige Ort, um den ersten Schritt zu machen. Und alles andere wird sich finden.«

Wieder traten Frederike Tränen in die Augen. Nun jedoch weinte sie vor Glück.

5. Kapitel

Seit Frederike fort war, kam Luise die Villa vor wie ein Geisterhaus. Sie fühlte sich allein. Früher hatte sie hier mit ihren Großeltern, Georgs gesamter Familie, Karl und ihren Eltern und ihrer Schwester gelebt. Nun waren nur noch ihr Vater, Vera und sie übrig. Und natürlich Anna, die Haushälterin, Trude, das Dienstmädchen, und Hugo, der Kutscher. Und immer mal wieder wechselnde Angestellte, die sich um den Garten und den angrenzenden Park kümmerten. Von diesen kannte Luise jedoch oft nicht einmal den Namen.

Sie kam sich egoistisch vor, denn sie hatte zuvor nie einen Gedanken daran verschwendet, wie Frederike sich wohl gefühlt haben musste, wenn sie tagein, tagaus in der Villa gesessen und nur gelegentlich etwas Abwechslung im Gespräch mit ihrer Mutter gefunden hatte. Erst jetzt, wo Frederike fort war und Luise nach ihrer Rückkehr aus dem Kontor niemanden hatte, mit dem sie reden und den Tag Revue passieren lassen konnte, vermochte sie zu erahnen, was in Frederike vorgegangen sein musste.

Sie ging nun regelmäßig, wenn sie am frühen Abend aus dem Kontor heimkehrte und noch ein wenig Zeit bis zum Essen war, im Park des Anwesens spazieren, nachdem sie die

Kaninchen versorgt hatte. Marthas war letzte Woche gestorben, sodass es nun nur noch Frederikes und ihr eigenes gab. Luise hatte den kleinen steifen Körper aus dem Stall gehoben und nahe beim Gehege ein Grab für das Tierchen geschaufelt. Dort, wo sie vor Jahren Richards Kaninchen begraben hatte. Doch dieses Mal war das Gefühl anders gewesen. War es bei Richards Kaninchen damals rätselhaft gewesen, woran es gestorben war, hatte ihr Vater ihr nach dem Auffinden von Marthas totem Kaninchen gesagt, dass es schließlich schon alt gewesen sei. Luise war bei dieser Aussage das Herz schwer geworden, denn dies bedeutete, dass auch für Cäsar und Frederikes Kaninchen bald die Zeit gekommen sein würde. Eine Vorstellung, die für Luise sehr schmerzhaft war.

Für sie war Cäsar das einzige Lebewesen, für das sie bedingungslose Liebe empfand. Oder war es genau andersherum? Wann immer sie das Tier besuchte, aus dem Gehege nahm und an sich drückte, empfand sie einen kurzen Moment des Glücks. Und auch eine gewisse Geborgenheit, das Gefühl, dass in diesen Augenblicken alles noch so war wie früher. Zumindest für die kurze Zeit, wenn sie Cäsar auf dem Arm hielt. Ihr Großvater hatte ihnen seinerzeit die Tiere geschenkt. Sie waren das letzte Andenken an ihn, und Luise erfüllte der Gedanke mit Schmerz, dass das Ende für die Tiere womöglich bald kommen würde.

Frederike war inzwischen seit fast zwei Wochen in Wien, und Luise erwartete jeden Tag einen Brief von ihr. Die beiden hatten sich fest versprochen, regelmäßig zu schreiben, wenngleich Luise kaum wusste, was sie ihrer Cousine hätte berichten können. Alles war wie immer, im Kontor wie daheim. Luise ging ihren Beschäftigungen nach und kehrte danach in die Villa zurück. Das war alles. Entsprechend gespannt war sie auf das, was Frederike zu berichten hatte.

»Ist bereits ein Brief von Frederike angekommen?«, fragte Luise, als sie mit ihrem Vater und Vera beim Abendessen saß.

»Nein, dafür ist es wohl noch ein bisschen zu früh, nicht wahr?« Vera führte die Gabel zum Mund.

»Sie fehlt mir wirklich sehr«, brachte Luise hervor.

»Es ist gut so, wie es ist«, stellte Vera fest, worauf Robert zustimmend nickte.

»Es wird sich schon etwas finden in Wien«, meinte er. »Ich hoffe, dass die veränderte Situation Frederike helfen wird.« Er nahm einen Bissen, dann sagte er zu Luise: »Ich habe gesehen, dass bereits eine weitere Bestellung von Petersen eingegangen ist.«

»Ganz recht, gleich heute Morgen.«

»Reichen unsere Bestände?«

»Vorerst ja, aber in den nächsten Monaten könnte es knapp werden. Die Haupterntezeit ist in einigen Wochen vorüber. Wir können noch mit zwei, eventuell drei Lieferungen aus Kamerun rechnen. Die Nebenernte beginnt erst im Mai, und bis Mitte oder Ende Juni werden wir keinesfalls genug haben, wenn wir uns nicht um weitere Lieferanten bemühen.«

»Ich weiß«, sagte Robert. »Mit der gestrigen Lieferung ist wieder ein Brief aus Kamerun gekommen.« Er zog ihn aus seiner Jackentasche. »Ich werde ihn euch vorlesen.« Er griff in den Umschlag und faltete den Brief auf.

Kamerun, 4. Januar 1893

Lieber Robert,
ich freue mich, Dir wieder eine sehr gute Warenlieferung senden zu können. Wir haben wirklich hervorragende Kakaopflanzen, die Früchte und Samen bester Qualität tragen. Und unsere Arbeiter tun ein Übriges, um unserem Wirken Erfolg zu bescheren. Ich habe mir deshalb – und ich hoffe, es war auch in

Deinem Sinne – erlaubt, zu Neujahr unseren Arbeitern zwei Stunden freizugeben und mit ihnen und ihren Familien ein kleines Fest mit Tanzaufführungen und einem gemeinsamen Essen zu feiern. Es war sehr fröhlich, und wir haben viel gelacht. Und ich denke, es hat wieder einmal gezeigt, dass nicht immer nur eine harte Hand weiterhilft, sondern oft auch ein kleiner Dank.

Dass dies nicht alle Deutschen in Kamerun so sehen, hatte ich in meinem letzten Brief ja schon angedeutet. Und es ist leider wohl so gekommen wie befürchtet. Die sogenannte Expedition zu den Bakoko soll zu einem regelrechten Feldzug geworden sein. Genaue Berichte habe ich leider noch nicht erhalten. Doch es wurde mir zugetragen, dass der Gerichtsassessor Wehlan, also ein an und für sich gebildeter Mann, mit äußerster Härte vorgehen soll. Gerüchte besagen weiterhin, dass der Kanzler unserer Kolonie Kamerun, Herr Leist, ein rücksichtsloser und auch unerlaubte Methoden nicht scheuender Mann, diese harte Vorgehensweise seines Untergebenen angeordnet hat, sie zumindest aber decken soll. Und auch unser Gouverneur von Zimmerer, ein meines Erachtens durchaus rechtschaffener Mensch, greift nicht ein.

Ich kann dieses Vorgehen, wenn es denn der Wahrheit entsprechen sollte, wirklich nicht gutheißen. Denn wir alle wollen doch eigentlich nur, dass es uns hier in Kamerun wohl ergeht und dass wir guten Handel treiben können. Auch und gerade zum Besten des Deutschen Reiches.

Ich hoffe, dass die schon vorhergesagten Unruhen ausbleiben und die Gewalt nicht zu uns hier herüberschlägt. Aber unsere Arbeiter, allen voran Malambuku und Hamza, versichern mir immer wieder ihre Loyalität.

Darauf baue ich und sende Dir an dieser Stelle herzliche Grüße.

Dein ergebener Verwalter
Heinrich Begemann

Robert faltete den Brief zusammen, steckte ihn zurück in den Umschlag und ließ ihn wieder in seiner Jackentasche verschwinden.

»Ich habe beschlossen, in Kürze nach Kamerun zu reisen. Vor einigen Tagen erreichte mich ein Brief von Sigmund Leffers, in dem er mir mitteilte, neue Lieferanten aufgetan zu haben. Ich möchte unsere Möglichkeiten ausloten und auch für den Fall vorsorgen, dass sich die drohenden Unruhen auf die Lieferungen auswirken könnten. Doch deswegen muss ich mit den Leuten dort persönlich sprechen.«

Luise ließ die Gabel sinken. »Du fährst nach Kamerun?«

»Allerdings. Und ich weiß natürlich, dass du nichts lieber tun würdest, als mich zu begleiten, doch wir müssen an das Kontor denken. Es wäre unvorteilhaft, wenn …«

»Keine Sorge«, unterbrach Luise ihren Vater. »Ich möchte nicht mit nach Kamerun.« Sie sah auf ihren Teller und aß weiter.

Nun war es Robert, der überrascht dreinblickte. »Du möchtest gar nicht mitkommen?«

»Nein. Ich würde lediglich gern vorher mit dir klären, wie groß unser Bedarf ist. Und damit meine ich nicht nur die Kakao-, sondern auch die Kaffeebohnen.«

Robert legte sein Besteck beiseite. »Ist alles in Ordnung, Luise?«

Sie versuchte, ihre Atmung zu beruhigen. »Aber sicher. Was sollte denn sein?«

»Ich dachte wirklich, dass du alles daransetzen würdest, mich zu überreden, dich mitzunehmen.«

Luise befeuchtete ihre Lippen. »Mein Zuhause ist hier in Hamburg«, stellte sie fest. »Und für das Kontor wäre es schlecht, wenn wir beide reisten. Ich würde ja selbst fahren, doch mit einer Frau wird dort niemand verhandeln, mit dem wir nicht bereits in geschäftlichem Kontakt stehen. Und wir brauchen neue Lieferanten.«

»Ich muss schon sagen, Luise, du überraschst mich immer öfter. Erst deine Wandlung im Verhalten Hans Petersen gegenüber und nun dein kluges und überlegtes Vorgehen in Sachen Kamerun. Ich bin wirklich sehr stolz auf dich.«

»Aber macht es dir denn gar nichts aus?«, schaltete sich nun Vera ein. »Ich hatte bei eurer Rückkehr vor drei Jahren den Eindruck, als wäre eine Welt für dich zusammengebrochen und ein Teil von dir sei noch immer dort.«

»Ich kann dir versichern, liebe Tante, ich bin ganz im Hier und Jetzt. Kamerun ist zweifelsohne ein wunderschönes Land. Doch ich weiß, wo mein Platz in dieser Welt ist.«

»Ich gebe zu, dass ich dir nicht geglaubt habe, als du Hans Petersen auf seine Frage, ob du noch einmal nach Kamerun möchtest, geantwortet hast, dass es zwar schön gewesen sei, deine Heimat jedoch hier in Hamburg sei. Ich dachte, das sagtest du nur, um deutlich zu machen, wie sehr du hinter dem Kontor stehst. Ich muss mich wohl bei dir entschuldigen.« Robert sah sie nachdenklich an. »Oder gibt es noch einen anderen Grund als deine Verbundenheit mit Hamburg, dass du nicht mehr dorthin möchtest?«

»Was willst du von mir hören, Vater? Willst du Tränen und Gezeter und dass ich dich anbettele, mich doch mitzunehmen?« Luise versuchte ihren Worten einen ruhigen Klang zu geben, obwohl es in ihr brodelte. »Das wäre unvernünftig und kindisch. So mag ich vor einigen Jahren noch gewesen sein, doch nun nicht mehr.« Luise fasste sich ein Herz, um das anzusprechen, was sie schon lange dachte, jedoch nie zu sagen gewagt hatte. »Ich möchte ganz offen sein, Vater. Ich hoffe, eines Tages das Kontor zu übernehmen, und möchte dir und der gesamten Familie beweisen, dass ich dessen würdig bin.«

»Wie bitte?« Vera sah erst Luise, dann Robert an. »Würdest du bitte etwas dazu sagen, Robert?«

Luise blickte ihren Vater fragend an. »Ich verstehe nicht.«

»Nun, Luise, es ist so, dass Richard in einigen Tagen nach Hamburg zurückkehrt. Ich kann deine Gedankengänge nachvollziehen, schließlich hat Richard keinen Anspruch mehr auf irgendwelche Anteile am Kontor.« Er wandte sich an seine Schwägerin. »Entschuldige bitte, Vera, doch das ist nun einmal Tatsache.« Er sah wieder Luise an. »Aber Richard ist und bleibt ein Hansen, und ich habe vor, ihm eine Stelle im Kontor zu geben.«

»Was für eine Stelle?«

»Eine leitende«, antwortete Vera an Roberts statt.

»Er muss sich hocharbeiten, das ist vollkommen klar«, erklärte Robert diplomatisch. »Doch genau wie Vera bin ich der festen Überzeugung, dass Richard nicht für die Sünden seines Vaters büßen sollte, ebenso wenig wie du für die Untaten deiner Mutter.«

Luise öffnete den Mund und schloss ihn wieder, ohne ein Wort zu sagen. Sie war wie vor den Kopf geschlagen.

»Und du denkst, dass Richard eines Tages in der Lage sein wird, das Kontor zu leiten?«

»Was ist an diesem Gedanken so absurd?«, giftete Vera die Nichte an.

»Zunächst einmal hätte ich es als richtig empfunden, wenn ihr beide mich früher in Kenntnis gesetzt hättet. Immerhin bin ich diejenige, die tagaus, tagein mit Vater ins Kontor geht und sich um alles kümmert.«

»Du schätzt deine Leistung wohl etwas zu hoch ein«, entgegnete Vera schnippisch.

»Nein, das tut sie keinesfalls, Vera. Nichts für ungut, aber du weißt nicht das Geringste über unsere Arbeit, und Luise ist mir im Kontor zu einer geradezu unersetzbaren Kraft geworden.«

Luise nickte ihrem Vater zu. »Da wir hier nun so offen sprechen: Meiner Meinung nach ist Richard weder in der Lage noch willens, das Kontor mit der nötigen Ernsthaftigkeit zu führen und sich dem Geschäft mit der Hingabe zu widmen, die notwendig ist, um weiterhin ein stetes Wachstum zu gewährleisten.«

»Ich muss doch sehr bitten!«, empörte sich Vera. »Du sprichst hier von meinem Sohn und deinem Cousin.«

»Der wieder einmal in einem Vorhaben gescheitert ist. Du kannst noch so schöne Worte dafür finden, Tante Vera. Doch Richard war schon immer faul und hat stets nur versucht, sich irgendwie durchzumogeln. Mit dieser Einstellung und ohne strenge Aufsicht wird er das Kontor in nur wenigen Monaten herunterwirtschaften. Davon bin ich fest überzeugt.«

Vera schob mit Schwung ihren Stuhl zurück. »Das muss ich mir nicht bieten lassen«, schleuderte sie der Nichte entgegen. Hilfe suchend sah sie zu ihrem Schwager. »Robert! Ich erwarte von dir, dass du deine Tochter deutlich zurechtweist.«

»Bitte, Vera, setz dich wieder.«

»Das werde ich keinesfalls«, giftete sie. »Nicht bevor du ein Machtwort gesprochen und diesen Beleidigungen ein Ende gesetzt hast.«

»Bitte entschuldige, Tante Vera. Ich habe mich hinreißen lassen. So war es wirklich nicht gemeint.«

»Das ändert nichts daran, dass ich nun weiß, wie du über meinen einzigen Sohn denkst.«

»Kann ich bitte versuchen, es zu erklären?«, bat Luise.

Vera zögerte. Auf ein Kopfnicken Roberts hin nahm sie wieder Platz, den Blick auf Luise gerichtet. Sie sagte kein Wort, sah ihre Nichte nur abwartend an.

»Es ist so«, begann Luise, »dass ich damals während unserer Zeit in Kamerun viel, wirklich *sehr* viel über Kakaobohnen, deren Anbau, Ernte und Verarbeitung gelernt habe. Und ich habe dabei entdeckt, dass ich eine echte Leidenschaft dafür habe. Als wir dann wieder nach Hause kamen und Vater mir anbot, im Kontor mitzuarbeiten, war ich wirklich glücklich. Vor allem auch, und ich bitte abermals um Entschuldigung«, sie sah von Vera zu Robert, »nach dem, was Mutter und Onkel Georg getan hatten. Bitte versteht mich! Ich habe es hier in der Villa kaum ausgehalten. Im Kontor jedoch war es eine andere Welt. Ich hatte klare Aufgaben und konnte mich nützlich machen. Ich fand immer mehr Freude an allem, verstand die Zusammenhänge besser und … nun ja, ich dachte, dass es ohnehin für niemanden von uns Kindern außer mir infrage käme, das Kontor jemals zu übernehmen. Richard schien mit seinem Studium der Rechtswissenschaften andere Ziele zu verfolgen, Frederike hat nie Interesse am Kontor gezeigt, und über Martha brauchen wir gar nicht zu sprechen. Deshalb«, sie zuckte mit den Schultern, »dachte ich wohl, dass ich die einzige Hansen wäre, die übrig bliebe, das Kontor zu führen.«

»Du bist eine Frau, Luise Hansen«, erwiderte Vera. »Auch wenn ich deine Beweggründe sogar ein Stück weit verstehen kann, bist du doch wohl schlau genug, zu wissen, dass eine Frau niemals ein Kontor führen kann. Dafür sind Frauen einfach von Natur aus ungeeignet.«

»Weshalb?«

»Was meinst du mit *weshalb?*« Vera wurde rot vor Zorn. »Frauen können so etwas nun einmal nicht. Ihnen fehlt der Überblick und die Weitsicht.«

»Königin Viktoria von England leitet ein ganzes Land. Warum also sollte ich – wo ich doch die Abläufe ebenso gut oder sogar besser kenne als jeder andere – unser Kontor nicht leiten können?«

»Robert, das geht zu weit. Hast du es gerade gehört? Deine Tochter hat sich mit der Königin von England verglichen.«

»Aber so meinte ich es doch gar nicht«, versuchte Luise sich zu verteidigen, obwohl sie selbst wusste, wie sehr ihr Vergleich hinkte. »Ich meinte es nur darauf bezogen, dass Frauen keineswegs dümmer sind als Männer und die Aufgaben ebenso gut erledigen können.« Sie wandte sich an Robert. »Bitte, Vater, sag etwas dazu. Du hast mich oft genug gelobt, und du hast selbst gesagt, dass ich das Kontor ebenso gut führen könnte wie du.«

»Das stimmt.«

Luise atmete erleichtert auf.

»Doch nur so lange, wie sichergestellt ist, dass ein Mann an der Spitze steht.«

»Was sagst du da?« Luise glaubte ihren Ohren nicht zu trauen. Wie konnte ihr Vater ihr so in den Rücken fallen?

»Lass mich bitte aussprechen, Luise. Was das Können und die Fähigkeiten Luises angeht, widerspreche ich dir, liebe Schwägerin, aufs Schärfste. Luise hat ein besseres Gespür fürs Geschäft als jeder Kerl, mit dem ich je zu tun hatte, sogar ein besseres als ich selbst. Sie versteht es, mit den Menschen umzugehen und sie für sich einzunehmen. Dies, gepaart mit ihrem Wissen über die Ware und das Kontor, ist Gold wert. Und wenn es nach mir ginge, Luise, würde ich mit Freuden darauf hinarbeiten, dass du – und niemand anders – das Kontor in die Zukunft führst. Karl sieht das übrigens genauso. Wir haben uns schon einige Male darüber unterhalten. Doch es ist egal, wie genau Karl, ich oder auch die Petersens wissen, was du zu leisten vermagst. Gewiss würde eine Handvoll auch künftig mit dir Geschäfte machen, aber die meisten unserer Kunden würden sich andere Partner suchen, wenn eine Frau an der Spitze unseres Kontors stünde. Und das, Luise, weißt du ebenso gut wie ich.«

Luise kämpfte mit den Tränen. »Das soll also heißen, dass all meine Arbeit umsonst war?«

»Aber nein, was redest du da? Du hast einen sehr wichtigen Anteil am aktuellen Erblühen des Kontors geleistet, und ich hoffe, dass du dies auch weiterhin tun wirst.«

»Nur eben unter der Führung eines Mannes.«

»Ja, Luise. So wird es immer sein.«

»Du kannst also von Glück sagen, wenn Richard dazukommt und dafür Sorge tragen wird, dass der Name Hansen auch weiterhin für gute Geschäfte und ein blühendes Kontor steht«, gab Vera gereizt ihren Standpunkt preis.

Luise blickte auf ihren halb vollen Teller. Das Essen war inzwischen kalt geworden. Sie hatte Mühe, die Tränen der Enttäuschung zurückzuhalten. »Darf ich bitte aufstehen und in mein Zimmer gehen?«

»Es tut mir wirklich leid, wenn du dir falsche Hoffnungen gemacht hast«, sagte Robert mitfühlend. »Ich hatte immer gehofft, dass du eines Tages einen guten und geeigneten Mann finden würdest, der klug genug wäre, deine Fähigkeiten im Kontor zu nutzen und sich bei der Führung des Unternehmens von dir unterstützen zu lassen. Und noch ist es ja nicht so weit. Ich bin jung und kräftig genug, die Führung noch viele weitere Jahre wahrzunehmen.«

»Kann ich jetzt bitte gehen?« Luise blickte weiter auf ihren Teller.

»Sicher, geh in dein Zimmer, wenn du möchtest.«

Luise schob ihren Stuhl zurück und stand auf. »Gute Nacht, Vater, gute Nacht, Tante Vera.«

»Gute Nacht, Luise. Und sei bitte so klug und denk in Zukunft besser darüber nach, was du sagst, bevor du die Menschen um dich, die dir wohlgesinnt sind, vor den Kopf stößt.«

Luise erwiderte nichts, ging einfach nur schweigend und mit ruhigen Schritten hinaus. Sie zog die Schiebetür hinter sich zu, ging weiter bis zu den Stufen. Dann lief sie die Treppe hinauf, so schnell sie konnte, rannte in ihr Zimmer und war in Versuchung, die Tür hinter sich ins Schloss zu werfen. Doch sie wollte nicht, dass ihr Vater und ihre Tante dies hören konnten. Also drückte sie die Tür nur zu, blieb dahinter stehen und brach in Tränen aus. Langsam rutschte sie am Türblatt herab, bis sie auf dem Boden saß, und schluchzte heftig. Sie wusste nicht, wie lange sie da gesessen hatte, als sie plötzlich hörte, wie jemand die Stufen zum oberen Flur heraufstieg. Am Knarren der Treppe meinte sie auszumachen, dass es ihr Vater war. Sofort hielt sie sich die Hand vor den Mund, um ihn nur nicht hören zu lassen, wie verzweifelt sie weinte.

Er klopfte zaghaft an ihre Tür. »Luise?«

»Es ist alles in Ordnung. Ich möchte bitte schlafen.«

»Ich würde gern noch einmal mit dir sprechen, Luise.«

»Lass uns das bitte morgen tun.«

Einen Moment lang sagte er nichts, dann war ein Seufzen zu vernehmen. »Nun gut, wie du willst.«

Die Schritte vor ihrer Tür entfernten sich, und im nächsten Moment hörte sie, wie die Schlafzimmertür ihres Vaters geschlossen wurde. Sie presste die Augen fest zu. Ihr Kopf schmerzte vor lauter Tränen, und ihr war ein wenig schwindelig, als sie sich aufrichtete. Sie wischte die Tränen ab, ging zum Fenster hinüber und sah auf den Park hinaus, von dem in der Dunkelheit nur Umrisse zu erkennen waren. Sie konnte noch immer nicht glauben, was sie soeben gehört hatte. Ihr Vater hatte also niemals vorgehabt, ihr eines Tages das Kontor zu übergeben. Lieber gab er es einem Fremden, den er als ihren Ehemann auserkor, oder, schlimmer noch, ihrem Cousin Richard. Sollte Letzteres eintreten, das war Luise klar, sollte sie sich baldmöglichst nach etwas umsehen, womit sie ihr Geld verdienen konnte. Kurz überlegte sie, ebenfalls nach Wien zu Therese und Karl zu gehen und diese um Hilfe zu bitten. Doch was würde es ändern, wenn sie Hamburg den Rücken kehrte und von einer Abhängigkeit in die nächste ging?

Sie hatte schon so viel im Kontor bewegen können, so viel erreicht. Es war einfach nur ungerecht, dass sie niemals dorthin kommen würde, wo es sie hinzog, nur weil sie eine Frau war. Sie musste an Kamerun denken und die Einstellung der Einheimischen. Dort wurde viel weniger Unterschied zwischen Männern und Frauen gemacht. Sie teilten sich die Arbeiten auf, und alle trugen zum Einkommen und damit zum Überleben der gesamten Familie bei. Sie hätte fast geschmunzelt, wäre der Gedanke daran, wie viel weiter die Menschen dort in Sachen Gleichberechtigung im Vergleich zu den Deutschen waren, nicht so bitter gewesen.

Und wenn sie nun doch nach Kamerun zurückkehrte? Zwar saß die Enttäuschung über Hamza noch immer tief, doch war inzwischen so viel Zeit vergangen, dass Luise damit zurechtkommen musste. Schließlich war sie kein Mädchen mehr, sondern eine erwachsene Frau. Sie hob die Hände vors Gesicht, rieb die müden Augen. Was sollte sie nur tun? Was? Die Gedanken überschlugen sich, und sie glaubte sich kaum noch auf den Beinen halten zu können, so schwindelig wurde ihr. Sie ging zum Bett, öffnete ihr Kleid und zog es aus. Als es am Boden lag, holte sie mit dem Fuß aus und schleuderte es in die Ecke des Zimmers. Wäre sie doch nur als Mann auf die Welt gekommen! Dann müsste sie nicht die beengenden Kleider tragen und würde außerdem nur nach ihrer Leistung beurteilt. Es war so ungerecht.

Ohne noch das Badezimmer am Ende des Flurs aufzusuchen und sich frisch zu machen, kroch sie unter ihre Bettdecke und versuchte Schlaf zu finden. Doch das war nicht möglich. Zu viele Gedanken schossen ihr durch den Kopf, zu sehr hämmerte der Schmerz gegen ihre Stirn. Immer wieder fragte sie sich, was sie nur tun sollte. Und wenn sie ihren Vater doch überredete, sie mit nach Kamerun zu nehmen? Würde sie es überhaupt ertragen, Hamza wiederzusehen? Sie könnte ihn zur Rede stellen, weil er sie damals im Stich gelassen hatte, obwohl er versprochen hatte, gemeinsam mit ihr in die englischen Kolonien zu fliehen, um dort zu leben. Aber was würde es schon nützen, wenn sie mit ihm sprach und er ihr womöglich nur weitere Lügen auftischte?

Sie hatte sich ihm hingegeben. Sie, die Tochter des Plantagenbesitzers, hatte sich auf ihn eingelassen. War es möglich, dass er nichts als Spott und Verachtung für sie empfand? Immer wieder hatte sie sich im Laufe der Jahre gefragt, ob er jemals bereut hatte, sie so schändlich im Stich gelassen zu haben. Oder war er gekommen und hatte aus der Ferne über sie gelacht, weil sie ihm geglaubt hatte? War er womöglich nicht einmal allein gewesen, sondern hatte sich zusammen mit anderen jungen Männern seines Stammes einen Spaß daraus gemacht, dass sie ihm geglaubt hatte, als er sagte, dass er sie liebte? Der Gedanke daran war unerträglich, und ihr wurde übel, als sie zu dem Schluss kam, dass es so und nicht anders gewesen sein musste. Wie hatte sie sich nur so täuschen lassen können?

Sie wischte sich abermals die Tränen von den Wangen und atmete tief durch. Warum nur gab es für sie keinen Platz auf dieser Welt, an dem sie sich wohlfühlen und zufrieden leben konnte? Leben mit einer Aufgabe, einer Arbeit. Leben auf die Art und Weise, die sie für sich als die richtige empfand. Weshalb schien jeder seinen Weg zu finden, nur sie nicht? Und warum wurde Menschen wie Richard einfach alles verziehen, während sie jeden Vorgang fünfmal kontrollierte, um nur ja keinen Fehler zu machen und als dumm dazustehen? Wofür? Dass sie gute, nein: sehr gute Arbeit leistete und es doch vollkommen egal war, nur weil sie das falsche Geschlecht hatte?

Sie drehte sich auf den Bauch, vergrub das Gesicht im Kopfkissen und schrie all ihre Wut und Enttäuschung hinein. Dann legte sie sich wieder auf den Rücken und dachte an Kamerun. Hamza war noch immer auf der Plantage der Hansens, das wusste Luise von ihrem Vater, dem der neue Verwalter Heinrich Begemann in seinen Briefen regelmäßig berichtete. Malambuku, Hamzas Vater, tat ebenfalls treu seinen Dienst, und Luise schmunzelte bei dem Gedanken, dass Begemann ihrem Vater in einem seiner Briefe anvertraut hatte, dass die eigentliche Arbeit dort Malambuku machte, während er selbst lediglich fast jedem Vorschlag zustimmte, den der Kameruner ihm unterbreitete. Luise grübelte noch einen Moment darüber nach. Die Erkenntnis war bitter, dass Malambuku und Hamza in ihrer Welt genauso wenig Möglichkeiten hatten wie Luise in Hamburg. Sie konnten arbeiten, so viel sie wollten, sie würden dennoch immer nur die Eingeborenen sein, die dem weißen Herrn zu Diensten zu sein hatten. Es war eine himmelschreiende Ungerechtigkeit.

Sie drehte sich auf die Seite, versuchte endlich Schlaf zu finden. Sie dachte an die Farben Kameruns, wenn die Sonne aufging, das sanfte Rosa, das nach und nach kräftiger wurde und dann in Orangetöne wechselte. Hunderte Male hatte Luise dies während ihrer Zeit dort beobachtet. Mit diesen Bildern vor Augen sank sie langsam in einen unruhigen Schlaf, schreckte jedoch immer wieder auf. Ihr Herz raste wie wild, aber sie hätte nicht sagen können, wovon sie geträumt hatte, während sie kurz eingedöst war. Die Farben Kameruns beruhigten sie, ließen sie langsamer atmen. Doch immer wieder kroch das elende Gefühl, wie schlecht Hamza sie behandelt hatte, ihr in die Glieder. Sie fühlte sich zutiefst gedemütigt.

Luise atmete so ruhig ein und wieder aus, wie es ihr nur möglich war. Sie sah Kamerun vor sich, das Steinhaus mit den Erkern und der Holzveranda davor, die Plantage und den großen Kamerunberg. Wieder schlief sie ein und erwachte erst, als es bereits Morgen war. Sie hatte am Abend vergessen, die Vorhänge vor dem Fenster zu schließen, sodass nun das erste Licht des Tages zu ihr hereindrang.

Luise verschränkte die Hände hinter dem Kopf und blieb einfach liegen. Die Verzweiflung des Abends war über Nacht einer Wut gewichen, die sie entschlossen machte. Es galt nun, klug zu sein und ihre Optionen auszuloten. Keinesfalls wollte sie sich weiter der Frustration über die Ungerechtigkeit hingeben und alles über sich ergehen lassen. Sie war klug, das hatten immer alle gesagt. Dann sollte es ihr doch auch gelingen, einen Plan zu fassen.

Als sie eine gute halbe Stunde später ihre Beine aus dem Bett schwang und aufstand, war von der Unsicherheit und der Verzagtheit des Abends nichts mehr da. Entschlossen ging sie zum Fenster und sah hinaus. Sie spürte, wie die Kraft in ihren Körper zurückkehrte, und meinte die Stimme ihrer Großmutter zu hören. Auf dem Sterbebett liegend, hatte die Großmutter Luise zu sich herangezogen und ermahnt, dass sie eine Hansen sei und deshalb niemals aufgeben dürfe, egal, was das Leben für sie bereithielte.

Ob die Großmutter dies auch zu den anderen Enkelkindern gesagt hatte, wusste Luise nicht. Dafür wusste sie eines genau: Sie würde der Mahnung ihrer Großmutter folgen und sich entsprechend verhalten.

Dieses Versprechen gab sie sich selbst.

6. Kapitel

Karl hatte sich mit einem langen Kuss von Therese verabschiedet, die ihn noch zur Tür gebracht hatte, bevor er ins Kontor aufgebrochen war. Seiner Nichte hatte er bereits einen guten Tag gewünscht, als er vom Frühstückstisch im Esszimmer aufgestanden war. Dann hatte er den beiden Kindern noch einen Kuss auf die Stirn gegeben und war gegangen.

Er genoss es, zu Fuß zum Kontor in der Landskrongasse gehen zu können, statt wie daheim in Hamburg mit der Kutsche fahren zu müssen. Für ihn waren es die wenigen Momente des Tages, in denen er sich frei und unbeschwert fühlte, da er ansonsten stets Entscheidungen zu treffen, Verhandlungen zu führen und Fragen zu beantworten hatte. Aber er konnte aus tiefstem Herzen sagen, dass er glücklich war. Wirklich glücklich. Er hatte alles, was er sich immer gewünscht hatte. Er führte eine geradezu perfekte Ehe. Therese war nicht nur seine Ehefrau, sondern seine allerbeste Freundin. Auf sie konnte er sich verlassen, ihr konnte er vertrauen. Sie stand immer an seiner Seite und unterstützte ihn in allen Belangen, half ihm, Entscheidungen bezüglich des Kontors zu treffen, und beriet ihn, wenn es Schwierigkeiten mit seinem Angestellten gab. Sie war die fürsorglichste Mutter, die man sich nur denken konnte, und darüber hinaus schenkte sie ihm ein liebevolles Zuhause, in das er jeden Tag gern heimkehrte. Ja, er war ein glücklicher Mann. Und die Momente, in denen er sich wegen seiner Neigung quälte, waren immer seltener geworden.

Einzig die paar Male, wenn er zu Geburtstagen und bei Familienfeierlichkeiten Florentinus begegnet war, hatten ihn aufgewühlt und immer für einen kurzen Moment daran zweifeln lassen, dass das Leben, das er führte, echt war. Es war nicht nur die körperliche Anziehung, die Karl beim Anblick Florentinus' verspürte. Vielmehr war da dieses Gefühl, den Schwager und ehemaligen Geliebten in den Arm nehmen und an sich drücken zu wollen. Einfach so, weil er den Bruder seiner Frau noch immer begehrte, nein: liebte. Ja, er liebte Florentinus, genau wie er Therese liebte, nur mit einer anderen Form von Leidenschaft. Musste er sich, um mit Therese schlafen zu können, Bilder von Florentinus' Körper in Erinnerung rufen, fiel es ihm gleichermaßen schwer, seine Erregung zu verbergen, sobald er den Schwager bei einem der wenigen Treffen sah. Beide vermieden es, sich in die Augen zu sehen. Sie schüttelten sich nur kurz die Hand, bedachten einander mit oberflächlicher Höflichkeit.

Karl schmerzte, dass er nie die Gelegenheit gehabt hatte, sich für sein rüdes Benehmen Florentinus gegenüber zu entschuldigen. Er hatte ihn weggestoßen, ihn beleidigt, alles war aus ihm herausgebrochen, und er hätte sich nicht schändlicher aufführen können. Florentinus musste glauben, dass Karl Hass auf ihn empfand, so wie er sich benommen hatte. Doch das Gegenteil war der Fall. Er hatte so reagieren müssen, um es ein für alle Mal zu beenden und eine so tiefe Kluft zwischen ihnen zu schaffen, dass es ihnen für alle Zeit unmöglich war, sich einander erneut zuzuwenden. Der Hass, der in Karls Worten gelegen hatte, richtete sich ausschließlich gegen eine andere Person – gegen sich selbst.

Über dreieinhalb Jahre waren vergangen, seit Karl seinem Geliebten das letzte Mal zärtlich begegnet war. Und das war gut so, wenngleich sein anfänglicher Optimismus, dass die Situation mit der Zeit gewiss besser würde und die Männer sich eines Tages wieder nur von Schwager zu Schwager gegenüberstehen könnten, sich zerschlagen hatte.

Es war nicht ein einziger Tag vergangen, an dem Karl nicht an Florentinus gedacht hatte. In der ersten Zeit hatte er es sich selbst verboten, dann jedoch gemerkt, dass er ohnehin nichts dagegen unternehmen konnte. Also hatte er es zugelassen, nur so, ganz still, nur für sich, wenn er auf dem Weg von seinem Zuhause zum Kontor war. Und dann, sobald er seine Arbeitsstätte erreichte, war er wieder ganz Karl Hansen, der Chef eines der besten Kaffee- und Kakaokontore Wiens, treuer Ehemann und liebender Vater. Ja, das war es, wie er gesehen werden wollte. Auch wenn er oft das Gefühl hatte, dass es nichts war als eine Rolle, die er, so gut es ihm möglich war, spielte.

»Guten Morgen, Felix«, grüßte er beim Eintreten seinen Mitarbeiter, der gerade dabei war, die Regale im Verkaufsraum aufzufüllen.

»Guten Morgen, Herr Hansen. Ein schöner Tag, nicht wahr? Bald wird der Frühling Einzug halten. Man kann es schon riechen.«

»Wenn du es sagst. Ich rieche nur Kaffee und Kakao.« Karl schmunzelte. »Welche Auslieferungen stehen heute an?«

Felix griff die Liste und drehte sie auf dem Tresen zu seinem Chef herum. »Da haben wir zum einen die Lieferung an das Kaffeehaus an der Kaiserresidenz und zum anderen die Kakaobohnen für das am Augarten. Letzteres hat einen Boten geschickt und die Menge noch einmal erhöht.« Felix drehte sich zum Lager herum. »Ich bin froh, wenn die nächste Lieferung bei uns eintrifft. Obwohl wir so viel gelagert hatten, scheint es doch kaum zu reichen. Der Durst der Wiener ist groß.«

»Nicht der Durst, sondern die Lust auf einen süßen Genuss. Wer kann es den Menschen verdenken?« Karl studierte kurz die Liste und wandte sich dann wieder Felix zu. »Ich habe vor Kurzem mit meinem Bruder in Hamburg telefoniert. Wir werden bald wieder Ware erhalten.« Er hob den Zeigefinger. »Übrigens werden wir uns auch einen solchen Telefonapparat zulegen.«

»Nur hier, für das Kontor?«

»Ganz recht. Mein Bruder sagt, dass das Gerät in Hamburg inzwischen weit verbreitet ist und er sich kaum noch vorstellen kann, wie er bisher ohne den Apparat gearbeitet hat. Stell dir vor, Felix, er berichtete mir, dass er inzwischen viele Geschäfte nicht mehr persönlich, sondern auf dem Telefonweg abschließt. Kannst du dir das vorstellen?«

Felix schüttelte ungläubig den Kopf. »Nein, Herr Hansen. Offen gesagt, kann ich das nicht. Am Ende muss ohnehin jemand kommen und die Ware abholen. Oder sie eben gebracht bekommen.«

»Das schon. Aber es geht um die Bestellungen. Stell dir vor, die Kaffeehäuser müssten keinen Boten mehr senden, sondern könnten uns über den Telefonapparat mitteilen, welche Mengen sie wovon brauchen. Das wäre doch um einiges einfacher.«

Der Angestellte blieb skeptisch. »Und müsste ich dann auch diese Bestellungen über das Telefon annehmen?«

»Gewiss.«

»Aber was ist, wenn ich nicht sicher bin, was der Kunde will? Er steht ja nicht vor mir, und ich kann daher nicht nachfragen oder ihm die Ware zeigen, damit er sich entscheiden kann.«

»Felix.« Karl schüttelte den Kopf. »Du machst dir wie immer viel zu viele Sorgen. Das ist der Fortschritt, und wir müssen mit ihm gehen.«

Der Angestellte wusste offenbar nicht, was er darauf erwidern sollte. Etwas unbeholfen nahm er die Bestellliste und legte sie neben die Kasse, um die Waren als Nächstes zusammenzustellen. »Ich räume nur noch das Regal zu Ende ein«, stellte er fest. »Dann stelle ich die Lieferungen zusammen und mache mich auf den Weg.«

»Ja, tu das. Danke.« Karl trat hinter den Tresen und ging nach hinten ins Lager, wo auf der rechten Seite an der Wand einige Haken angebracht waren. Er hängte sein Jackett sorgsam auf und zog stattdessen die Kontorjacke über, die dort bereithing.

»Übrigens ist meine Nichte Frederike zu Besuch«, rief er nach vorn, sodass Felix ihn hören konnte. »Bestimmt wird sie in den nächsten Tagen hier vorbeikommen. Dann kannst du sie kennenlernen.«

»Fräulein Frederike?« Felix erschien im Türrahmen. »Aber ich kenne sie bereits. Wissen Sie nicht mehr, Herr Hansen? Es muss vor etwa drei Jahren gewesen sein, da war Ihre Nichte mit ihrer Frau Mutter, Ihrem Bruder und Ihrer anderen Nichte zu Besuch. Da hatte ich das Vergnügen, Fräulein Frederike kennenzulernen.«

»Ach ja, richtig.« Karl trat von der Garderobe weg und kam wieder auf Felix zu. »Das hatte ich schon vollkommen vergessen. Da hattest du erst kurze Zeit vorher hier angefangen. Ist das wirklich schon drei Jahre her?«

»Ja. Im Sommer sind es bereits vier Jahre, die ich hier arbeite.«

»Wie die Zeit vergeht.« Karl seufzte. »Und was sich seitdem alles getan hat.« Er schüttelte den Kopf. »Manchmal dreht sich mir unsere Welt wirklich etwas zu schnell, als dass ich Schritt halten könnte.«

Die Eingangstür wurde geöffnet, und das kleine Glöckchen kündigte mit einem hellen Klingeln Kundschaft an. Karl sah auf und erschrak, als wie aus dem Nichts Florentinus vor ihm stand. Seit jenem Streit damals war der Schwager nicht mehr ins

Kontor gekommen. Karl meinte, ihm würde das Herz stehen bleiben.

»Florentinus?« Er machte einen Schritt vor.

Hinter ihm trat Felix in den Verkaufsraum. »Guten Tag, Herr Loising.«

»Guten Morgen, Karl. Felix.« Er nickte beiden zu. »Ich muss dich kurz sprechen, Karl. Ich war schon bei euch zu Hause, aber Therese war nicht da.«

»Sie wird mit den Kindern unterwegs sein«, murmelte Karl. Er war bemüht, seine Fassung wiederzufinden. »Ist etwas geschehen?«

»Ja, leider. Vater wurde heute Nacht ins Spital eingeliefert. Er hatte einen Schlaganfall.«

»Friedrich?« Karl schlug entsetzt die Hand vor den Mund. »Mein Gott, das tut mir schrecklich leid. Warte. Ich komme mit dir. Ich weiß, wo Therese meist spazieren geht.« Karl drehte sich um, ging zur Garderobe, griff nach seinem Jackett und hängte dafür die Kontorjacke zurück an den Haken. Dann ging er wieder nach vorn.

»Felix, stell die Lieferungen schon einmal zusammen. Sobald ich zurück bin, kannst du die Waren zu den Kunden bringen.«

»Ja, Herr Hansen.«

»Gut.« Er sah Florentinus an. »Komm.«

Die beiden Männer verließen das Kontor.

»Ich wäre nicht hierhergekommen, wenn ich Therese gefunden hätte. Doch es kann jederzeit mit unserem Vater zu Ende gehen, und ich möchte ihr die Gelegenheit geben, ihn noch einmal zu sehen.«

»Du hast vollkommen richtig gehandelt. Ich danke dir, dass du trotz meines Verhaltens dir gegenüber deinen Stolz überwunden hast und hergekommen bist.«

Florentinus sah den neben ihm hereilenden Schwager kurz an, erwiderte aber nichts.

Im Laufschritt durchquerten sie die Gassen Wiens, wurden immer schneller, bis sie das Haus der Hansens erreichten. Karl lief die Stufen hinauf, schloss auf und sah nach, ob Therese, Frederike und die Kinder womöglich bereits heimgekehrt waren. Doch das Haus war leer.

»Sie sind nicht da. Auch Frederike nicht. Bestimmt wird Therese ihr alles zeigen wollen.«

»Frederike?«

»Meine Nichte aus Hamburg. Sie wird für eine Weile bei uns wohnen.« Karl überlegte kurz. »Therese hatte vor, ihr heute das Kaffeehaus zu zeigen und was sie daraus gemacht hat. Wenn sie dort nicht sind, suchen wir Thereses Lieblingsplätze ab.«

»Ist gut.«

Sie liefen wieder los und waren außer Atem, als sie Thereses Kaffeehaus erreichten. Kaum dass sie eingetreten waren, sahen sie Therese und Frederike mit je einem Kind auf dem Arm mit drei Servierfräulein dastehen und fröhlich plaudern.

Auf die rasche Bewegung am Eingang aufmerksam geworden, sah Therese zu ihnen herüber. Sofort wurde ihre Miene ernst, als sie Karl und Florentinus erkannte, die beide vollkommen außer Atem waren. Sie hatte Franz auf dem Arm und kam sogleich auf ihren Mann und ihren Bruder zu. »Was ist geschehen?«

»Vater hatte einen Schlaganfall«, erklärte Florentinus ohne Umschweife. »Er liegt im Spital, und …«, er zögerte, »es sieht nicht gut aus, Therese.«

Therese setzte Franz ab, der lauthals protestierte. Frederike hatte die kleine Helene in den Kinderwagen gesetzt, kam nun heran und nahm Franz auf den Arm. »Ist alles in Ordnung?«

Therese presste die Lippen zusammen und schüttelte den Kopf. »Mein Vater. Er ist sehr krank.«

»O nein!« Frederike war anzusehen, wie sehr die Nachricht sie bekümmerte.

»Ich muss ins Spital«, sagte Therese. »Sofort.«

»Geh. Geh nur, ich passe auf die Kinder auf.«

Therese drückte Frederike einen Schlüssel in die Hand. »Hier ist der Schlüssel fürs Haus. Ich danke dir.« Sie hatte Tränen in den Augen.

»Bist du sicher, dass du es schaffst?«, fragte Karl, an seine Nichte gewandt.

»Ja, nun geht. Beeilt euch.«

»Danke«, sagte Karl zu Frederike und nahm Thereses Hand.

»Ich bin Florentinus, Thereses Bruder«, sagte der Wiener noch schnell zu Frederike, bevor sie gingen. »Ich wünschte, wir hätten uns unter erfreulicheren Umständen kennengelernt.«

Frederike nickte nur. »Frederike.«

Dann gingen die drei hinaus. Franz streckte die kleinen Ärmchen aus, als er sah, dass seine Mutter und sein Vater einfach fortgingen. Kurz greinte er, legte dann aber seinen Kopf an Frederikes Schulter und ließ zu, dass sie ihn zu einem Stuhl trug und dort absetzte. Dann hob sie Helene aus dem Kinderwagen und nahm sie auf den Schoß. Sie wartete, bis Franz die heiße Schokolade ausgetrunken hatte, die Therese ihm versprochen und bereits vor Karls und Florentinus' Ankunft bestellt hatte. Dann setzte sie Helene wieder in den Kinderwagen, reichte Franz die Hand und verließ mit beiden das Kaffeehaus. Auch wenn die Umstände unglücklicher nicht hätten sein können, war Frederike doch froh, in diesen schweren Stunden eine Hilfe für Therese und Karl sein zu können. Langsam, und nicht ohne sicherheitshalber einen freundlichen Passanten nach dem Weg gefragt zu haben, ging sie mit den Kindern zurück in deren Zuhause.

* * *

»Wie geht es ihm?« Therese eilte auf ihre Mutter zu, die auf dem Korridor des Spitals auf und ab ging und offenbar darauf wartete, das Zimmer, in dem sich ihr Ehemann befand, betreten zu dürfen.

»Therese, Gott sei Dank bist du da!« Die Frauen umarmten sich.

Margarete konnte vor lauter Tränen kaum noch etwas erkennen. Sie war vollkommen außer Fassung, als sie danach Karl mit einer Umarmung begrüßte und zu guter Letzt auch Florentinus, der sie in der Nacht zum Spital begleitet hatte und nur gegangen war, um Therese zu informieren.

Karl war nie zuvor von seiner Schwiegermutter umarmt worden. Margarete Loising war ein Mensch, dem Würde und Contenance in die Wiege gelegt worden waren. Dadurch wirkte sie manchmal herzlos und streng, was besonders Therese oft zu spüren bekommen hatte. Nun jedoch gab sie das Bild einer verzweifelten Frau ab, die nur eines wollte: dass ihr Ehemann wieder gesund wurde.

»Gibt es schon etwas Neues?«, fragte Florentinus, an seine Mutter gewandt.

»Gerade ist der Arzt noch einmal im Eilschritt hineingelaufen. Ich weiß nicht, was geschehen ist. Niemand spricht mit mir.« Sie schluchzte laut auf. »Ihm darf nichts geschehen. Ihm darf einfach nichts geschehen.«

Florentinus nahm seine Mutter in die Arme. »Er ist stark, Mutter. Vater ist ein Kämpfer. Das war er immer.«

Therese war unschlüssig, was sie tun sollte. »Kann ich hineingehen?«

»Ich durfte es nicht.« Margarete Loising schluchzte abermals auf. »Womöglich stirbt er da drin, und ich kann nicht zu ihm.«

»So etwas darfst du nicht einmal denken, Mutter!«, mahnte Florentinus.

Die Tür des Krankenzimmers wurde geöffnet, und sofort wandten die vier ihre Blicke dorthin. Ängstlich versuchte

Therese im Gesicht des Arztes, der heraustrat, abzulesen, welche Nachricht er ihnen überbringen würde.

»Frau Loising.« Der Mann in dem weißen Kittel trat auf Margarete zu.

»Meinen Sohn kennen Sie ja schon, Herr Professor Winkler. Und das sind meine Tochter Therese Hansen und ihr Ehemann Karl. Bitte sagen Sie mir ganz offen, wie es um meinen Mann steht.«

»Nun, Frau Loising, der Zustand Ihres Mannes ist sehr ernst. Allem Anschein nach hatte er einen Schlaganfall. Ihr Gatte ist im Moment stabil, doch wir können noch nicht absehen, welche bleibenden Schäden er davontragen wird. Er hat große Beschwerden beim Schlucken, und seine gesamte rechte Körperhälfte ist betroffen. Er ist noch nicht wieder bei Bewusstsein. Wir müssen abwarten.«

Margarete Loisings Hand zitterte, als sie sich die Tränen von der Wange wischte.

»Wird er es überleben?«

»Ich bedauere, doch zum jetzigen Zeitpunkt kann ich das nicht mit Sicherheit sagen. Wir werden alles in unserer Macht Stehende tun. Doch der Schlaganfall war sehr heftig.«

»Vielen Dank, Herr Professor. Können wir zu meinem Vater?«, fragte Florentinus.

»Ja, aber seien Sie bitte leise. Man weiß nie, was ein Patient in seinem Zustand mitbekommt, und er braucht jetzt absolute Ruhe.«

»In Ordnung. Wir werden ihn nicht stören.«

Therese hakte sich bei ihrer Mutter unter und ging mit ihr in Richtung Zimmertür. Als sie eintraten, war noch eine Krankenschwester bei Friedrich Loising, die jedoch gerade vom Bett zurücktrat, als sie die Besucher eintreten sah. Sie nickte der Familie zu, als wollte sie ihr Mut zusprechen, und ging dann hinaus.

Florentinus holte den einzigen Stuhl im Krankenzimmer und stellte ihn neben das Bett seines Vaters, damit seine Mutter darauf Platz nehmen konnte.

Therese trat von der anderen Seite an das Bett heran, griff nach der Hand ihres Vaters und hielt sie fest. Sie biss sich auf die Unterlippe. Das Gesicht ihres Vaters war eigenartig verzogen. Es schien, als lägen die beiden Gesichtshälften nicht mehr auf derselben Höhe. Friedrichs rechtes Auge wirkte, als sei es mit Gewalt ein Stück nach unten gezogen worden, ebenso hingen die rechte Wange und auch der Mundwinkel tiefer als auf der linken Gesichtshälfte. Seine rechte Hand war unnatürlich verkrümmt. Therese erschreckte der Anblick. Irgendwie sah der Mann in dem Krankenbett gar nicht mehr aus wie ihr Vater.

Keiner im Raum sagte etwas. Margarete Loising griff die Hand ihres Mannes, streichelte diese. Mit der anderen presste sie sich ein Taschentuch vor den Mund und versuchte, ihr Schluchzen zu unterdrücken. Der Kummer stand ihr ins Gesicht geschrieben.

Therese sah verstohlen zu ihr hinüber. Offenbar hatte sie die Frau, die ihr das Leben geschenkt hatte, immer verkannt. Ihre Eltern hatten zwar stets einen von Respekt geprägten Umgang miteinander gepflegt, doch sie hatte nie das Gefühl gehabt, dass ihre Mutter ihren Vater so von Herzen liebte, wie es jetzt gerade zu spüren war. Sie schämte sich ein wenig, nicht einmal zu wissen, wie ihre Eltern sich kennengelernt hatten. Sie war immer davon ausgegangen, dass die Eltern der beiden die Ehe, wie in diesen Kreisen üblich, arrangiert hatten. Ihre Mutter war stets darauf bedacht, in jeder Situation die Contenance zu wahren und sich ihrem Stand gemäß zu verhalten. Ja, sie war ein Vorbild an gutem Benehmen, wodurch sie auch oft unterkühlt gewirkt hatte. Sie nun so zu sehen, von tiefster Verzweiflung und Angst um das Leben ihres Mannes gepeinigt, ließ Therese einen ganz neuen Blick auf ihre Mutter bekommen. Und sie fragte sich, ob es womöglich daran lag, dass sie sich nie die Mühe gemacht hatte, die Frau hinter der Mutter kennenzulernen.

Friedrich röchelte, es klang, als müsste er husten. Therese beugte sich weiter vor. »Wir sind hier, Vater«, sagte sie, so ruhig es ihr möglich war.

»Kannst du mich hören, Friedrich?« Margarete hielt den Blick starr auf ihren Ehemann gerichtet.

»Er hat eben meine Hand gedrückt«, sagte Therese. »Bitte, Vater, wenn du uns verstehen kannst, dann drück noch einmal meine Hand.«

Gespannt wartete sie einen Moment. »Er hat meine Hand gedrückt«, sagte sie mit Hoffnung in der Stimme. »Er kann uns verstehen, Mutter. Sprich mit ihm.«

Margarete schluchzte auf. »Mein Gott, Friedrich. Du hast uns alle so erschreckt. Kannst du mich auch hören? Wir sind hier, Friedrich. Florentinus, Therese, Karl und ich. Du bist im Krankenhaus. Professor Winkler kümmert sich um dich.« Sie blickte auf ihre Hand in der Erwartung, dass ihr Ehemann sich bemerkbar machte. Sie sah Therese verzweifelt an, als sie nichts spürte.

»Er hat meine Hand noch einmal gedrückt«, sagte Therese, so ruhig es ihr möglich war. »Du hältst seine rechte Hand. Vermutlich kann er sie noch nicht wieder bewegen.«

Margarete blickte auf die Hand ihres Mannes, als müsse sie erst begreifen, was Therese gesagt hatte.

»Komm hier herüber«, sagte die Tochter dann rasch. »Komm. Hier kannst du es spüren.«

»Aber …«, brachte Margarete verwirrt hervor, dann ließ sie die Hand auf das Bett sinken und tauschte mit Therese den Platz. Florentinus trug den Stuhl auf die andere Seite, und sie setzte sich wieder. »Kannst du mich hören, Friedrich?« Nun klang es ängstlich, ganz so, als sei sie nicht sicher, dass ihr Mann in der Lage war, überhaupt eine Regung von sich zu geben, auch wenn Therese vorher meinte, genau dies gespürt zu haben.

»Bitte, Friedrich, drück meine Hand.« Sofort schlug sie die andere Hand mit dem Taschentuch vor den Mund. »Er hat meine Hand gedrückt«, brachte sie euphorisch hervor. »Du hattest recht, Therese.« Tränen der Erleichterung liefen ihr über die Wangen. »Danke, Herr, ich danke dir!« Sie sah kurz nach oben, dann wieder auf ihren Mann. »Es wird alles gut, Friedrich. Schon bald wird es dir besser gehen. Ich werde dir helfen. Bei allem. Zusammen werden wir es schaffen.«

Florentinus und Therese tauschten einen Blick, als wollten sie sich mitteilen, wie überrascht sie über den Gefühlsausbruch ihrer Mutter waren. Nicht nur Therese, sondern auch Florentinus schien das Verhalten Margaretes vollkommen fremd zu sein.

Es klopfte, und Professor Winkler trat ein.

»Er kann mich hören«, sagte Margarete sofort. »Er hat meine Hand gedrückt, meine und auch die unserer Tochter. Er wird wieder gesund, Professor.«

Winkler lächelte milde. »Das ist ein sehr gutes Zeichen, Frau Loising. Aber Ihr Gatte braucht jetzt wirklich Ruhe.«

»Bitte, Herr Professor, ich möchte nur hier sitzen bleiben. Ich werde ihn nicht ansprechen und auch nicht stören. Bitte, lassen Sie mich bei meinem Mann bleiben.«

Professor Winkler sah zu Florentinus, dann zu Therese und Karl.

»Bitte, Herr Professor, es wird meinem Vater sicher ein gutes Gefühl vermitteln, wenn er zu sich kommt und spürt, dass seine Frau bei ihm ist«, bat Therese.

»Wenn Sie ihn nicht ansprechen und nicht stören, sehe ich keinen Grund, warum Sie nicht bleiben sollten.«

»Danke, Herr Professor. Ich danke Ihnen von Herzen.« Margarete liefen wieder die Tränen über die Wangen. »Ich werde ganz still sein, ich verspreche es.«

Florentinus, Therese und Karl verabschiedeten sich von Margarete und verließen dann leise das Zimmer.

Professor Winkler ging ebenfalls hinaus und schloss die Tür hinter sich.

»Er wird es überleben, nicht wahr?« Hoffnung schwang in Thereses Frage mit.

»Sie haben Ihren Herrn Vater gesehen«, begann der Professor. »Der Schlaganfall war massiv. Sobald er wieder die Kraft dazu hat, wird er vieles neu erlernen müssen. Vermutlich kann er kaum sprechen, und das Schlucken macht ihm, wie ich vorhin bereits sagte, erhebliche Probleme. Sein Gleichgewichtssinn wird beträchtlich beeinflusst sein, ganz abgesehen davon, dass keinesfalls sicher ist, ob und wann er wieder laufen kann.«

»Wie steht es um seine geistige Gesundheit?«, fragte Florentinus.

»Das können wir zum jetzigen Zeitpunkt unmöglich sagen«, erklärte der Professor. »Wir können nur abwarten und die Entwicklung in den nächsten Tagen beobachten.«

»Wann können wir wieder herkommen?«, fragte Karl.

»Heute bitte keinesfalls mehr. Wenn Sie morgen gegen Nachmittag kommen, können Sie ein paar Minuten zu ihm. Aber bitte wirklich nicht länger.«

»Ist gut, Herr Professor.« Florentinus reichte ihm die Hand. »Vielen Dank. Und sagen Sie bitte, wären Sie so nett, für meine Mutter einen Fiaker kommen zu lassen, sobald sie nach Hause will? Ich glaube nicht, dass sie selbst im Moment dazu in der Lage ist.«

»Ich werde dem Personal Bescheid geben, dass man sich darum kümmert«, stimmte er zu.

»Danke, Herr Professor«, sagte nun Therese und reichte ihm die Hand, und auch Karl verabschiedete sich. Dann verließen die drei das Spital.

Vor dem Eingang blieben sie stehen. »Komm doch noch mit zu uns«, bat Therese ihren Bruder. »Ich glaube, es wäre nicht gut, wenn du jetzt allein nach Hause gehst.«

Florentinus sah erst seine Schwester, dann Karl an. Er schüttelte den Kopf. »Nein, danke. Ich werde mich lieber verabschieden.«

»Bitte, Florentinus«, sagte nun Karl und legte seinem Schwager die Hand auf die Schulter. »Komm mit zu uns. Wir sind eine Familie und brauchen einander jetzt. Sag Ja.«

Florentinus presste Luft durch die Lippen. Dann nickte er. »In Ordnung«, sagte er schließlich.

Therese hakte sich auf der rechten Seite bei ihrem Mann, auf der linken bei ihrem Bruder unter. Schweigend, jeder in seine Gedanken versunken, machten sie sich auf den Heimweg. Keiner konnte die Angst davor, was sie die nächsten Tage erwarten mochte, verdrängen.

7. Kapitel

Luise zuckte zusammen, als mit Schwung die Tür ihres Büros geöffnet wurde.

»Du musst mir unbedingt helfen«, rief Martha, als sie, Eduard auf dem Arm balancierend, in den Raum stürmte.

»Dir auch einen guten Tag, Martha. Wann genau hast du dir das Klopfen abgewöhnt?«

»Mein Kindermädchen ist schon wieder krank und meint, heute nicht arbeiten zu können. Einfach lächerlich ist so etwas.«

»Was hat sie denn?«

»Gar nichts hat sie. Ein kleiner Husten, das ist alles. Der Arzt sagt, sie hätte eine Lungenentzündung. Unfug. Sie will sich nur vor der Arbeit drücken.«

»Mit der Lunge ist nicht zu spaßen, Martha.«

Die Schwester ließ sich auf einen der zwei Besucherstühle plumpsen und wippte Eduard auf ihrem Schoß. »Also, du musst um spätestens fünf Uhr bei mir sein, damit ich mich noch umziehen und herrichten kann. Ich möchte heute besonders gut aussehen. Die von Hersfelds werden zu der Gesellschaft erwartet. Und sie sind wirklich nur sehr selten bei derartigen Anlässen anwesend.«

»Es wäre schön, wenn du mich gelegentlich mal fragen könntest, ob ich auf Eduard aufpasse, statt es lediglich zu beschließen und mir eine Zeit mitzuteilen. Immerhin könnte es sein, dass ich selbst etwas vorhabe.«

»Was könntest du schon groß vorhaben?«

»Charmant wie immer, Schwesterherz.«

»Außerdem hast du schon so oft gesagt, wie sehr du die Zeit mit dem Kleinen genießt. Du könntest dich ruhig ein bisschen freuen. Immerhin vertraue ich dir meinen einzigen Sohn an.«

Luise lag eine Erwiderung auf den Lippen, doch sie ließ nur einen Seufzer vernehmen und es dann dabei bewenden. Es war ja ohnehin aussichtslos, Marthas Art ändern zu wollen. »Dann sei wenigstens so gut und komm hier nicht einfach so hereingestürmt, sondern melde dich über das Telefon. Schließlich habt ihr eines in eurer Villa, genau wie wir hier in der Firma.«

»Ich werde keinesfalls in dieses schwarze Ding sprechen. Wenn die Herren meinen, sie müssten so etwas benutzen, um ja keine Zeit mit persönlichen Gesprächen zu verbringen, bitte schön. Doch für eine Dame gehört es sich nicht.«

»Ich führe jeden Tag sogar mehrere Telefonate«, entgegnete Luise.

Martha betrachtete die Schwester von oben bis unten. »Ja, das glaube ich dir sofort.« Sie verdrehte die Augen.

Luise war es leid, sich von ihrer Schwester weiter die Zeit stehlen und sich darüber hinaus auch noch beleidigen zu lassen. »Ich werde um fünf da sein. Und nun habe ich zu tun.«

»Gut.« Martha erhob sich, und Eduard streckte die kleinen Ärmchen nach Luise aus.

»Nein, ihr habt später noch genug Zeit miteinander«, sagte Martha und drehte sich um. »Um fünf also, und komm nicht zu spät.«

Martha ging mit ihrem Sohn, der zu jammern begonnen hatte, auf die Tür zu. Gerade als sie diese öffnen wollte, klopfte es, und sie machte einen Schritt rückwärts, als Robert hereinkam.

»Martha – das ist ja eine Überraschung!« Er küsste seine Tochter auf die Wange und strich Eduard zärtlich über den Kopf. »Na, kleiner Mann, wie geht's dir denn?«

»Guten Tag, Vater. Ich bin leider in Eile. Ich nehme nicht an, dass du an der Soiree bei den Rehbergs teilnimmst?«

»Ich bin eingeladen, genau wie Luise. Doch ich denke, ich werde eher nicht kommen.« Er sah an Martha vorbei. »Oder was meinst du, Luise?«

»Luise hat keine Zeit. Sie muss auf Eduard aufpassen«, erklärte Martha sofort.

»Ah, na dann. Dann verzichte ich ebenfalls dankend.«

»Ludwig sagt, dass es gut für das Kontor wäre, wenn du dich öfter einmal bei solchen Anlässen sehen lassen würdest, Vater.«

»Na, wenn dein Mann das sagt, muss es wohl wahr sein.« Es klang spöttisch.

»Die von Hersfelds werden heute Abend da sein. Ein sehr seltenes Ereignis. Sie kommen fast nie zu Gesellschaften.«

»Siehst du. Die machen es richtig. Man muss schließlich nicht überall dabei sein. Umso interessanter macht man sich.«

Martha seufzte. »Nun, ich muss gehen. Ich habe noch einiges zu erledigen.«

Luise fragte sich, was das wohl sein könnte, denn die gesamte Hausarbeit erledigten Hilde und Clara für sie.

»Ach, Martha, bevor du gehst, möchte ich dir noch Bescheid geben, dass ich in Kürze nach Kamerun reisen und einige Monate nicht in Hamburg sein werde.«

Erschrocken drehte sich Martha zu Luise um. »Aber du bleibst doch wohl hoffentlich hier?«

»Weshalb? Hast du Angst, dass du dich sonst nach jemand anders umsehen musst, der dir Eduard abnimmt?«

»Du bist schließlich seine Tante«, rechtfertigte sich Martha. »Also, bleibst du hier, oder fährst du auch wieder zu diesen Wilden, bei denen es dir so gut gefällt?«

»Ich bleibe in Hamburg.«

»Gut«, meinte Martha nur. Dann sagte sie in einem versöhnlichen Ton: »Vielleicht möchtest du in der Zeit, wenn Vater fort ist, gelegentlich zum Essen zu Ludwig und mir kommen? Nur mit Tante Vera zu speisen, ist sicher nicht allzu vergnüglich.«

»Danke. Ich werde es mir überlegen.«

»Schön. Dann bis nachher, und dir, Vater, eine gute Reise.« Sie hielt ihm die Wange zum Kuss hin.

»Danke, Martha.« Robert tat ihr den Gefallen und schloss die Tür hinter ihr, als sie hinausgegangen war. Dann sah er Luise an und schüttelte den Kopf. »Liebreizend und besorgt wie immer, deine Schwester.«

Luise musste sich ein Lachen verkneifen. »Immerhin hat sie dir eine gute Reise gewünscht. Das wäre gewiss nicht der Fall gewesen, wenn ihr euch nicht zufällig hier begegnet wärt.«

»Ja, da hast du recht.« Robert ging zu Luises Schreibtisch und setzte sich auf den Stuhl, auf dem zuvor Martha Platz genommen hatte. »Ich gebe zu, ganz wohl ist mir nicht dabei, dir die ganze Last des Kontors aufzubürden. Aber zum Glück kommt Richard morgen heim und kann dich dann entlasten.«

Luise musste sich zusammennehmen, um ihre wahren Gefühle nicht zu zeigen. Für sie bestand die größte Herausforderung darin, dass Richard künftig seine Finger im Kontor haben würde. Alles andere, dessen war sie sicher, würde sie souverän meistern.

»Aber es bleibt doch dabei, dass ich Richard in alles einweise und ihm die Aufgaben zuteile?«

»Ja, natürlich. Wie besprochen. Er kann ja gar nicht wissen, was er zu tun hat, und wird froh sein, dass du ihm die Einarbeitung ermöglichst.«

»Darf ich dich etwas fragen, Vater?«

»Aber ja, immer.«

»Weshalb musste Richard die Universität verlassen?«

»Es tut mir leid.« Robert war anzusehen, dass das Thema ihm nicht angenehm war. »Ich habe Vera versprochen, es für mich zu behalten.«

»Ich verstehe.«

»Wärst du in Richards Situation und hättest dich mir anvertraut, würde ich mich auch niemals dazu hinreißen lassen, dein Geheimnis preiszugeben.« Er setzte sich aufrecht hin. »Das Leben ist nicht immer nur schwarz oder weiß, Luise. Diese Erfahrung musste ich schon öfter machen, und dir wird es im Laufe der Zeit genauso ergehen. Ich habe Vera ein Versprechen gegeben, und daran halte ich mich.«

Luise nickte. »Auch wenn ich weiß, dass es dir nicht gefallen wird, würde ich gern noch etwas anderes in Bezug auf Richard ansprechen.«

»Nur zu, Luise.«

»Was ist, wenn Richard sich im Kontor danebenbenimmt?«

»Du meinst, wenn er Fehler macht?«

»Nein, das meine ich nicht. Vielleicht tue ich ihm Unrecht, denn womöglich hat er sich inzwischen verändert und ist nun strebsam und zuverlässig.« Sie sprach den Gedanken nicht aus, dass ihr Cousin dann wohl kaum von der Universität geflogen wäre. »Wenn er Fehler macht, weil er die Abläufe erst noch lernen muss, empfinde ich das nicht als Problem. Ich durfte anfangs auch Fehler machen, genau wie jeder andere Mitarbeiter. Was ich meine, sind Verfehlungen, die an seinem Charakter liegen, nicht an seinem Können.«

»Du traust deinem Cousin nicht über den Weg, nicht wahr?«

»Ehrlich gesagt, nein.«

»Ich denke, du bist zu streng mit ihm.«

»Und ich denke, er durfte schon immer zu viel, nur weil er ein Mann ist. Ich musste für alles, was ich habe, hart arbeiten und immer besser sein als die anderen. Doch für Richard war klar, dass er eines Tages alles auf dem silbernen Tablett serviert bekommt – zumindest so lange, wie sein Vater noch Anteile am Kontor hatte. Darf ich dich ganz offen fragen, wie hoch sein Anteil am Geschäft sein wird? Immerhin hat er doch keinen Anspruch mehr darauf, nicht wahr?«

Robert atmete laut aus. Ihm war anzusehen, dass ihm nicht gefiel, wie Luise die Angelegenheit sah. »Richard kann nichts für das Fehlverhalten seines Vaters, ebenso wenig wie du für das deiner Mutter.«

Luise hielt seinem warnenden Blick stand. »Das sehe ich genauso. Ich wüsste nur gern, woran ich bin.«

»Das Thema hatten wir doch schon. Du kannst das Kontor später nicht übernehmen, weil du eine Frau bist.«

»Das ist mir bewusst.«

»Was möchtest du also hören?«

»Ich möchte wissen, zu welchen Konditionen Richard ins Kontor einsteigt. Bekommt er ein Gehalt, Anteile oder was genau?«

Robert überlegte einen Moment. »Du hast recht«, räumte er dann ein. »Du solltest Bescheid wissen über das, was ich vereinbare. Immerhin gebührt dir die Anerkennung für einen großen Teil des finanziellen Erfolgs.«

Luise atmete erleichtert aus. Sie war nicht sicher gewesen, wie ihr Vater reagieren würde.

»Ehrlich gesagt, wäre es mir lieber gewesen, du hättest mit mir gesprochen, *bevor* du überhaupt eine Vereinbarung getroffen hast.« Sie hob die Hand, als er zu einer Erwiderung ansetzte. »Bitte, Vater, lass mich das noch sagen: Ich weiß, dass dein Denken und Handeln nicht von einem falschen Bild der arbeitenden Frauen geprägt ist. Bei dir zählen Arbeit und Leistung«, stellte sie fest, obwohl sie keinesfalls sicher war, dass ihr Vater dieser Überzeugung einfach so zugestimmt hätte. »Und deshalb weiß ich auch, dass ich ganz offen zu dir sein kann. Ich habe in den letzten Jahren bewiesen, wie sehr mir das Kontor am Herzen liegt. Schon damals, als Mutter und Martha dich in Kamerun im Stich ließen, gab es für mich keine Sekunde des Überlegens, es ihnen gleichzutun. Und seit wir wieder hier in Hamburg sind, habe ich alles getan und mein Bestes gegeben, was uns erhebliche Erfolge eingebracht hat.«

»Ich weiß deine Arbeit und deinen Einsatz sehr zu schätzen.«

»Danke«, sagte Luise. »Du hast deutlich gemacht, dass ich als Frau niemals ganz an die Spitze unseres Kontors gelangen kann. Ich missbillige es selbstverständlich, doch ich respektiere es. Allerdings würde ich mir wünschen, nein, das stimmt nicht, ich *erwarte,* dass dies nur die Regelung nach außen ist. Ich bin wertvoll für das Kontor, und ich werde alles genau so weiterführen, wenn du in Kamerun bist. Lass die Menschen in dem Glauben, dass du allein über die geschäftlichen Belange entscheidest. Doch ich möchte, dass unter uns beiden Einigkeit darüber herrscht, dass ich ausschließlich deiner Weisung unterstehe, du mich aber in Fragen des geschäftlichen Vorgehens zurate ziehst.«

»Du erwartest viel, Luise.« An Roberts Miene war nicht abzulesen, ob er dies gut oder schlecht fand.

»Ja, ich weiß. Ich erwarte viel – ebenso wie du. Und wenn wir uns darüber einig sind, dass wir einander genau das geben wollen, werden wir, dessen bin ich sicher, das Kontor immer noch erfolgreicher machen können.«

Robert rieb sich nachdenklich das Kinn. »Es gefällt mir sehr, wie du denkst, Luise. Du bist ehrgeizig und lässt dich ungern abspeisen. Also Folgendes: Richard bekommt in der ersten Zeit lediglich freie Kost und Logis. Ich habe ja die Kosten für sein Studium und die Unterkunft übernommen, nachdem Georg nicht mehr dafür aufkommen konnte oder wollte.«

»Das hast du bezahlt?« Luise blieb der Mund offen.

»Ja. Aber darum geht es jetzt nicht. Er verlässt die Universität ohne Abschluss, was wiederum bedeutet, dass er ohne weitere Berufserfahrung nirgendwo eine Stelle bekommen würde. Das weiß er genauso gut wie ich. Er wird in der Villa leben und Gelegenheit bekommen, sich im Kontor zu beweisen. Für seine Kleidung und kleinere Ausgaben werde ich aufkommen. Er erhält kein Gehalt und schon gar keine Anteile am Kontor. So haben wir es zunächst vereinbart. In einem halben Jahr werden wir uns wieder zusammensetzen und die Situation neu bewerten.«

Luise war erleichtert. Richard erhielt also kein Geld aus dem Kontor. Das war schon einmal gut. Womöglich würde er sie überraschen und sich anstrengen, um am Ende doch noch irgendetwas aus sich zu machen. »Gut«, sagte sie.

»Du siehst also, dass du bereits besser dastehst als er.«

»Nun, dass ich besser dastehe, würde ich nicht behaupten. Schließlich erhalte ich auch nur Kost und Logis – und natürlich die Kleidung.«

»Nun«, Robert schmunzelte, »das stimmt so nicht.«

»Wie meinst du das?«

»Ich weiß sehr genau, was du kannst und was du alles leistest, Luise. Deshalb habe ich ein Bankkonto auf deinen Namen einrichten lassen, auf das ich jeden Monat Geld vom Kontor einzahle. Du hast nie gefragt, und ich sah keinen Anlass, es dir mitzuteilen, solange du nicht nach irgendwelchen Anschaffungen strebtest oder mit dem Gedanken spieltest, unabhängig zu werden und deinen eigenen Weg zu gehen.«

Luise öffnete den Mund und schloss ihn wieder. »Vater«, brachte sie dann hervor. »Ich bin sprachlos.«

»Ich hoffe, vor Freude?«

»Allerdings vor Freude!« Sie stand auf, ging um den Schreibtisch herum und umarmte ihren Vater. »Ich danke dir.«

»Du hast es dir verdient, mein Kind. Wirklich und ehrlich verdient. Für einen männlichen Mitarbeiter, der genauso viel arbeitet und schafft wie du, müsste ich wahrscheinlich noch mehr Geld bezahlen.«

Luise war gerührt. Sie hatte immer das Gefühl gehabt, dass ihr Vater das, was sie leistete, zwar registrierte, jedoch nie in der Form zu schätzen wusste, wie sie es sich gewünscht hätte.

»Hättest du doch nur einmal etwas gesagt.«

»Wozu?« Robert sah zu seiner Tochter auf. »Du bist so fleißig und hast immer alles so gut und rasch erledigt, ohne dass du wusstest, welche Belohnung auf dich wartet. Es war schön für mich, das zu sehen. Es hat mir gezeigt und zeigt mir noch immer, welchen Charakter du hast und wie wichtig dir das Kontor ist.«

Luise war gerührt. Ihr Vater hatte sie auf die Probe gestellt, ohne dass sie es bemerkt hatte. Und sie hatte bestanden. Dabei hatte sie insgeheim sehr wohl darauf gehofft, dass er sie irgendwann ansprechen und ihr ein Gehalt anbieten würde. Dass sie längst eines erhielt, damit hatte sie nun wirklich nicht gerechnet.

»Ich danke dir wirklich sehr.« Luise umarmte Robert noch mal, dann ging sie um ihren Schreibtisch und nahm ihren Platz wieder ein.

»Manchmal würde ich mir von dir etwas mehr Vertrauen wünschen«, sagte Robert. »Und wenn ich ganz ehrlich bin, wäre es mir ebenfalls lieber, die Geschicke des Kontors eines Tages in deine Hände zu legen. Doch dazu, Luise, brauchst du einen Ehemann. Am besten einen, der nicht an der Arbeit hier interessiert ist und dir freie Hand lässt, jedoch die Firma nach außen hin repräsentiert.«

Luise sah ihren Vater forschend an. »Und deshalb hast du mir Hans Petersen vorgestellt?«

»Wenn du so direkt fragst: ja. Er wird eines Tages das gesamte Vermögen Wilhelm Petersens erben und sämtliche

Geschäfte übernehmen und wäre deshalb schon eine sehr gute Partie. Vor allem aber ist er nicht so sehr am Handel, sondern am Betreiben der Kaffeehäuser und deren weiterem Ausbau interessiert. Er würde dir im Kontor also vermutlich nicht dreinreden wollen, vor allem wenn er sieht, wie geschickt du bei deiner Arbeit bist.«

»Du hast ihn also, genau wie ich vermutete, zum Essen bestellt. Du hast gehofft, dass wir uns annähern.«

»Ja, verdammt, das habe ich. Doch als du gleich so schroff reagiert hast, war mir klar, dass dieser Weg nicht der deine sein wird.«

Ihre Gedanken rasten. »Es ging dir also gar nicht darum, bloß einen Mann für mich zu finden, damit ich endlich verheiratet wäre?«

»Unsinn. Wenn es danach ginge, würde ich auf all das pfeifen. Wir gehören der oberen Gesellschaftsschicht an, Luise, und das ist auch gut so. Deshalb müssen wir uns gewissen Vorgaben beugen. Aber glaube bitte nicht, dass mich all das wirklich interessiert. Dich in die Hände eines Mannes zu geben und nur noch in der Rolle einer Ehefrau und Mutter zu sehen, wäre in meinen Augen eine Verschwendung. Wenn Richard nur ein Fünkchen deines Ehrgeizes und auch deines Verstandes hätte, würde ich nicht zögern, ihm alsbald Anteile des Kontors zu überschreiben.« Er sah seine Tochter nachdenklich an. »Offen gesagt, bin ich überrascht, dass du mir so wenig zugetraut hast.«

»Entschuldige bitte, Vater. Ich habe dir wirklich Unrecht getan.« Luise setzte sich weiter vor und legte ihre Unterarme auf die Schreibtischplatte. »Nehmen wir mal an, ich würde Hans Petersen überzeugen, mich zu heiraten.«

»Ja?«

»Was wäre aber, wenn er entgegen deinen Erwartungen dann doch im Kontor mitmischen wollte?«

»Erstens: Ich bin ja auch noch da«, erklärte Robert. »Und ich hoffe, dass das noch eine Weile so bleibt. Und zweitens kann man all das vertraglich regeln.«

»Du hast bereits an alles gedacht, nicht wahr?«

Wieder schmunzelte Robert. »Nun ja, andernfalls wäre ich ein schlechter Firmenchef. Und vermutlich ein noch schlechterer Vater.«

Luise betrachtete ihn einen Moment. Sie war in letzter Zeit immer sehr freundlich zu Hans Petersen gewesen, um damit ihrem Vater zu zeigen, wie sehr sie sich um den Geschäftsabschluss bemühte. Und tatsächlich fand sie Hans längst nicht mehr so schlimm wie noch bei ihrer Begegnung im Restaurant.

Aber ihn zu heiraten, konnte sich Luise beim besten Willen nicht vorstellen.

»Was denkst du?«, fragte Robert.

»Nun, weißt du, ich habe mich nie für eine dieser Frauen gehalten, die nur auf das Ansehen eines Mannes sehen und darauf, was er ihnen zu bieten hat. Ich wollte immer unabhängig sein, mein eigenes Geld verdienen.« Sie lächelte ihren Vater an. »Und ja – ich habe schon oft darüber nachgedacht, dass du und ich uns vermutlich fürchterlich streiten würden, sobald ich mich in jemanden verliebt hätte. Denn ich war immer sicher, dass dir ein Mann, den ich für mich als den Richtigen empfinde, nie recht sein könnte.«

»Und jetzt?«

»Nun ja, nach unserem Gespräch denke ich tatsächlich um. Du dürftest bemerkt haben, dass ich mir große Mühe gegeben habe, nett zu Hans und Wilhelm Petersen zu sein.«

»Ja, das ist mir selbstverständlich aufgefallen.«

»Ich wollte unbedingt wieder mit den Petersens ins Geschäft kommen. Und das ist uns gemeinsam ja auch geglückt.«

Robert wartete, worauf seine Tochter hinauswollte.

Luise atmete tief ein. »Als du Mutter geheiratet hast, war es da Liebe?«

Robert zuckte mit den Schultern. »Damals habe ich es für Liebe gehalten, ja.«

»Hm, und wir wissen nun, was daraus geworden ist. Ich habe mich manches Mal gefragt, ob ich mich hier überhaupt jemals verlieben könnte.«

»Was meinst du mit *hier?*«

»Wie bitte?«

»Du sagtest eben, dass du dich manches Mal gefragt hast, ob du dich *hier* jemals verlieben könntest. Wo denn sonst?«

Luise schlug das Herz bis zum Hals. Es war ihr einfach so herausgerutscht. »Hier im Kontor«, antwortete sie schnell. »Schließlich verbringe ich hier fast meine gesamte Zeit und fahre von hier auch immer direkt nach Hause. Wenn ich also nicht hier jemanden kennenlerne, wird es wohl nichts werden«, versuchte sie sich herauszureden.

»Ach so, ich verstehe.«

»Vater, ganz konkret: Wenn ich es mir überlege und Hans Petersen heirate, kümmerst du dich dann darum und hilfst mir, dass alles vertraglich so geregelt wird, dass ich auf der sicheren Seite bin?«

»Selbstverständlich.«

»Und ist dann das Thema Richard und die Führung des Kontors aus der Welt?«

»Wenn du Hans heiratest und er eines Tages die Spitze des Kontors übernimmt, ist Richard für mich keine Option mehr.«

»Aber tatsächlich wäre es *mein* Kontor.«

»Das würden wir regeln.«

»Gut. Dann gib mir bitte Zeit, darüber nachzudenken. Ich werde dir meine Entscheidung mitteilen, sobald du aus Kamerun zurück bist.«

»Gut, Luise.« Er stand auf. »Ich muss schon sagen, ich bin sehr stolz auf dich. Du überlegst logisch und triffst kluge Entscheidungen. Ich gehe jetzt wieder in mein Büro. Wenn du noch Fragen hast oder dich etwas bedrückt, komm gern zu mir herüber. Ich habe noch viel vorzubereiten, wenn ich in den nächsten drei Tagen alles schaffen will. Doch für dich nehme ich mir immer Zeit.«

»Danke, Vater.«

Er ging zur Tür, drehte sich dann noch einmal um. »Ich habe großes Vergnügen an der Zusammenarbeit mit dir. Wenn wir so weitermachen, werden wir es schaffen, zum größten Kontor in Hamburg und womöglich sogar darüber hinaus zu werden.«

»Sogar weit darüber hinaus.« Luise zwinkerte ihrem Vater zu, dann ging er hinaus und schloss die Tür.

Luises Hände zitterten ein wenig. Das Gespräch mit ihrem Vater hatte sie aufgewühlt. Vor allem deshalb, weil sie so leichtfertig gewesen war, nicht auf ihre Worte zu achten und sich so fast verplappert hätte. Doch es war nicht nur das. Es war das erste Mal gewesen, dass ihr Vater sie wie einen gleichwertigen Geschäftspartner und nicht wie seine Tochter behandelt hatte. Er hatte ihr zugehört und war offen über seine eigenen Pläne gewesen. Gemeinsam konnten sie wirklich etwas erreichen, das war deutlich zu spüren gewesen. Und ein eigenartiges Gefühl hatte von Luise Besitz ergriffen: Ehrgeiz! Die ganzen Jahre über hatte sie stets nur ihren Beitrag leisten wollen, um das Kontor wieder zu sanieren. Doch während des Gesprächs mit ihrem Vater hatte sich etwas verändert. Sie wollte mehr, viel mehr. Und sie fragte sich, wie weit sie gehen würde und was sie zu tun bereit wäre, um ihre Ziele zu erreichen. Und wenn sie ehrlich zu sich selbst war, machte ihr das auf eine gewisse Art auch Angst.

Sie machte etwas früher Schluss und ließ sich direkt zur Ahrendsen-Villa kutschieren, die von dem Anwesen der Hansens zu Fuß gerade einmal fünfzehn Minuten entfernt war. Am Abend, wenn Martha und Ludwig zurück wären, würde sie sich zu Fuß auf den Heimweg machen und freute sich schon jetzt darauf, dann endlich mal ein bisschen frische Luft zu schnappen. Wenn sie so viel zu tun hatte wie im Moment, kam sie tagsüber fast gar nicht nach draußen. Zwar war das Hamburger Wetter im Winter auch nicht gerade dafür gemacht, war es doch meist grau in grau und wenig einladend. Aber Luise machte es tatsächlich zu schaffen, sich stets in geschlossenen Räumen aufhalten zu müssen, um ihrer Arbeit nachzugehen.

Wie hatte sie die Zeit in Kamerun genossen, als sie den ganzen Tag im Freien sein konnte und sogar die Mahlzeiten draußen auf der Veranda eingenommen wurden. Aber Kamerun war weit fort, und die Gedanken und Erinnerungen daran schienen sich mit jedem Tag weiter zu entfernen, was Luise einerseits traurig stimmte, ihr andererseits aber auch das Gefühl gab, dass sie ihr Leben allmählich in die richtige Richtung lenkte. Was brachte ihre Leidenschaft für dieses so weit entfernte Land schon? Nichts. Ihr Leben spielte sich hier in Hamburg ab, im Kontor der Familie. Dieses Leben war echt, die Zeit in Kamerun und Hamza hingegen waren nichts als blasser werdende Erinnerungen, die eines Tages ganz verschwinden würden.

Es war noch nicht einmal Viertel vor fünf, als Luise bei der Villa der Familie Ahrendsen ankam. Tief atmete sie ein, als sie aus der Kutsche stieg. Es war den ganzen Tag nicht richtig hell geworden, und nun dämmerte es bereits wieder. Hamburg eben. Luise strich ihren Rock glatt und ging die fünf Stufen hinauf. Die Villa war sonnengelb mit weißen Umrandungen um die Fenster, genau wie die der Hansens. Hätte man die Gebäude nebeneinandergestellt, hätten es ebenfalls Schwestern sein können, genau wie Martha und sie es waren.

Luise griff nach dem geschmiedeten Ring und klopfte an. Es dauerte einen Moment, dann öffnete Hilde, die Haushälterin, ihr die Tür. Wie immer war sie schlechter Laune und blickte mürrisch drein, als sie Luise hereinbat.

»Guten Tag, Hilde. Wie geht es dir?«

»Man lebt«, gab die untersetzte Frau zurück. »Ihre Frau Schwester ist oben und kleidet sich an.«

»Und Eduard?«

»Wir mussten ihn mit in die Küche nehmen«, murmelte Hilde. »Sonst ist ja niemand da, der sich kümmern könnte. Eigentlich hätte ich meinen freien Abend, jetzt wo die Herrschaften ausgehen und auswärts essen werden. Doch mit dem Kind ist es unmöglich, die Arbeit rechtzeitig zu verrichten.«

»Ich hole ihn«, erklärte Luise, die das Genörgel der Frau nur schwer erträglich fand. Sie hatte Hilde noch niemals lächeln sehen und bezweifelte, dass sie es überhaupt je tat. Stets war sie unzufrieden, beklagte sich offen über zu viel Arbeit und brachte darüber hinaus ungefragt zum Ausdruck, sich schlecht behandelt zu fühlen. Martha hatte Luise schon mehrfach erzählt, dass Hilde gern mal zu spät kam und dies sogleich mit einer Schimpftirade gegen alle möglichen Menschen unterstrich. Eine Entschuldigung ihrem Arbeitgeber gegenüber war das Einzige, was Hilde nicht über die Lippen kam. Zum Ende des Tages hin schimpfte sie erneut, dieses Mal über die viele Arbeit, die immer noch zu erledigen und geradezu unbewältigbar sei.

Martha konnte Hilde nicht leiden. Eine Ansicht, in der Luise ihr nur zustimmen konnte. Doch Marthas Ehemann Ludwig schien irgendeinen Narren an der korpulenten Mittvierzigerin gefressen zu haben, die auch schon bei seinem Vater im Dienst gestanden hatte, der im letzten Jahr überraschend gestorben war. Ludwigs Mutter war bereits zehn

Jahre tot, sodass es nun nur noch Ludwig, Martha, den kleinen Eduard und das Personal in der Ahrendsen-Villa gab.

Es war fast wie bei den Hansens. Die ältere Generation war nicht mehr am Leben, von den Söhnen Peter Hansens wohnte nur noch Robert in der Villa, die Frau seines Bruders und eben Luise. Das war alles, was von den drei Generationen, die dort einst zusammengelebt hatten, übrig geblieben war. Irgendwie fand Luise es traurig, und sie fragte sich, was geschehen würde, wenn sie sich tatsächlich durchringen würde, Hans Petersen zu heiraten. Würde er bereit sein, dort einzuziehen? Der Gedanke, die Villa, in der sie aufgewachsen war, eines Tages zu verlassen, war Luise nie zuvor gekommen. Und sie weigerte sich, diesen Gedanken zu Ende zu bringen. Nein. Wenn sie sich wirklich dazu entschließen sollte, dann müsste ihr künftiger Ehemann dort einziehen, auch wenn es noch so unüblich war.

Als Luise die Küche betrat, blickte Eduard auf, der auf dem Schoß des Dienstmädchens saß, die einen Lappen in der Hand hielt und sich bemühte, das Silber zu polieren und Eduard gleichermaßen davon abzuhalten, nach dem Besteck zu greifen.

»Eduard, mein Schatz.« Luise ging auf ihn zu und bedeutete dem Dienstmädchen, ihn ihr zu geben. »Guten Tag, Clara.« Sie nahm Eduard auf den Arm und herzte ihn.

»Guten Tag, Fräulein Hansen«, erwiderte Clara erleichtert.

»Ich nehme Eduard mit nach oben.« Luise drückte ihren Mund an Eduards Hals und pustete, was bei dem Kleinen ein heiteres Glucksen bewirkte. Dann ging sie mit ihm hinaus und zur Treppe, die ins obere Stockwerk führte.

Martha saß in ihrem Schlafzimmer vor dem Schminktisch, als sie eintrat. Sie war mit einem hellrosa Morgenmantel bekleidet und tupfte sich gerade roten Puder auf die Lippen. »Ah, da bist du ja«, begrüßte sie Luise und sah sie im Spiegel an. »Komm mit Eduard bitte nicht an mein Kleid«, mahnte

Martha und deutete auf die schneeweiße, mit Rüschen und einer bordeauxroten Schleife verzierte Robe.

»Wo willst du denn damit hin?«

»Na, zu den Rehbergs. Du magst das Kleid ja übertrieben finden, doch das ist es keinesfalls.«

»Wenn du es sagst.« Luise verdrehte die Augen. »Kann ich dich etwas fragen, Martha?«

»Sicher.« Martha zog mit einem Kohlestift ihre Augenbrauen nach.

»Liebst du Ludwig?«

Martha verharrte in der Bewegung. »Was ist denn das bitte für eine Frage?«

»Eine ganz einfache. Und die Antwort darauf sollte dir leichtfallen. Liebst du Ludwig – ja oder nein?«

»Das ist durchaus keine einfache Frage. Noch dazu ist sie töricht und zeugt davon, wie wenig erwachsen du bist.«

»Also nicht. Das dachte ich mir.«

»Entschuldige bitte mal. Wie kannst du es wagen, zu behaupten, dass ich meinen Mann nicht liebe? Du solltest deine Worte sorgfältiger wählen.« Martha fuhr fort, ihre Augenbrauen zu stricheln. »Weshalb fragst du überhaupt?«

»Weil ich darüber nachdenke, ob es eine Qual ist, mit jemandem verheiratet zu sein, den man nicht liebt.«

Martha ließ den Kohlestift sinken und drehte sich zu ihrer Schwester um. »Wer ist es?«, fragte sie neugierig.

»Niemand Spezielles. Ich habe es mich nur so gefragt.«

»Lügnerin. Also wer?«

Luise zögerte einen Moment, dann sagte sie: »Hans Petersen.«

»Hans Petersen?«, wiederholte Martha. »Luise, das wäre ein echter Fang. Obwohl es Stimmen gibt, die die Familie meines Mannes im gesellschaftlichen Rang keineswegs unter den Petersens sehen.«

»Das ist kein Wettkampf, Martha.«

»Natürlich nicht. Ich meinte ja auch nur.« Sie drehte sich wieder zum Spiegel. »Und weiß Hans, dass du gewisse Pläne mit ihm hast?«

»Nein. Und es ist auch nur eine Überlegung. Ach, ich hätte gar nichts sagen sollen.«

»Das hast du aber. Und wenn ich dir einen schwesterlichen Rat geben darf: Greif zu, bevor es eine andere tut.«

Eduard wurde es offenbar langweilig auf Luises Arm, denn er begann zu quengeln.

»Ich werde mit Eduard ins Kinderzimmer gehen und dort ein bisschen mit ihm spielen«, sagte Luise, froh, durch die Unterbrechung des Jungen einer weiteren Diskussion entgehen zu können.

»Er muss noch zu Abend essen und spätestens um sieben Uhr im Bett sein.«

»Ist gut.« Luise ging in Richtung Tür. »Und, Martha, es wäre nett von dir, wenn du die Sache mit Hans Petersen für dich behalten könntest.«

»Als ob ich ein Klatschweib wäre.«

Luise bereute zutiefst, dass sie sich hatte hinreißen lassen, mit ihrer Schwester darüber zu reden. Gewiss würde diese nichts Besseres zu tun haben, als noch heute Abend während der Gesellschaft die Gerüchteküche anzuheizen. Sollte Hans so von Luises Absichten erfahren und sich darüber ärgern, auf diese Weise davon erfahren zu haben, könnte das zumindest den Vorteil mit sich bringen, dass Luise sich über das Thema gar keine Gedanken mehr zu machen brauchte. So oder so, sie konnte jetzt nichts mehr ändern. Doch sie versprach sich selbst, künftig mit mehr Bedacht und Vorsicht zu Werke zu gehen.

Die Kutsche war um Viertel vor sechs vorgefahren, und Martha hatte ihr nur noch einen Abschiedsgruß zugerufen, während

Ludwig immerhin so höflich gewesen war, einige Worte mit Luise zu wechseln, nachdem er von der Arbeit nach Hause gekommen war. Dann hatte er sich rasch umgezogen und sich mit seiner Frau auf den Weg zu der Gesellschaft gemacht.

Luise war froh, als die beiden das Haus verlassen hatten, nun kehrte endlich etwas Ruhe im Haus ein. Und – vielleicht täuschte sie sich – auch Eduard war ruhiger, seit seine Mutter gegangen war. Luise fand jedenfalls, dass ihre Schwester im Lauf der Jahre, ja eigentlich Woche für Woche, immer anstrengender wurde. Sie spielte noch eine Weile mit Eduard und ging dann mit ihm in die Küche hinunter.

Immerhin hatte Hilde sowohl für den Kleinen als auch für Luise etwas bereitgestellt, bevor sie unter Schimpfen und Zetern die Villa verlassen und ihre Arbeit für den Tag beendet hatte.

»Kann ich Ihnen noch etwas bringen?«, fragte Clara, die aus dem Dienstbotentrakt in die Küche gekommen war.

»Nein, Clara, vielen Dank. Du kannst Feierabend machen.«

»Falls Sie noch etwas brauchen, könnte ich auch länger bleiben«, bot sie an.

Luise fragte sich, weshalb Martha das Dienstmädchen nicht gebeten hatte, am Abend auf Eduard aufzupassen, wenn diese doch offensichtlich nichts vorhatte. Doch sie sah davon ab, Clara danach zu fragen.

»Nein, wirklich nicht. Eduard und ich kommen sehr gut zurecht.«

»Er ist aber auch zu reizend«, bemerkte Clara. »Dann einen guten Abend, Fräulein Hansen.«

»Danke schön, dir auch, Clara.«

Das Dienstmädchen verließ die Küche, und kurz darauf hörte Luise, dass die Tür am Hinterausgang ins Schloss fiel.

»So, Eduard«, sagte sie zu dem Einjährigen, »jetzt haben wir endlich Zeit für uns!«

Sie fütterte den Kleinen mit den gestampften Kartoffeln und der dunklen, mit kleinen Mehlklumpen durchsetzten Soße. Die Klumpen fischte sie heraus, so gut sie konnte, und legte sie auf den Tellerrand. Es sah Hilde ähnlich, dass sie sich nicht einmal die Mühe machte, das Mehl durch ein Sieb einzustreuen, sondern es direkt einrührte und dann solche Klumpen fabrizierte. Bei Anna, der Haushälterin der Hansens, käme so etwas nie vor.

Nachdem Eduard aufgegessen und auch Luise etwas zu sich genommen hatte, war es bereits Viertel vor sieben. Sie räumte die Teller ab und stellte sie auf die Küchenanrichte. Dann ging sie mit Eduard auf dem Arm nach oben. Sie sah ins Badezimmer, um zu prüfen, ob frische Wechselwäsche für den Jungen bereitlag. Fein säuberlich war diese neben der Badewanne aufgestapelt, in der ein kleines Becken stand, um Eduard darin zu baden.

Der Neffe quietschte vor Vergnügen, als Luise ihn auszog und dabei immer wieder kitzelte und neckte.

Sie tauchte den Lappen in das Wasser, wusch zuerst Eduards Gesicht und dann den Rest seines kleinen Körpers. Schließlich legte sie ihm eine Windel an, wie das Kindermädchen es ihr gezeigt hatte, und zog ihm seinen Schlafanzug über, schüttete das Wasser aus, hängte den Lappen zum Trocknen auf und ging mit dem Kleinen in sein Zimmer.

Eine Weile hielt sie ihn noch auf dem Arm und schmuste Wange an Wange mit ihm. Er roch so gut, und es fühlte sich einfach wunderbar an, ihn zu halten und ihm Zärtlichkeit und Liebe zu schenken. Eines Tages würde sie eigene Kinder haben. Das wusste sie in Momenten wie diesem ganz genau. Doch das hatte noch Zeit. Erst einmal musste sie alles andere in ihrem Leben regeln und sich dessen, was sie tat, wirklich sicher sein.

Sie gab Eduard einen liebevollen Kuss auf die Wange, küsste seine Stirn und die andere Wange. Dann legte sie ihn in sein

Bettchen und streichelte in sanften Kreisen über sein Bäuchlein. Eduards Atem ging ganz ruhig, und Luise redete sanft auf ihn ein, als unten plötzlich Geräusche zu hören waren. Sie zuckte zusammen. Was war das? War noch jemand im Haus? Hatte Clara etwas vergessen und war noch einmal zurückgekommen? Vorsichtig zog sie ihre Hand zurück und richtete sich auf. Eduard schien es nicht zu bemerken. Er lag ganz ruhig da und schnaufte zufrieden. Luise blickte ihn noch einmal an und schlich dann zur Tür. Vorsichtig öffnete sie, trat auf den Flur und lauschte. Sie konnte eindeutig Marthas Stimme vernehmen.

So leise sie konnte, schloss sie die Zimmertür hinter sich, ging zur Treppe und die Stufen hinunter. Marthas Stimme drang aus dem Salon. Luise klopfte und steckte den Kopf ins Zimmer. »Was macht ihr denn schon wieder hier?« Sie deutete mit dem Finger nach oben. »Eduard schläft bereits.«

»Ich hatte keine große Lust mehr, dortzubleiben, weil unsere reizende Mutter plötzlich aufgetaucht ist.« Sie spie die Worte geradezu aus, während Ludwig hilflos neben ihr stand und in Luises Richtung mit den Schultern zuckte.

»Und weißt du auch, in wessen Begleitung sie gekommen ist?« Martha stemmte ihre Hände in die Hüften.

»Nein, woher denn?«, gab Luise, etwas verdattert über Marthas Ausbruch, zurück.

»August Frederiksen! Der berüchtigte Import-Export-Unternehmer! Das muss man sich mal vorstellen: Sie ist dort am Arm von diesem Frederiksen aufgetaucht, Großvaters Erzfeind.«

»Was?« Luise glaubte, sich verhört zu haben.

»Ja, ganz recht. Ich konnte es auch kaum glauben.«

»Was hat Mutter mit Frederiksen zu tun? Und wo war Onkel Georg überhaupt?«

»Nun, wenn ich auch nur eine der Fragen beantworten könnte, wäre ich schlauer«, gab Martha zurück.

»Hast du mit ihr gesprochen?«

»Das war ja die Höhe an der ganzen Sache. Sie ist doch tatsächlich zu mir gekommen, hat Ludwig und mich begrüßt und uns nachträglich alles Gute zu unserer Vermählung und zur Geburt unseres Kindes gewünscht. Immerhin, so ließ sie verlauten, wäre sie ja nicht eingeladen gewesen, sodass es ihr nicht möglich gewesen sei, die Glückwünsche beizeiten zu übermitteln. Und dann hat sie mir August Frederiksen vorgestellt. Eine Unverschämtheit.« Martha schnaubte empört. »Wie du dir vorstellen kannst, hatte ich dann keine Lust mehr, noch länger auf der Gesellschaft zu bleiben, also haben Ludwig und ich uns wegen einer vorgeschobenen Unpässlichkeit entschuldigt. Es war so demütigend.«

Luise wusste zuerst gar nicht, was sie dazu sagen sollte. »Es tut mir wirklich leid, dass dir das widerfahren ist. Wie geht es dir jetzt?«

»Wie es mir geht? Ich konnte mich nicht einmal mehr mit den von Hersfelds bekannt machen. Mutter ist die Schamlosigkeit in Person. Wie sie zu dieser Einladung gekommen ist, ist mir ein Rätsel.«

»Vermutlich wird nicht sie, sondern August Frederiksen eingeladen gewesen sein, und er hat sie dann als seine Begleitung mitgebracht. Ich bezweifle, dass die Rehbergs davon wussten, bevor die beiden dort angekommen sind.«

»Aber was hat Mutter denn überhaupt mit diesem Frederiksen zu tun?«, versuchte nun auch Luise zu verstehen, welche Verbindungen zu dieser unschönen Begegnung geführt hatten.

»Nun ja, eure Mutter wirkte sehr vertraut mit Frederiksen«, bot Ludwig einen Erklärungsversuch.

»Du bist wohl nicht bei Trost!«, fuhr Martha ihn an. »Willst du damit etwa andeuten, dass …? Wie alt ist dieser Frederiksen überhaupt? Hundert?«

»Ich schätze ihn eher auf Mitte bis Ende sechzig«, bemerkte Ludwig.

»Und unsere Mutter ist gerade mal Anfang vierzig!«, ereiferte sich Martha.

Ludwig zuckte wieder einmal die Schultern.

Einen Moment lang sagte keiner ein Wort, bis Luise sich räusperte. »Ich werde dann jetzt nach Hause gehen.«

»Ich bringe dich noch zur Tür«, sagte Ludwig eilig.

Luise nickte, ging zu Martha und umarmte sie kurz. Die Schwester hatte Tränen in den Augen. »Versuch, nicht mehr daran zu denken.«

»Sie macht mir alles kaputt«, brachte Martha voller Verzweiflung hervor. »Einfach alles.«

Luise wusste nichts darauf zu erwidern, strich Martha noch einmal kurz über den Rücken und ging dann mit Ludwig hinaus. Auf dem Flur nahm sie sich ihren Mantel von der Garderobe und ließ sich von ihrem Schwager hineinhelfen.

»Soll ich dir die Kutsche anspannen lassen?«

»Nein, danke. Die frische Luft wird mir guttun.«

»Wie du meinst. Aber es ist schon stockdunkel draußen.«

Luise drehte sich um, als sie die Tür fast erreicht hatte. »Vielleicht kannst du sie ein wenig von dem Schlamassel ablenken.«

»Und wie soll ich das anstellen? Du siehst doch, wie verzweifelt sie ist.«

»Plane doch irgendetwas Schönes mit ihr.«

»Und was? Sie interessiert sich nur für Kleider und Gesellschaften.«

»Dir wird schon etwas einfallen.« Luise berührte kurz seinen Oberarm. »Auf Wiedersehen, Ludwig. Es wird schon wieder.« Sie drehte sich um und ging zur Tür hinaus.

»Guten Abend, Luise. Und vielen Dank, dass du auf Eduard aufgepasst hast. Komm gut nach Hause.«

»Danke.«

Luise ging die Stufen hinunter und zog den Mantel enger um sich. Sie fröstelte. Nicht wegen der kalten Luft, sondern wegen der Ereignisse, die sie, ob sie es wollte oder nicht, aufgewühlt hatten. Was um Himmels willen hatte ihre Mutter mit August Frederiksen zu schaffen? Und was würde ihr Vater dazu sagen, wenn er davon erfuhr? Sollte sie es ihm sagen?

Noch bevor sie die Hansen'sche Villa erreicht hatte, wusste sie, dass es besser wäre, wenn ihr Vater durch sie davon erfuhr. Sie atmete tief durch, als sie dort ankam und ihr Zuhause betrat. Dies würde für niemanden ein einfacher Abend werden.

8. Kapitel

Therese war die letzten Tage immer zweimal am Tag ins Spital gekommen, um ihren Vater zu besuchen. Florentinus, ihre Mutter und sie wechselten sich ab, damit immer jemand bei Friedrich war, sollte er zu Bewusstsein kommen. Doch das war bisher kaum einmal der Fall gewesen. Zwar hatte Friedrich bei den Untersuchungen der Ärzte gewisse Anzeichen gezeigt, dass er auf Schmerzreize reagierte, und er wurde darüber hinaus gelegentlich unruhig, ganz so, als wäre er kurz davor, das Bewusstsein wiederzuerlangen. Zwischendurch war er kurzzeitig insoweit ansprechbar, als dass er immer mal wieder reagierte und durch einen Druck mit seiner Hand deutlich machte, die Worte des Professors oder seiner Familie zu verstehen. Doch es war, als weigerte sich sein Körper, in das Hier und Jetzt zurückzukehren.

Der Professor schätzte dies nicht unbedingt als schlechtes Zeichen ein. Seiner Erfahrung nach sorgte eine tiefe Bewusstlosigkeit dafür, dass der Körper sich selbst vor weiteren Einflüssen schützte. Es konnte also durchaus etwas Gutes bewirken, dass Friedrich das Bewusstsein bisher stets nur für wenige Momente wiedererlangt hatte, um dann erneut in tiefe Bewusstlosigkeit zu fallen. Doch Therese war skeptisch und voller Angst. Was, wenn der Körper ihres Vaters sich endgültig dagegen entschied, ihn zu den Seinen zurückkehren zu lassen? Was, wenn er Wochen und Monate, ja vielleicht sogar Jahre so dalag und sich keine Besserung zeigte, ganz gleich, was der Professor und seine Leute taten, um seinen Zustand zu bessern?

Therese hatte sich im Spital, aber auch bei zwei Ärzten, die sie aus dem Kaffeehaus kannte, informiert. Es hatte schon Fälle gegeben, bei denen die Patienten nach einem solch schweren Schlaganfall nie mehr aufgewacht und dann schließlich einfach gestorben waren. Der Heilungsverlauf nach einem Schlaganfall war, anders als bei anderen Krankheiten, kaum vorhersehbar. Therese war bei jeder Auskunft, die ihr erteilt wurde, immer mehr in sich zusammengesunken. Vor allem dann, wenn ihr die Ärzte am Ende des Gesprächs stets versichert hatten, dass es aber auch Fälle von kontinuierlich verlaufender Besserung gegeben habe und sie keinesfalls die Hoffnung verlieren dürfe.

Nun saß sie wieder am Bett ihres Vaters, hielt seine linke Hand, strich von Zeit zu Zeit zärtlich darüber und erzählte ihrem Vater von den Erlebnissen des Tages. Der Professor hatte gesagt, dass es helfen könne, wenn Friedrich die Stimmen seiner Lieben hörte und sie ihm von alltäglichen Dingen oder auch von Erlebnissen aus vergangenen Zeiten erzählten. Hauptsache, sie sprächen mit ihm. So erzählte sie ihm also von Franz und Helene, berichtete, dass Karls Nichte Frederike zu Besuch sei und wie gut sie sich mit ihr verstehe. Wie liebevoll Frederike die Kinder betreue und wie glücklich sie selbst sei, diese Unterstützung zu haben. Außerdem sprach Therese über das Kaffeehaus, über die Stühle, die zu reparieren waren, über eine Serviererin, die sie nach kurzer Zeit wieder entlassen musste, weil sie diese beim Diebstahl aus der Geschäftskasse ertappt hatte. Sie sprach über Florentinus und sagte, dass ihr Vater sich nicht sorgen müsste, weil ihr Bruder sich im Geschäft um alles kümmerte, und dass er sich ruhig noch ein wenig ausruhen könne.

Manchmal kam es vor, dass sie der Mut verließ und sie sich dumm vorkam, immer weiterzuplappern, wo ihr Vater sich doch nicht einmal ein bisschen bewegte oder sonst wie erkennen ließ, dass er etwas von dem mitbekam, was sie ihm erzählte. Doch dann kehrte ihr Kampfgeist zurück und die feste Entschlossenheit, nicht aufzugeben und alles zu tun, um Friedrich ins Leben zurückzuholen, schien es auch noch so aussichtslos.

Kamen dann ihre Mutter oder Florentinus, um sie abzulösen, verabschiedete sie sich von ihrem Vater, indem sie einen Kuss auf ihren Zeigefinger hauchte und ihm diesen sanft auf die Lippen legte. Und dann ging sie, um auf dem schnellsten Weg zu ihren Kindern zurückzukehren, damit diese die Mutter wenigstens noch kurz zu Gesicht bekamen. Therese war ständig von schlechtem Gewissen geplagt, zu wenig Zeit mit ihren Kindern zu verbringen und andererseits Gefahr zu laufen, dass sich der Zustand ihres Vaters während ihrer Abwesenheit verschlechterte. Egal, wo sie sich gerade aufhielt, sie meinte immer, am falschen Ort zu sein und dem, was ihre Aufgabe war, nicht gerecht zu werden.

War sie sonst stets ein positiver Mensch, der mit einem Lächeln auf den Lippen durchs Leben ging, war sie nun nervös und dünnhäutig, schreckte bei jeder Kleinigkeit zusammen und war so unruhig und in sorgenvollen Gedanken gefangen, dass sie Gesprächen kaum folgen konnte.

Eben war Florentinus ins Spital gekommen und hatte ihren Platz am Bett des Vaters eingenommen. Er hatte Therese angeboten, dass sie am nächsten Tag gern einmal bei ihren Kindern bleiben oder sich ums Kaffeehaus kümmern könne. Er würde nicht von Vaters Seite weichen. Florentinus erledigte inzwischen einen Teil der geschäftlichen Korrespondenz am Krankenbett des Vaters, las ihm die Briefe aus dem Posteingang vor und machte Vorschläge, wie er sie zu beantworten gedachte. Ganz so, als könnte der Vater ihn hören. Auf diese Weise, so erklärte er Therese, könne er seine Arbeit auch im Spital erledigen, während seine Schwester doch selbst anwesend sein müsse, sei es nun im Kaffeehaus oder aber bei Mann und Kindern.

Therese dankte ihm von Herzen, doch ihr Gewissen hätte es nicht zugelassen, sein Angebot anzunehmen.

Gerade hatte sie das Spital verlassen und beeilte sich, nach Hause zu kommen, um Franz und Helene noch zu sehen, bevor die beiden ins Bett mussten. Frederike kümmerte sich wirklich rührend um die beiden. Therese hätte niemanden finden können, der sich liebevoller und selbstverständlicher um ihre Kinder sorgte und darauf achtgab, dass es ihnen an nichts fehlte und sie gut über diese für ihre Mutter so schwierige Zeit hinwegkamen. Doch es war und blieb nun einmal ihre Aufgabe, die sie nicht ausreichend erfüllte, was Therese neben der Angst um ihren Vater so schwer zusetzte, dass sie sogar in der Nacht kaum mehr Ruhe fand.

»Ich bin zu Hause«, rief sie, als sie das Haus betrat, und sofort hörte sie aufgeregte Stimmen aus dem Wohnzimmer.

»Eure Mutter ist da. Lauf, Franz, und begrüße sie.« Frederike öffnete die Tür, und sofort stürmte Thereses Sohn auf sie zu, während ihre Tochter von Frederike auf dem Arm gehalten wurde.

»Guten Abend, Therese«, sagte Frederike. »Und? Gibt es eine Veränderung?«

Therese presste die Lippen zusammen und schüttelte wortlos den Kopf.

»Er wird aufwachen, ganz bestimmt«, versuchte die Nichte ihr Mut zuzusprechen.

Therese bückte sich herab und hob Franz auf den Arm. »Na, mein Großer, was habt ihr heute so gemacht?« Sie drückte ihn zärtlich an sich, beugte sich zu Helene hinüber und gab auch ihr einen Kuss auf die Wange.

»Wir waren im Park«, erklärte Frederike. »Die beiden waren so artig.«

»Das freut mich aber. Ich danke dir wirklich von Herzen, dass du dich so liebevoll um sie kümmerst.«

Frederike winkte ab. »Das mache ich doch gern.«

Wieder ging die Eingangstür auf, und Karl kam herein. »Du bist ja schon hier, wie schön!« Er ging auf seine Frau zu und küsste sie auf die Wange. »Guten Abend, Frederike«, sagte er dann und nahm Therese den kleinen Franz ab. Sein Gesichtsausdruck wurde ernst. »Gibt es irgendetwas Neues bei Friedrich?«

»Nein, leider. Keine Veränderung«, antwortete Therese knapp.

»Du siehst furchtbar müde aus«, stellte Karl beim Anblick seiner Frau fest. »Du musst deine Kraft einteilen, Therese.«

»Es geht schon. Ich mache mir eher Sorgen um Mutter. Und um Florentinus. Seine Augenringe werden immer dunkler. Er verbringt noch viel mehr Zeit an Vaters Bett als Mutter und ich.«

Karl sah Therese besorgt an.

»Wenn ihr möchtet, kann ich Franz und Helene ins Bett bringen. Sie haben bereits gegessen und sind bettfein.« Frederike sah zwischen den Eheleuten hin und her. »Dann hättet ihr beide ein wenig Zeit für euch.«

»Das klingt verlockend«, sagte Therese. »Aber ich würde mich gern selbst darum kümmern.«

»Ich helfe dir«, bot Karl an, der noch immer Franz auf dem Arm hatte.

Therese nahm Frederike die kleine Helene ab, die sich angekuschelt hatte und bereits im Begriff war, einzuschlafen. Als Therese ihre Tochter zu sich nahm, sträubte die Kleine sich, streckte die Ärmchen nach Frederike aus und begann zu weinen.

»Scht, scht«, machte Frederike und versuchte eilig, Helene zu beruhigen, die aber nur noch mehr greinte.

Therese traten die Tränen in die Augen. »Sie will nicht einmal mehr zu mir.«

»Unsinn«, widersprach Karl. »Sie ist nur müde.«

Frederike wusste nicht, wie sie sich verhalten sollte. Es war ihr unangenehm, dass Helene sich so verhielt, vor allem weil sie sah, wie sehr Therese unter dieser Reaktion litt.

»Ich gehe in die Küche und bereite etwas zu essen vor«, sagte sie und entfernte sich rasch.

Therese und Karl tauschten einen Blick, dann trugen sie ihre Kinder die Treppe hinauf und legten die beiden in ihre Bettchen. Es dauerte eine Weile, bis Helene sich beruhigt hatte. Franz wollte zunächst ebenfalls nicht schlafen, konnte sich jedoch nach dem dritten Lied, das Therese ihm vorsang, schließlich nicht mehr gegen die immer schwerer werdenden Augenlider wehren.

Karl blieb die ganze Zeit neben Therese sitzen und hielt ihre Hand, während sie den Kindern etwas vorsang. Als beide eingeschlafen waren, stand er leise auf und zog Therese sanft hoch. Hand in Hand verließen sie das Kinderzimmer und schlossen leise die Tür hinter sich.

Als sie wieder herunterkamen, hatte Frederike im Esszimmer bereits den Tisch gedeckt und kalte Platten mit Aufschnitt und Käse sowie etwas Salat bereitgestellt.

Therese ließ sich von Karl umarmen und zu ihrem Platz führen. Schon wieder standen ihr die Tränen in den Augen. »Ich weiß wirklich nicht, was ich in dieser Zeit ohne dich täte, Frederike. Du bist einfach immer da und hilfst, wo du nur kannst.«

»Du solltest erst einmal etwas essen, Therese. Dann wird es dir gleich besser gehen.« Frederike bemühte sich um ein Lächeln, was ihr jedoch nur mäßig gelang.

»Frederike hat recht«, bemerkte Karl. »Die Sorge um deinen Vater zehrt so sehr an dir, dass du dich selbst vergisst.«

Therese schluchzte auf, nestelte ein Taschentuch hervor und presste es sich vor die Augen. Sie brauchte einen Moment, dann sagte sie: »Ich glaube, ich verliere langsam die Hoffnung.«

»Das darfst du nicht, Therese.« Karl griff nach der Hand seiner Frau und drückte sie kurz. »Alles wird wieder gut werden. Friedrich ist ein Kämpfer.«

Während des Essens sprachen sie kaum ein Wort. Therese war so erschöpft, dass sie sich kaum noch aufrecht halten konnte, und meinte, den Weg hinauf in ihr Schlafzimmer nicht mehr zu schaffen. Ihr tat einfach alles weh, so als hätte sie schwere körperliche Arbeit geleistet. Dabei hatte sie sich durch die langen Aufenthalte im Spital sogar wesentlich weniger bewegt als sonst, wenn sie mit den Kindern im Park spielte und sie abwechselnd durch die Gegend trug.

»Wäre es euch recht, wenn ich mich zurückziehe?«, fragte Therese schließlich. »Ich glaube, ich brauche unbedingt ein bisschen Ruhe.«

»Aber natürlich«, sagte Karl liebevoll. »Ich bringe dich nach oben.«

Ein heftiges Klopfen an der Eingangstür unterbrach ihr Gespräch. Thereses Kopf fuhr herum.

»Ich gehe schon«, erklärte Karl, doch Therese sprang auf und lief an ihm vorbei.

Sie erreichte die Tür als Erste und öffnete sie schwungvoll. Erschrocken schlug sie sich die Hand vor den Mund, als sie eine der Krankenschwestern aus dem Spital vor sich stehen sah.

»Der Professor schickt mich wegen Ihres Vaters, Frau Hansen.«

»Ist er tot?« Thereses Stimme zitterte.

»Ganz im Gegenteil. Er ist wach geworden! Bitte kommen Sie mit mir ins Spital.«

Therese lachte auf. Tränen liefen ihr über die Wangen, doch dieses Mal waren es Freudentränen. Sie wandte sich zu Karl um. »Hast du das gehört? Er ist aufgewacht. Vater ist aufgewacht!«

Karl hob sie hoch und drehte sich strahlend mit ihr im Kreis.

»Bitte schnell«, drängte die Krankenschwester. »Frau Hansen, kommen Sie!«

Frederike hatte alles mitbekommen. »Nun geht schon«, rief sie glücklich. »Ich werde hier die Stellung halten.«

»Danke!« Therese lief zu ihr hinüber, drückte sie rasch und rannte dann zurück zur Tür. Karl hatte gerade noch Zeit, ihre beiden Mäntel mitzunehmen. Dann verließen sie eilig das Haus. Von der bleiernen Müdigkeit, die Therese eben noch verspürt hatte, war nichts mehr zu merken. Das erste Mal seit Friedrichs Schlaganfall fühlte sie wieder Leben in sich.

Florentinus stand am Bett des Vaters und lächelte Therese und Karl an, als sie das Krankenzimmer betraten.

»Er ist aufgewacht?« Therese blickte zu Friedrich, der dem ersten Anschein nach unverändert dalag und sich nicht rührte.

Florentinus nickte. »Er hat sogar ein paar Worte gesprochen. Professor Winkler war bis gerade eben hier und hat ihn untersucht. Zwar ist Vater dann wieder eingeschlafen, doch der Professor ist zuversichtlich, dass dies nun kein Dauerzustand mehr sein wird.«

»Weiß Mutter Bescheid?«

»Jemand vom Spital ist auf dem Weg zu ihr. Bestimmt wird sie auch bald hier eintreffen.«

Therese trat an die linke Seite des Bettes, nahm die Hand ihres Vaters. »Kannst du mich hören, Vater? Hier ist Therese.« Sie wartete, ob er ihre Hand drückte.

»Therese«, krächzte Friedrich plötzlich leise. »Meine Therese.«

Überglücklich umarmte sie ihn, sah dann von Florentinus zu Karl.

»Habt ihr das gehört?« Sie lachte und weinte gleichzeitig und konnte ihre Gefühle und ihre Erleichterung nicht mehr im Zaum halten. »Gott sei Dank«, rief sie aus. »Wie fühlst du dich, Vater?«

»Müde«, brachte er hervor.

»Wir lassen dich gleich weiterschlafen, Vater. Karl ist hier und Florentinus. Florentinus war fast die ganze Zeit bei dir.«

»Ich habe euch sprechen hören«, flüsterte Friedrich. »Florentinus hat mir vorgelesen.«

»Das hast du also mitbekommen?« Florentinus lachte glücklich.

»Es ist so schön, dass es dir besser geht, Friedrich«, sagte nun Karl. »Du hast uns allen einen gehörigen Schrecken eingejagt.«

Friedrich hatte Mühe, die Augen zu öffnen. Bei dem linken Lid gelang es ihm, das rechte jedoch blieb geschlossen. Er sah von Therese zu Florentinus und schließlich zu Karl. Dann drehte er den Kopf ein wenig. »Margarete?«

»Sie wurde bereits benachrichtigt. Mutter war krank vor Sorge um dich.«

Es schien, als bemühte Friedrich sich um ein Lächeln. »Ich weiß«, brachte er etwas gequält hervor.

Es klopfte, und im nächsten Moment betrat Margarete das Zimmer. Als sie Friedrich bei Bewusstsein sah, schlug sie die Hände vor den Mund und schluchzte auf. »Friedrich!« Sie machte einen Schritt hin zum Bett.

»Komm auf diese Seite, damit Vater dich besser sehen kann«, sagte Therese, ließ seine Hand los und trat zurück.

Margarete nahm nun die Hand ihres Mannes. »Ach, Friedrich.« Tränen liefen ihr über die Wangen.

»Nicht weinen«, sagte er schwach. »So einfach wirst du mich nicht los.«

Margarete lachte auf, ein erleichtertes, tränenersticktes Lachen. »Mach so etwas nie wieder, hörst du?«

»Versprochen.«

Es war Friedrich anzusehen, wie viel Anstrengung es ihn kostete, das Auge offen zu halten.

Wieder klopfte es, und nun betrat Professor Winkler das Zimmer. Er begrüßte die Anwesenden und trat dann an das Bett seines Patienten. »Haben Sie irgendwo Schmerzen, Herr Loising?«

»Nein. Ich bin nur müde.«

»Sie können gleich wieder schlafen. Versuchen Sie bitte, meinem Finger mit dem einen Auge zu folgen.« Der Professor streckte einen Finger hoch und bewegte ihn von links nach rechts. »Das sieht sehr gut aus«, erklärte er dann. »Ihr Zustand hat sich seit dem ersten kurzen Aufwachen noch weiter stabilisiert. Ich denke, wir dürfen davon ausgehen, dass das Schlimmste überstanden ist.«

Margarete und Therese lachten und weinten gleichzeitig vor Erleichterung, und Therese umarmte ihre Mutter stürmisch. Das war ein seltsamer Anblick, Karl hatte noch nie zuvor gesehen, dass Therese sich so emotional ihrer Mutter gegenüber verhielt. Womöglich hatte die Sorge um Friedrich am Ende auch etwas Gutes hervorgebracht.

»Ich muss Sie nun bitten, zu gehen. Der Patient braucht Ruhe.«

»Bitte, Herr Professor, ich möchte bleiben«, wiederholte Margarete den Wunsch, den sie schon vor ein paar Tagen direkt nach dem Schlaganfall geäußert hatte.

»Aber wirklich nur Sie, Frau Loising.«

»Danke, Herr Professor.« Therese, Karl und Florentinus verabschiedeten sich und gingen hinaus.

»Komm mit zu uns«, bat Therese ihren Bruder. »Ich möchte nicht, dass du jetzt allein nach Hause zurückkehrst.«

Ein kurzer Blick zwischen Karl und Florentinus genügte, um zu sehen, dass sie alle der gleichen Meinung waren. Wie zuletzt direkt nach dem Schlaganfall gingen sie zusammen in Thereses und Karls Haus, nur dass sie dieses Mal erleichtert, ja geradezu euphorisch waren.

Als sie die Villa erreichten und die Tür aufschlossen, kam Frederike sofort aus dem Wohnzimmer in den Flur gelaufen. Sie nickte Florentinus kurz zu, in ihrem Gesicht stand die ängstliche Frage nach Friedrichs Befinden. »Und?«, brachte sie nur hervor.

Therese ging mit ausgebreiteten Armen auf sie zu. »Er ist wach und hat gesprochen. Er hat uns alle erkannt, Frederike.«

»Ich freue mich so sehr für euch.« Frederike erwiderte die Umarmung. »Jetzt wird alles gut, Therese.«

Bis in den späten Abend hinein saßen die vier zusammen, auch wenn jeder von ihnen vollkommen erschöpft war. Doch keiner hätte Ruhe gefunden, geschweige denn schlafen können. Zu glücklich waren sie über das, was sich ereignet hatte, zu erleichtert, dass es nun endlich wieder bergauf ging.

Karl hatte den besten Wein aus dem Keller geholt und war anschließend noch zweimal hinuntergegangen, um Nachschub zu holen. Selbst Frederike hatte mitgetrunken, obwohl sie keinerlei Erfahrung mit Alkohol hatte und nach dem zweiten Glas feststellen musste, dass sich alles um sie drehte. Therese erging es nicht viel anders, und als die Uhr Mitternacht schlug, hakten sich die Frauen unter, wünschten den Männern eine gute Nacht und stützten sich, so gut sie konnten, um die Treppe hinaufzusteigen, ohne zu stolpern.

So blieben Karl und Florentinus allein zurück. Sie tranken noch mehr, diesmal jedoch keinen Wein, sondern einen selbst gebrannten Schnaps, den Karl von einem befreundeten Händler anlässlich der Vergrößerung des Kontors geschenkt bekommen hatte.

»Ich habe die Flasche für einen wichtigen Anlass aufgehoben«, lallte Karl. »Und ich könnte mir keinen besseren vorstellen als Friedrichs Genesung.« Er schenkte ein, wobei einiges auf der Tischplatte landete.

»Darauf trinke ich«, rief Florentinus mit schwerer Zunge, und sie prosteten sich so ungestüm zu, dass die Gläser beim Anstoßen klirrten.

»Ah!«, machte Karl. »Der ist aber gut.« Er hob die Flasche und schenkte erneut ein. »Auf Friedrich! Möge er bald aus dem Spital entlassen werden und uns am Ende alle noch überleben!«

Wieder stimmte Florentinus zu, sie stießen noch einmal an, und kaum hatte Karl sein Glas abgestellt, griff er schon wieder nach der Flasche.

»Einen noch, aber dann gehe ich schlafen«, lallte Florentinus. Er war kaum noch in der Lage, verständlich zu reden.

»Also gut, nur noch den einen«, gab Karl zurück. »Dann trinken wir jetzt darauf, dass Friedrich uns wieder zusammengebracht hat und der alte Streit beigelegt ist.« Er hielt sein Glas Florentinus entgegen.

»Nur wenn du dich entschuldigst«, brachte der mühsam hervor.

Karl stellte also sein Glas wieder ab und musste mehrere Anläufe unternehmen, um sich zu erheben. Als er, wenn auch schwankend, endlich aufgestanden war, griff er wieder nach seinem Glas. »Ich entschuldige mich hiermit in aller Form bei dir für das, was ich gesagt und getan habe. Und ich trinke darauf, dass ich nie wieder so ein Dummkopf sein werde und dich aus meinem Leben vergraule.«

Florentinus stemmte sich ebenfalls hoch, musste aber einige Schritte rückwärts machen, um sein Gleichgewicht zu finden. Er fing sich und trat dann nah an Karl heran. »Entschuldigung angenommen, und alles ein für alle Mal vergessen«, lallte er, trank seinen Schnaps in einem Schluck, sah Karl an und gab ihm einen Kuss auf den Mund. »So! Und jetzt gehe ich ins Bett.« Er machte augenblicklich kehrt, stellte sein Glas noch ab und schwankte dann hinaus. Auf der Treppe stolperte er und fiel hin, rappelte sich wieder hoch und legte die restlichen Stufen ohne weitere Stürze zurück.

Karl stand noch immer reglos da, sein leeres Glas in der Hand, und blickte Florentinus nach, der inzwischen oben angekommen und aus seinem Blickfeld verschwunden war. Er versuchte einzuschätzen, was eben geschehen war, merkte jedoch, dass er dazu viel zu betrunken war. Also löschte er die Kerzen, stellte sein Glas auf den Tisch, verließ ebenfalls das Wohnzimmer und schleppte sich die Treppe hinauf. So leise wie möglich öffnete er die Schlafzimmertür. Therese atmete tief und gleichmäßig. Karl schaffte es gerade noch, sich seiner Schuhe zu entledigen. Dann kippte er rückwärts aufs Bett und schlief augenblicklich ein.

9. Kapitel

Er hatte den Mantelkragen hochgeschlagen und stapfte durch den Hamburger Regen, den Blick missmutig auf die Straße vor sich gerichtet. Auch wer Robert Hansen nicht kannte, konnte an seiner Körpersprache ablesen, dass derjenige, zu dem er unterwegs war, nichts zu lachen haben würde.

Er ging, nachdem er das Kontor verlassen hatte, über die Brücke am Binnenhafen, vorbei an den Kajen entlang des Alsterfleets, das er ebenso überquerte wie das Herrengrabenfleet. Sein Weg führte ihn in Richtung Großer Neumarkt, von wo aus er in eine kleine Seitenstraße einbog.

Er wusste genau, wo er entlanggehen musste, auch wenn er noch nie bei der Wohnung gewesen war. Bis vor einem Jahr hatten Georg und Elisabeth noch in einer etwas besseren Gegend gelebt, wenngleich der Standard der Unterkunft, die sie sich gesucht hatten, schon damals nicht mit dem zu vergleichen gewesen war, den die beiden zuvor jahrzehntelang von der Hansen-Villa gewohnt waren.

Robert blieb stehen, als er die Adresse erreichte, wo sein Bruder und seine Frau nun ihre Bleibe hatten, und sah an der Fassade des Hauses hinauf. Die Gebäude daneben glichen diesem wie ein Ei dem anderen. Wie weit man auch zurückdenken mochte, offensichtlich waren diese Gebäude nicht aus dem Grund errichtet worden, etwas Schönes darzustellen. Es war reine Zweckmäßigkeit, die sie ausstrahlten, und die vormals weiße Farbe war an einigen Stellen großflächig abgeblättert, sodass der darunterliegende einfache Putz zum Vorschein kam.

Robert schüttelte den Kopf. Wie tief sein Bruder und seine Frau doch gesunken waren.

Er ging die Stufen hinauf, griff nach dem Türklopfer und schlug ihn mehrmals gegen das Holz. Es dauerte einen Moment, dann öffnete eine etwa sechzigjährige Frau mit grauen, zurückgebundenen Haaren die Tür. Über ihrem grünen Kleid trug sie eine schmuddelige Schürze, deren Bänder zu eng zugezogen waren und das Fleisch an ihrem Bauch und ihren Hüften einschnürten.

»Ja?« Sie blickte zu Robert auf und musterte ihn.

»Guten Tag. Ich möchte gern zu Elisabeth Hansen.«

»Die wohnt hier nicht mehr. War sowieso nur ein paar Wochen da, bevor sie wieder ausgezogen ist.« Sie machte Anstalten, die Tür gleich wieder zu schließen.

Rasch stellte Robert seinen Fuß dazwischen. »Seit wann schon nicht mehr?«

»Was geht Sie das an?«, gab die Frau ungehalten zurück und blickte auf Roberts Fuß, der sie daran hinderte, die Tür zuzuschlagen.

»Und Georg Hansen?«

»Der ist oben.«

»Gut. Dann möchte ich gern mit ihm sprechen.«

Die Frau zögerte kurz, dann gab sie widerwillig die Tür frei. »Und wenn Sie schon mit ihm reden, können Sie ihm gleich sagen, dass er nächsten Montag pünktlich die Miete bringen soll. Sonst kann er sofort seine Sachen packen.«

»Ihnen auch einen schönen Tag«, erwiderte Robert, ohne weiter auf ihre Bemerkung einzugehen. Er stieg die Stufen der schmalen Treppe hinauf, an deren Ende eine weitere Tür den Zugang versperrte. Hier gab es weder Türklopfer noch ein Namensschild, das auf Georg hindeutete.

Robert klopfte ein weiteres Mal. Er wartete einen Moment, dann klopfte er erneut, doch auch jetzt tat sich noch nichts. Nun hieb er mit der flachen Hand mehrmals gegen die Tür, bis von innen Geräusche zu hören waren.

»Ich komme ja schon«, erklang die Stimme seines Bruders, der im nächsten Moment öffnete und sofort einen Schritt rückwärts machte.

Die Brüder starrten sich einen Moment lang wortlos an, dann ließ Georg die Türklinke los und machte einfach kehrt. »Mit dir hätte ich nun wirklich nicht gerechnet« war alles, was er zur Begrüßung hervorbrachte.

Robert zögerte kurz, dann folgte er ihm in die Wohnung. Er war geradezu erschrocken, Georg so zu sehen. Wenn sein Bruder auf offener Straße an ihm vorbeigegangen wäre, hätte Robert ihn vermutlich auf den ersten Blick nicht einmal erkannt. Er hatte ihn mehr als drei Jahre nicht gesehen, und die dunklen Haare, die Georg sonst im Nacken kurz geschnitten getragen hatte, waren grau und zottelig. Das früher gut rasierte Gesicht war durch einen grauen Bart fast nicht wiederzuerkennen.

Robert schloss die Wohnungstür und ging dann weiter in die Richtung, in der Georg eben verschwunden war. Er betrat das Wohnzimmer, wenn man es denn so nennen mochte. Die Wände waren nicht tapeziert, sondern vormals weiß gestrichen gewesen, wirkten nun aber vergilbt und schmutzig. Als Einrichtung diente ein altes Sofa, das seine besten Zeiten schon vor Jahren hinter sich gehabt hatte und auf dem ein Laken lag, das vermutlich Löcher oder Flecken verdecken sollte. Es gab eine kleine Kommode, auf der ein Foto von Georg, Vera, Richard und Frederike stand, das zu einem Zeitpunkt aufgenommen worden war, als Frederike nicht älter als acht oder neun Jahre alt gewesen sein konnte. Darunter waren einige Bücher einsortiert.

Auf dem einzigen Tisch im Zimmer stand ein kleines Bierfass mit der Aufschrift »Export Holsten-Bier vom Fass« der Holsten Brauerei. Gegenüber vom Sofa befand sich auf der anderen Seite des Tischs ein Sessel.

Georg hatte sich ans Fenster gestellt und sah hinaus. »Also, was willst du?«

»Ich bin gekommen, um mit Elisabeth zu sprechen.«

»Pah!«, machte Georg. »Die ist schon lange nicht mehr hier.«

Kurz erwog Robert, gleich wieder zu gehen. Doch der Anblick seines Bruders, der wie ein verlottertes Abbild seiner selbst wirkte, hielt ihn zurück. »Darf ich mich setzen?«

Georg drehte sich zu ihm um. »Wenn du willst.« Er zuckte mit den Schultern.

Robert ging zu dem Sessel, nahm Platz und wartete ab. Georg sah ihn an, dann schlurfte er ebenfalls herüber und setzte sich auf das Sofa. Er blickte zu Boden, so als schäme er sich, seinem Bruder ins Gesicht zu sehen.

»Sie hat dich also verlassen, ja?«, begann Robert das Gespräch.

»Wundert dich das etwa?« Georg machte eine Armbewegung, die den Raum umfasste. »Elisabeth ist wohl kaum die Frau, die so etwas wie hier schätzen würde.«

»Was hat sie mit August Frederiksen zu tun?«, kam Robert zur Sache.

»Was willst du jetzt von mir hören?« Georg verzog abschätzig den Mund. »Sie ist seine Geliebte, seine Mätresse oder auch einfach seine Hure. Ganz wie man es sehen will.«

Robert hieß es zwar nicht gut, wie Georg sich über seine Noch-Ehefrau äußerte, doch er widersprach auch nicht. Denn letztlich brachten seine Worte die Sache auf den Punkt.

»Das muss doch ein weiterer Triumph für dich sein. Ja, lieber Bruder, ich bin am Ende. Ich bin ganz unten angekommen.«

Robert musterte ihn. »Sieh mir in die Augen, Georg. Wirke ich auf dich so, als würde ich Genugtuung empfinden über deine Lage?«

Georg zuckte mit den Achseln. »Also, wie ich schon sagte: Elisabeth ist weg, und ich habe keinen Kontakt mehr zu ihr. Wenn du mit deinem geliebten Weib sprechen willst, musst du schon zu dem Pfeffersack Frederiksen gehen. Dort dürfte sie zu finden sein.«

»Hast du Arbeit?«

»Manchmal.«

»Und wie soll es für dich jetzt weitergehen?«

»Was soll ich sagen?« Georg sprang von dem Sofa auf und ging wieder ans Fenster, um hinauszustarren. »Ich war dumm und wie in einem Nebel gefangen. Ich habe alles falsch gemacht und alles verloren. Manchmal finde ich Arbeit im Hafen, und dann bezahle ich meine Miete und kaufe mir etwas.« Er deutete auf das Bier. »Tja, das ist mein Leben. Und keine Sorge, ich versuche nicht, dein Mitleid zu erregen. Ich trage selbst Schuld an meiner Situation, das ist mir nur zu bewusst.« Er drehte sich zu Robert um. »Auch wenn du es nicht glauben magst: Ich bin froh, dich wiedergesehen zu haben. Doch jetzt geh bitte.«

Robert wartete noch einen Moment ab, dann stand er auf. »Auf Wiedersehen, Georg.« Er ging auf seinen Bruder zu und reichte ihm die Hand.

Georg zögerte, dann griff er zu. »Auf Wiedersehen, Robert. Ich hätte nicht gedacht, dass wir uns jemals wieder die Hand reichen. Ich weiß, dass es für alles zu spät ist, doch lass mich dir noch einmal sagen, wie sehr ich bedaure, was ich getan habe.« Er ließ die Hand des Bruders los. »Nicht weil es jetzt so um mich steht.« Wieder deutete er mit der Hand in den Raum. »Es tut mir aufrichtig leid, dich, Vera und vor allem meine Kinder so enttäuscht zu haben. Ich bitte dich nicht um Verzeihung, denn dazu habe ich nicht das Recht. Doch bitte vergib mir meine Dummheit.«

»Ich werde Vera Grüße von dir ausrichten.«

»Nein«, erwiderte Georg eilig. »Tu das nicht. Sie verdient es, von mir in Ruhe gelassen zu werden.« Er blickte zu Boden. »Geht es ihr gut?«

»Ja. Sie ist vielleicht manchmal ein bisschen zu viel allein. Doch so weit ist alles in Ordnung mit ihr.«

»Und meine Kinder?«

»Frederike lebt jetzt in Wien bei Karl und Therese, und Richard kommt heute heim, um demnächst seine Arbeit im Kontor aufzunehmen.«

Ein schwaches Lächeln huschte über Georgs Gesicht. »Gut. Das ist sehr gut.« Er reichte Robert nochmals die Hand. »Leb wohl, Robert.«

»Leb wohl, Georg.«

Robert machte abrupt kehrt und verließ den Raum. Er trat in den Flur, öffnete die Wohnungstür und zog sie rasch hinter sich ins Schloss. Nachdenklich lief er die Treppe hinunter, wo die Hauswartfrau ihn bereits erwartete.

»Haben Sie ihm gesagt, dass ich die Miete pünktlich haben will?«

Robert sah sie an, griff in seine Tasche und zog ein Geldbündel hervor. »Hier.« Er drückte es ihr in die Hand. »Das dürfte bei dieser Bruchbude mindestens für drei Monate reichen, oder?«

Sie griff hastig nach dem Geld und zählte es. »Das reicht für vier Monate.«

»Gut. Dann lassen Sie ihn bis dahin in Ruhe, verstanden?«

»Ja doch. Ich will nur das, was dem Besitzer zusteht«, verteidigte sie sich.

Robert erwiderte nichts mehr darauf und verabschiedete sich auch nicht, als er das Haus verließ. Er hörte noch, dass die Tür hinter ihm geschlossen wurde.

Nachdenklich trat er den Rückweg an. Seinen Bruder so zu sehen, hatte ihn getroffen. Was war nur aus dem stolzen Hanseaten geworden, der Georg einst gewesen war? Ein trinkender Nichtsnutz, der sich für seine Fehler zutiefst schämte. Er musste an seine Eltern denken und daran, was sie wohl empfinden würden, müssten sie Georg so sehen. Und das alles nur, weil er sich von einer Frau hatte einwickeln lassen. Georg war auf Elisabeth hereingefallen, genau wie Robert Jahre zuvor. Sie war wirklich eine Meisterin der Verführung und Manipulation, und Robert wusste nur zu genau, dass sie mit allen Mitteln arbeitete, um zu bekommen, was sie wollte.

Natürlich würde er seinem Bruder den Betrug niemals vergeben können. Die Enttäuschung über sein Verhalten war zu groß. Doch trug Robert selbst nicht eine gewisse Mitschuld? Immerhin hatte er sich zum Wohl des Kontors dafür entschieden, seine Ehefrau, die keinesfalls in Kamerun zu leben wünschte, in Hamburg zurückzulassen, und damit die Grundlage für all das Unheil geschaffen, das danach geschehen war.

Roberts Schritte wurden immer langsamer, bis er schließlich stehen blieb. Er sah das Gesicht seines Vaters vor sich, dann auch das seiner Mutter. Ihm war, als würden die beiden ihm direkt in die Augen sehen. Kurz überlegte er noch, dann machte er kehrt und ging mit eiligen Schritten zu dem Haus zurück, in dem Georg wohnte. Er klopfte einige Male, und die Hauswartfrau öffnete ihm.

Ohne ein Wort ging er an ihr vorbei und stürmte die Treppe hinauf, schlug mit der flachen Hand gegen die Tür. »Georg! Mach auf! Ich bin es noch mal, Robert.«

Georg öffnete die Tür und blickte ihn überrascht an. »Hast du was vergessen?«

»Ja«, stellte Robert fest. »Dass wir Brüder sind.«

Georg runzelte die Stirn, er überlegte, was Robert ihm damit sagen wollte.

»Lass mich dir helfen, Georg. Wir müssen das, was geschehen ist, hinter uns lassen.«

»Ich verstehe dich nicht.«

»Was würden Vater und Mutter zu uns sagen?« Robert blickte Georg direkt in die Augen. »Das«, gab er selbst die Antwort, »was sie zu uns sagten, als wir Kinder waren: dass wir Brüder sind. Das hier ist für dich kein Leben, und das weißt du so gut wie ich. Es wird Zeit brauchen, bis wir einander wieder vertrauen. Und ich kann beim besten Willen nicht sagen, wie Vera und die Kinder, deine wie meine, reagieren werden. Doch so, wie es ist, fühlt es sich an wie Gift in der Luft. Lass mich mit der Familie sprechen. Niemand hat mehr Grund, zornig zu sein, als Vera und ich. Und dennoch glaube ich, dass ich sie überzeugen kann, wenn du mir dein Einverständnis gibst, mit ihr sprechen zu dürfen.«

Georg sah ihn überrascht, fast schon schockiert an. »Ich weiß nicht, was ich sagen soll.«

»Dann sag gar nichts. Ich werde versuchen, alles zu regeln, und komme dann zu dir. In Ordnung?«

Georg traten Tränen in die Augen, er schluckte schwer, brachte kein Wort heraus. Dann nickte er.

»Gut. Gib mir ein paar Tage. Dann werde ich wiederkommen.« Robert machte kehrt, wollte bereits gehen. »Und – Bruderherz …«

»Ja?« Georg stand noch immer da wie vom Donner gerührt.

»Rasier dich. Du siehst furchtbar aus.«

»Das werde ich«, versicherte er, trat auf Robert zu und umarmte ihn.

Minutenlang standen sie so, dann löste Robert sich, klopfte Georg auf die Wange, drehte sich um und ging.

»Aber das Geld für die Miete behalte ich, auch wenn er vorher ausziehen sollte«, keifte die Hauswartfrau, die unten gestanden und das Gespräch genau verfolgt hatte.

Robert reagierte nicht darauf, sondern verließ einfach das Haus und ging. Diesmal jedoch mit dem Gefühl, etwas ganz und gar richtig gemacht zu haben.

Als er ins Kontor zurückkam, saß Luise in ihrem Büro und erledigte die eingegangene Korrespondenz. Sie blickte auf, als es an der Tür klopfte und Robert das Büro betrat.

»Da bist du ja wieder. Guten Morgen, Vater.«

»Guten Morgen, Luise.« Er trat ein und setzte sich auf einen der Besucherstühle vor ihrem Schreibtisch. »Ja, ich hatte etwas Wichtiges zu erledigen.«

»Ach ja?«

»Ja. Luise«, er atmete tief ein, »ich war heute Morgen bei Georg.«

»Du warst bei Onkel Georg?« Luise sah ihn überrascht an. »Ich wusste nicht einmal, dass du seine Adresse kennst.«

»Ich habe mich informiert gehalten«, entgegnete Robert knapp. »Eigentlich war ich da, weil ich deine Mutter wegen ihres Auftritts gestern Abend und dem, was sie damit bei Martha ausgelöst hat, zur Rede stellen wollte. Ich habe, nachdem du mir gestern Abend davon erzählt hast, heute Nacht kein Auge zugetan.«

»Ich ebenso wenig. Mir hat es auch sehr zugesetzt.«

»Das habe ich schon befürchtet.«

»Und was hat Mutter zu deinen Vorwürfen gesagt?«

»Nichts. Ich habe sie gar nicht angetroffen. Sie lebt nicht mehr mit Georg zusammen, sondern ist offenbar zu August Frederiksen gezogen.«

»Was?«

»Es ist unerfreulich, Luise. Und ich wünschte, ich könnte dich vor all dem schützen. Aber ich möchte dich nicht anlügen.«

Luise hob den Kopf. »Offen gesagt, habe ich mir längst ein deutliches Bild von meiner Mutter gemacht. Mich schockiert fast mehr, dass es mich nicht überrascht, wie sie sich nun verhält.«

Robert atmete vernehmlich aus. »Keine Tochter sollte so über ihre Mutter denken.«

»Und keine Mutter sollte sich so verhalten.« Sie zuckte mit den Schultern. »Aber so ist es nun mal, und wir müssen damit leben.«

»Manchmal bist du mir fast zu pragmatisch.«

Wieder gab Luise sich ungerührt. »Wirst du jetzt zu Frederiksen gehen, oder was hast du vor?«

»Offen gesagt, weiß ich das noch nicht. Es hat sich etwas anderes ereignet, und darüber würde ich gern mit dir sprechen.«

»Natürlich. Was denn?«

»Es geht um Georg.«

»Ist er krank?«

»Nein, das nicht. Obwohl ...«, Robert hob die Augenbrauen, »vielleicht könnte man es sogar als Krankheit bezeichnen.« Er machte eine kurze Pause. »Er haust in einer Bleibe, die mehr einem Loch als einer Wohnung gleicht. Er ist alt geworden, lässt sich gehen und hat außerdem keine geregelte Arbeit. Es war erschütternd, ihn so zu sehen.«

»Geschieht ihm recht nach allem, was er uns, vor allem aber dir angetan hat.«

»Ja, das stimmt. Doch er ist immer noch mein Bruder.«

»Hat er das auch so gesehen, als er und Mutter sich gegen dich gestellt haben?«

»Bitte, Luise, ich möchte das in Ruhe mit dir besprechen.«

»Natürlich.« Sie senkte den Blick. »Bitte verzeih.« Sie sah ihren Vater wieder an. »Es macht mich nur noch immer so wütend, dass ich aus der Haut fahren könnte.«

»Ich glaube, über diesen Punkt bin ich hinaus«, erklärte Robert. »Ich habe eine Frage an dich, Luise.«

»Ja?«

»Martha und du, ihr versteht euch nun wirklich nicht besonders. Mal angenommen, du hättest einen Mann und Martha hätte dich auf die gleiche Weise hintergangen wie Georg mich.«

»Ich würde ihr die Augen auskratzen«, sagte Luise sofort.

Robert lächelte milde. »Und wenn dann ein paar Jahre ins Land gegangen wären und du festgestellt hättest, dass der Mann, der für euer Zerwürfnis verantwortlich war, sich schon längst wieder eine andere gesucht hätte und nun diese zum Narren hielte – was würdest du denken?«

»Dass er hoffentlich auch mit der nicht glücklich wird.«

»Ich meine, über Martha«, erklärte Robert.

»Sie wäre für mich gestorben.«

»Ja, so empfand ich auch für Georg. Aber denk es bitte mal weiter: Martha hätte sich von diesem Mann, von deinem Mann, blenden lassen. Stell dir vor, sie hätte für ihn ernste, tiefe Gefühle gehabt und sich zur Närrin gemacht, genau wie du, und sie wäre nun mittellos und ganz am Boden, ohne jede Aussicht auf Besserung. Würdest du da wirklich noch Hass auf sie empfinden oder doch eher Mitleid?«

Luise setzte sich aufrecht hin. »Du willst Onkel Georg allen Ernstes helfen – nach allem, was war?«

Robert blickte sie nachdenklich an. »Ja. Als Bruder und als Christ.«

Luise schüttelte den Kopf. »Ich verstehe dich wirklich nicht, Vater. Er hat seinen wahren Charakter gezeigt. Er wird dich wieder hintergehen und immer wieder.«

»Und wenn nicht?«

Luise runzelte die Stirn.

»Wirf einen Blick in dein Herz, Luise, und frag dich: Könntest du an meiner Stelle damit leben, nicht geholfen zu haben und eines Tages womöglich vor einem Grab zu stehen und zu denken, dass du sehr wohl etwas hättest tun können?«

Robert hob den Zeigefinger. »Bevor du antwortest, erinnere dich, welche Werte deine Großeltern und auch ich dich gelehrt haben.«

Luise presste die Lippen zusammen. »Nein«, sagte sie dann nachdenklich, »den Gedanken könnte auch ich nicht ertragen.« Sie lächelte ihren Vater an. »Was hast du also vor?«

»Zunächst einmal werde ich mit Vera sprechen. Ich weiß selbst noch nicht genau, welchen Weg wir gehen können. Vielleicht kann er eine einfache Anstellung hier im Kontor bekommen. So könnte er sich wenigstens sein Geld verdienen.«

»Es ist deine Entscheidung.«

»Luise, nach unserem offenen Gespräch über die Zukunft des Kontors möchte ich, dass wir solche Entscheidungen künftig miteinander abstimmen. Deshalb bin ich gleich zu dir gekommen.«

»Das ehrt mich und freut mich aufrichtig, Vater. Und deine Argumente verstehe ich nur zu gut. Bitte gib mir etwas Zeit, mich mit dem Gedanken anzufreunden, Onkel Georg wieder in unser Leben zu holen.«

»Selbstverständlich, Luise.«

Sie lächelte. Ihr gefiel es, dass ihr Vater sie nun in seine Entscheidungen einband, ja sogar nach ihrer Meinung fragte. »Was ist mit Richard? Immerhin wird er heute im Laufe des Tages ankommen. Und ich weiß nicht, wie er reagiert, wenn du ihm sagst, dass sein Vater künftig auch im Kontor sein wird und ihm über den Weg laufen könnte.«

Robert überlegte kurz. »An deiner Meinung, Luise, ist mir gelegen, aber an Richards, offen gesagt, nicht. Er bekommt hier im Kontor die Möglichkeit einer Anstellung. Das ist alles. Ich muss mich ihm gegenüber nicht rechtfertigen. Immerhin käme er gar nicht hierher, wenn er nicht selbst Fehler gemacht hätte.«

Die Worte ihres Vaters freuten Luise. Ihr wurde immer klarer, dass er Richard keinesfalls so vorbehaltlos gegenüberstand, wie er ihr noch vor ein paar Tagen hatte weismachen wollen. »Nun gut. Dann würde ich sagen, es kommt eine spannende Zeit auf uns zu.«

»Ja.« Robert verdrehte die Augen. »*Spannend* dürfte das richtige Wort sein.« Er lächelte seine Tochter an. »Ich werde meine Reise nach Kamerun vorerst verschieben«, verkündete er. »Und ich werde Heinrich Begemann anweisen, die Ernten anderer Plantagenbesitzer aufzukaufen und diese zusammen mit unseren eigenen Kakaobohnen herzuschicken.«

»Und Kaffee brauchen wir ebenfalls in größeren Mengen«, erinnerte Luise ihn. »Ich habe dir eine Auflistung gemacht.«

»Ich kümmere mich darum«, erwiderte Robert. »Ehrlich gesagt, finde ich es schade, erst einmal nicht nach Kamerun reisen zu können. Zwar ist es wichtiger, zunächst hier alles zu klären, doch ich habe große Sehnsucht nach Afrika. Du nicht auch?«

»Ich bin hier in Hamburg gut aufgehoben«, antwortete Luise ausweichend und hoffte, dass ihr Vater ihre wahren Gefühle nicht erriet.

Robert stand auf. »Ja, das stimmt auch wieder. Und jetzt werde ich mich um die weiteren Lieferanten kümmern.« Er ging zur Tür. »Richard wird gegen Mittag eintreffen. Möchtest du dann nach Hause fahren, um ihn zu begrüßen?«

»Heute Abend reicht es völlig«, erklärte Luise. Als sie den Gesichtsausdruck ihres Vaters sah, fügte sie eilig hinzu: »Ich habe wirklich noch sehr viel zu tun, und wir wissen ja nicht, wann genau er ankommt. Aber wir könnten heute Abend etwas früher Schluss machen und uns dann gemeinsam Zeit für ihn nehmen. Was hältst du davon?«

»Eine gute Idee«, sagte Robert. »Und dann werde ich auch gleich mit Vera sprechen.«

»Tu das. Sag, soll ich vielleicht Martha und Ludwig zum Abendessen bitten, damit sie ebenfalls da sind, wenn Richard heimkommt?«

»Das wäre wirklich sehr nett von dir.«

»Gut. Dann werde ich gleich das Telefon benutzen und Martha anrufen, auch wenn sie es nicht leiden kann.«

»Martha kann das Telefon nicht leiden?« Robert lachte auf. »Ich kann mir gar nicht mehr vorstellen, wie es noch zu Zeiten meines Vaters war. Was hat sie denn gegen den Apparat?«

»Sie findet, dass Telefongespräche Männersache sind.«

Wieder lachte Robert, diesmal jedoch lauter. »Ach, unsere Martha. Nun ja, sie ist eben, wie sie ist.« Er öffnete die Tür. »Ich bin wirklich sehr froh, dass du anders geraten bist. Dann bis nachher, Luise. Hab einen schönen Tag.«

»Du auch, Vater.«

Er ging hinaus und schloss die Tür hinter sich. Erst jetzt entspannte sich Luise, wenngleich sie intensiv darüber nachgrübelte, was in nächster Zeit geschehen würde. Sowohl Onkel Georg als auch Richard würden aller Voraussicht nach im Kontor angestellt werden. Es war also unausweichlich, dass Vater und Sohn sich über kurz oder lang im Kontor über den Weg liefen. Die Konflikte waren vorherbestimmt.

Luise wusste noch nicht, was sie selbst von der langsamen Wiederannäherung an ihren Onkel halten sollte. Immerhin waren er und ihre Mutter schuld daran, dass zwei Familien zerbrochen waren und darüber hinaus ein bis dato irreparabel scheinendes Zerwürfnis zwischen den Brüdern entstanden war.

Sie musste an das denken, was ihr Vater vorhin über Martha gesagt hatte und wie Luise sich wohl als Opfer eines Ehebruchs fühlen würde, wenn es um ihre Schwester und ihren Mann ginge. Er hatte schon recht. Vermutlich würde sie auch irgendwann an den Punkt kommen und Martha verzeihen. Vor allem aber war ihr klar geworden, dass ihr Vater in erster Linie ihre Mutter und nicht so sehr Georg verantwortlich machte. Luise konnte es ihm nicht verdenken. Auch wenn es nicht einfach war, es sich einzugestehen: Auch sie schätzte ihre Mutter als die wesentlich Skrupellosere und Berechnendere ein.

Sie dachte an ihre eigene Situation. War sie nicht ebenso berechnend, wenn sie sich dazu entschloss, Hans Petersen zu heiraten? Immerhin würde sie es auch nur um ihres eigenen Vorteils willen tun. Luise seufzte. Warum nur musste alles immer so kompliziert sein?

10. Kapitel

Frederike war erleichtert, denn mit der allmählichen Genesung von Friedrich Loising fiel eine gewaltige Last von der Familie.

Therese hatte zu ihrem glockenhellen Lachen zurückgefunden, und es war Frederike eine wahre Freude, sie so unbeschwert mit den Kindern spielen zu sehen.

Heute nun sollte, seit sie wieder in Wien war, ihr erster Arbeitstag im Kaffeehaus sein, ganz so, wie Frederike es sich gewünscht hatte. Therese und Karl hatten ihr die Entscheidung überlassen, ob sie die Stelle jetzt antreten oder sich lieber noch eine Weile in Wien einleben wollte. Doch Frederike fand, dass es an der Zeit wäre. Wien hatte ihr in den vergangenen Wochen eindeutig gutgetan. Sie spürte, dass sie sich auf eine Weise weiterentwickelt hatte, wie es in all den letzten Jahren nicht der Fall gewesen war. Ja, Wien hatte sie verändert. Womöglich lag es auch an der Verantwortung, die sie für die Kinder übernommen hatte, als es Therese wegen des Schlaganfalls ihres Vaters nicht ausreichend möglich gewesen war. Frederike war glücklich darüber gewesen, helfen zu können. Dieses Gefühl, gebraucht zu werden, hatte ihr gefallen, wenngleich sie es sich unter anderen Umständen gewünscht hätte, als dass es bei Thereses Vater um Leben und Tod gegangen wäre.

Frederike stand vor dem Spiegel, rückte noch einmal ihre weiße Bluse zurecht und strich den schwarzen Rock glatt. Die Kleidung hatte Therese ihr gegeben, und obwohl Frederike fand, dass Therese noch zierlicher war als sie selbst, passten ihr die Sachen wie angegossen.

»Du siehst hinreißend aus«, sagte Therese, als sie durch die geöffnete Tür in Frederikes Zimmer trat. Sie hielt ein schwarzes Seidenband in der Hand. »Wenn du möchtest, kannst du dir das ins Haar binden. So trage ich es auch oft, und mir gefällt es.«

»Wirklich?« Frederike freute sich von Herzen.

»Aber ja. Ich schenke es dir. Setz dich dort auf den Stuhl. Ich binde es dir so ein, dass es hält.«

»Oh, danke schön«, erwiderte Frederike glücklich und nahm Platz. »Ich hoffe nur, dass ich mich nicht ungeschickt anstelle und den anderen zur Last falle.«

Therese band das Band in das Haar, steckte es noch etwas höher auf, als Frederike selbst es getan hatte, und ließ hinten die Enden des Bandes in unterschiedlicher Länge ein Stückchen herabhängen.

»Ja, so ist es perfekt«, urteilte Therese und führte Frederike wieder vor den Spiegel. »Siehst du. Es ist ein bisschen verspielt und nicht so streng. Das unterstreicht dein freundliches Wesen.« Sie drehte die Nichte ihres Mannes, die ihr in den Wochen, seit sie hier war, so sehr ans Herz gewachsen war, zu sich herum und sah sie an. »Du bist eine hinreißend schöne junge Frau. Lächle, genieße deine Arbeit. Unterhalte dich mit den Gästen und gib ihnen das Gefühl, im Kaffeehaus herzlich willkommen zu sein. Und wenn du mal ein Tablett fallen lässt, ist das nicht weiter schlimm. Dann bückst du dich eben und hebst die Scherben auf. Das ist uns allen am Anfang passiert. Na, wenn schon.« Sie umarmte Frederike und hielt sie dann an den Schultern. »Dich hat mir der Himmel geschickt. Ich hoffe von Herzen, dass dir die Arbeit im Kaffeehaus gefällt und du niemals mehr von hier fortwillst.«

»Das will ich ja jetzt schon nicht«, rief Frederike spontan, die nie zuvor einen Menschen getroffen hatte, der ihr mit so viel Verständnis und Zuneigung entgegengekommen war. Vom Wesen her erinnerte Therese sie an ihre Cousine Luise, nur dass diese seit einigen Jahren nichts außer dem Kontor im Kopf zu haben schien und sich deshalb zuletzt verändert hatte. Luise war ernster geworden, nachdenklich und hatte kaum noch Zeit gehabt, sich mit ihr zu unterhalten. Aber genau wie Therese war Luise ein herzensguter Mensch, der anderen nur allzu bereitwillig ihre Schwächen verzieh. Ganz anders als ihre Mutter und ihre Cousine Martha, die stets über die Maßen darauf achteten, dass alles korrekt und nach der Etikette ablief, und die Unzulänglichkeiten anderer Menschen mindestens mit einem abfälligen, verächtlichen Blick, eher sogar mit einem herablassenden Kommentar und einer Ermahnung bedachten. Bei ihnen in Hamburg war Frederike sich klein, dumm und hässlich vorgekommen, der Schandfleck eines untreuen Vaters, nicht standesgemäß und fast nicht vorzeigbar. Hier in Wien war alles so anders, so frei. Ihr war, als atmete sie das erste Mal seit Jahren befreit auf. Welch ein Glück, dass ihre Mutter sie hierhergeschickt hatte!

Sie erreichte das Kaffeehaus überpünktlich und musste noch warten, bis Frieda, die Thereses rechte Hand im Kaffeehaus war, mit dem Schlüssel kam. Frieda war Ende zwanzig und damit ein paar Jahre jünger als Therese. Sie war Thereses erste Angestellte gewesen, als diese das Kaffeehaus vor acht Jahren eröffnet hatte. So hatte sie auch all die Höhen und Tiefen miterlebt, die Therese als Unternehmerin zu bewältigen gehabt hatte, war an vielen Abenden länger geblieben und hatte weit vor dem üblichen Arbeitsbeginn Therese geholfen, alles vorzubereiten. Frieda war für Therese unentbehrlich, wie sie Frederike anvertraut hatte.

Und Frieda stand ihrer Chefin, die für sie mehr eine Freundin war, an Herzlichkeit und Tüchtigkeit in nichts nach. Auch wenn Frederike schon bei ihrem Besuch vor einigen Jahren im Kaffeehaus geholfen hatte, war sie etwas nervös und hoffte, nicht allzu viele Fehler zu machen.

»Guten Morgen, Frederike«, grüßte Frieda mit einem freundlichen Lächeln, als sie auf die Eingangstür zutrat, vor der Frederike sie bereits erwartete.

»Guten Morgen, Frieda.«

»Du bist aber früh dran. Wir öffnen erst in knapp einer Stunde.«

»Ich wollte rechtzeitig da sein, um schon alles mit vorbereiten zu können. Und ehrlich gesagt, bin ich auch ein bisschen aufgeregt.«

Frieda schloss auf. »Das darfst du auch sein. Aber bitte freudig und nicht ängstlich«, sagte sie lächelnd zu der jungen Kollegin. »Hier in Thereses Kaffeehaus darf doch jeder einen Fehler machen. Wir sind sogar froh darüber, denn aus Fehlern lernt man, und am Ende zählt nur noch die Freude an der Arbeit.«

»Ja, das passt zu Therese«, urteilte Frederike. »Und sie hat mir auch schon gesagt, dass am Anfang jeder mal ein Tablett fallen lässt.«

»Nur am Anfang?«, scherzte Frieda. »Ich lasse bis heute immer wieder mal ein Tablett fallen.« Sie winkte ab. »Das ist halb so wild. Komm. Ich zeige dir, was zu tun ist.«

Frederike nickte glücklich. Sie fühlte sich jetzt schon wohl hier und hoffte, dass dieses Gefühl anhielt, sobald die anderen Serviererinnen eintrafen.

Friedas Blick fiel auf das Seidenband in Frederikes Haar. »Na, ist das ein Geschenk deiner Tante?«

»Ganz recht.«

»Du siehst damit auch ein bisschen aus wie sie.«

Frederike sah sie verwundert an. »Aber das kann ja gar nicht sein. Ihr Mann ist mein Onkel. Therese und ich sind gar nicht verwandt.«

»Aber das weiß ich doch«, erwiderte Frieda. »Ich meinte nur, dass ihr die gleichen Sachen tragt und du jetzt auch noch die Schleife im Haar hast.«

»Ach so.« Frederike berührte mit der Hand die Schleifenbänder, ließ sie spielerisch durch die Finger gleiten. »Ja, ich finde auch, ich sehe fast schon genauso aus wie meine Tante Therese.«

Sie zwinkerte schelmisch, und die beiden jungen Frauen lachten gemeinsam über Frederikes Bemerkung.

Dann gingen sie nach hinten, hängten ihre Mäntel auf, und Frieda reichte Frederike eine Servierschürze. Anschließend ließ sich Frederike die Küche zeigen.

Im Verlauf der nächsten halben Stunde trafen nach und nach die anderen Angestellten ein, und Frederike stellte sich jedem kurz vor, obwohl sie einige bereits zuvor kennengelernt hatte. Erleichtert stellte sie fest, dass nicht eine dabei war, die ihr nicht auf Anhieb sympathisch gewesen oder von der sie komisch angesehen worden wäre.

Noch bevor es neun Uhr war, betraten die ersten Gäste das Kaffeehaus. Frederike staunte, wie rasch die Plätze sich füllten und dass es eine halbe Stunde später keinen freien Tisch mehr gab. Überhaupt wunderte es sie, dass um diese Uhrzeit so viele Menschen ihre Zeit in einem Kaffeehaus verbrachten, statt einer Arbeit nachzugehen. In Hamburg war das völlig anders. Dort gingen die Menschen, soweit Frederike es beurteilen konnte, in der Früh aus dem Haus und verbrachten den gesamten Tag bei der Arbeit, bevor sie meist erst am Abend heimkamen. Womöglich hatte sie auch ein falsches Bild, weil sie nur das sagen konnte, was sich im Kontor der Hansens abspielte. Aber sie hatte nicht den Eindruck, dass die

Menschen daheim ständig Kaffeehäuser aufsuchten, um dort in aller Ruhe Zeitung zu lesen oder mit Bekannten einen kleinen Plausch zu halten.

»Sind alle Kaffeehäuser in Wien so gut besucht?«, fragte sie Frieda, während sie Kaffee in eine kleine Kanne füllte.

»Nein.« Frieda grinste sie an. »Oder zumindest sehr wenige. Thereses Kaffeehaus ist eines der beliebtesten in ganz Wien, vielleicht sogar das beliebteste von allen«, erklärte sie. »Ich denke, es liegt zum einen an der Einrichtung. Die Menschen mögen dieses charmante, kunterbunte Durcheinander von Stühlen und Tischen, die nicht zusammengehören. Aber ich glaube, sie schätzen vor allem die angenehme Atmosphäre, die hier herrscht.« Sie deutete auf zwei Kolleginnen, die gerade an unterschiedlichen Tischen standen und fröhlich mit den Gästen plauderten. »Es ist eben nicht so, dass wir nur freundlich zu den Gästen sind. Wir mögen die Menschen, die hierherkommen. Es sind einfach nette Leute. Da fällt es leicht, zu lachen und zu scherzen und eben auch mal miteinander zu plaudern. Ich denke, es liegt an Thereses Wesen. Nette Menschen fühlen sich in der Gegenwart anderer netter Menschen wohl. Und kennst du einen freundlicheren Menschen als Therese?«

»Nein.« Frederike schüttelte lächelnd den Kopf. »Du hast recht. Einen besseren Menschen als sie gibt es einfach nicht.«

Frieda wurde auf einen Gast aufmerksam, der den Arm gehoben hatte. »Gehst du bitte zu dem Herrn an Tisch acht?«

»Ja, natürlich.« Frederike lief sofort los und kümmerte sich um die Bestellung.

So ging es den ganzen Tag über, und immer wenn Frederike glaubte, dass der Ansturm auf das Kaffeehaus ein wenig abflaute, kamen neue Gäste herein. Es war gegen siebzehn Uhr, als Frieda ihr sagte, sie könne Feierabend machen, und sie nochmals lobte, ihre Sache wirklich gut gemacht zu haben. Frederike war glücklich. Die Arbeit bereitete ihr Spaß, auch wenn sie sie zugleich anstrengend fand. Doch das machte ihr nichts aus. Endlich hatte sie eine richtige Aufgabe im Leben.

Als sie sich von den Kolleginnen verabschiedete, ihre Schürze an den Haken hängte und das Kaffeehaus verließ, hätte sie nicht glücklicher sein können.

Langsam schlendernd machte sie sich auf den Heimweg zur Villa an der Wien. Sie dachte wieder einmal über ihr Leben nach, über das, was sich in den letzten Wochen ereignet hatte, vor allem aber fragte sie sich, wie es für sie weitergehen sollte.

Sie hatte sich bis vor dreieinhalb Jahren, als ihr Vater sich auf so schändliche Weise von ihrer Mutter und damit von der ganzen Familie abgewandt hatte, niemals Gedanken darüber gemacht, für ihren Unterhalt arbeiten zu müssen oder es sogar zu wollen. Sie stammte aus reichem Haus, und ihr Weg an der Seite eines vermögenden Ehemannes war vorgezeichnet gewesen. Eben bis zu jenem Tag, als die Affäre zwischen ihrer Tante und ihrem Vater publik geworden war und damit auch ihr eigenes gesellschaftliches Leben ein schmerzhaftes Ende gefunden hatte.

Dabei hatten sie und ihr Liebster damals geplant, dass er nur kurze Zeit später sowohl seine Eltern als auch Frederikes Familie um die Einwilligung zur Heirat bitten würde. Es wäre ein wahrer Glücksfall gewesen, wie er jungen Frauen aus gutem Hause nur sehr selten zuteilwurde: Frederike hatte sich leidenschaftlich verliebt, und ihm war es genauso gegangen. Einem wunderbaren Leben schienen die beiden entgegenzugehen. Doch dann war durch den Betrug ihres Vaters und sein Ausscheiden aus dem Kontor alles anders gekommen. Von heute auf morgen hatte Frederike nichts mehr vorzuweisen gehabt. Ihr Vater war kein bedeutender Mann mehr, sondern nichts als ein Ehebrecher, dem alles genommen worden war und der auf dem gesellschaftlichen Parkett Hamburgs nichts mehr zu suchen hatte. Und sie als seine Tochter ebenfalls nicht.

Luise und Martha hatten es einfacher gehabt. Zwar waren sie in einer ähnlichen Situation, allerdings eben durch die Mutter und nicht durch den Vater verursacht, was einen bedeutenden Unterschied machte: Die Leute hatten zwar auch die Nase gerümpft, aber Elisabeths Betrug hatte für die Töchter keine finanziellen Nachteile mit sich gebracht, und das war es letztendlich, was zählte. Ganz im Gegenteil schien es so, dass gerade die älteren Damen Luise und Martha sogar noch bemitleideten, eine solche Last mit ihrer Mutter zu haben. Für Frederike jedoch fand niemand ein freundliches Wort. Sie war nichts mehr und hatte nichts mehr. Der Unterschied zwischen Männern und Frauen war Frederike nie zuvor so deutlich vor Augen geführt worden wie zu dieser Zeit.

Frederike hatte die Wien an der Stelle erreicht, wo sie in einem Bogen an dem Park vorbeiführte, durch den sie gehen wollte, auch wenn der Heimweg dadurch etwas länger war. Es machte ihr nichts aus. Ganz im Gegenteil: Sie genoss die ersten Sonnenstrahlen, die der gerade erst angebrochene März ihnen schenkte. Mit jedem Tag brach die Sonne öfter durch die Wolken und gab etwas von ihrer Kraft preis.

Frederike überquerte die kleine weiße Brücke, die die Wien überspannte und die auf der anderen Seite direkt in den Park führte. Die Bäume hatten dieses kräftige, helle Grün, und auch das Gras, das noch vor Kurzem bräunlich war, spross nun in satter Farbe neu hervor.

Durch das Blätterdach der Bäume drang nicht ein Sonnenstrahl, und sofort begann Frederike zu frösteln. Es war fast, als hätte sie die wärmende Märzsonne auf der anderen Seite der Brücke zurückgelassen. Oder war es wirklich von einem Moment auf den anderen Abend geworden? Sie spähte durch die Baumkronen und sah, dass sich dicke Wolken vor die Sonne geschoben hatten, die ohnehin bald untergehen würde und für den Moment den Kampf gegen die Wolken offenbar eingestellt hatte.

Es waren nicht einmal eine Handvoll Menschen im Park, und auf einmal fühlte sich Frederike unwohl. War es nur wegen der Wärme, die auf einmal fehlte?

Frederike sah sich gerade um, als sie plötzlich gepackt und vom Weg ins Gebüsch gezerrt wurde. Eine große Männerhand presste sich auf ihren Mund. Frederike meinte ersticken zu müssen.

»Gib mir dein Geld!«, zischte eine tiefe Stimme an ihrem Ohr.

Frederike begann zu weinen, sie schüttelte den Kopf und versuchte sich loszureißen.

»Her damit, oder willst du lieber sterben?«

Da spürte sie die Klinge an ihrem Hals.

Verzweifelt strampelte sie mit den Beinen und versuchte, irgendwo Halt zu finden. Doch er zog sie immer weiter ins Dickicht, dessen Zweige ihr schmerzhaft die Haut aufritzten. Dann lockerte er den Griff und nahm kurz die Hand von ihrem Mund.

»Ich habe doch nichts! Ich habe gar kein Geld bei mir! Sie können nachsehen. Bitte, bitte, tun Sie mir nichts!«

Wieder legte er ihr die Hand auf den Mund. Mit der anderen, die eben noch das Messer an ihre Kehle gedrückt hatte, tastete er sie ab. Dann, ganz plötzlich, stieß er sie von sich, sodass sie, ohne sich noch abfangen zu können, zwischen den Zweigen zu Boden fiel.

Sie hörte ihn wegrennen, wagte aber nicht, sich umzudrehen. Schluchzend versuchte sie sich aus dem Gebüsch zu befreien, wobei sie die schöne Bluse, die sie von Therese bekommen hatte, zerriss. Rückwärts kroch sie aus dem Dickicht, kauerte am Boden und weinte.

»Fräulein«, hörte sie nun jemanden sagen, »was ist mit Ihnen?«

Angstvoll drehte sie sich um und sah, dass ein älteres

Ehepaar in ihre Richtung kam. Wieder schluchzte sie auf, diesmal jedoch vor Erleichterung.

Die Frau löste sich vom Arm ihres Mannes und eilte auf Frederike zu. »Um Himmels willen, Fräulein!« Sie beugte sich zu Frederike herab, um ihr aufzuhelfen. »Was ist denn geschehen?«

Frederike kam zitternd auf die Füße. Sie schluchzte und weinte und konnte sich gar nicht mehr beruhigen.

»Sind Sie gestürzt?«, fragte nun der Mann.

»Gestürzt?«, empörte sich seine Frau. »Da ist etwas ganz anderes geschehen. Können Sie laufen, Fräulein?«

Frederike nickte, noch immer außerstande, ein Wort hervorzubringen.

»Kommen Sie«, bat die Frau, legte den Arm um Frederike und stützte sie. »Dort ist eine Bank. Setzen Sie sich erst einmal hin.« Sie geleitete Frederike hinüber, während ihr Mann nur hilflos hinterhertrottete.

Als sie die Bank erreichten, nahm die Frau neben Frederike Platz und hielt tröstend ihre Hand. »Können Sie mir erzählen, was geschehen ist?«

»Ein Mann ...«, brachte Frederike unter Tränen hervor. »Er wollte mein Geld. Doch ich habe gar keins. Er hat mir ein Messer an die Kehle gehalten.«

Die Frau betrachtete Frederikes Hals und erschrak. »O je, Fräulein, Sie sind ja verletzt, Sie bluten am Hals!«

Frederike tastete nach der Wunde und starrte dann auf ihre Fingerspitzen, die voller Blut waren. Sie fühlte jedoch keinen Schmerz, fast meinte sie, dass es gar nicht ihr eigenes Blut wäre.

»Wohnen Sie weit von hier?«, fragte nun der Mann.

Frederike schüttelte den Kopf. »Gleich dort vorn am anderen Ufer der Wien. Ich wohne bei meiner Tante und meinem Onkel.«

»Wir werden Sie dorthin bringen«, sagte die Frau. »Es wird das Beste sein, wenn Ihre Verwandten einen Arzt kommen lassen.« Wieder half sie Frederike auf. Diesmal jedoch trat ihr Mann an die andere Seite und half dabei, Frederike zu stützen.

Langsam gingen sie den Weg entlang bis zu der Stelle, wo eine weiße Brücke genau wie die, die Frederike vorhin überquert hatte, über den Fluss führte.

»Die Zeiten werden immer schlimmer«, empörte sich der Mann. »Gaunerpack, wohin man schaut! Nicht einmal mehr durch den Park kann man laufen, ohne sich fürchten zu müssen. Eine Schande ist das, eine Schande!«

Frederike war erleichtert, als sie die Brücke passiert hatten und nicht weit entfernt die Villa der Hansens zu erkennen war. »Danke«, sagte sie. »Es wird jetzt schon gehen. Es ist das Haus da vorn.«

»Wir bringen Sie noch heim, bis wir wirklich sicher sein können, dass Sie außer Gefahr sind«, erklärte nun die Frau resolut. Gemeinsam setzten sie den Weg fort.

Sie führte Frederike die Stufen hinauf, und der Mann klopfte energisch an die Tür.

»Ich komme« war von drinnen zu hören, und im nächsten Moment öffnete Therese mit Helene auf dem Arm. Erschrocken schlug sie die Hand vor den Mund, als sie Frederike sah. »Frederike! Lieber Himmel, was ist denn geschehen?«

»Sie ist überfallen worden«, erklärte die Frau und half Frederike ins Haus.

»Bitte bringen Sie meine Nichte ins Wohnzimmer«, bat Therese, da sie noch immer Helene auf dem Arm hatte und nicht mithelfen konnte. »Hier entlang.« Sie lief eilig voraus, öffnete die Wohnzimmertür und deutete auf das Sofa. »Bitte dorthin.«

Frederike, die inzwischen erschreckend blass war und kaum wahrzunehmen schien, was um sie herum geschah, ließ sich von ihren Rettern aufs Sofa helfen.

»Vielen Dank!« Therese breitete rasch eine Decke auf dem Boden aus und legte Helene darauf ab.

»Sie hat eine Verletzung am Hals.« Die Frau deutete auf die Stelle. »Sie sollten einen Arzt rufen, denke ich.«

»Ich bin allein im Haus«, sagte Therese. »Mein Mann ist noch im Kontor, und ich …« Sie hielt kurz inne. »Sagen Sie, könnten Sie noch eine Weile hierbleiben, bis ich den Arzt geholt habe?«

»Aber natürlich«, stimmte die Frau sofort zu, während ihrem Mann die Idee nicht so ganz zu gefallen schien.

Therese sah zu Helene, dann lief sie los und rannte die Treppe hinauf. Einen Moment später kam sie mit Franz auf dem Arm wieder herunter. Sie eilte ins Wohnzimmer und setzte ihn zu seiner kleinen Schwester auf die Decke. »Du bleibst jetzt schön hier, mein Schatz, hörst du?«, ermahnte sie Franz, der artig nickte. Er schien zu spüren, wie wichtig es war, dass er seiner Mutter sofort gehorchte.

Therese gab ihm rasch einen Kuss auf die Stirn, sah noch einmal kurz zu Helene, die friedlich dalag und mit einem Tuch herumspielte, das sie ihr zuvor gegeben hatte. Dann lief sie los.

Die Praxis von Doktor Vogler war nicht weit von ihrer Villa entfernt, und Therese hoffte inständig, dass der Arzt da war. Sie kannte ihn bereits seit einigen Jahren. Er kam regelmäßig in ihr Kaffeehaus und verbrachte dort jeden Mittag mehr als eine Stunde, um eine Kleinigkeit zu essen und sich eine kleine Pause zu gönnen. Soweit Therese wusste, war er unverheiratet, und sie hatte ihn auch noch nie in Begleitung im Kaffeehaus gesehen. Er war einer der Gäste, der es begrüßte, sich hinter seiner Zeitung zu verstecken und nur gelegentlich daran vorbeizublicken, wenn an einem der anderen Tische lauter gesprochen wurde oder Gäste das Kaffeehaus betraten, die aus anderen Gründen seine Aufmerksamkeit erregten.

Therese lief die Stufen hinauf. Die Praxis des Arztes befand sich im unteren Geschoss, während er selbst oben im Haus wohnte. Sie griff nach dem Türklopfer und schlug ihn kräftig gegen das Metall. »Doktor Vogler! Herr Doktor Vogler! Ich brauche dringend Ihre Hilfe!« Wieder klopfte sie mehrfach, bis sie im Innern des Hauses Geräusche vernahm.

»Ich komme ja schon!«, rief er ungehalten und öffnete einen Moment später die Tür. »Frau Hansen?«

»Bitte entschuldigen Sie, Herr Doktor Vogler. Meine Nichte … sie ist überfallen worden. Sie hat eine blutende Wunde am Hals, und … ich weiß nicht, wo sie sonst noch verletzt ist.«

»Ich komme«, sagte er, machte ein paar schnelle Schritte zurück in den Flur und kam mit einer braunen Tasche in der Hand wieder heraus.

Zusammen liefen sie, so schnell Thereses enger Rock es zuließ. Gerade als sie die Villa erreichten, kam Karl aus der anderen Richtung ebenfalls nach Hause. Er blieb abrupt stehen, als Therese zusammen mit einem Mann angelaufen kam.

»Therese!« Karl sah seine Frau erschrocken an, als er den Arzt neben ihr erkannte. »Was ist geschehen? Ist etwas mit Helene oder Franz?«

»Frederike«, stieß Therese völlig außer Atem hervor. »Sie ist überfallen worden.«

»Mein Gott!« Karl war sichtlich bestürzt.

Zu dritt liefen sie die Stufen hinauf, und Karl schloss eilig auf. Erst jetzt fiel Therese auf, dass sie bei ihrem überhasteten Aufbruch völlig vergessen hatte, einen Schlüssel mitzunehmen. Sie bedeutete den beiden, ihr ins Wohnzimmer zu folgen, wo sich ihr fast noch das gleiche Bild bot wie vorhin.

Franz hockte artig neben seinem Schwesterchen auf der Decke. Die Frau, deren Namen Therese nicht einmal kannte, saß auf dem Sofa bei Frederike und sprach beruhigend auf sie ein. Ihr Mann stand neben dem Sofa und beobachtete die Szene, ohne sich auf irgendeine Art einzubringen.

Doktor Vogler stellte seine Tasche neben dem Sofa ab und

bat darum, den Platz der Frau einnehmen zu dürfen, die sofort aufstand.

»Vielen Dank!«, sagte Therese zu ihr, während sich der Mann an die Seite seiner Frau stellte und signalisierte, dass sie nun endlich aufbrechen sollten.

»Ja, vielen Dank für Ihre Hilfe«, sagte auch Karl, ohne dass er genau wusste, was die fremden Menschen für seine Nichte getan haben mochten. Er griff in seine Hosentasche und zog ein Bündel Geldscheine hervor. »Wenn Sie erlauben – als kleine Entschädigung und als Dank für Ihre Umstände.«

Die Frau wehrte sofort ab. »Wir haben nichts getan als unsere Christenpflicht. Ich hoffe, Ihre Nichte wird bald wieder gesund und kann den Vorfall vergessen.«

Das Ehepaar verabschiedete sich und ließ sich von Karl zur Tür begleiten, der ihnen abermals seinen Dank aussprach. Dann ging er zurück ins Wohnzimmer.

»Können Sie sich an das erinnern, was geschehen ist, Fräulein Hansen?«, fragte der Arzt in diesem Moment und tupfte etwas mit einem Tuch auf Frederikes Hals.

Karl trat an Thereses Seite und legte den Arm um die Taille seiner Frau. Therese hatte Tränen in den Augen.

»Herr und Frau Hansen, wären Sie so freundlich, mich mit Ihrer Nichte allein zu lassen?«

»Gewiss«, sagte Therese eilig, bückte sich und hob Helene vom Boden auf. Karl streckte Franz die Hand entgegen, die der Kleine dankbar ergriff. Dann gingen sie gemeinsam hinaus.

Auf dem Weg in die Küche sagte keiner von ihnen ein Wort, und Therese begann wie fremdgesteuert das Essen für ihre Kinder zuzubereiten. Karl setzte sich an den Tisch und hielt Helene auf dem Schoß, während Franz auf den Stuhl kletterte und sich ganz ruhig hinsetzte. So brav hatte Karl seinen Sohn selten erlebt, und er wuschelte dem Kleinen zärtlich durchs Haar und zwinkerte ihm zu.

Als das Essen fertig war, nahm Therese Helene zu sich und fütterte sie, während Karl dafür sorgte, dass Franz seinen Teller leer aß. Erst als sie Schritte auf dem Flur hörten, standen Therese und Karl eilig auf. »Bleibst du kurz hier, Franz, ja?«

Franz nickte, worauf Karl und Therese mit Helene auf dem Arm das Zimmer verließen.

»Wie geht es ihr?«, fragte Karl sofort, als sie auf Doktor Vogler zutraten.

»Sie ist nicht ernsthaft verletzt. Lediglich eine kleine Schnittwunde am Hals und einige blaue Flecken. Aber sie ist sehr erschrocken und wird eine Weile brauchen, um über den Schock hinwegzukommen.«

»Hat sie Ihnen sagen können, was geschehen ist?«, fragte Therese. In ihrer Frage schwang die Sorge mit, dass Frederike womöglich Schlimmeres widerfahren war als nur die offensichtliche Verletzung am Hals.

»Ich habe sie danach gefragt, ob ihr weitere Verletzungen zugefügt wurden«, erklärte der Arzt, der zu ahnen schien, was Therese vermutete. »Doch ich kann Sie beruhigen, Frau Hansen. Es scheint nichts dergleichen geschehen zu sein.«

Therese atmete erleichtert auf.

»Ich würde dennoch dazu raten, die Sicherheitswache zu informieren. Ich habe bereits von zwei weiteren Fällen dieser Art erfahren. Auch da wurden Menschen mit einem Messer angegriffen und um Geld beraubt. Das war ebenfalls hier ganz in der Nähe.«

»Das werden wir«, versicherte Karl. Er zog noch einmal sein Geldbündel hervor und zählte einige Scheine ab. »Vielen Dank für Ihre Hilfe, Herr Doktor.«

»Das ist zu viel«, wehrte der Arzt ab.

»Durchaus nicht«, erwiderte Karl. »Ich bringe Sie noch zur Tür.«

»Danke schön. Wenn noch etwas sein sollte, können Sie mich jederzeit holen.« Der Arzt verabschiedete sich von Therese, streichelte kurz über Helenes Wange und ging dann zusammen mit Karl zur Tür.

Therese kehrte in die Küche zurück zu Franz. Dann warteten sie auf Karl, bis dieser den Arzt verabschiedet hatte.

»Könntest du die Kinder schon nach oben bringen?«, bat sie ihren Ehemann.

»Aber natürlich.«

»Ich komme gleich nach. Ich möchte vorher noch schnell nach Frederike sehen.«

Karl nahm Helene auf den Arm und reichte Franz die Hand. Dann ging er mit seinen Kindern langsam die Stufen hinauf.

Therese schaute ihnen kurz nach, dann eilte sie zu Frederike. Als sie das Wohnzimmer betrat und die Nichte ansprechen wollte, sah sie, dass Frederike vor Erschöpfung eingeschlafen war. Leise schlich sie wieder hinaus und ging zu ihrem Mann und ihren Kindern nach oben.

Die innere Unruhe, die sie nach dem Schlaganfall ihres Vaters ergriffen hatte, war wieder da. Therese hätte weinen mögen, doch dafür war jetzt keine Zeit.

11. Kapitel

»Guten Tag, Richard. Wie schön, dass du heimgekehrt bist.« Luise beugte sich zu ihm und deutete einen Wangenkuss an.

»Aber, Cousinchen, warum denn so förmlich?« Richard packte Luise, zog sie in seine Arme und drückte sie an sich.

Luise ließ es geschehen, war jedoch mehr als verwundert. Richard und sie hatten sich wahrlich nie besonders nahegestanden. Dass er sie derart überschwänglich begrüßte, fand sie eigenartig. Doch sie wollte es sich nicht anmerken lassen.

»Richard.« Robert reichte dem Neffen die Hand und umarmte ihn dann herzlich. »Ich hoffe, du hattest eine angenehme Reise?«

»Alles bestens, Onkel Robert. Ich bin mit einem der neuen Züge gefahren. Zwar ist er nicht vergleichbar mit dem, den sie in Frankreich bauen, aber immerhin ist der Zug über hundert Stundenkilometer schnell.«

»Unglaublich, nicht wahr? Diese Geschwindigkeiten wären noch vor ein paar Jahren undenkbar gewesen«, meinte Robert.

»Der Fortschritt lässt sich nicht aufhalten.« Richard sah sich um. »Es ist alles noch genauso wie sonst. Hier hat sich nicht das Geringste verändert.«

»Doch. Wir«, widersprach Luise knapp und war gespannt, wie ihr Cousin darauf reagieren würde.

Richard grinste breit. »Nein, eigentlich nicht. Du bist vielleicht noch ein bisschen hübscher geworden, aber dein frecher Charakter ist noch derselbe.«

Luise wusste nicht, was sie sagen sollte. Aber es gefiel ihr, wie locker Richard mit ihrer spitzen Bemerkung umgegangen war. Vielleicht hatte er sich während seiner Zeit in Heidelberg doch verändert. Luise war gespannt, herauszufinden, ob dem so war.

»Und nun lasst uns gemeinsam essen«, schlug Vera vor, der die Freude über die Heimkehr ihres einzigen Sohnes ins Gesicht geschrieben stand. »Anna hat zusammen mit Trude den ganzen Tag gekocht und wird wahrscheinlich viel zu viel vorbereitet haben.«

»Bei meinem Hunger kann es gar nicht zu viel sein«, erwiderte Richard augenzwinkernd. »Werden denn Martha und Ludwig nicht kommen?«

»Sie lassen sich entschuldigen.«

Im Esszimmer hatte Anna tatsächlich bereits groß aufgetischt. Auch wenn sie nur zu viert waren, sah es aus, als würden mindestens dreimal so viele Leute zum Essen erwartet. Die Haushälterin kam gerade herein und stellte die letzte Schüssel ab.

»Anna! Du hast dich wirklich selbst übertroffen«, lobte Robert. »Aber wer soll das denn alles essen?«

»Ach, junge Männer haben doch immer Hunger, nicht wahr?« Sie lächelte Richard zu. »Wenn ich mir die Bemerkung erlauben darf, es ist wirklich sehr schön, dass Sie heimgekehrt sind.«

»Danke schön, Anna. Nun weiß ich ja, was ich tun muss, um von dir mit einem solchen Essen verwöhnt zu werden.« Er zwinkerte ihr zu, und kurz zögerte sie, als fragte sie sich, ob er die Bemerkung ernst gemeint hatte.

»So, die Herrschaften«, sagte Anna dann etwas verlegen. »Nun wünsche ich einen guten Appetit. Lassen Sie es sich schmecken.«

»Danke, Anna«, sagte Robert. Dann setzten sich alle zu Tisch. Doch bevor sie sich Essen auflegten, ergriff Robert sein Weinglas und hielt es hoch. »Ich trinke auf Richard und das freudige Ereignis seiner Heimkehr.«

Alle griffen zu ihren Gläsern, die von Anna bereits mit Wein gefüllt worden waren. Das war auch etwas, das nur ausnahmsweise geschah. Denn gewöhnlich trank Luise Wasser und Robert Bier. Allenfalls Vera trank von Zeit zu Zeit ein Glas Wein.

Kurz bevor Robert sich dann den ersten Bissen in den Mund steckte, sagte er: »Nun, Richard, wir sind darauf gespannt, zu hören, wie es dir in Heidelberg ergangen ist.«

»Gut, würde ich sagen.« Richard schluckte das Stück Fleisch, auf dem er gerade gekaut hatte, eilig hinunter. »Ich habe viel gelernt und denke, dass ich einen nützlichen Beitrag für das Kontor leisten kann.«

»Hast du denn eine Vorstellung, was du machen möchtest?« Luises Frage war etwas zögerlich, weil sie befürchtete, dass sie ihrem Vater vielleicht nicht gefallen würde.

»Das, was ihr mich machen lasst«, antwortete Richard und überraschte seine Cousine damit ein weiteres Mal. »Schließlich kann ich überhaupt nichts verlangen, sondern bin froh, dass du, Onkel Robert, mir die Gelegenheit gibst, mich zu beweisen.« Er sah Luise an. »Ich könnte mir vorstellen, dass du Bedenken hast, oder?«

»Was für Bedenken sollte ich haben?«, entgegnete Luise mit Unschuldsmiene.

»Ach, komm schon, Luise. Ich war jahrelang fort, habe mich auch früher nicht gerade durch übermäßigen Arbeitseifer hervorgetan, werfe mein Studium der Rechtswissenschaften hin und möchte im Kontor arbeiten, in dem du dich die letzten Jahre krumm gemacht hast, um es wieder auf Vordermann zu bringen. Also, wenn ich an deiner Stelle wäre, hätte ich durchaus Vorbehalte, und zwar keine kleinen.«

»Du hast das Studium aus freien Stücken hingeworfen?«

»Ja.« Richard sah von Robert zu seiner Mutter. »Habt ihr es denn Luise nicht gesagt?«

»Wir fanden, dass es deine Entscheidung ist, was du preisgeben möchtest«, erklärte Robert.

»Das ist wirklich überaus korrekt von euch. Danke.« Richard wandte sich wieder an Luise. »Anders, als du zu glauben scheinst, bin ich nicht der Universität verwiesen worden. Ich habe das Studium freiwillig abgebrochen und deinen Vater gebeten, im Kontor arbeiten zu dürfen.«

»Warum?«

»Weil ich Geld verdienen muss.«

»Aber soweit ich weiß, bezahlt mein Vater doch die Studienkosten.«

»Das ja. Doch ich habe bald mehr Verantwortung zu tragen und werde mich dem nicht entziehen.«

Luise sah von ihrem Vater zu ihrer Tante Vera, die den Blick gesenkt hielt und weiteraß, als hätte sie mit dem gesamten Gespräch nichts zu tun.

»Ich verstehe kein Wort«, gab Luise zu.

»Ich habe eine junge Frau in andere Umstände gebracht«, ließ Richard sie wissen. »Sie wohnt noch in Heidelberg, wird aber möglichst bald hierher nach Hamburg ziehen. Dann werden wir heiraten und uns eine kleine Wohnung nehmen.«

Luise öffnete den Mund und schloss ihn wieder. Erneut blickte sie ihren Vater an, der die Situation offenbar sehr belustigend fand. »Und du wusstest das?«

»Allerdings. Richard hat mit offenen Karten gespielt. Und in diesem Zusammenhang möchte ich dir etwas sagen, Richard:

Ich bin stolz auf dich. Nicht weil du diese junge Frau geschwängert hast. Natürlich wäre es besser gewesen, ihr hättet erst geheiratet. Und noch besser wäre es gewesen, du hättest zuvor dein Studium abgeschlossen. Aber die Tatsache, dass du nicht einen Moment gezögert hast, sondern dich der Verantwortung gestellt hast, auch wenn der Preis recht hoch ist, ringt mir enormen Respekt ab.«

»Danke, Onkel Robert, das zu hören, bedeutet mir viel.«

»Aber weshalb wollt ihr euch denn eine Wohnung suchen?«, schaltete sich nun Vera das erste Mal in das Gespräch ein. »Als du mir sagtest, was geschehen war und dass du nach Hamburg zurückkehren und im Kontor arbeiten möchtest, bin ich natürlich davon ausgegangen, dass ihr hier in der Villa leben werdet.«

»Ich glaube, es wird auch so schon nicht ganz einfach für Elsa und mich, als junges Paar zurechtzukommen«, meinte Richard.

»Ebendeshalb wäre wenigstens bei der Wohnsituation eine gewisse Stabilität von Vorteil«, hielt Vera dagegen. »Ich könnte deiner zukünftigen Frau mit dem Kind ein wenig helfen.«

Robert und Luise tauschten einen Blick, und Luise dachte einen Moment darüber nach, was damit verbunden wäre. Es wäre wieder mehr Leben im Haus, und vielleicht würde sich der Schatten, der seit dem Tod des Großvaters über der Villa zu liegen schien, endlich auflösen.

»Wenn ich an deiner Stelle wäre«, sagte sie daher, »würde ich es mir tatsächlich überlegen, Richard. Deine Frau könnte sich nicht nur beim Versorgen des Kindes von deiner Mutter helfen lassen, sondern sie hätte auch Gesellschaft, während du deine Zeit im Kontor verbringst. Und wenn ihr dann zu einem späteren Zeitpunkt etwas Eigenes suchen wollt, könnt ihr das ja immer noch machen. Ich denke, Tante Vera hat wirklich recht.«

Richard überlegte. »Was meinst du, Onkel Robert? Du bist das Familienoberhaupt. Wäre es dir überhaupt recht?«

»Ohne jeden Zweifel! In dieser Villa ist ein Hansen stets willkommen«, antwortete Robert und musste im selben Moment an Georg denken und daran, dass das, was er soeben von sich gegeben hatte, doch nicht so ganz der Wahrheit entsprach.

Richard blickte jedem am Tisch in die Augen, dann hob er wieder das Glas. »Vorbehaltlich dessen, was Elsa dazu sagt, nehme ich das Angebot, wieder in die Villa zu ziehen, sehr gern an.« Er prostete den anderen zu. »Ich danke euch von Herzen für den freundlichen Empfang. So schön hatte ich mir das Nachhausekommen nicht vorgestellt.«

»Auf dich, Richard«, sagte nun Robert, »und darauf, dass du, deine zukünftige Frau und euer Kind hier stets glücklich sein werdet!«

Alle tranken einen Schluck, und Luise fragte sich, ob das, was am heutigen Abend in so fröhlicher Runde beschlossen wurde, sich eines Tages womöglich in eine vollkommen andere Richtung entwickeln würde. Denn eines stand fest: Richard mochte sich vielleicht geändert haben, doch er war immer noch Richard Hansen, ein durch und durch egoistischer Mensch, dessen Oberflächlichkeit – zumindest war es früher so gewesen – nicht zu überbieten war.

Luise beschloss, ihn genau im Auge zu behalten. Sollte sich ihr Verdacht als unzutreffend erweisen – schön. Doch sie wollte keinesfalls riskieren, ihm leichtfertig Glauben zu schenken und dann tief enttäuscht zu werden. Nein. Dafür kannte sie Richard einfach zu lange.

Nach dem Abendessen gingen alle hinüber ins Wohnzimmer, wo sie noch eine Weile plauderten. Luise war müde und erschöpft und bat schon nach einer halben Stunde, sich zurückziehen zu dürfen. Zwar war da kurz der Gedanke, dass dann hinter ihrem Rücken Absprachen mit Richard getroffen werden könnten, von denen sie nichts mitbekäme. Doch sie konnte schließlich nicht immer anwesend sein. Und wenn Vera und Richard versuchen sollten, ihrem Vater Vorteile für Richard abzuschwatzen und ihn gar mit Luise auf eine Stufe zu stellen, würde sie eben beizeiten darauf reagieren müssen. Dabei empfand sie es schon jetzt als anstrengend, immer ganz genau hinhören zu müssen, was wer wann und wie sagte und welchen Hintergrund manche scheinbar belanglose Bemerkung haben mochte. Was das anging, war sie im Lauf der Zeit tatsächlich abgeklärter, ja vielleicht sogar abgebrühter geworden. Sie handhabte es jetzt eher wie ihr Großvater. Er hatte immer gesagt: Sorge dich nicht um Probleme, die womöglich niemals auftreten werden. Es hindert dich nur daran, dich auf das Hier und Jetzt zu konzentrieren. Wie wahr diese Worte doch waren!

Luise kamen immer wieder Ratschläge in den Sinn, die ihr Großvater ihr mit auf den Weg gegeben hatte. Ihr war dann, als hörte sie seine Stimme klar und deutlich, als stünde er direkt neben ihr. Es war schon eigenartig, dass sie sich an manches, was er ihr gesagt hatte, gar nicht wirklich erinnern konnte. Erst in den Momenten, wo sie sich mit etwas auseinanderzusetzen oder eine schwierige Entscheidung zu treffen hatte, kamen ihr seine Worte wieder in den Sinn. Irgendwie hatte sie so das Gefühl, als antwortete ihr der Großvater in schwierigen Situationen.

Zu ihrer Überraschung ergriff Richard gleich nach Luise die Gelegenheit und verabschiedete sich ebenfalls zur Nachtruhe. Offenbar hatte er gar kein Interesse, ohne Luises Beisein mit Robert und Vera zu sprechen. Vielleicht, so dachte sich Luise, war sie inzwischen wirklich ein wenig paranoid und vermutete hinter jeder noch so geringen Kleinigkeit etwas, das sie wachsam werden ließ. Was Richard anging, so hatte dieser sie heute mehr als einmal im positiven Sinn überrascht. Ginge es nach Luise, dürfte es sich gern so fortsetzen. Sie war der vielen Streitigkeiten, Missverständnisse und Grabenkämpfe einfach müde und wollte viel lieber ihrer Arbeit in Ruhe nachgehen können. Und womöglich würde sie ja irgendwann in ferner Zukunft so etwas wie ein eigenes Leben führen. Doch das lag derzeit fast so fern wie Kamerun.

Luise und Richard gingen zusammen die Stufen zum oberen Stockwerk hinauf und sagten sich vor Luises Tür Gute Nacht. Richard hatte sein altes Zimmer am Ende des Flurs direkt neben dem Badezimmer bezogen, das noch genauso geblieben war, wie er es verlassen hatte. Anna hatte der Haushaltshilfe aufgetragen, die Betten frisch zu überziehen und alles gründlich zu reinigen. Doch verändert hatte sie nichts.

Luise öffnete gleich die Knöpfe ihres Kleides und zog sich aus. Dann verließ sie, nur in Unterkleid und Morgenmantel, ihr Zimmer und eilte zum Bad. Obwohl Richard ihr Cousin war, war ihr nicht ganz wohl bei dem Gedanken, dass er sie so spärlich bekleidet sehen könnte. Früher, als Kinder, war es anders gewesen. Doch heute war sie eine Frau und er ein Mann, noch dazu einer, der bald Vater werden würde, was sie sich beim besten Willen nicht vorstellen konnte. Ludwig, Marthas Ehemann, das war in ihren Augen ein Vater. Aber Richard, der Hitzkopf, der selten oder eher nie etwas zu Ende dachte? Nein, ein Vater sollte Luises Empfinden nach andere Qualitäten aufweisen.

Aber nun ja, es stand ihr weder zu, darüber zu urteilen, noch musste es sie interessieren, wie seine zukünftige Frau, diese Elsa, darüber dachte. Das war eine Sache zwischen den beiden. Aber insgeheim freute Luise sich darauf, wenn Richard lernen musste, was die Verantwortung für ein Kind tatsächlich bedeutete.

Sie erledigte rasch ihre Abendtoilette und lief dann in ihr Zimmer zurück. Anders als sonst schloss sie die Tür von innen ab, obwohl sie sich dabei recht albern vorkam. Richard mochte ein Filou und Tunichtgut sein, aber gefährlich war er ganz bestimmt nicht.

Sie legte ihren Morgenmantel über den Stuhl am Fenster und nahm sich noch einen Moment, um hinauszusehen. Es war zwar dunkel, jedoch nicht ganz so finster wie in letzter Zeit. Luise konnte es kaum erwarten, dass die Sonne an Kraft gewann und die Tage wieder länger, vor allem aber wärmer wurden. Seit ihrer Zeit in Kamerun hatte sie nun öfter das Problem, dass sie schnell fröstelte. Manchmal, so meinte sie, wurde ihr nicht einmal in den dicksten Kleidern wirklich warm. Ganz abgesehen davon, dass sie es genoss, am Abend noch spazieren zu gehen, wenn sie aus dem Kontor kam. Es waren für sie die wenigen Momente der Freiheit, Momente der Unbeschwertheit. Nicht vergleichbar mit ihren Tagen in Kamerun, aber doch so, dass sie sich wenigstens für kurze Zeit ein bisschen freier fühlte.

Sie seufzte, als sie sich vom Fenster abwandte und unter die Decke schlüpfte. Auf dem Nachtschrank neben ihrem Bett lag die Novelle *Immensee* von Theodor Storm. Sie hatte das Buch von ihrem Großvater geschenkt bekommen, begleitet von den Worten, dass sie das Buch als Appell verstehen solle, ihr Leben nach ihren eigenen Vorstellungen zu leben, um nicht eines Tages verpassten Gelegenheiten nachtrauern zu müssen. Immer wieder dachte sie darüber nach. Die Novelle kannte sie inzwischen fast auswendig. Doch das machte nichts. Ganz im Gegenteil. Für sie war der Text wie eine vertraute Melodie, die sie vor sich hin summte und die ihr ein schönes Gefühl verlieh.

Luise griff nach dem Buch und versank in der Welt der Liebenden Elisabeth und Reinhard. Wie so oft wanderten ihre Gedanken bei den Zeilen, die sie las, zu Hamza und nach Kamerun, zu Momenten der Wärme, Nähe, Liebe und Leidenschaft.

Luise legte das Buch zur Seite und verschränkte die Hände wie zum Gebet. Doch sie wollte sich nicht an den Herrgott wenden. Sie wollte einfach entspannen und an Kamerun denken, an Kamerun und Hamza, an die Duala mit ihrer fröhlichen Art, an die grüne Plantage und an die Sonnenaufgänge, deren Farben von solch atemberaubender Einzigartigkeit waren, dass nicht einmal die berühmtesten Maler in der Lage wären, diese in einem Gemälde widerzuspiegeln.

Über diesen Gedanken schlief sie ein und wachte erst Stunden später wieder auf, als es schon tiefe Nacht war. Sie schaltete das Licht aus, drehte sich auf die Seite und schlief gleich wieder ein. Das Buch fiel zu Boden, doch Luise hörte es nicht mehr. Sie war in ihrem Traum bereits wieder in Kamerun, dem Land, das sie als ihre wahre und einzige Heimat betrachtete. Nur in ihren Träumen fragte sie sich nicht, ob sie jemals dorthin zurückkehren würde. Bei Tage weigerte sie sich, solche Gedanken zu Ende zu führen.

Am nächsten Morgen meinte sie zu spüren, dass die Stimmung zwischen ihrem Vater und Tante Vera angespannt war. Als Luise das Esszimmer betrat und die beiden fröhlich begrüßte, hatte sie den Eindruck, ein Gespräch, vermutlich einen Disput, zwischen den beiden unterbrochen zu haben. »Soll ich lieber wieder gehen?«, fragte sie deshalb.

»Unsinn, wieso denn?«, gab Vera zurück und stand dann vom Frühstückstisch auf. »Ich habe heute keinen großen Hunger. Wenn ihr mich bitte entschuldigen wollt.«

Erst als sie den Raum verlassen hatte und die Schritte sich ein gutes Stück entfernt hatten, fragte Luise: »Was ist denn geschehen?«

»Das, was zu erwarten war. Sie ist nicht gerade begeistert davon, dass ich Georg eine Stelle im Kontor anbieten möchte.«

»Aber hast du nicht gesagt, dass du zunächst mit Tante Vera sprechen und dich erst dann entscheiden willst?«

Robert sah sie ernst an. »Wie du weißt, ist gestern Nachmittag eine Lieferung aus Kamerun eingetroffen.«

»Ja, das weiß ich wohl, denn ich habe die Säcke kontrolliert. Es ist sogar mehr, als wir erwarten durften. Doch was hat das mit Onkel Georg zu tun?«

Robert griff in seine Jackentasche und zog einen Brief hervor. »Begemann hat mir geschrieben. Nicht nur über die Plantage und die Bohnen. Die Nachrichten sind mehr als beunruhigend. Wir können froh sein, dass Hamza so treu zu uns steht.« Er reichte Luise den Brief, die bei der Erwähnung des Mannes, den sie mehr als alles auf der Welt geliebt hatte, augenblicklich errötete.

Sie zog den Briefbogen aus dem Kuvert, faltete ihn auseinander und begann laut vorzulesen:

Kamerun, 14. Februar 1893

Lieber Robert,
leider muss ich Dir nun doch von unruhigen Umständen bei uns berichten. Aber keine Sorge: Ich habe alles gemeinsam mit Malambuku und vor allen Dingen Hamza, der sich besonders hervorgetan hat, in den Griff bekommen! Es ist also wieder alles in Ordnung.

Aber es ist doch so geschehen, dass der schon in meinen letzten Briefen erwähnte Wehlan im Auftrag seines Dienstherrn, des Kanzlers Leist, den »Bakokofeldzug« mit grausamer Gewalt durchgeführt hat. Unter anderem sollen dabei, wie man berichtet, nicht nur Dörfer niedergebrannt, sondern auch Gefangene, meist alte Frauen, Greise und Kinder, geschlagen, geschunden und in Ketten gelegt worden sein.

Drei Gefangene sollen direkt unter der am Fahnenmast wehenden deutschen Reichsfahne verhungert sein. Andere hat man schwer geschlagen. Die Berichte waren einfach furchtbar.

Du musst wissen, dass hier oft die sogenannte Nilpferdpeitsche benutzt wird. Dies ist ein schreckliches Bestrafungsinstrument, das tiefe Löcher in die Haut des Geschlagenen reißt und schwere Wunden verursacht. Dies kann nur ermessen, wer einer solchen Bestrafung schon einmal beigewohnt und das bemitleidenswerte Opfer nach der Tortur gesehen hat … Ein rohes, gehacktes Beefsteak ist nichts dagegen.

Jedenfalls sprachen sich diese Grausamkeiten unter den Eingeborenen herum, und zwar unter allen, gleich welchen Stammes. Einige Hitzköpfe vermochten sich durchzusetzen und viele andere zum Aufruhr zu bewegen – zunächst im Hintergrund und von uns Deutschen unbemerkt. Sie versuchten unsere Lieferungen zu boykottieren, indem sie unsere Träger auf ihrem Weg zum Hafen überfielen, ihnen die Waren abnahmen und sie aufforderten, sich gewaltsam gegen uns zu wenden. Die Einheimischen wollten wohl so dafür Sorge tragen, dass wir durch das Wegbrechen der Warenlieferungen keinen Grund mehr hätten, weiter in ihrem Land zu bleiben, und uns so zu vertreiben versuchen.

Einzig Malambukus und vor allem Hamzas beherztem Handeln ist es zu verdanken, dass in der Folge keine Menschen oder Sachen Schaden genommen haben! Wie mir berichtet wurde, stellten sich Malambuku und Hamza den bewaffneten Aufrührern entgegen, obwohl sie selbst keine Waffen bei sich führten. Nachdem Malambukus beschwichtigende Worte aber verhallten, warf sich Hamza dem ersten Angreifer mutig und unter Einsatz seines Lebens entgegen und konnte diesen – nur mit seinen bloßen Händen – abwehren! Dies überzeugte dann auch unsere Träger, die sich Hamza zur Seite stellten, dann gemeinsam mit ihm die Angreifer vertrieben und so sich selbst und unsere Kakaobohnen retteten. Eine wahre Heldentat von Hamza!

Doch nicht nur das. Er nahm den Vorfall zum Anlass, die umliegenden Stämme zusammenzurufen und ein Gespräch des Inhalts zu führen, dass sein eigener Stamm durch die Arbeit für uns und auf der Plantage Bereicherung erfahren hat, und dann rief er die Seinen dazu auf, künftig Schutzmaßnahmen für uns Deutsche und unsere Waren zu beschließen.

Seitdem hat sich die Situation hier entscheidend stabilisiert. Doch so furchtbar die Vorstellung war, die Berichte über die Handlungen der Deutschen könnten wahr sein und sich mit genau dieser Härte und Brutalität ereignet haben, so hatte es für unsere Plantage jedoch lediglich die Auswirkung, dass die hier lebenden Duala sich uns noch enger verbunden fühlen und eine klare Abgrenzung zu den Deutschen ziehen, die sich derart scheußlich benommen haben sollen. Die wechselseitige Wertschätzung, die uns durch die Stämme und andererseits den Stämmen durch uns zuteilwird, hat uns alle enger zusammenrücken lassen.

Ich habe mich – auch in Deinem Namen – schon bei Hamza bedankt, denke aber, dass es an der Zeit ist, über eine besondere Belohnung nachzudenken! Robert, schon seit Langem hat Hamza einen Herzenswunsch. Er ist nun schon seit Jahren unser bester Arbeiter und hat auch von seinem Vater Malambuku und von mir vieles gelernt, sodass er schon längst Malambuku überflügelt hat und meine rechte Hand hier auf der Plantage geworden ist. Ich wüsste nicht, wie es ohne Hamza hier vorangegangen wäre. Und deshalb bitte ich für Hamza darum, einmal zu überlegen, ob Du Dir vorstellen könntest, ihm seinen größten, schon vor einiger Zeit geäußerten Wunsch zu erfüllen: Hamza möchte gern noch viel mehr lernen, und zwar direkt im Kontor in Hamburg, sozusagen von der Pike auf. Angefangen beim Lesen und Schreiben über die Abläufe des Handels, die Ausschiffung im Hafen und die Zollbestimmungen bis hin zur Lagerung im Kontor und so weiter. Und ich glaube, dass diese Ausbildung uns anschließend hier in Kamerun auch weiterhelfen wird. Denn wenn Hamza zurückkehrt, wird er das wichtigste Bindeglied zwischen uns Deutschen und den Einheimischen sein. Er kann und wird uns dann behilflich sein, den Handel noch weiter auszubauen und die Plantage zu vergrößern.

Lieber Robert, meines Erachtens wird es ein Gewinn für uns alle sein, wenn Hamza in Hamburg ausgebildet wird. Bitte lass mich Deine Entscheidung zu gegebener Zeit wissen, damit ich diese Hamza mitteilen kann.

Ich hoffe, dass es Euch gut geht, und verbleibe mit herzlichen Grüßen
Dein ergebener Verwalter
Heinrich Begemann

Luise ließ den Brief sinken und musste sich zusammennehmen, um nicht allzu offensichtlich auf den Vorschlag Begemanns zu reagieren, Hamza eine Ausbildung im Kontor zu ermöglichen.

»Ich bin froh, dass du dein Vorhaben, nach Kamerun reisen zu wollen, für den Moment verworfen hast. Denkst du, dass die Gefahr damit gebannt ist oder dass es eher noch schlimmer wird?«, sagte sie dann und bezog sich lediglich auf den ersten Teil des Briefes.

»Ich weiß es wirklich nicht. Das Vorgehen des stellvertretenden Gouverneurs Heinrich Leist und seines Assessors Wehlan bereitet mir aufrichtige Sorge. Es zeichnete sich ja schon länger ab, doch wenn sie wirklich getan haben, was behauptet wird, ist dies nicht mehr zu tolerieren. Manchmal, das sage ich dir trotz der Tatsache, dass ich Deutscher bin, frage ich mich, ob es richtig war, den Schwarzen Kontinent unter uns Europäern aufzuteilen und zivilisieren zu wollen, ob die Einheimischen es nun wollen oder nicht.«

»Diese Ansicht außerhalb unserer vier Wände zu äußern, könnte dich und damit auch das Kontor in Schwierigkeiten bringen, Vater.«

»Ja, Luise, ich weiß. Doch als Mensch, als Christ«, korrigierte er, »fällt es mir schwer, von den abscheulichen Taten dort zu hören und dennoch so zu tun, als wäre das Deutsche Reich nicht dafür verantwortlich oder gar im Recht. Bismarck war es doch, der die Verhandlungen führte und seine Machtstellung deutlich machte. Und zu der damaligen Zeit war nie die Rede davon gewesen, ins Hinterland vorzudringen und den

Einheimischen unsere Art zu leben aufzudrängen. Anfangs, und das wurde immer wieder betont, sollte es lediglich darum gehen, den Handel zu erschließen und die Erträge des Landes dem europäischen Kontinent zufließen zu lassen. Es sollte dadurch allen besser gehen, auch den Einheimischen. Doch nun werden sie, wie Sigmund Leffers auch schon schrieb, zu Soldatentruppen geformt und gedrängt, Kriege zu führen, die sie niemals wollten und die es nicht gegeben hätte, wären wir Europäer auf unserem eigenen Kontinent geblieben.« Roberts Gesicht war rot vor Zorn. »Und wenn es stimmt, dass sie Gefangene nehmen, Frauen, Kinder und Greise quälen, und das alles unter der gehissten Flagge des Deutschen Reichs, wird mir übel.«

Luise wusste zunächst nichts auf seinen Gefühlsausbruch hin zu sagen.

»Was wirst du jetzt tun?«, fragte sie dann leise.

»Diese Frage stelle ich mir seit gestern auch immer wieder. Es wäre unsinnig, jetzt dorthin zu reisen, damit es noch eine weiße Nase mehr gibt, die sich einmischt. Begemann macht das sehr gut, und ich möchte niemandem das Gefühl geben, mich dazwischendrängen zu wollen.«

»Und was ist mit der Erschließung neuer Lieferquellen?«

»Ich denke, ich werde Sigmund Leffers schreiben und ihn bitten, auch in unserem Namen Verhandlungen zu führen. Wenn er neue Lieferanten auftun kann, soll es mir nur recht sein. Doch wir müssen auch unsere Kontakte nach Südamerika verbessern, um die Lieferung von Kaffeebohnen sicherzustellen.«

»Da stimme ich dir zu.«

»Luise, ich hatte gehofft, dass mehr Zeit bleibt, aber hast du über Hans Petersen nachgedacht?«

»Was meinst du?«

»Du weißt, was ich meine. Wir müssen das Verhältnis zum Haus Petersen auf so stabile Pfeiler setzen, dass wir mit ihnen gemeinsam in die Zukunft gehen. Nur mit einem stabilen Partner und sicheren Abnehmern können wir uns weiter vorwagen.«

»Du möchtest, dass ich Hans heirate?«

»Ja, das ist mein Wunsch.«

»Du bist mein Vater und das Familienoberhaupt. Ich habe mich doch ohnehin zu fügen, wenn du und Petersen es beschließen«, stellte sie bitter fest.

»Genau das möchte ich aber eben nicht«, entgegnete Robert. »Ich habe in letzter Zeit wirklich viel Anlass zum Nachdenken gehabt, Luise. Die Rückkehr Richards und die Gründe dafür, das Gespräch mit deinem Onkel Georg … Ich habe mir Gedanken um Gerechtigkeit gemacht und darum, was ein glückliches Leben ausmacht und dass letztendlich jeder für sich selbst den richtigen Weg finden muss. Du und ich, Luise, wir sind diejenigen, die das Kontor hier in Hamburg hochhalten. Ich bin mit deiner Mutter nur noch auf dem Papier verheiratet, und sobald du dich zu einer Ehe entschließen solltest, werde ich auch das ändern. Noch halte ich es für besser, es so zu belassen, wie es ist, denn ein Scheidungsverfahren bringt natürlich auch eine gewisse Unruhe mit sich. Meine Zukunft, das stelle ich völlig illusionslos fest, liegt ausschließlich im Kontor. Ich werde keine liebende Ehefrau mehr vorfinden, die daheim auf mich wartet. Meine Töchter sind groß und brauchen mich nicht mehr, mein Denken und Handeln dreht sich nur um das Kontor.« Er hob abwehrend die Hand. »Das soll durchaus nicht bitter klingen, Luise. Ich bin zufrieden damit. Doch ich habe den aufrichtigen Wunsch, mich mit meinem Bruder zu versöhnen und, so es denn möglich ist, sowohl ihn als auch Richard in die Arbeit im Kontor einzubinden.«

»Und was ist mit mir?«

»Du, meine Luise, sollst glücklich werden. Es hat Zeiten gegeben, da habe ich dich und mich auf der Plantage in Kamerun gesehen, auf der Veranda sitzend, Sonnenwärme auf der Haut und müde von des Tages Arbeit. Weißt du noch, die Gespräche, die wir am Abend immer führten? Alles war so entspannt und leicht. Das Leben war so ganz anders als heute.«

»Ja, ich erinnere mich gern daran zurück.« Luise lächelte dem Vater zu.

»Doch nun, in Anbetracht der Umstände in Kamerun und auch der Tatsache geschuldet, dass du schließlich dein eigenes Leben leben musst, können diese Erinnerungen nur noch zum Träumen taugen. Und mir ist klar geworden, dass wir einen Weg finden müssen, hier unser Glück zu finden, ganz gleich, wie es aussehen mag.« Er seufzte. »Und ich habe mir auch darum Gedanken gemacht, was geschehen würde, wenn mich beispielsweise auf der Überfahrt nach Kamerun oder zu neuen Handelsquellen in Südamerika, die ich aufzutun gedenke, ein Unglück träfe und ich nicht mehr zurückkäme. Was wäre dann, meine Luise?«

»Bitte sprich nicht so. Dir darf nichts geschehen.«

»Oh, bitte glaub mir, das möchte ich auch nicht. Doch das, was mit einem Aufbruch nach dem Tod deines Großvaters begann, was ein aus der Not geborenes Abenteuer war, wurde jäh von der Realität eingeholt. Wir könnten alles verlieren, wenn mir etwas geschieht. Und du bist die Einzige, die das verhindern kann.«

»Durch eine Heirat mit Petersen und die daraus resultierende Möglichkeit, unter seinem Namen das Kontor zu leiten, sollte irgendetwas Unvorhergesehenes geschehen«, resümierte Luise.

»Ganz genau.« Robert nickte. »Ich kann dir die Unruhe, die mich in letzter Zeit immer öfter befällt, nicht beschreiben, doch ich weiß, dass es an der Zeit ist, Vorkehrungen zu treffen.«

»Du machst mir Angst, Vater.«

»Auch mir machen diese Umstände Angst«, gestand er ein. »Umso wichtiger ist es jetzt, darauf zu reagieren. Ich hoffe, du verstehst mich jetzt ein bisschen besser.«

»Ja, Vater. Das tue ich tatsächlich. Ich wünschte, du hättest mir gleich von deinen Sorgen und Nöten berichtet, als wir uns das erste Mal mit den Petersens trafen. Dann hätte ich wahrscheinlich anders reagiert.«

Robert streckte seine Hand über den Tisch und griff nach ihrer. »Ist das so?«

»Ja, allerdings.« Luise wurde nachdenklich. »Ich weiß nicht, ob ich auf diese Weise mein Glück finden werde. Doch ich weiß sehr genau, dass das Kontor mir alles bedeutet und ich es keinesfalls verlieren möchte, weil ich zu zögerlich gehandelt habe.« Sie sah ihren Vater ernst an. »Bitte sprich bald mit Wilhelm und Hans Petersen und signalisiere, dass es mir eine Freude wäre, Hans zu heiraten.«

»Ach, Luise.« Robert erhob sich, kam um den Tisch herum, zog seine Tochter auf die Füße und umarmte sie. »Ich bin so unglaublich stolz auf dich.« Er drückte sie und gab ihr einen Kuss auf die Wange. »Ich werde mich gleich heute darum kümmern. Du und ich, Luise, wir werden alles regeln. Und womöglich gelingt es uns, nicht nur das Kontor, sondern die ganze Familie wieder voranzubringen.«

»Ich werde alles dafür tun«, erklärte sie fast feierlich.

Wieder drückte Robert sie, und sie ließ es geschehen. Und obwohl ihr die Frage auf den Lippen lag, wie er sich wegen Hamza entscheiden wollte, behielt sie sie für sich. Sie wollte künftig nur das gemeinsam gesteckte Ziel vor Augen haben und sich durch nichts und niemanden mehr ablenken lassen. Es hatte sie gar nicht zu interessieren, auf welche Weise Hamza eine Belohnung für sein tapferes Verhalten erfahren würde. Hamza war für sie eine Enttäuschung gewesen, die schlimmste Enttäuschung, die ihr je widerfahren war. Aber auch das war nicht mehr wichtig. Hamza lebte sein Leben und sie das ihre.

Endlich, und darüber war sie aufrichtig glücklich, gab sie ihrem eigenen Leben eine neue, feste Richtung. Wenn Hans einverstanden war, würde sie schon bald Luise Petersen sein. Der Gedanke war noch fremd, und dennoch war sie erleichtert.

12. Kapitel

Seit dem Überfall auf Frederike war nun fast ein Monat vergangen, doch noch immer war seine Nichte nicht wieder die Alte. Zwar gab sie sich alle Mühe, sich nichts anmerken zu lassen, aber sie war unnatürlich schreckhaft, und wenn sie sich unbeobachtet glaubte, wirkte sie abwesend, so als wäre sie mit ihren Gedanken ganz woanders.

Karl sorgte sich um sie, doch er wusste einfach nicht, wie er sie hätte aufrichten können. Von der Sicherheitswache hatten sie erfahren, dass der Täter bei einem neuerlichen Raubüberfall gefasst worden war, und Karl hatte gehofft, dass es Frederike nach dieser Nachricht besser gehen würde. Doch das war nicht der Fall. Sie hatte es zur Kenntnis genommen und sich bemüht zu lächeln. Doch dieses Lächeln hatte ihre Augen nicht erreicht. Sosehr sie auch dagegen ankämpfte, war ihr doch anzusehen, wie sehr sie noch immer unter den Folgen des Überfalls litt.

Therese kümmerte sich rührend um Frederike, und tatsächlich war es zumindest ein bisschen besser geworden, seit Frederike wieder zur Arbeit ins Kaffeehaus ging. Jeden Morgen begleitete Karl sie persönlich dorthin, und am Abend holte er sie wieder ab, und sie traten gemeinsam den Heimweg an. Karl hoffte inständig, dass sich das mit der Zeit wieder ändern würde, denn er war nun schon oft gezwungen gewesen, seine Arbeit abzubrechen, um pünktlich am Kaffeehaus zu sein. Zwar hatte Frederike ihm versichert, dass er auch später kommen könne und sie auf jeden Fall dort warten würde, aber das wollte Karl nicht. Die Situation war für keinen von ihnen einfach, und dennoch war es ihm wichtig, Frederike das Gefühl von Normalität und Verlässlichkeit zu vermitteln, weil er glaubte, ihr damit über die schlimmste Zeit hinwegzuhelfen.

Gestern nun war ein Brief von seinem Bruder Robert aus Hamburg eingetroffen, in dem er sie darüber in Kenntnis gesetzt hatte, dass Luise am 22. Juli den Kaufmann Hans Petersen, Alleinerbe von Wilhelm Petersen, einem der bedeutendsten Hamburger Geschäftsleute, heiraten werde. Robert hatte mitgeteilt, dass die Wiener sich den Termin unbedingt notieren sollten, um sicherzugehen, dass sie auch an den Hochzeitsfeierlichkeiten teilnehmen könnten.

Die Nachricht hatte bei Therese Freude ausgelöst. Frederike hingegen hatte zaghaft gelächelt und gesagt, dass es gewiss schön wäre, für einige Tage nach Hamburg zu reisen. Das war alles gewesen.

Lag es wirklich noch an dem Überfall, oder bedrückte die Nichte das Gefühl, dass sie dann die einzige noch Unverheiratete in dieser Hansen-Generation wäre? Schließlich hatte ihr Bruder Richard vor Kurzem in einem Brief berichtet, dass er die Heidelbergerin Elsa Matthes geehelicht hatte, weil sie ein Kind von ihm erwartete. Offenbar hatte es keine Feier gegeben, sondern nur eine sehr schlichte Trauungszeremonie im engsten Familienkreis. Richard hatte geschrieben, dass sie dies noch nachholen würden, es im Moment jedoch vorrangig sei, die Dinge in Hamburg zu regeln. Was genau er damit gemeint hatte, war weder Frederike, an die der Brief gerichtet war, noch Karl oder Therese klar geworden. Aber Richard hatte ohnehin immer schon seinen eigenen Kopf gehabt und Entscheidungen getroffen, die für die restlichen Familienmitglieder weder nachvollziehbar waren noch von ihnen gutgeheißen wurden.

Doch Karl hatte weder Zeit noch Muße, sich über Richards Verhalten Gedanken zu machen. Ihm gingen zu viele andere Dinge durch den Kopf. Zum einen war da die Sorge um Frederike und ihre seelische Gesundheit, zum anderen beunruhigte ihn, was Robert ihm bereits in seinem vorletzten Brief mitgeteilt hatte, nämlich dass die Situation in Kamerun alles andere als stabil war und zu befürchten stand, dass es sogar noch schlechter wurde und die Lage zu eskalieren drohte.

Und ein weiterer wunder Punkt drückte auf Karls Seele: Florentinus. Seit Friedrichs Schlaganfall und der darauf folgenden Versöhnung mit Florentinus waren die erstickt geglaubten Gefühle zurückgekehrt. Karl hatte sich nach Leibeskräften dagegen gewehrt und sich auch nicht mit dem Schwager getroffen, um sich nur nicht zu irgendetwas hinreißen zu lassen. Doch die Gedanken an ihn waren präsent, immer und immer wieder.

Wenn Therese sich des Nachts an ihn schmiegte, regte sein Glied sich nicht ihretwegen, sondern weil seine Gedanken abschweiften und er an Florentinus und ihre gemeinsame Zeit zurückdachte. Sosehr er auch dagegen ankämpfte, konnte er doch nicht anders, als eine überwältigende Woge der Leidenschaft in sich aufbranden zu spüren, die alles mit sich riss und ihn in einen Zustand der Wonne und vollkommenen Freiheit führte.

Wie sehr er sich dann dafür schämte, Befriedigung durch Thereses Körper zu erfahren, während seine Gedanken bei niemand anders als ihrem eigenen Bruder waren.

Die Qual, seine geliebte Frau jeden einzelnen Augenblick zu belügen, zerfraß Karl geradezu. Er litt Höllenqualen und hatte sogar manche Nacht wach gelegen und sich gefragt, ob er Therese nicht die Wahrheit sagen sollte. Stunde um Stunde hatte er darüber nachgegrübelt, war dann aber zu dem

Schluss gekommen, dass er nicht das Recht dazu hatte, mit der Wahrheit, die schändlicher nicht sein könnte, ihre Welt zu zerstören. Er hatte sie geheiratet und Kinder mit ihr bekommen, und Therese verließ sich auf ihn. Sie waren nicht nur Eheleute, sondern einander in tiefer, echter Freundschaft verbunden.

Warum nur, fragte sich Karl immer wieder, hatte der Herr ihm diese schwere Bürde auferlegt? Warum war er so, wie er war? Warum nur konnte er nicht sein wie alle anderen Männer, die ihn für verrückt erklären würden, eine so wunderbare Frau wie Therese nicht zu begehren und stattdessen nur dann Lust zu empfinden, wenn er sich den nackten Körper ihres Bruders vorstellte?

Karl hatte sich oft gefragt, was wohl die Konsequenz wäre, wenn er seiner Gewissensqual ein Ende bereiten und seiner Ehefrau die Wahrheit sagen würde. Dabei ging es ihm tatsächlich weniger darum, welche Folgen es für ihn haben würde, sondern für sie. Er liebte sie von Herzen und wollte ihr keinesfalls Schaden zufügen. Und genau deshalb würde er sich zusammenreißen und niemals ein Wort darüber verlieren, was er wirklich empfand. Niemals!

Heute Abend stand das Geburtstagsfest seines Schwiegervaters bevor, der vor allem auch wegen des glücklich überstandenen Schlaganfalls feiern wollte. Karl war ein wenig mulmig bei dem Gedanken, dort selbstverständlich auch auf Florentinus zu treffen. Zwar war er froh, dass durch seine Bitte um Entschuldigung nun kein Streit mehr zwischen ihnen herrschte und ihr Umgang von Freundlichkeit geprägt war. Doch Karl fürchtete einen unbedachten Moment, in dem er sich womöglich nicht völlig unter Kontrolle hatte und dem Schwager gestand, wie er noch immer für ihn empfand.

Frederike würde Therese und ihn begleiten und hatte bereits angeboten, sich dort um die Kinder zu kümmern. Doch Therese hatte erwidert, dass es an der Zeit sei, sich ein bisschen um sich selbst zu kümmern, und dass vermutlich auch einige junge Leute ihres Alters anwesend sein würden, mit denen sie Bekanntschaft schließen könnte. Frederike hatte kaum darauf reagiert und keinerlei Interesse gezeigt, überhaupt jemanden kennenzulernen, was Karl ein wenig Sorge bereitete. Es war nicht gut für einen jungen Menschen, immer nur mit Onkel und Tante oder zwei kleinen Kindern zusammen zu sein. Nicht nur, dass sie dadurch natürlich niemanden kennenlernen konnte. Sie führte, genau genommen, kein eigenes Leben, obwohl sie vor dem Überfall auf einem guten Weg gewesen war. Es blieb nur zu hoffen, dass sich das alsbald änderte. Und wenn es nach Karl ginge, dürfte es gern bereits heute Abend so weit sein.

Es war kurz vor neunzehn Uhr, als die Hansens mit der Droschke vor dem Haus der Familie Loising vorfuhren.

Thomas, der langjährige Kutscher der Familie, öffnete die Eingangstür und kam die Stufen herunter auf die Droschke zu, die in diesem Moment zum Halten kam.

Therese ließ sich von dem Kutscher die Hand reichen und stieg mit Helene auf dem Arm als Erste aus, dann half sie dem kleinen Franz, und schließlich folgten Frederike und Karl.

»Guten Abend, Thomas. Geht es Ihnen gut? Was macht der Ischias?«

»Küss die Hand, Fräulein Therese.« Er sprach sie noch immer so an wie früher, als sie noch unverheiratet gewesen war. »Ich will nicht klagen.« Er verbeugte sich vor ihr. »Wenn ich mir die Bemerkung erlauben darf, gnädiges Fräulein Therese, Sie sehen reizend aus.«

»Vielen Dank, Thomas.« Therese lächelte ihn an. Alt war er geworden, der gute Thomas. Therese überlegte und war überrascht, als sie zu dem Schluss kam, dass er deutlich über Mitte sechzig sein musste. »Unsere Nichte Frederike Hansen kennen Sie ja noch nicht, mein lieber Thomas.« Sie winkte Frederike, zu ihnen zu treten. »Frederike, das ist unser Thomas. Er stand schon lange vor meiner Geburt im Dienst meiner Eltern.«

Frederike begrüßte ihn freundlich und blickte auf, als eine Frau im Türrahmen des großen Hauses erschien.

»Da seid ihr ja!« Margarete Loising ging mit ausgebreiteten Armen auf Therese zu und gab ihr einen angedeuteten Kuss auf die Wange. Dann griff sie Helenes Händchen und rieb es zwischen ihren Finger. »Na, du kleiner Schatz.« Sie begrüßte Karl ebenso herzlich, gab Franz einen Kuss und reichte Frederike die Hand. »Kommt herein, ihr Lieben. Friedrich freut sich schon so sehr auf euch.«

Therese war es fast ein bisschen unheimlich, wie herzlich ihre Mutter seit dem Schlaganfall des Vaters geworden war. So als sei sie eine ganz andere Frau, die von ausgesprochener Kaltherzigkeit dazu übergegangen war, jeden Menschen freundlich und zugewandt zu behandeln, und als hätte sie erst jetzt erkannt, wie wichtig ihr ihre Lieben waren.

Sie gingen gemeinsam auf das Haus zu, aus dem nun Florentinus heraustrat und die Ankommenden begrüßte. Karl überkam für einen kurzen Moment ein ungutes Gefühl, als Florentinus, der zunächst Therese und Frederike begrüßt hatte, sich schließlich ihm zuwandte. Doch dieser streckte ihm souverän die Hand entgegen, drückte sie und klopfte ihm dann auf die Schulter. »Guten Abend, Schwagerherz. Schön, dass ihr hier seid.« Florentinus beugte sich dann zu Franz hinunter und hob ihn auf seinen Arm. »Na, junger Mann, wie geht es dir denn?«

»Gut«, antwortete Franz und ließ sich von seinem Onkel hineintragen.

Nachdem sie auch Friedrich Loising begrüßt und ihm zum Geburtstag gratuliert hatten, musste Therese sich beeilen, mit Franz die Toilette aufzusuchen. Frederike blieb mit Karl und Helene bei Friedrich und unterhielt sich mit ihm, der seit dem Schlaganfall gern einen Gehstock zu Hilfe nahm.

Kurze Zeit später trafen die ersten Gäste ein, und Margarete Loising bemühte sich, alle miteinander bekannt zu machen und dafür zu sorgen, dass der Abend vor allem ihrem Ehemann, aber auch den Gästen gefiel.

Nach und nach füllte sich das Haus, und als Helene deutlich anzeigte, dass sie nicht mehr lange gegen die Müdigkeit ankämpfen konnte, nahm Therese ihre Tochter und brachte sie hinauf in ihr früheres Mädchenzimmer. Sie legte die Kleine ins Bett und schob rechts und links ein Schränkchen davor, auf die sie Kissen stapelte, damit Helene nicht herausfallen konnte, wenn sie sich im Schlaf hin und her drehte. Kaum war Therese wieder unten, forderte auch bei Franz die Schläfrigkeit ihren Tribut, sodass sie nun auch ihren Sohn nahm und zu seiner Schwester legte. Eine Weile blieb sie noch bei ihnen sitzen und sang ihnen etwas vor. Helene schlief schon so fest, dass sie nicht einmal bemerkt hatte, dass ihr Bruder nun neben ihr lag. Rascher als gedacht schlummerte auch Franz ein, und Therese schlich leise hinaus.

Später am Abend würden Karl und sie die beiden in Decken hüllen und zur Droschke tragen müssen, bevor sie nach Hause fuhren. Eigentlich war dies Therese gar nicht recht, und sie hatte sogar überlegt, ob nicht alle bei ihren Eltern übernachten könnten. Doch sie war nicht sicher, ob Frederike sich hier wohlfühlen würde, und sie würde die Nichte keinesfalls allein ins Haus der Hansens zurückkehren lassen. Erst recht nicht nach dem, was vor ein paar Wochen im Park geschehen war und womit Frederike offensichtlich noch immer zu kämpfen hatte.

Nachdem sie das Zimmer verlassen hatte, lauschte Therese noch einen Moment draußen an der Tür, ob Franz womöglich wieder wach wurde. Doch es war nichts zu hören, sodass sie auf leisen Sohlen nach unten ging.

Therese sah sich um. Karl stand zusammen mit Florentinus neben ihrem Vater und reichte den Neuankömmlingen die Hand. Es war schön, zu sehen, wie gut ihr Vater sich nach dem

Schlaganfall erholt hatte und dass er Tag für Tag wieder mehr ins Leben zurückfand. Ihm war anzumerken, wie sehr er den Abend genoss.

Therese ließ ihren Blick über die Gäste schweifen und entdeckte Frederike schließlich in der hintersten Ecke des Raumes, wo sie mit einem Glas Wein in der Hand stand und das Geschehen beobachtete. Therese seufzte und ging zu ihr. »Da bist du ja, Liebes.«

Frederike lächelte. »Dein Vater scheint glücklich zu sein.«

»Ja«, stimmte Therese zu und sah zu ihm hinüber. Dann blickte sie wieder Frederike an. »Und du?«

»Ich?«

»Ja, du. Ich habe dich seit Wochen nicht mehr lächeln oder gar lachen sehen. Nicht einmal Franz gelingt es, dein Herz zu erreichen.«

»Wirklich? Das ist mir gar nicht aufgefallen. Es geht mir aber gut. Keine Sorge.«

»Nun, genau das glaube ich dir nicht.« Therese nahm sich ein Glas Wein von einem der Tabletts. »Und so langsam wird es Zeit«, fuhr sie fort, »dass wir das wieder ändern.«

»Lass nur, Therese. Ich fühle mich ganz wohl so.«

Therese blickte sich im Raum um. »Siehst du den jungen Mann dort vorn? Er arbeitet im Unternehmen meines Vaters.« Sie deutete unauffällig mit dem vom Glas abgespreizten Finger auf ihn. »Sein Name ist Anton Messinger. Soll ich euch bekannt machen?«

»Nein, danke. Lass nur.«

Therese lächelte und hakte Frederike unter. »Komm, meine Liebe. Sonst wird es peinlich, wenn ich dich hinter mir herziehe.«

»Nein, Therese, bitte nicht. Ich möchte nicht …«

»Keine Widerrede. Siehst du? Er hat bemerkt, dass wir über ihn gesprochen haben, und blickt zu uns herüber. Und nun komm.« Sie zog Frederike ein Stück mit sich, dann kam diese freiwillig mit.

»Anton! Wir haben uns wirklich lange nicht gesehen. Geht es dir gut?«

»Ja, danke sehr, Frau Hansen.«

»Bitte, sag wie früher Therese. Nur weil ich verheiratet bin, müssen wir uns nicht siezen. Und das hier ist meine Nichte Frederike Hansen aus Hamburg.«

»Es ist mir eine Freude«, sagte Messinger, und seine Augen blitzten, als er Frederike einen Handkuss gab. »Bitte nennen Sie mich Anton.«

»Guten Abend«, gab sie nur zurück.

»Ah, da sind ja die Fassbenders«, rief Therese aus. »Wenn ihr mich entschuldigen wollt.« Damit ließ sie die beiden einfach stehen, die fast gleichzeitig verlegen zu Boden sahen.

Anton räusperte sich. »Und, Fräulein Frederike, was machen Sie in Wien? Sind Sie nur zu Besuch, oder dürfen wir darauf hoffen, Sie für länger hier zu haben?«

»Ich bin schon seit einigen Wochen in Wien. Ich passe auf die Kinder von Tante Therese und Onkel Karl auf und helfe im Kaffeehaus aus.«

»Und? Haben Sie Freude an Ihren Aufgaben?«

»Ja, doch.« Frederike sah wieder zu Boden.

Eine Pause entstand.

»Ich arbeite für Thereses Vater und Bruder«, nahm Anton das Gespräch wieder auf. »Schon seit sechs Jahren. Wir waren alle sehr erschrocken, als Friedrich Loising so plötzlich erkrankte.«

»Und? Haben auch Sie Freude an Ihren Aufgaben?«, wiederholte Frederike leicht ironisch die Frage, die er ihr soeben gestellt hatte.

»Ja«, antwortete Anton, erleichtert darüber, dass Frederike das Gespräch aufnahm. »Mein Tätigkeitsbereich ist recht vielseitig. Ich habe mich um die Kunden zu kümmern und darum, dass alle eingehenden Aufträge geprüft und ausgeführt werden.«

»Um welche Art Unternehmen handelt es sich eigentlich?«, fragte Frederike nun tatsächlich interessiert, weil sie lediglich wusste, dass die Loisings gut im Geschäft und sehr wohlhabend waren. Womit genau sie ihr Geld verdienten, wusste sie jedoch nicht.

»Um eine Fabrik.«

»Sieh an. Das wusste ich tatsächlich nicht.« Sie presste die Lippen zusammen. »Sie sind also gut situiert, was?«

»Nun ja, ich denke, ich bin auf einem guten Weg.« Er wirkte etwas verunsichert.

»Und Ihre Eltern?«

»Meine Familie kann ebenfalls nicht klagen.« Er musterte sie, als wüsste er nicht, worauf sie hinauswollte.

»Tja, schade. Ich finde Sie wirklich sehr nett und hätte sie gern näher kennengelernt. Doch das wäre letztendlich nur eine Enttäuschung für Sie.« Sie stellte ihr Weinglas auf dem Regal ab, neben dem sie standen. »Wissen Sie, mein Onkel und meine Tante mögen gut situiert sein. Doch mein Vater ist ein Betrüger und wurde von seinen Brüdern aus dem Kontor geworfen. Was bedeutet, dass ich als seine Tochter nicht das Geringste vorzuweisen habe und auch nichts besitze, außer dem Geld, das ich im Kaffeehaus verdiene. Und das ist, wie Sie sich vorstellen können, wirklich nicht viel.«

Anton war zu verblüfft, um etwas erwidern zu können.

»Dann ist es wohl das Beste, wir verabschieden uns jetzt voneinander und Sie wenden sich den wenigen anderen jungen Damen hier zu. Oder aber Sie nutzen einfach die Gelegenheit und betrinken sich. Einen schönen Abend noch.« Damit machte sie kehrt und ließ ihn einfach stehen.

Frederike nahm ihren Mantel von der Garderobe im Flur und verließ das Haus. Sie ging die Stufen hinunter und bog nach links ab, machte ein paar Schritte und setzte sich dann dort auf eine kleine Mauer, die den Garten der Loisings begrenzte. Tief atmete sie die kühle Luft ein und versuchte, ihre Fassung zurückzugewinnen. Was um Himmels willen war nur los mit ihr? Dieser Anton Messinger hatte ihr nicht das Geringste getan und war weder überheblich aufgetreten, noch hatte er irgendetwas Falsches gesagt, das ihr einen Grund gegeben hätte, so zu reagieren. Sie konnte nicht verhindern, dass ihr die Tränen über die Wangen liefen. Sie war wütend und ärgerte sich über sich selbst. Am liebsten hätte sie laut geschrien.

Sie wusste nicht, wie lange sie dort gesessen hatte, als sie plötzlich Schritte hörte. Sofort bekam sie eine Gänsehaut. Schlich sich jemand an? Fast meinte sie, wieder das Messer an der Kehle zu spüren, und sie musste sich zusammenreißen, um nicht laut aufzuschreien.

»Da sind Sie ja!« Anton Messinger stand mit zwei Weingläsern vor ihr und legte den Kopf schief. »Ich wollte Ihnen nur Bescheid geben, dass ich das Telefon der Loisings benutzen durfte und die Gelegenheit genutzt habe, meine Eltern anzurufen. Ich habe sie aufgefordert, mich umgehend zu enterben und mir keinerlei Unterstützung zukommen zu lassen, auch wenn ich auf Knien darum bitte. Und sobald Friedrich Loising keine Gäste mehr hat, werde ich meine Kündigung einreichen und damit vollkommen mittellos dastehen. Was meinen Sie? Könnten wir jetzt doch noch ein Glas Wein miteinander trinken?«

Frederike sah ihn an, schmunzelte erst und lachte dann laut los. Sie klopfte auf den Platz neben sich und nahm ihm eines der Gläser ab. »Wenn das so ist«, sie hob das Glas, »sollten wir unbedingt auf die Mittellosigkeit anstoßen.«

Anton Messinger grinste. »Auf die Mittellosigkeit!« Er zwinkerte ihr zu, und sie tranken beide einen Schluck.

»Ich möchte mich für vorhin entschuldigen«, sagte Frederike. »Ich weiß wirklich nicht, was in mich gefahren ist.«

»Nun sagen Sie mir aber bloß nicht, dass Sie geschwindelt haben und ich vollkommen sinnlos ein riesiges Erbe aufgegeben habe.«

»Veralbern Sie mich nicht, Anton.«

»Aber nein. Ich möchte es auch nicht auf die Spitze treiben.« Er stieß sanft sein Glas gegen ihres. »Wollen Sie mir erzählen, weshalb Sie sich so geärgert haben?«

Frederike drehte das Glas in ihren Händen. »Ich glaube, ich bin einfach nur wütend. Alles, was ich früher immer wollte und für sicher hielt, wurde durch das Verhalten meines Vaters zerstört. Und wie es scheint, kann ich nur schlecht damit umgehen.«

»Eine Enttäuschung zu verkraften, ist nie leicht«, stellte Anton fest. »Doch wissen Sie, meine Großmutter – eine sehr kluge Frau, wie ich hinzufügen darf – hatte immer für jede Situation einen weisen Spruch. In Ihrem Fall hätte sie vermutlich etwas gesagt wie: Frederike, das Wort *Enttäuschung* beinhaltet, dass eine Täuschung ein Ende findet. Also freuen Sie sich, dass nun eine neue Zeit für Sie beginnt.«

Frederike lachte auf. »So etwas hätte sie gesagt?«

»Vermutlich. Oder eine Weisheit wie zum Beispiel: Ihr Vater musste seinen Weg gehen, auch wenn es der falsche gewesen sein mag. Doch Sie, Frederike, müssen erst einmal den Ihren finden.«

»Ich hatte auch so eine wunderbare Großmutter«, sagte Frederike mit dem liebevollen, warmen Gefühl der Erinnerung. »Sie ist leider schon seit einigen Jahren tot. Ich wünschte, sie wäre noch da. Vermutlich wäre dann alles ganz anders gekommen.«

Anton suchte ihren Blick. »Geht es Ihnen jetzt besser?«

Frederike sah ihn an. »Ja. Danke schön!«

»Nichts zu danken. Dann, würde ich sagen, können wir ja noch mal ganz von vorn anfangen.« Er reichte ihr die Hand.

»Guten Abend. Mein Name ist Anton Messinger. Ich freue mich, Sie kennenzulernen.«

Frederike griff zu und schüttelte seine Rechte. »Frederike Hansen. Ich bin ebenfalls sehr erfreut.«

Die beiden lachten gelöst auf und prosteten sich zu. Dann plauderten sie eine Weile miteinander, bis ihre Gläser leer waren und es ihnen zu kalt wurde. Als sie zurück ins Haus gingen, hatte Anton Frederike das Versprechen abgenommen, sie wiedersehen zu dürfen. Frederike hatte das sichere Gefühl, auf einem guten Weg zurück zu sich selbst zu sein.

Es wurde spät an diesem Abend, später, als Therese oder Karl gedacht hätten. Karl hatte darauf verzichtet, mehr als ein Glas Wein zu trinken, aus Furcht davor, ansonsten womöglich nicht mehr ganz Herr seiner Sinne zu sein.

Er war Florentinus nicht aus dem Weg gegangen, doch die Gespräche mit dem Schwager hatten ausschließlich in größerer Runde und stets mit mehreren anderen stattgefunden. Karl war zufrieden mit sich, als er zusammen mit Frederike und Therese in der Droschke saß und zurück nach Hause gebracht wurde, die Kinder schlafend und in Decken gehüllt in ihren Armen. Sie plauderten noch ein wenig, Belangloses nur, doch besonders Frederike war anzumerken, wie gut ihr der Abend gefallen hatte.

Therese wollte sie nicht vor Karl danach fragen, doch sie freute sich bereits jetzt darauf, wenn sie am nächsten Tag mit der Nichte allein war und von ihr erfahren würde, was sich mit Anton Messinger zugetragen hatte.

Sie hatte die beiden aus dem Garten gemeinsam wieder hereinkommen sehen, und Frederike hatte auf sie so gewirkt, als wäre sie gelöster, ja geradezu glücklich.

Als sie die Villa der Hansens erreicht hatten, trug Karl den kleinen Franz und Therese Tochter Helene zum Haus, während

Frederike eilig aufschloss und die Eltern mit ihren schlafenden Kindern auf den Armen direkt nach oben gingen.

Frederike schlenderte zum Wohnzimmer hinüber, nachdem sie die Tür abgeschlossen und verriegelt hatte. Sonst tat sie dies stets mit einem beklommenen Gefühl und der Angst, dass dennoch jemand ins Haus eindringen könnte, weil sie womöglich nicht richtig abgesperrt haben könnte. Nun jedoch war es ganz anders. Das Gespräch mit Anton Messinger hatte ihr gutgetan und einen Teil ihres Selbstvertrauens zurückgebracht.

Es war nicht so, dass sie sich Hals über Kopf in ihn verliebt hätte oder auch nur für ihn schwärmte. Doch seine Art, sie mit dem angeblichen Telefonat mit seinen Eltern, um sich enterben zu lassen, zum Lachen zu bringen, hatte bei ihr einen Knoten gelöst. Es war schön, dass er nicht gleich auf der Hacke kehrtmachte, als er hörte, dass sie keine gute Partie war und gewiss nicht standesgemäß für einen jungen Mann aus gutem Haus in leitender Position. Und dabei ging es Frederike auch gar nicht darum, ob er sein Versprechen wahr machte und sich tatsächlich wieder bei ihr meldete. Sicher, sie wäre schon enttäuscht, wenn sie nie wieder von ihm hören würde. Doch es war einfach ein netter Abend gewesen, und sie fühlte sich längst nicht mehr so wertlos wie noch vor ein paar Stunden.

Der Überfall hatte ihr nicht nur Angst gemacht. Vielmehr hatte sie es als eine Art Schicksal empfunden, dass immer ihr solche schlimmen Dinge widerfuhren. Sie fühlte sich auf eine Art und Weise bestraft, die sie daran zweifeln ließ, jemals in ihrem Leben wieder Glück zu haben. Der Betrug des Vaters und seine Folgen hatten alles für sie verändert, vor allem aber ihren Eindruck davon, wie sie von den Menschen wahrgenommen wurde.

Dass sie sich jedoch nicht nur schonungslos ehrlich, sondern geradezu unverschämt, frech und ungezogen bei der Begegnung mit Anton Messinger aufgeführt hatte, dieser aber trotzdem den

Blick hinter die Fassade gewagt hatte, ließ sie neue Hoffnung schöpfen. Dieses Gefühl tat ihr unglaublich gut.

Karl und Therese kamen die Treppe herunter und gingen direkt zu Frederike ins Wohnzimmer. Dort stand sie am Fenster und sah nach draußen, obwohl es so dunkel war, dass sie sicher nichts erkennen konnte. Als sie Schritte hörte, drehte sie sich zu den beiden um.

»Wollen wir noch etwas trinken?«, fragte Karl.

»Nein, danke«, lehnte Frederike ab. »Ich habe nur auf euch gewartet, um euch eine gute Nacht zu wünschen. Vielen Dank, dass ich heute Abend mitkommen durfte.«

»Es hat dir also gefallen?«, fragte Therese glücklich.

»Mehr als das. Es war ein wunderbarer Abend.« Frederike ging zu Therese und gab ihr einen Kuss auf die Wange. Ihrem Onkel Karl strich sie kurz über die Schulter. »Ihr seid die nettesten Menschen, die ich mir vorstellen kann. Ich danke euch, dass ihr meine Launen ertragen habt, und ich verspreche euch, dass sich ab heute alles zum Guten wenden wird.«

»Du bist viel hübscher, wenn du lächelst«, sagte Karl zu ihr. »Gute Nacht, Frederike. Ich wünsche dir angenehme Träume.«

»Gute Nacht.« Frederike ging lächelnd hinaus.

»Ich bin so erleichtert«, stellte Therese fest, als die Nichte außer Hörweite war.

»Ich auch«, stimmte Karl zu.

»Doch jetzt bin ich müde, und die Kinder werden morgen bestimmt wieder früh aus den Federn wollen.« Therese musste gähnen und hielt sich rasch die Hand vor den Mund. »Kommst du mit?«

»Gleich, ich möchte nur noch einen Moment hier sitzen und den Abend mit einem Glas Cognac ausklingen lassen.«

Therese umarmte ihn und gab ihm einen Kuss. »Ich liebe dich, Karl Hansen.«

»Und ich habe dich gar nicht verdient«, erwiderte er.

»Ich weiß«, gab Therese heiter zurück. »Und dennoch bleibe ich bei dir. Also sei dankbar und glücklich.« Sie ging hinaus und hob beim Weggehen die Hand. Karl schmunzelte. Er hatte es vorher nicht bemerkt, doch nun war er sicher, dass seine Frau einen kleinen Schwips hatte.

Er ging zum Barschränkchen, holte ein Glas heraus und schenkte sich aus der Kristallkaraffe einen Cognac ein. Dann schlenderte er hinüber zur Terrassentür und öffnete sie. Kühl strömte ihm die Frühlingsluft entgegen, als er ins Freie trat und tief durchatmete.

»Bitte erschrick nicht«, hörte er eine leise Stimme und zuckte zusammen.

Karl blinzelte in die Dunkelheit. Hatte er die Stimme richtig erkannt? »Tino, bist du das?«

»Ja.« Es klang rau.

Karl warf einen Blick nach oben. Er befand sich direkt unter dem Schlafzimmerfenster, aus dem Licht nach unten in den Garten fiel.

»Was machst du hier?«, zischte Karl.

Florentinus seufzte. »Ich komme manchmal hierher, wenn ich die Sehnsucht kaum noch aushalte. Dann sehe ich dir und Therese zu, wie ihr dort drin sitzt und euch unterhaltet oder sie sich an deine Schulter lehnt.«

»Du beobachtest uns?«

»Es nützt wohl nichts, wenn ich versuche, es anders klingen zu lassen.« Florentinus sprach ein wenig lallend.

»Komm weiter hier rüber«, flüsterte Karl wütend. »Therese ist dort oben und könnte uns hören.« Er zerrte an Florentinus' Ärmel.

»Es ist wohl besser, wenn ich jetzt gehe. Ich konnte nur nicht widerstehen, dich anzusprechen, als du auf die Terrasse getreten bist. Es ist schwer für mich, Karl.«

»Du hast einfach zu viel getrunken«, versuchte Karl abzuwiegeln. »Morgen ist ein neuer Tag, und die Welt sieht wieder anders aus.«

»Ich erwäge zu heiraten«, erklärte Florentinus.

»Was sagst du da?« Mit einem Mal hatte Karl einen Kloß im Hals. »Wen?«

»Du kennst sie nicht. Sie ist nett und hübsch, und sie hat eine Schwäche für mich. Ich werde dieses Jahr fünfunddreißig, Karl. Die Leute fangen langsam an zu reden.«

Karl wusste nicht, was er darauf erwidern sollte.

»Denkst du noch manchmal an mich, Karl?«

Karl konnte Florentinus' Gesicht in der Dunkelheit nicht richtig erkennen, doch an dessen Stimme meinte er zu hören, dass der Schwager mit den Tränen rang. »Jeden einzelnen Tag«, brachte er leise und etwas krächzend hervor.

»Warum ist es nur so?« Florentinus machte ein paar rasche Schritte, und Karl packte ihn instinktiv, damit er nicht fiel.

»Danke. Ich hatte wohl ein bisschen zu viel Wein heute Abend.«

»Setzen wir uns doch dorthin.« Karl deutete auf die Mauer, die ihren Garten zum Nachbargrundstück begrenzte. Er entspannte sich ein wenig, denn nun waren sie ein gutes Stück von der Terrasse und vor allem vom Schlafzimmerfenster entfernt.

»Ich weiß nicht mehr, was ich tun soll, Karl. Ich habe das Gefühl, es einfach nicht mehr ertragen zu können.« Im schwachen Mondlicht konnte Florentinus die Silhouette des Mannes, den er liebte, nur erahnen. »Manchmal empfinde ich regelrechten Hass auf meine Schwester, weil sie mit dir leben und dich lieben darf und ich nicht.«

»Sag so etwas nicht!«, mahnte Karl betroffen. »Therese ist der beste Mensch auf der Welt.«

»Das weiß ich doch. Und deshalb fühle ich mich noch schlechter. Ich finde keinen Weg aus der Verzweiflung.« Jetzt war deutlich zu hören, dass er mit den Tränen kämpfte. »Ich habe sogar schon überlegt, all dem hier den Rücken zu kehren und fortzugehen.«

»Du willst fort? Aber wohin?«

»Ich weiß es nicht. Einfach fort. Irgendwohin, wo ich glücklich sein kann.«

»Glücklich mit einem Mann, meinst du wohl.«

»Du hast nun wirklich nicht das Recht, mir irgendwelche Vorhaltungen zu machen«, empörte sich Florentinus. »Du bist derjenige, der verheiratet ist und Kinder hat, nicht ich.«

»Das stimmt. Bitte entschuldige.«

»Nein, entschuldige du. Ich hätte das nicht sagen sollen. Therese hatte dich zuerst, das habe ich immer gewusst. Und auch, dass du sie niemals für mich verlassen würdest.«

»Florentinus, was wir füreinander empfinden, mag echt sein, aber dennoch ist es gegen das Gesetz. Wir können nicht zusammen sein, niemals. Selbst wenn ich mich von Therese scheiden ließe und sogar meine Kinder für dich aufgäbe, würde das an unserer Situation nicht das Geringste ändern.«

»Ganz abgesehen davon, dass du es ohnehin nie tätest«, stellte Florentinus bitter fest.

»Das ist wahr«, gestand Karl.

Eine Weile schwiegen sie. Dann sagte Karl: »Du solltest jetzt gehen.« Er legte Florentinus die Hand auf den Oberschenkel. »Lass uns versuchen, die schönen Erinnerungen zu bewahren. Und wenn du es für richtig hältst, dann heirate diese Frau. Womöglich ändert das deine Gefühle.«

»Das wird nichts daran ändern, gar nichts.« Florentinus griff nach Karls Hand und umfasste sie. »Ich weiß, dass ich immer nur dich lieben werde.«

Karl schluckte schwer. »Und ich dich.«

In der Dunkelheit trafen sich ihre Lippen, und sofort umklammerten sie einander voller Leidenschaft und küssten sich stürmisch. Florentinus fasste Karl in den Schritt, was dieser mit einem leisen Stöhnen quittierte. Auch er tastete nach Florentinus' Körper, und die Erregung war fast nicht zu ertragen.

Kurz lösten sie ihre Lippen voneinander, und Florentinus drängte: »Wir müssen uns morgen in der kleinen Wohnung von früher treffen. Ich habe es nie übers Herz gebracht, sie aufzugeben. Bitte, Karl! Ich werde um fünf Uhr da sein und auf dich warten. Wenn du nicht kommst, ist mir das Antwort genug.«

Karl küsste Florentinus abermals. »Um vier«, keuchte er. »Ich werde da sein!«

Karl gab Florentinus einen letzten, leidenschaftlichen Kuss. Dann lösten sie sich abrupt voneinander, und Karl ging zurück ins Haus, ohne sich noch einmal umzudrehen. Er schloss die Terrassentür, schaltete das Licht im Wohnzimmer aus und begab sich nach oben. Im Bad versuchte er, seiner Erregung Herr zu werden, bevor er schließlich ins Schlafzimmer ging und sich zu seiner Frau ins Bett legte. Sein Gewissen plagte ihn fast unerträglich, doch das änderte nicht das Geringste daran, dass er es kaum erwarten konnte, bis der nächste Tag anbrach und die Uhr vier schlug.

13. Kapitel

Es sollte eine große Hochzeit werden, und Luise hatte alle Hände voll zu tun, in den nicht einmal mehr vier Monaten alles zu planen und vorzubereiten, und das neben der ganzen Arbeit im Kontor. Wie schön wäre es gewesen, Frederike noch in Hamburg zu haben und sich von ihr bei den Vorbereitungen helfen zu lassen!

Luise hatte ein paar halbherzige Versuche unternommen, Elsa, die junge Frau Richards, mit einzubeziehen. Doch die hatte offenbar genug mit sich selbst zu tun, wenngleich es Luise ein Rätsel war, womit Elsa sich wohl beschäftigte. Immerhin saß sie den ganzen Tag eigentlich nur in der Villa herum oder unternahm allenfalls einmal eine Kutschfahrt mit Tante Vera, die ihr ein wenig von Hamburg zeigte.

Doch die Arbeit hatte Elsa ganz gewiss nicht erfunden, und ihr schien es nicht langweilig zu werden, tagein, tagaus in der Villa herumzusitzen, ihr langes dunkles Haar zu bürsten und davon zu reden, wie sehr sie sich auf das Kind freute, das in ihrem Leib heranwuchs.

Luise war es vollkommen unverständlich, wie man mit so einem Minimum an Aktivität seinen Tag von früh bis spät füllen konnte. Doch letztlich war es ihr einerlei.

Richard war im Kontor für die Kontrolle der eingehenden Warenlieferungen zuständig und arbeitete damit direkt Luise zu. Sie bemerkte tatsächlich eine Entlastung und war sehr erleichtert, dass die Zusammenarbeit reibungslos lief.

Noch wusste Richard nicht, dass sein Vater ab nächster Woche ebenfalls im Kontor arbeiten würde, wobei Robert zu Luise gesagt hatte, dass er es für klug hielte, Georg im Lager und ausschließlich dort einzusetzen, sodass die Begegnungsmöglichkeiten von Vater und Sohn eher eingeschränkt waren. Dennoch würde es unvermeidbar sein, dass sie sich gelegentlich über den Weg liefen, worauf Luise gern verzichtet hätte. Die Konflikte waren vorgezeichnet, und noch hatte Robert es Richard nicht einmal gesagt. Ihr Vater schien den richtigen Moment abwarten zu wollen, und Luise hielt sich zurück, sich in irgendeiner Form einzumischen. Das war die Angelegenheit ihres Vaters, und es war an ihm, dafür zu sorgen, dass die Entscheidung, seinem Bruder zu helfen, sich nicht negativ auf die Abläufe im Kontor auswirkte. Ob es ihm gelingen würde, blieb abzuwarten.

Seit Luise ihre Schwester Martha über die Hochzeit in Kenntnis gesetzt hatte, war das Verhältnis der beiden tatsächlich etwas besser geworden. Es schien, als sehe es Martha als ihre Aufgabe an, die jüngere Schwester zu unterstützen, wenngleich Luise es eher so empfand, dass Martha mehr Unruhe in die ganze Angelegenheit brachte, als dass sie sich nützlich machte. Aber das sagte sie nicht laut. Martha meinte es gut und bemühte sich aufrichtig, weshalb Luise sie immer wieder lobte und sich für die Unterstützung dankbar zeigte.

Insgesamt wurde für Luises Geschmack aber viel zu viel Aufhebens um diese Hochzeit gemacht. Sicher war es eine Tatsache, dass mit ihrer Heirat zwei der größten Handelshäuser miteinander verbunden wurden. Und dies war für die hanseatischen Familien ein Großereignis, bei dem es galt, in jedem Fall dabei zu sein, wenn man etwas auf sich, seine Familie und den eigenen Ruf hielt.

Heute nun war die Schneiderin bestellt, die verschiedene Stoffmuster mitbringen und sich von Luise beschreiben lassen sollte, wie sie sich ihr Hochzeitskleid vorstellte.

Die Schneiderin kam pünktlich um drei. Martha sollte um die gleiche Uhrzeit da sein. Als es jedoch halb vier wurde und die Schwester immer noch nicht da, machte Luise sich Sorgen. Unpünktlichkeit war nicht Marthas Art, ganz abgesehen davon, dass diese viel zu neugierig war und unbedingt ein Mitspracherecht haben wollte, wie das Brautkleid auszusehen hatte.

Luise rief bei den Ahrendsens an, um Martha an den Termin mit der Schneiderin zu erinnern, besah sich dann die Skizzen und nahm eine Vorauswahl der Stoffe vor. Ein cremefarbener Seidenstoff mit schimmerndem Moirémuster hatte es ihr besonders angetan, obgleich sie sich fragte, ob so etwas nicht doch zu viel des Guten war.

Die Schneiderin riet Luise wegen ihrer schmalen Taille zu einem eng anliegenden, langärmligen Oberteil mit angesetztem weitem Tüllrock und langer Schleppe. Luise war jedoch keineswegs überzeugt. Als es klopfte und Martha eintrat, begrüßte Luise die Schwester freundlich und wollte eben fragen, weshalb sie sich verspätet hatte, als sie Martha ins Gesicht sah. Obwohl die sich gewiss bemüht hatte, die Spuren in ihrem Gesicht zu entfernen, war deutlich zu erkennen, dass sie geweint hatte und schon wieder kurz davorstand, in Tränen auszubrechen.

»Alles in Ordnung bei dir? Es ist doch hoffentlich nichts mit Eduard?«

»Nein. Er ist bei seinem Kindermädchen. Ihm geht es gut«, gab Martha zur Antwort. Sie nickte in Richtung Schneiderin, um Luise zu verstehen zu geben, dass sie nachher allein mit ihr sprechen wollte.

»Guten Tag, Frau Ahrendsen«, sagte die Schneiderin und lächelte Martha zu.

»Guten Tag. Wie weit sind wir hier?« Martha hob den Kopf und atmete tief durch.

»Ich mag diesen Seidenstoff«, sagte Luise schnell und griff nach dem Muster.

»Pompös wirkt er gerade nicht«, stellte Martha etwas ungehalten fest.

»Da bin ich ganz Ihrer Meinung, Frau Ahrendsen«, sagte die Schneiderin. »Ich habe Ihrem Fräulein Schwester zu einer raffinierten Kreation aus Seide und Tüll geraten, mit einer langen Schleppe natürlich.«

»Das klingt gut«, meinte Martha.

»Auf gar keinen Fall«, widersprach Luise. »Ich möchte etwas Schlichtes, sonst komme ich mir wie verkleidet vor.«

»Es ist die größte Hochzeit des Jahres oder sogar der gesamten letzten Jahre! Alle Augen werden auf dich gerichtet sein. Willst du da aussehen, als könntest du es dir nicht leisten, etwas Aufwendiges fertigen zu lassen?«

»Ich möchte aussehen wie ich selbst. Das ist alles.«

Die Schneiderin und Martha tauschten einen Blick.

»Und um Himmels willen keine Schleppe!«, fuhr Luise fort. »Ich dachte an einen großen Hut oder eine elegant aufgesteckte Frisur, die weiteren Kopfschmuck unnötig macht.«

»Luise, das ist doch wohl nicht dein Ernst!«

»Doch, das ist mein voller Ernst.«

»Ich gebe zu, dass ich die Bedenken Ihrer Frau Schwester teile, Fräulein Hansen.«

»Und dennoch fertigen Sie das Kleid für mich – es sei denn, Sie möchten den Auftrag nicht? Die Namen der Familien Petersen und Hansen sprechen für sich. Wir können das beste Essen und die edelsten Getränke bieten. Aber ich habe es nicht nötig, mich selbst zur Schau zu stellen, um irgendjemandem irgendetwas zu beweisen.« Luises Stimme hatte schroffer geklungen, als sie beabsichtigt hatte.

»Ich bitte um Verzeihung, Fräulein Hansen.« Die Schneiderin nahm den Seidenstoff und breitete ihn aus.

»Ja, er ist wirklich schön. Ich hätte gern ein ganz schlichtes Kleid, das weich fällt. Meine Schultern müssen selbstverständlich bedeckt sein, doch die Ärmel sollten nicht weiter als bis hierhin gehen.« Sie deutete mit der Hand auf ihre Armbeuge. »Vielleicht ein Spitzeneinsatz vorn und der Seidenstoff so genäht, dass er locker über den Schultern liegt und vorn in der Mitte zusammengefasst ist.« Luise drückte den Stoff zusammen. »An der Taille dann eng und der Rock weich fallend.«

»Darf ich einen Vorschlag machen?«, fragte die Schneiderin.

»Bitte.«

»Wir könnten vorn an der Taille den über die Schultern fallenden Stoff mit zwei Blumen, vielleicht Rosen, raffen.«

»Mit weißen Rosen. Ja, das würde mir gefallen.«

»Ich habe Kleider für den Alltag, die aufwendiger gefertigt sind«, murrte Martha.

»Wie schön für dich.« Luise ließ sich nicht beirren. »Können Sie mir einen Entwurf zeichnen?«

»Ja, sehr gern, Fräulein Hansen. Wenn Sie wollen, kann ich die Stoffmuster gern hierlassen, und ich würde dann morgen wiederkommen, wenn es bei Ihnen zeitlich passt, um die Detailzeichnung zu besprechen und Maß zu nehmen.«

»So machen wir es. Vielen Dank.«

Die Schneiderin verabschiedete sich und wurde von Trude zur Tür begleitet.

»So. Und nun erzähl, was geschehen ist«, forderte Luise ihre Schwester auf.

»Aber es geht doch heute um dich. Ich möchte dir nicht die Freude verderben.«

Luise setzte sich zu Martha auf die Bettkante und nahm ihre Hand. »Du verdirbst mir nichts.«

Sofort kamen Martha die Tränen. »Es ist wegen Ludwig«, begann sie. »Genau genommen, wegen seiner Geschäfte. Jemand versucht ihm zu schaden, und Ludwig erleidet immer größere Einbußen. Kunden wenden sich sogar schon von ihm ab.«

»Kunden wenden sich ab? Aber weshalb denn? Ludwig und sein Bruder haben einen der größten Spirituosenhandel in ganz Hamburg.«

»Ganz recht. Doch es scheint jemanden zu geben, der unseren Namen in den Dreck zieht und dafür sorgt, dass immer weniger Leute mit den Ahrendsens Geschäfte machen wollen.«

»Moment, Moment«, bat Luise. »Bitte mal der Reihe nach. Versucht euch ein Konkurrent auszustechen oder wie?«

»Ach, ich weiß es doch auch nicht genau. Ludwig sagt, dass alles vor über drei Monaten losging. Da wurde das erste Mal behauptet, dass sein Spirituosenhandel qualitativ minderwertige Ware geliefert hätte. Es war eine große Sendung, und Ludwigs Bruder Maximilian schwört, dass alles damit in Ordnung war, als die Ware ausgeliefert wurde. Doch dann hat sich das Hotel über die Qualität beschwert. Erst hat sich Maximilian, dann Ludwig selbst darum gekümmert. Er ist dorthin gefahren und hat das Ganze überprüft. Und dabei hat er festgestellt, dass die Spirituosen tatsächlich gestreckt waren.«

»Aber wie ist denn so etwas möglich?«

Martha schüttelte den Kopf. »Weder Ludwig noch Maximilian können es sich erklären. Sie haben mit allen gesprochen: mit den Männern im Lager, die die Fässer verladen haben, mit dem Fuhrmann und auch mit dem Personal, das die Fässer im Hotel entgegengenommen hat. Alles war wie immer, und es war auch nicht zu erkennen, dass einer von ihnen gelogen haben könnte. Ganz abgesehen davon, dass keiner einen Grund dazu gehabt hätte. Es gibt nur eine Möglichkeit: dass nämlich die Ware schon in den Lagerräumen ausgetauscht wurde.«

»Haben Ludwig und Maximilian das überprüft?«

»Ja, noch am selben Tag. Sie haben Stichproben genommen, aber alles war in bester Ordnung.«

»Das ist wirklich sehr eigenartig. Konnten sie den Hotelier denn besänftigen?«

»Anfangs schon. Schließlich haben sie jahrelang gute Geschäfte miteinander gemacht. Doch dann ist genau das Gleiche auch bei anderen Lieferungen geschehen. Kneipen waren betroffen, zwei weitere Hotels, einige kleinere Lokale. Schnell machten Gerüchte die Runde, die Ahrendsen-Brüder würden ihre Spirituosen strecken und minderwertige Ware verkaufen. Immer mehr Kunden haben uns den Rücken gekehrt. Ludwig weiß nicht mehr ein noch aus.«

»Was ist mit seinen Konkurrenten? Wer profitiert am meisten davon?«

»Das ist es ja. Mit den meisten von ihnen stehen Ludwig und Maximilian in gutem Kontakt, und das schon seit Jahren. Was sollen wir denn jetzt bloß tun?«

»Ihr müsst unbedingt das Vertrauen eurer Kunden zurückgewinnen, sonst kann es ganz schnell vorbei sein.« Luise suchte Marthas Blick. »Ihr müsst dringend herausfinden, wer dahintersteckt.«

»Aber wir haben doch schon alles versucht!«

»Und wenn Ludwig und Maximilian jede Fahrt selbst übernehmen und jedes Fass mit eigenen Händen abladen und zu den Kunden tragen müssen, dann ist es eben so. Irgendwo zwischen dem Lager und dem Auslieferungsort legt euch jemand herein. Und das könnt ihr nur verhindern, wenn ihr euch ausschließlich auf euch selbst verlasst.«

»Bald wird uns wohl ohnehin nichts anderes mehr übrig bleiben«, meinte Martha resigniert. »Ludwig sagt, dass er die

Mitarbeiter nicht länger als noch ein Vierteljahr bezahlen kann.«

»So ernst ist es schon?«

Martha nickte und zog die Mundwinkel nach unten. »Ich bin so verzweifelt, Luise.«

»Ich wüsste zu gern, wer dahintersteckt. Fällt dir wirklich niemand ein?«

»Nein, niemand. Es gibt zwar einige Konkurrenten, die nun mehr Aufträge bekommen, aber nicht einen bestimmten, der besonders davon profitieren würde. Bitte, Luise, du musst uns helfen.«

»Aber natürlich, wenn ich kann.«

»Das Kontor hat doch gute Kontakte. Könnt ihr nicht in den Hotels ein gutes Wort für uns einlegen?«

»Ja, äh … natürlich. Doch ich weiß derzeit noch nicht, wie genau das vonstattengehen soll. Aber ich werde mir etwas einfallen lassen.«

»Danke.«

»Dank mir noch nicht. Vor allem wird das nicht reichen, wenn Ludwig und Maximilian das Geschäft retten wollen. Sie müssen handeln und alles tun, um die Kunden zu erreichen.« Sie drückte Marthas Hand. »Hättest du etwas dagegen, wenn ich einmal mit Ludwig spreche?«

»Ich weiß nicht. Gewiss wird er nicht glücklich darüber sein, dass ich dir davon erzählt habe.«

»Wenn sich nicht rasch etwas ändert, hätte ich es ohnehin in Kürze erfahren.«

»Ich hoffe nur, dass der drohende Skandal nicht bis zu den Ohren der Petersens vordringt und dies womöglich eure Hochzeit gefährdet.«

Daran hatte Luise noch gar nicht gedacht. Wann immer sich ein Skandal auftut, zieht er wesentlich weitere Kreise, als im ersten Moment erkennbar ist. Luise kam eine Idee. Sie lächelte Martha an. »Du hast mich da auf einen Gedanken gebracht.«

»Ach ja?«

»Allerdings. Die Petersens haben gute Kontakte, und ihre Ohren sind überall. Es ist so gut wie sicher, dass sie bald von der Sache erfahren, wenn sie es nicht sogar schon wissen. Deshalb ist es besser, wenn ich gleich mit ihnen spreche und sie um ihre Hilfe bitte. Damit leisten wir möglichen Gerüchten Vorschub und können womöglich für Ludwig auch in anderer Hinsicht etwas erreichen.«

»Wie meinst du das nun wieder?« Martha presste die Hände gegen ihren Kopf. »Immer denkst du so schnell und machst mich damit wahnsinnig. Nun rede schon, Luise, bevor mein Kopf zerspringt.«

»Die Petersens haben diverse Kaffeehäuser. Und in Kaffeehäusern gibt es bekanntlich nicht nur Kaffee und Schokolade, sondern auch Spirituosen zu trinken.«

Marthas Miene hellte sich auf, als sie verstand, was die Schwester vorhatte. »Das wäre ja wunderbar, Luise!«

»Ich mache mich gleich auf den Weg.« Luise sprang auf. »Aber nein, es wird besser sein, wenn wir erst mit Ludwig sprechen. Wir sollten nicht über seinen Kopf hinweg handeln, ganz abgesehen davon, dass ich mich mit Spirituosen überhaupt nicht auskenne und kaum etwas dazu sagen könnte.«

Martha fiel der Schwester um den Hals. »Ich wünschte, ich wäre im Geschäftlichen so klug und geschickt wie du.«

»Nein, das wünschst du dir nicht. Sonst müsstest du ja tatsächlich mal arbeiten.«

Martha boxte Luise gegen den Arm. »Das nimmst du zurück.«

Luise lachte auf und rieb sich die Stelle, auf die Martha sie geschlagen hatte. »Ich denke ja gar nicht daran. Und nun komm. Sprechen wir mit Ludwig.«

Martha ließ es dabei bewenden, obwohl sie sich über die spöttische Bemerkung der Schwester immer noch ärgerte. Gemeinsam verließen sie Luises Schlafzimmer, gaben kurz Trude Bescheid, dass sie noch wegmussten, und Luise sicherte zu, rechtzeitig zum Abendessen zurück zu sein. Dann machten die Schwestern sich auf den Weg.

Ludwig war anfangs alles andere als erfreut, dass Martha ihrer Schwester von seinen Schwierigkeiten berichtet hatte. Als er dann jedoch hörte, welche Lösung Luise für das Problem meinte gefunden zu haben, überwand er seinen hanseatischen Stolz und sprach ganz offen.

»Ich kann es mir wirklich nicht erklären, und Maximilian auch nicht«, wiederholte er das, was Luise bereits von Martha erfahren hatte. »Irgendjemand scheint uns aus dem Geschäft drängen zu wollen. Und das mit Lug und Betrug.«

»Das erklärt aber nicht, wie die gestreckten Spirituosen zu euren Kunden gelangt sind. Was ist mit den Fuhrmännern?«

»Wir haben zwei, und beide arbeiten schon seit Jahren für uns.«

»Und es gibt auch wirklich niemanden, der besonders davon profitieren würde, wenn ihr das Kontor schließen müsstet?«

»Natürlich gibt es einige. Doch bisher haben wir alle immer gute Geschäfte gemacht und uns gegenseitig respektiert. Ich würde nicht so weit gehen, für meine Konkurrenten die Hand ins Feuer zu legen, doch mir fällt beim besten Willen niemand ein, dem ich so etwas zutrauen würde.«

»Und die Spirituosen waren tatsächlich gestreckt, ja?«

»Ja. Wir haben das überprüft. Die Qualität war minderwertig, ohne jeden Zweifel.«

»Aber es waren eure Fässer?«

»Ja, sie hatten das Ahrendsen-Zeichen.«

»Hm«, machte Luise. »Und im Lager bei euch, könnten die Fässer dort ausgetauscht worden sein?«

»Natürlich wäre es möglich, aber kaum so, dass es niemand mitbekommen hätte. Dann müssten sich wirklich fast alle Mitarbeiter gegen uns verschworen haben.«

»Ich denke, das ist tatsächlich zu weit hergeholt.« Luise überlegte weiter. »In jedem Fall müsst ihr sofort handeln. Habe ich also dein Einverständnis, mit Wilhelm Petersen zu sprechen?«

»Ganz angenehm ist es mir nicht. Aber es gibt wohl keine andere Möglichkeit.«

»In Ordnung. Kann ich dich nachher über das Telefon erreichen? Dann muss ich nicht noch einmal herkommen.«

»Aber natürlich. Ich kann dich auch begleiten, aber vermutlich hast du recht, wenn du sagst, dass du erst einmal ohne mich mit deinem zukünftigen Mann und dessen Onkel sprechen möchtest.«

»Ich werde alles versuchen«, sicherte Luise zu. »Bis später, und lasst den Kopf nicht hängen.«

»Danke, Luise.« Martha drückte sie kurz an sich. »Das werde ich dir nie vergessen.«

»Dank mir erst, wenn mein Plan aufgeht. Bis später.« Damit ging Luise hinaus, machte dann aber noch einmal kehrt. »Ach, Ludwig, könnte mich dein Kutscher wohl fahren? Ich möchte keine Zeit verlieren, und Hugo muss ohnehin gleich los, um Vater aus dem Kontor abzuholen.«

»Aber natürlich!« Ludwig eilte ihr entgegen. »Ottokar! Ottokar!«, rief er laut. »Spann schnell ein und fahre Fräulein Hansen. Sie wird dir sagen, wohin es geht.«

»Er ist im Stall, Herr Ahrendsen.« Clara eilte herbei und wischte sich die Hände an der Schürze ab. »Ich werde hinüberlaufen und ihm Bescheid geben.«

»Danke, Clara. Ich warte dann vor dem Haus.«

Luise lächelte Ludwig und Martha zu, um ihnen Mut zu machen. Dann ging sie hinaus und musste auch nicht lange warten, bis Ottokar die Kutsche vorfuhr. Vermutlich hatte er das Pferd gerade erst ausspannen wollen.

Luise nahm in der Kutsche Platz und überlegte sich auf dem Weg zu Wilhelm Petersens Villa sehr genau, was sie ihm sagen wollte. Und sie legte sich einen Plan zurecht, wie man denjenigen überführen könnte, der für die Misere der Ahrendsens verantwortlich war. Sie konnte nur hoffen, dass sie Wilhelm Petersen antreffen und er ein offenes Ohr für sie haben würde. Andernfalls hätte sie nicht gewusst, wie sie Martha und Ludwig helfen sollte.

14. Kapitel

Es war zwei Minuten vor vier, als Karl den Blumentopf am Eingang des kleinen Mehrfamilienhauses anhob und den Schlüssel dort wegnahm, wo Florentinus ihn schon früher für ihn bereitgelegt hatte. Die Erregung, die Karl empfand, als er die Tür aufschloss, war fast unerträglich.

Er hatte Felix erklärt, dass er auswärts ein Geschäft abzuschließen gedenke und direkt danach Frederike vom Kaffeehaus abholen wolle. Deshalb sei es heute an Felix, das Kontor nach Geschäftsschluss abzusperren.

Karl zitterte ein wenig, als er die Stufen zum zweiten Stock hinaufeilte, doch Zweifel hatte er nicht. Er konnte es kaum mehr erwarten, Florentinus in die Arme zu schließen und ihn nach so vielen Jahren wieder zu spüren. Wenn das angeblich alles so falsch, verboten, gegen das Gesetz und wider die Natur war, fragte sich Karl, warum fühlte es sich dann so richtig an?

Seine Hand zitterte, als er den Schlüssel ins Schloss schob. Als er die Tür öffnete, trat Florentinus aus dem Wohnzimmer in den Flur, und ihre Blicke trafen sich. Keiner sagte ein Wort, und Karl schlug das Herz bis zum Hals. Sie machten noch einen weiteren Schritt aufeinander zu, Florentinus hob die Hand und streichelte zärtlich über Karls Wange.

»Ich bin so froh, dass du gekommen bist«, sagte Florentinus heiser.

Karl beugte sich vor und gab Florentinus einen zärtlichen Kuss. Als sie sich wieder voneinander lösten, nahm Florentinus Karl bei der Hand und zog ihn sanft mit sich in Richtung Schlafzimmer. Karl folgte ihm bereitwillig, er konnte es selbst kaum erwarten, endlich die Zweisamkeit zu genießen. Als sie sich ausgezogen hatten und zusammen aufs Bett sanken, war es Karl, als drehte sich der Raum um ihn. Voller Leidenschaft gaben sie sich einander hin. Und Karl wünschte sich, es würde nie enden.

Danach brachte Florentinus Karl zur Tür. »Ich wünschte, du könntest noch bleiben.«

»Ich ebenfalls.« Karl zog seine Taschenuhr hervor, es war kurz vor fünf. »Doch ich komme bereits jetzt zu spät, um Frederike abzuholen.« Er gab Florentinus einen raschen Kuss, dann wandte er sich zur Tür.

»Wann sehen wir uns wieder?«, fragte Florentinus, und die Angst, ob sein Geliebter es wohl auch wollte oder er gleich eine herbe Enttäuschung würde hinnehmen müssen, klang in seiner Stimme mit.

»Geht es übermorgen bei dir? Um dieselbe Zeit?«

»Könntest du nicht eine halbe Stunde früher kommen?«

»Ich will es versuchen. Doch es ist ohnehin schon schwierig, mich davonzuschleichen.«

»Ich weiß. Ich hätte nur gern etwas mehr Zeit mit dir.«

»Ich doch auch. Erwarte mich übermorgen ab halb vier. Aber bitte sei nicht verstimmt, wenn ich es dann doch nicht vor vier schaffe.«

Florentinus gab Karl noch einen letzten leidenschaftlichen Kuss, bevor dieser die Wohnung verließ.

Es war zehn nach fünf, als Karl völlig abgehetzt bei Thereses Kaffeehaus eintraf. Frederike erwartete ihn bereits vor der Tür.

»Bitte entschuldige, Frederike. Ich wurde im Kontor aufgehalten.«

»Aber das macht doch nichts«, gab sie freundlich zurück. »Es ist wohl ohnehin bald an der Zeit, dass ich wieder allein nach Hause gehe.«

Sie liefen zusammen los. »Wirklich?«, fragte Karl. »Ich meine, glaubst du, dass du wieder so weit bist?«

»Ich möchte einfach keine Angst mehr haben, weißt du. Und ich denke, das gelingt mir nur dann, wenn ich mich wieder aus meinem Schneckenhaus wage.«

»Frederike, das freut mich aufrichtig. Ich finde, du bist da auf einem sehr guten Weg.«

»Mir ist klar geworden, dass ich aufhören muss, mich zu verkriechen.« Sie lächelte ihn von der Seite an. »Heute war übrigens Anton Messinger im Kaffeehaus und hat darauf bestanden, von mir bedient zu werden.«

»Wirklich? Therese hat mir schon erzählt, dass der junge Mann sehr interessiert an dir zu sein scheint. Das freut mich für dich.«

»Dabei war unsere erste Begegnung alles andere als gelungen«, schmunzelte Frederike und erzählte ihrem Onkel dann, was sie zu Anton gesagt hatte.

Karl lachte laut los. »Na, wenn ihn das nicht verschreckt hat, scheint er nicht nur ein gutes Auge für das Schöne zu haben, sondern auch über eine Menge Humor zu verfügen.«

»Ich kenne ihn zwar kaum«, meinte Frederike. »Aber ich würde ihn tatsächlich gern wiedersehen. Hättest du etwas dagegen einzuwenden, Onkel Karl?«

»Ich?« Karl berührte mit dem Zeigefinger seine Brust. »Aber woher denn! Ganz im Gegenteil: Ich freue mich darüber. Wenn du möchtest, kannst du ihn gern zum Essen zu uns einladen.«

»Nicht so schnell.« Frederike hob die Hand. »Ich denke, wenn ich zustimme, dass er mich zu einem Spaziergang abholt, reicht das fürs Erste.«

»Das ist deine Entscheidung. Therese und ich würden uns auf jeden Fall über seinen Besuch freuen, und wenn du das Gefühl hast, dass es an der Zeit ist, ihn zu uns zu bitten, werden wir uns von unserer besten Seite zeigen, versprochen.«

Frederike lachte und hakte sich bei ihrem Onkel unter. »Ich habe wirklich das Gefühl, langsam wieder glücklich zu werden, Onkel Karl. Weißt du, als ich in Wien ankam, erschien mir vom ersten Moment an alles so wunderbar, so leicht und frei. Aber als ich dann überfallen wurde, hat sich alles verändert.«

»Das ist nur allzu verständlich.« Karl blieb kurz stehen. Sie hatten die Stelle erreicht, an der sie entweder über die kleine Brücke und dann durch den Park gehen konnten oder aber auf der anderen Seite weiterlaufen, an den Häuserzeilen und der Straße entlang. »Ich denke, wir schlagen heute einmal diesen Weg ein.« Er deutete mit dem Kopf zum Park hinüber.

Frederike riss erschrocken die Augen auf. »Ich weiß nicht, ob …«

»Aber ich weiß es, Frederike. Du bist die ganze Zeit hier an meinem Arm, und dir kann und wird nichts geschehen. Vertrau mir.« Karl setzte sich wieder in Bewegung und hielt Frederikes Hand in seiner Armbeuge fest, um sicherzugehen, dass sie nicht plötzlich kehrtmachte.

Frederike zitterte ein wenig, als sie über die kleine Brücke gingen und dann den Weg zum Park betraten. Die Sonne schien durch das Blätterdach der Bäume, und die Vögel zwitscherten fröhlich, doch Frederike hatte Mühe, ihre angespannten Schultern sinken zu lassen. Hektisch sah sie sich immer wieder nach allen Seiten um, lauschte auf jedes Geräusch, das nicht in die Idylle dieses Frühlingstags zu passen schien. Es wurde ein bisschen besser, als ihnen die ersten Spaziergänger entgegenkamen, die ebenfalls die milde Frühlingsluft genossen und freundlich grüßten, als sie an Karl und Frederike vorbeigingen.

»Wusstest du, dass es in diesem Park so viele unterschiedliche Vogelarten wie sonst nirgendwo in Wien gibt? Dabei ist der Park wesentlich kleiner als manch anderer. Wenn man dem Weg weiter folgt, kommt ein Stück hinter der Biegung eine Abzweigung zu einem Teich, auf dem die Enten es sich gut gehen lassen. Franz liebt es, mit seinen kleinen Beinchen auf sie zuzulaufen und sie aufzuscheuchen.«

»Ich weiß, du meinst es gut, Onkel Karl. Doch ich habe das Gefühl, es kaum aushalten zu können.« Sie blieb stehen und er mit ihr. »Dort vorn war es.« Sie deutete mit dem ausgestreckten Arm. »Da hat er mich ins Gebüsch gezogen.«

»Ich verstehe, dass es schwer für dich ist. Doch er ist nun nicht mehr dort, Frederike. Niemand ist dort, es ist nur ein Gebüsch. Es gibt also nichts, wovor du Angst haben müsstest.«

»Ich kann nicht weitergehen.«

»Ich bin an deiner Seite, Frederike. Komm, wir gehen zusammen dorthin, und du zeigst mir die Stelle.«

»Nein!« Sie riss die Augen auf.

»Frederike, sieh mich bitte an.« Er fing ihren Blick auf. »Sieh mir in die Augen. Du und ich werden jetzt dorthin gehen und nachsehen, dass es dort nichts gibt, vor dem du dich fürchten müsstest. Denk nur, dass Anton Messinger eines Tages mit dir hier spazieren gehen möchte und wir versäumt haben, dir zuvor die Angst zu nehmen.« Er lächelte sie an. »Ich bin die ganze Zeit an deiner Seite. Und nun komm.«

Mit sanftem Druck bewegte er sie dazu weiterzugehen. Zögernd setzte sie einen Fuß vor den anderen. Sie schluckte schwer, und ein leichtes Zittern lief durch ihren Körper. Sie atmete mehrmals tief durch, spürte Hitze in sich aufsteigen.

»Du machst das sehr gut, Frederike. Und sag mal, war es heute eigentlich voll im Kaffeehaus?«

»Was sagst du?«

»Im Kaffeehaus – ich möchte wissen, ob es voll war. Waren alle Tische besetzt?«

»Ja, fast die ganze Zeit.«

»Und wurde mehr Schokolade oder doch eher Kaffee verlangt?«, hakte Karl nach.

»Ich denke, es war mehr Schokolade.«

»Ah, gut. Immerhin ist der Gewinn bei den Kakaobohnen noch höher als beim Kaffee«, bemerkte Karl. »Bereitest du die Schokolade eigentlich auch mal selbst zu, oder holt ihr die fertigen Tassen nur aus der Küche?«

»Wir holen sie. Keine von den Serviererinnen bereitet selbst etwas zu.« Frederike blieb erneut stehen. »Hier ist es geschehen.«

Karl ließ ihre Hand los und legte stattdessen seinen Arm um die Schultern der Nichte. »Siehst du. Es ist nur ein Ort wie jeder andere. Und der, der dir das angetan hat, ist weder hier noch läuft er anderswo frei herum. Er ist weggesperrt und kann dir nichts mehr anhaben.«

Frederike spürte, wie sich ihre Atmung beruhigte. »Du hast recht. Es ist nur ein Gebüsch, nur ein Ort. Hier gibt es nichts, wovor ich mich fürchten müsste.«

»Ganz genau.« Er drückte sie kurz an sich. »So, und nun haben wir auch lang genug hier gestanden und auf diesen Busch gestarrt. Komm. Gehen wir nach Hause und genießen Thereses köstliches Essen.«

Frederike ließ den Kopf an seine Schulter sinken. Tränen der Erleichterung stiegen ihr in die Augen. »Danke, Onkel Karl.«

»Jederzeit gern.« Er hielt ihr den Arm hin, und sie hakte sich wieder bei ihm unter. Erst noch verhalten, dann immer beschwingter setzten sie ihren Weg zum Haus der Hansens fort. Karl war froh, dass es ihm gelungen war, Frederike zu helfen. Würde es doch nur jemanden geben, der auch ihm helfen und ihn von seinen Ängsten und Zwängen befreien könnte. Doch das würde sein Leben lang unmöglich sein.

»Da seid ihr ja«, rief Therese, die Helene auf dem Arm hatte, fröhlich, als Frederike und Karl das Haus betraten. »Es dauert noch ein wenig bis zum Essen.«

»Wir sind durch den Park gegangen«, berichtete Frederike der Tante, die daraufhin ihre Nichte aufmerksam musterte. »Und? Wie geht es dir jetzt?«

»Gut. Sehr gut sogar. Es ist nur ein Ort und ein Gebüsch. Dort ist nichts, wovor ich mich fürchten muss. Und das hat Onkel Karl mir klargemacht.«

Therese atmete erleichtert aus. »Das freut mich von Herzen für dich.«

Der kleine Franz kam, von den Geräuschen alarmiert, aus der Küche gesaust. »Vater!« Er lief auf Karl zu und umarmte dessen Beine.

»Du bist doch tatsächlich seit heute Morgen schon wieder gewachsen«, lachte Karl.

»Er hat heute eine Maus gefangen«, berichtete Therese und verdrehte die Augen.

»Du hast *was?*«, fragte Karl, an Franz gewandt.

»Wir waren draußen im Garten, und ich dachte, er spielt im Sand. Auf einmal hielt er mir die Maus vor die Nase. Ich habe mich so furchtbar erschrocken, dass ich fast Helene fallen gelassen hätte.« Sie schüttelte den Kopf. »Ich habe keine Ahnung, wie er diese Maus überhaupt gefangen hat.«

Karl lachte schallend. »Dann müssen wir unserem Sohn wohl beibringen, dass er keine Katze ist.« Er seufzte in gespielter Verzweiflung.

»Ich gehe mich kurz frisch machen«, sagte Frederike, die die Geschichte von Franz' Mausejagd ebenfalls zum Lachen gebracht hatte.

»In etwa einer halben Stunde gibt es Essen«, rief Therese ihr noch nach, als sie die Stufen hinaufging.

Dann machte sie einen Schritt auf ihren Mann zu. »Du bist wunderbar, weißt du das?«

»Ich?«

»Allerdings. Dass du ihr diese Angst genommen hast, ist mit Geld nicht zu bezahlen.«

»Ich bin froh, dass sie es zugelassen hat. Eine Weile dachte ich, sie würde sich jeden Augenblick losreißen und davonrennen.«

»Es war wichtig, dass sie diesen Schritt gegangen ist.«

»Das denke ich auch.«

Therese musterte ihren Mann aufmerksam. »Irgendwie wirkst du verändert.«

»Ich? Unsinn.«

»Nein, wirklich. Du wirkst richtiggehend glücklich. Ich glaube, dir hat es auch gutgetan, Frederike helfen zu können. Die Erleichterung ist dir ja förmlich ins Gesicht geschrieben.«

Karl lächelte und gab ihr einen Kuss. Er fühlte sich ertappt, denn es war wohl eher das heimliche Treffen mit Florentinus dafür verantwortlich, dass er auf seine Frau einen so gelösten Eindruck machte. »Ich werde mich auch noch frisch machen.«

»Aber lass dir nicht zu viel Zeit. Es wäre gut, wenn du mir die beiden Kleinen gleich einmal abnehmen könntest, damit ich mit dem Essen fertig werde.«

»Ich beeile mich«, versicherte Karl. Dann ging auch er nach oben und war froh, als er die Badezimmertür hinter sich abschließen konnte. Er trat auf den Spiegel zu und sah in sein Gesicht. »Lügner«, sagte er leise und wandte sich dann ab. So gut er sich vorher noch gefühlt hatte, so tief wirkten nun die Zweifel in ihm nach. Er fragte sich, wie lange er dem Druck, den er auf seiner Seele spürte, noch standhalten konnte.

15. Kapitel

Luise hatte sich alles ganz genau überlegt, und nur Wilhelm Petersen wusste Bescheid über das, was sie vorhatte. Vielleicht war es Ludwig gegenüber nicht ganz fair, doch Luises Plan würde nur dann gelingen, wenn sie sichergehen konnte, dass niemand vorher davon erfuhr. Kurz hatte sie sich gefragt, ob Ludwig möglicherweise etwas ahnte, denn die Bestellung, die in seinem Spirituosenhandel eingegangen war, war von beträchtlicher Größe gewesen.

Doch weder der Name des vermeintlichen Kunden noch die Anschrift deuteten auf eine Verbindung zu den Hansens oder den Petersens hin, sodass niemand Verdacht schöpfen würde, dass irgendetwas anders sein könnte als gewöhnlich.

Luise musste schmunzeln, als sie sich im Spiegel betrachtete. Nie zuvor hatte sie in Hamburg eine Hose getragen. Diese hier war aus ihrer Zeit in Kamerun, wo die langen Kleider oder Röcke schlicht viel zu unpraktisch gewesen wären, insbesondere weil Luise jeden Tag auf der Plantage mitgearbeitet hatte. Es fühlte sich eigenartig und doch vertraut an, sie nun wieder anzuziehen. Auf diese Weise würde sie ganz sicher nicht erkannt werden.

Sie steckte ihre Haare auf und ließ sie unter einem Hut verschwinden. Dann schlich sie sich aus dem Haus. Sie sagte niemandem Bescheid, dass sie fortging. Wie hätte sie ihren Aufzug auch irgendjemandem im Haus plausibel erklären sollen?

Sie nahm das Fahrrad und fuhr in die Speicherstadt, an ihrem eigenen Kontor vorbei und zum Lagerhaus der Ahrendsens. Dort stellte sie das Fahrrad ab und bezog Stellung in der Nähe der großen Fässer, an denen Schilder angebracht waren, die auf den Spirituosenhandel der Ahrendsen hinwiesen. Kurz sah sie auf die Uhr. Die bestellten Fässer sollten um drei Uhr angeliefert werden, und jetzt war es noch nicht einmal Viertel nach eins. Es würde also noch eine Weile dauern, bis der Fuhrmann sich mit den Fässern auf den Weg machen würde. Zwar musste er recht weit fahren, doch Luise schätzte, dass bei dieser Menge zwei Pferde eingespannt würden, sodass der Weg in gut einer halben Stunde zurückgelegt werden konnte. Nun hieß es also warten – was Luise von Haus aus nicht besonders lag.

Sie hatte das Tor, das als Ein- und Ausgang zum Ahrendsen-Lagerhaus diente, genau im Blick. Und wer nicht speziell auf sie achtete, würde sie auch nicht auf den ersten Blick wahrnehmen. Zumindest nahm Luise das an. Sie sah sich nach allen Richtungen um. Sie hätte sich die Geschäftigkeit in der Nähe der Lagerhäuser größer vorgestellt, immerhin war es mitten am Tag, und es gab jede Menge Waren, die eingingen und wieder weiterverladen werden mussten. Doch in diesem Bereich der Lagerhallen waren entweder nur heute auffallend wenig Arbeiter beschäftigt, oder in den Kontoren, die Luise kannte und die weiter vorn gelegen waren, gab es schlicht mehr zu tun.

Zwei Männer hievten soeben einen großen Gegenstand, der mit einem Tuch abgedeckt war und bei dem Luise nicht erkennen konnte, worum es sich handelte, auf einen Karren. Vier andere waren damit beschäftigt, ein Pferdefuhrwerk, das mit irgendwelchen Gegenständen vollgestellt war, zu entladen.

Ein Arbeiter ging in unmittelbarer Nähe an Luise vorbei und grüßte, worauf sie eilig zu Boden sah, um ihr Gesicht zu verbergen, und zum Gruß nur ihre Hutkrempe berührte.

Als sie wieder aufblickte, wurde gerade das Tor vom Lagerhaus der Familie Ahrendsen geöffnet und ein Pferdefuhrwerk herausgeführt. Vier Männer rollten über ein Brett, das an das Fuhrwerk gelehnt war, Fässer hinauf, während ein weiterer damit beschäftigt war, die Pferde ruhig zu halten. Luise zählte Fass für Fass mit. Als neun Fässer hinaufgerollt und mit Seilen gesichert worden waren, huschte ein Lächeln über ihr Gesicht. Neun Fässer – das war die Lieferung, die sie über einen Strohmann bestellt hatte.

Sie blieb noch in ihrem Versteck, bis der Fuhrmann auf den Kutschbock gestiegen war und die Pferde antrieb. Erst als er fast das Ende der Straße erreicht hatte, stieg Luise auf das Fahrrad und fuhr ihm hinterher.

Der Fuhrmann bog nach rechts ab und verschwand einen Moment aus Luises Blickfeld. Als sie die Ecke erreichte, sah sie ihn dann aber wieder. Erneut hielt sie an, um nicht zu dicht heranzufahren und damit zu riskieren, von ihm bemerkt zu werden. So ging es eine Zeit lang weiter, bis der Fuhrmann in eine Straße einbog, die nicht auf der Strecke lag, die Luise für die richtige hielt. Ihr Pulsschlag beschleunigte sich. Geschah gleich das, was sie erwartete und was für sie nach allem, was sie aus dem Gespräch mit Ludwig erfahren hatte, die einzig mögliche Erklärung für die gestreckten Spirituosen sein konnte?

Wieder hielt sie an, um nicht von dem Fuhrmann entdeckt zu werden, der die Pferde ruhig und gleichmäßig weitergehen ließ und nicht den geringsten Verdacht zu haben schien, beobachtet zu werden. Er lenkte das Fuhrwerk am Billhorner Röhrendamm auf ein Tor zu und pfiff zweimal, woraufhin das

Tor geöffnet wurde und der Fuhrmann hineinfuhr. Direkt hinter ihm wurde das Tor wieder geschlossen.

Luise hatte in dem kurzen Moment nur wenig sehen können. Das Tor führte zu einem Innenhof, soweit sie erkannt hatte, in dem mindestens auf einer Seite weitere Tore den Zugang zu einer Lagerhalle versperrten. Luise stellte ihr Fahrrad an der Hauswand ab und rannte zu dem Tor hinüber. Sie versuchte, durch die Ritzen zu spähen, konnte jedoch nichts erkennen. Eilig sah sie sich nach einem Gegenstand um, der hoch genug war, um sich daraufstellen und über das Tor in den Innenhof sehen zu können. Ihr Blick fiel auf einen Stein, einen Findling, der sich, als sie ihn anzuheben versuchte, jedoch keinen Millimeter bewegen ließ. Wieder lief sie zu dem Tor, stellte ihren Fuß auf das untere Scharnier und prüfte, ob sie darauf Halt fand. Sie zog sich hoch, konnte aber noch immer nicht über das Tor sehen. Hastig griff sie nach, bekam mit den Fingerspitzen an der Wand neben dem Tor eine Einkerbung im Klinker zu fassen, fand mit dem linken Fuß Halt und zog sich noch weiter hinauf. Sie war schon immer gut im Klettern gewesen, auch wenn ihre Mutter sie stets deswegen getadelt und manchmal auch mit Schlägen bestraft hatte, weil sich das für ein Mädchen aus gutem Haus keinesfalls gehörte.

Stück für Stück arbeitete Luise sich weiter hinauf, bis sie mit ihrer Hand oben übers Tor greifen, sich mit den Füßen weiter an der Hauswand abstützen und so hinüberschauen konnte.

Vier Männer waren dabei, die Fässer vom Wagen abzuladen und an die Seite zu stellen. Als sie damit fertig waren, rollten sie über ein Brett andere Fässer auf den Karren, die für Luise identisch aussahen. Sie zwinkerte, um es genau erkennen zu können. Dann war sie sicher, dass auf den Fässern, die sich jetzt auf dem Karren befanden, tatsächlich der Schriftzug der Familie Ahrendsen eingebrannt war.

»He, Bursche, was treibst du da oben?«

Luise wäre beim Klang der Stimme vor Schreck fast heruntergefallen. Sofort duckte sie ihren Kopf weg, damit die Männer, die die Fässer verluden, sie nicht sehen konnten.

»Runter da, aber schnell!«

Luise spürte, dass jemand gegen ihre Wade tippte.

Sie verlor den Halt und versuchte noch nachzufassen, doch schon schabte sie mit den Fingern über die rauen Steine und schürfte sich die Haut ab. Ein Fluch lag ihr auf der Zunge, als sie das letzte Stück herunterfiel und unsanft auf dem Boden aufkam.

»Das kommt davon, wenn man über fremde Tore guckt.«

Luise hatte kein Wort gesagt. Hoffentlich wurden die Kerle auf der anderen Seite nicht auf die Stimme aufmerksam!

»Na komm schon, hoch mit dir, Bürschchen.« Der Mann streckte ihr die Hand entgegen.

Luise hatte noch immer nicht aufgesehen, um ihr Gesicht unter der Hutkrempe zu verbergen. Sie stieß sich mit den Händen vom Boden ab und machte, bevor sie noch richtig stand, eine rasche Bewegung, schnappte sich das Fahrrad und lief, so schnell sie konnte, davon. Der Mann nahm noch für einige Meter die Verfolgung auf, dann ließ er jedoch von ihr ab.

Luise drehte sich kurz um. Als sie sah, dass er nicht nachkam, stieg sie auf das Fahrrad und fuhr in höchstem Tempo zum Kontor der Hansens.

Robert staunte nicht schlecht, als Luise in Männerkleidung und völlig außer Atem in sein Büro stürmte. »Vater, bitte stell jetzt keine Fragen. Hol zehn kräftige Männer zusammen, ich werde inzwischen Ludwig anrufen. Ich erkläre dir alles nachher«, keuchte sie. Dann rannte sie wieder hinaus und zum Telefonapparat. Mit knappen Worten gab sie ihrem Schwager durch, wo sie sich treffen würden, und instruierte auch ihn, neben seinem Bruder die kräftigsten Kerle mitzubringen, die sein Spirituosenhandel aufzubieten hatte. Dann legte sie auf und ließ sich gleich darauf mit Wilhelm Petersen verbinden, dem sie meldete, dass ihr gemeinsamer Plan aufgegangen war. Der Onkel ihres zukünftigen Mannes ließ sich die Anschrift des Hofes geben, wo Luise die Beobachtungen gemacht hatte. Ob er selbst dorthin kommen wollte oder wofür er die Angaben brauchte, sagte er nicht, und Luise beendete das Gespräch.

Ohne zu wissen, worum es ging, war Robert an ihr vorbei ins Lager gelaufen, wo er zwei Dutzend Männer zusammengetrommelt und aufgefordert hatte, ihm zu folgen. Sie erwarteten Luise bereits, als diese die Stufen vom Obergeschoss heruntergehetzt kam.

»Wir müssen Diebe stellen«, rief sie und winkte ihnen, ihr zu folgen.

»Wirst du mir auch irgendwann erklären, was hier los ist?«, fragte der Vater, der im Laufschritt neben ihr herlief.

»Später«, keuchte sie. Die Verfolgung mit dem Fahrrad hatte ihr nichts ausgemacht. Nun jedoch die ganze Strecke noch einmal laufen zu müssen, verlangte ihr alles ab. Sie war erleichtert, als sie das Tor erreichten, hinter dem sich das abgespielt hatte, was Luise zuvor beobachtet hatte.

Direkt vor dem Tor blieb sie stehen und drehte sich zu den Männern aus ihrem Kontor um. »Hier in dem Hof hinter mir«, brachte sie völlig außer Atem hervor, »wurden vorhin mein Schwager, der Schwiegersohn meines Vaters, bestohlen. Ich habe alles beobachtet.«

»Ich verstehe kein Wort, Luise«, sagte Robert verwirrt.

»Das wirst du gleich, Vater. Ludwig und seine Leute müssten auch jeden Moment eintreffen.« Sie stützte ihre Hände auf die Knie, um wieder zu Atem zu kommen. Kurz darauf trafen Ludwig und Maximilian Ahrendsen in der Gasse ein, gefolgt von einem ganzen Pulk Männer, deren Anzahl Luise auf etwa zwanzig schätzte. Ein lautes Raunen war zu hören, als sie eine Frau in Hosen erblickten.

»Ludwig, Maximilian, ich weiß jetzt, was in eurem Kontor geschieht. Euer Fuhrmann hintergeht euch. Die Fässer … die *richtigen* Fässer sind dort hinter dem Tor.« Luise hoffte inständig, dass es wirklich so war und man diese nicht bereits fortgeschafft hatte.

»Aber wie bist du nur darauf gekommen?«, fragte Ludwig.

»Das erzähle ich alles nachher.« Luise sah sich um. »Weiß jemand, wem dieses Gebäude mit dem Hof dahinter gehört?«

Blicke wurden getauscht, und einige schüttelten die Köpfe.

»Nun denn«, sagte Luise, »vermutlich werden wir es gleich erfahren.« Sie schlug mit der flachen Hand gegen das Tor, dann hielt sie inne und sah ihren Vater an. »Du kannst doch auf zwei Fingern pfeifen. Mach das bitte.«

Robert schien sich über gar nichts mehr zu wundern. Er formte Zeigefinger und Daumen zum O, legte sie unter die Zunge und pfiff laut und kräftig. Als sich nichts tat, wiederholte er es noch mal, worauf der Riegel auf der anderen Seite des Tores zurückgeschoben wurde. Es wurde einen Spaltbreit geöffnet, und noch bevor der Mann, der den Kopf herausgesteckt hatte, reagieren konnte, stellte Robert seinen Fuß dazwischen und drückte das Tor auf.

In Anbetracht der Männerschar, die daraufhin ebenfalls durch das Tor drängte, trat der vollkommen überrumpelte Mann an die Seite. »Was soll das hier werden?«, schnauzte er los.

»Wir sind hier, um einen Blick dort hineinzuwerfen.« Luise deutete mit dem ausgestreckten Arm zu den Toren auf der rechten Seite, aus denen die Männer vorhin die Fässer mit den gepanschten Spirituosen herausgerollt hatten.

»Was bist du denn für eine?«, blaffte der Mann zurück.

»He, he, Vorsicht, du redest mit meiner Tochter!« Robert machte einen Schritt auf den Kerl zu, und sofort traten zwei Männer des Hansen-Kontors an Roberts Seite, während auch die anderen aufrückten.

Eine Tür wurde nun geöffnet, und fünf Männer traten heraus und kamen auf die Besucher zu.

»Was ist hier los?«, fragte derjenige, der an der Spitze ging. Der Kleidung nach zu urteilen, war er ein Geschäftsmann, den Luise allerdings nie zuvor gesehen hatte, obwohl sie die meisten Händler in Hamburg vom Sehen kannte und zuordnen konnte.

»Friedhelm Horstmann, nicht wahr?« Ludwig war vorgetreten.

»Richtig. Und mit wem habe ich das zweifelhafte Vergnügen?«

»Ludwig Ahrendsen.«

Bei der Nennung des Namens zuckte Horstmann deutlich sichtbar zusammen.

»Und was bilden Sie sich ein, mit ihren Leuten hier einfach so einzudringen?«, bullerte Horstmann.

»Sie sind Spirituosenhändler, nicht wahr? Aus Berlin, wenn ich richtig informiert bin.« Ludwig ging gar nicht auf die Frage seines Gegenübers ein.

»Sie sind ja ein ganz schlaues Köpfchen. Und nun verschwinden Sie und Ihre Leute von meinem Grund und Boden. Sonst lasse ich die Polizei kommen.«

»Ja, das ist eine wirklich gute Idee.« Luise trat an Ludwigs Seite.

»Und Sie sind?«

»Luise Hansen, vom *Kontor Peter Hansen und Söhne.*«

»Hat man dort keine anständige Kleidung für Frauen?«

Luise bedeutete ihrem Vater, ruhig zu bleiben, als dieser gereizt einen Schritt nach vorn tat. »Und weiß man in Berlin nicht, dass man andere Händler nicht bestehlen darf?«, gab sie zurück.

»Sie haben ein ganz schön vorlautes Mundwerk, Fräulein.«

»Ja, da gebe ich Ihnen recht. Und nicht nur das. Neben

meinem vorlauten Mundwerk habe ich sehr gute Augen, und genau mit denen habe ich vorhin beobachtet, wie Ihre Männer«, sie deutete auf die vier hinter ihm, »Fässer vom Handel meines Schwagers abgefangen und durch andere ersetzt haben.«

»Blödsinn! Passen Sie lieber auf, was Sie sagen, Fräulein.«

»Wenn meine Schwägerin sich irrt, ist es ja kein Problem, wenn Sie uns kurz hinter dieses Tor dort sehen lassen«, konstatierte Ludwig.

»Einen Teufel werde ich. Und jetzt runter von meinem Hof!«, schnauzte Horstmann.

Robert gab seinen Leuten ein Zeichen, worauf sich vier von ihnen in Bewegung setzten und auf das Tor zugingen.

»Wagt es ja nicht, das anzufassen!«

Die Männer suchten Roberts Blick, und ein Kopfnicken von diesem genügte, damit sie fortfuhren. Das Tor war nicht verschlossen.

Keiner von Horstmanns Männern griff ein.

Roberts Leute stießen das Tor nach beiden Seiten weit auf, und auch Ludwig, Maximilian und deren Leute kamen näher heran, um zu sehen, was sich im Inneren befand.

Luise staunte mit offenem Mund, als auch sie näher trat und Reih um Reih Fässer sah, die alle die Aufschrift »Ahrendsen Spirituosen seit 1852« trugen.

Robert drehte sich langsam zu Horstmann um, der in diesem Moment hektisch von Robert zu Ludwig sah, dann auf der Hacke kehrtmachte und eilig zu der Tür gehen wollte, aus der er vorhin zusammen mit seinen Männern gekommen war.

»Keine gute Idee«, sagte Robert nur, was dessen und auch Ludwigs und Maximilians Männer als Anlass nahmen, die Verfolgung aufzunehmen. Wie ein Mob stürzten sie sich auf Horstmann und seine Leute. Fausthiebe prasselten auf sie nieder, und erst als die fünf fast reglos am Boden lagen, ließen die Hamburger von ihnen ab.

»*So* geht man in Hamburg mit diebischen Kaufleuten um«, stellte Robert klar. »Und jetzt dürfte es an der Zeit sein, die Polizei zu holen.«

An diesem Abend kamen Ludwig und Martha zusammen mit Eduard und auch Maximilian zum Essen zu den Hansens. Wilhelm und Hans Petersen waren ebenfalls eingeladen. Einzig Elsa, Richards Ehefrau, ließ sich wegen einer Unpässlichkeit entschuldigen und blieb lieber auf ihrem Zimmer. Alle anderen waren in heiterer Stimmung.

Abwechselnd erzählte immer einer von ihnen den anderen, was sich zu welcher Zeit ereignet hatte, sodass sich am Ende das Bild einer groß angelegten Verschwörung ergab, die nur ein Ziel verfolgte: das Kontor der Familie Ahrendsen in Verruf zu bringen und schließlich in den Ruin zu treiben.

»Einen solchen Fall hat es meines Wissens in Hamburg noch nicht gegeben«, urteilte Wilhelm Petersen. »Was hat denn die Polizei gesagt, als ihr sie dazugerufen habt?«

»Das Ausmaß der verbrecherischen Aktivitäten war noch viel größer als gedacht«, erklärte Ludwig. »Das ganze Lagerhaus war voll mit unseren Fässern, manche gefüllt und manche leer.«

»Ich habe mitbekommen«, brachte sich Maximilian ein, »dass einer von Horstmanns Leuten zur Anzeige bringen wollte, dass er und die anderen zusammengeschlagen worden waren. Das hat er dem Polizisten gesagt.«

»Und? Denkt ihr, wir haben da noch etwas zu erwarten?«, fragte Robert.

»Natürlich kann immer noch etwas kommen«, erwiderte Maximilian und schmunzelte. »Doch der Polizist hat dem Kerl entgegengeschleudert, dass das eben Leuten schon mal passiert, die Hamburger beklauen.«

Allgemeines Gelächter füllte den Raum.

»Ich habe mich ein bisschen umgehört«, sagte dann Wilhelm Petersen und wurde wieder ernst. »Dieser Horstmann ist noch nicht lange in Hamburg, und ich habe mich gefragt, wie er so schnell die ganzen geschäftlichen Zusammenhänge und Strukturen kennen konnte, um so gezielt vorzugehen. Natürlich musste er nur eure Fuhrmänner bestechen, um an die Ware zu kommen, und auch die Schriftzüge auf den Fässern nachzubrennen, ist keine große Kunst. Doch warum ausgerechnet ihr, das war die Frage, die mir durch den Kopf ging.«

»Weil wir eines der größten Spirituosenkontore in Hamburg sind?«

»Daran dachte ich auch erst, doch da war so ein Gefühl. Deshalb habe ich ein bisschen tiefer gegraben.«

»Und was hast du herausgefunden?«, fragte Robert.

»Dieser Horstmann ist nur ein Strohmann. Die Hallen, in denen er die Fässer gelagert hat, waren lediglich angemietet, genauso wie seine Kontorräume, in denen er seine Kunden traf und seine Geschäfte abschloss.«

»Angemietet von wem?«

»Von August Frederiksen«, antwortete Wilhelm und sah Robert ernst an. »Wenn ihr mich fragt, ist Frederiksen derjenige, der es auf eure Familie abgesehen hat. Und ich denke, auch er wird in diesem Fall eher benutzt, als dass das Interesse tatsächlich von ihm selbst ausgeht.«

Robert ließ das Bierglas, das er gerade an den Mund hatte setzen wollen, sinken und stellte es wieder auf dem Tisch ab. »Elisabeth«, sagte er kaum hörbar.

Wilhelm Petersen nickte. »Was sie damit bezweckt, weiß wohl keiner von uns so genau. Aber wie man hört, bemüht sie sich, wieder auf dem gesellschaftlichen Parkett mitzutanzen.«

Robert sah zu Luise und dann zu Martha, die nun aufsprang, eine Entschuldigung murmelte und hastig den Raum verließ. Luise schob ebenfalls ihren Stuhl zurück und eilte der

Schwester nach, die ins Badezimmer gerannt war und sich dort eingeschlossen hatte.

»Martha? Ich bin es, Luise. Bitte mach auf.«

Als Luise hörte, wie der Schlüssel gedreht wurde, öffnete sie die Tür. »Alles in Ordnung?«

»Nein!«, rief Martha lauter, als sie es beabsichtigt hatte. »Warum kann diese schreckliche Frau, die uns geboren hat, uns nicht einfach in Ruhe lassen? Ich wünschte, sie wäre tot, einfach nur tot!«

Luise nahm ihre Schwester in den Arm und tätschelte ihr beruhigend den Rücken. »Scht, scht.«

»Was will sie überhaupt von uns? Sie wollte meinen Mann und damit auch mich und Eduard in den Ruin treiben. Was gibt ihr das? Was?«

»Ich weiß es nicht, Martha. Wirklich, ich kann dir das leider nicht beantworten.« Luise seufzte. »Aber wie ich Mutter kenne, verfolgt sie irgendeinen Plan. Erst geht sie ein Verhältnis mit August Frederiksen ein, und dann benutzt sie ihn, um deiner Familie zu schaden. Und ich bin sicher, das war noch nicht alles.«

»Du glaubst, dass dieser Rückschlag sie nicht aufhalten wird?«

Luise schüttelte langsam den Kopf. »Wie ich sie kenne, stachelt sie das erst so richtig an.«

Luise überlief bei ihren Worten eine Gänsehaut.

16. Kapitel

Frederike hatte in den letzten Tagen immer wieder Zeit mit Anton Messinger verbracht, und sie hatte jede einzelne Minute mit diesem Mann genossen. Wenn sie mit ihm zusammen war, lachte sie viel und fühlte sich einfach gut. Alles schien etwas leichter zu sein.

Sie spürte, wie mit jedem weiteren Zusammensein auch ein kleines Stück Selbstvertrauen zurückgekehrt war. Und selbst ihre Angst, allein vom Kaffeehaus zur Hansen'schen Villa zurückzugehen, schwand immer mehr. Ja, Anton Messinger tat ihr einfach gut, und am heutigen Tag, das hatte sie mit Frieda besprochen, würde sie früher mit der Arbeit Schluss machen und nicht auf ihren Onkel warten, sondern ihn als Überraschung von seinem Kontor abholen. Sie freute sich schon jetzt auf das Gesicht von Onkel Karl, wenn sie zu ihm ins Geschäft kam und damit bewies, ihre Angst vor einem neuerlichen Überfall überwunden zu haben und sich nun wieder mutig allen Herausforderungen zu stellen, die das Leben für sie bereit hielt.

Es war noch nicht einmal halb fünf, als sie das Kaffeehaus verließ und sich auf direktem Weg zum Kontor ihres Onkels begab. Wenn sie nicht trödelte, brauchte sie nicht einmal zehn Minuten bis dorthin, sodass ihr Onkel bestimmt noch nicht losgegangen war, um sie im Kaffeehaus abzuholen. Und selbst wenn, war sie ziemlich sicher, welchen Weg er nehmen würde, und dann könnte sie ihn bei dieser Gelegenheit überraschen. Sie konnte es kaum mehr erwarten.

Onkel Karl und Therese hatten ihr jeden Augenblick, seit sie in Wien war, geholfen und ihr beigestanden, hatten sie unterstützt und ihr Zuspruch geschenkt. Sie hatten die Schwierigkeiten nach dem Überfall mit ihr bewältigt und waren auch sonst immer für Frederike da. Franz und Helene konnte man um diese wunderbaren Eltern nur beneiden, die ihnen sicher ein Leben lang Eltern und Freunde zugleich sein würden. Frederike war glücklich, bei so wunderbaren Menschen leben zu dürfen.

Sie war etwas außer Atem, als sie das Kontor betrat.

»Guten Tag, Felix.«

»Fräulein Hansen, das ist aber eine wirklich freudige Überraschung! Wie geht es Ihnen?«

»Danke der Nachfrage. Es geht mir wunderbar.«

»Sie strahlen auch wie der Sonnenschein dort draußen«, erwiderte Felix freundlich.

»Ist mein Onkel im Lager?«, fragte Frederike und machte Anstalten, nach hinten zu gehen.

»Ich bedaure, Fräulein Hansen. Ihr Herr Onkel ist auswärts unterwegs. Er hat in letzter Zeit so viele Kundengespräche außerhalb geführt, dass ich gar nicht weiß, wie wir überhaupt so viel liefern sollen, wenn auch nur die Hälfte der Leute bei uns bestellt.«

»Ach, das ist aber schade. Ich meine, dass er nicht da ist.«

»Waren Sie denn mit ihm verabredet? Ihr Onkel ist doch sonst stets zuverlässig.«

»Nein, nein, ich wollte ihn überraschen. Er wusste nicht, dass ich herkommen würde.«

»Ach so. Na, das erklärt es natürlich.« Felix überlegte. »Ich würde Ihnen ja anbieten, hier auf ihn zu warten, doch ich fürchte, er wird heute gar nicht mehr kommen. In letzter Zeit ist er oft schon um halb vier gegangen, und ich habe dann am Abend abgesperrt. Wenn er zu seinen auswärtigen Terminen unterwegs war, ist er stets danach direkt zu Ihnen zum Kaffeehaus gegangen und kam gar nicht mehr herein.«

»Ach ja? Das hat er gar nicht erzählt. Erst letztens meinte er, dass er hier aufgehalten worden sei.«

Felix zuckte mit den Schultern. »Womöglich wurde er beim Kunden aufgehalten, und Sie haben irrtümlich daraus geschlossen, dass es hier passiert ist. Nun, wie dem auch sei. Ich fürchte, ich werde nicht weiterhelfen können.«

Frederike überlegte kurz. »Dann wird es wohl das Beste sein, wenn ich zum Kaffeehaus gehe und dort auf ihn warte.«

»Ja, das denke ich auch. Und ich werde ihm auch morgen nichts davon sagen, dass Sie hier waren, sollten Sie erneut den Wunsch verspüren, ihn zu überraschen.« Er presste seine Lippen zusammen und sagte dann: »Meine Lippen sind versiegelt.«

»Danke sehr, Felix. Hat er denn morgen auch wieder einen Termin?«

»Bedaure, Fräulein Frederike, das erfahre ich auch oft erst, wenn Ihr Onkel fortgeht.«

»Na schön, dann lassen wir es eben darauf ankommen. Das bleibt also unser kleines Geheimnis?«

»Sie können sich auf mich verlassen, Fräulein Frederike«, versprach Felix in verschwörerischem Tonfall.

Frederike verließ das Kontor. Doch als sie wieder beim Kaffeehaus ankam, war ihr Onkel noch nirgendwo zu sehen. Sie stellte sich an die übliche Stelle, an der sie ihn auch sonst erwartete.

Es war kurz nach fünf, als Karl um die Ecke bog. »Na, Frederike, hattest du einen guten Tag? Entschuldige bitte die Verspätung, ich wurde schon wieder aufgehalten.«

Zusammen gingen sie los.

»Das macht doch nichts. Was tut man nicht alles für seine Kunden, nicht wahr?« Frederike schmunzelte und erwartete, gleich eine Geschichte darüber zu hören, wie ihr Onkel erfolgreich auf Neukundenfang ging.

»Ach, heute kam am frühen Nachmittag noch eine unverhoffte Warenlieferung herein, und Felix und ich hatten bis gerade eben alle Hände voll zu tun, alles einzuräumen.«

Frederike stutzte. »Im Kontor?« Ein eigenartiges Gefühl beschlich sie.

»Selbstverständlich im Kontor. Wo sonst?«

»Aber ich …« Sie unterbrach sich.

»Was denn?«

»Ach, nichts, gar nichts.«

»Alles in Ordnung?«

»Aber ja, natürlich. Ich habe wohl einfach nur Hunger. Im Kaffeehaus haben sich heute wieder die Gäste die Klinke in die Hand gegeben.«

»Dann sollten wir uns beeilen, nach Hause zu kommen, und nachsehen, was Therese uns wieder Schönes gekocht hat.«

Frederike lächelte und nickte, doch sie fühlte sich tatsächlich nicht wohl. Was war hier los? Warum log ihr Onkel sie an? Das vertrauensvolle Gefühl an seiner Seite war plötzlich nicht mehr da. Ganz im Gegenteil, sie fühlte sich unwohl, als sie so neben ihm herging, und war erleichtert, als sie die Villa der Hansens erreichten.

Auch beim Abendessen war Frederike ungewöhnlich still und verabschiedete sich bald zur Nachtruhe. Auf Thereses Frage, ob es ihr nicht gut gehe, gab sie vor, nur erschöpft von der Arbeit zu sein. Dann ging sie hinauf.

In der Nacht tat sie kaum ein Auge zu, so stark beschäftigte sie die Frage, weshalb ihr Onkel sie angelogen haben könnte. Bereitete er selbst eine Überraschung vor, von der sie nichts wissen sollte? Und wenn ja, aus welchem Grund? Ihr

Geburtstag war Anfang des Jahres gewesen, und auch sonst gab es nichts, was als Anlass für eine Überraschung infrage gekommen wäre.

Sie wälzte sich von einer Seite auf die andere. Das anfängliche Gefühl, dass es sich nicht um eine gut gemeinte Überraschung handelte, verstärkte sich mit jedem Augenblick. Dann schließlich stellte sie sich die Frage, die die ganze Zeit in ihrem Hinterkopf hämmerte: Hatte Onkel Karl ein Geheimnis? Belog er sie und womöglich auch Therese? Aber warum? Was hatte er zu verheimlichen?

Die Erinnerung an ihren Vater und dessen Affäre mit Tante Elisabeth bahnte sich wie ein Gift den Weg in ihr Bewusstsein. Das konnte doch nicht sein. Nicht ihr Onkel Karl, der mit Tante Therese so überglücklich zu sein schien. Nein, er nicht.

Es war nach fünf, als Frederike endlich einschlief, um eine Stunde später bereits wieder aufstehen zu müssen. Sie fühlte sich wie gerädert.

Den ganzen Tag lang überlegte Frederike, was sie tun sollte. Immer wieder ging ihr das Verhalten ihres Onkels in den letzten Tagen durch den Kopf. Stets kam er den einen Tag ganz pünktlich, nur um am nächsten abgehetzt zu wirken und immer eine Spur zu spät dran zu sein. Vorher hatte sie diesem Verhalten keine Bedeutung beigemessen. Nun jedoch, da irgendwas im Argen zu sein schien, ging es ihr nicht mehr aus dem Kopf.

Als Frieda ihr sagte, dass sie Feierabend machen könne, war es genau fünf vor fünf. Frederike blickte gerade in dem Moment durch das Fenster hinaus, als ihr Onkel Karl um die Ecke bog und vor dem Fenster stehen blieb. Pünktlich, überpünktlich sogar. Sie hob die Hand und winkte ihm zu, band ihre Schürze ab und hängte sie hinten an die Garderobe.

In diesem Moment fasste sie einen Plan. »Frieda, könnte ich morgen ausnahmsweise um drei Uhr gehen?«

»Ich habe nichts dagegen. Allerdings bekommst du die zwei Stunden dann nicht bezahlt, es sei denn, deine Tante sagt etwas anderes.«

»Nein, nein, natürlich nicht. Danke, Frieda.«

»Keine Ursache. Ich wünsche dir einen schönen Feierabend, Frederike.«

»Ich dir auch. Bis morgen.«

Frederike ging hinaus und begrüßte ihren Onkel. Dann traten sie gemeinsam den Heimweg an. Doch Frederike spürte, dass sie ihm gegenüber nun misstrauisch war. Tief in ihrem Innern hoffte sie noch immer, dass sie sich in etwas hineingesteigert hatte, und vermutete, dass ihr Vertrauensproblem tiefer saß, als sie bisher geglaubt hatte.

Doch sie wusste, dass sie der Sache in jedem Fall auf den Grund gehen musste. Nie wieder würde sie so dumm sein, sich hintergehen zu lassen. Und auch wenn es sich womöglich nicht direkt gegen sie, sondern in diesem Fall wohl eher gegen ihre Tante Therese richtete, würde sie der Sache nachgehen. Nie wieder wollte sie so einfältig sein, wie sie es damals gewesen war, nur um dann aus allen Wolken zu fallen und sich so dumm vorzukommen, weil sie nichts, aber auch gar nichts geahnt hatte.

Sie hoffte für Onkel Karl, vor allem aber für Therese, dass sie sich täuschte und bald schon darüber lachen könnte, welch wilde Vermutungen sie angestellt hatte. Doch sie brauchte Gewissheit. So oder so würde sie morgen schlauer sein.

Frederike gab sich Mühe, so normal wie möglich zu wirken, wenngleich sie an nichts anderes denken konnte als daran, was sie wohl erwartete, sobald sie Feierabend machte. Kaum dass die Uhr drei schlug, band Frederike ihre Schürze ab, verabschiedete sich von Frieda und ihren Kolleginnen und verließ das Kaffeehaus.

Sie beeilte sich, um so rasch wie nur möglich das Kontor zu erreichen, und bezog dort schräg gegenüber Stellung. Sie sah, dass ihr Onkel zusammen mit Felix im Laden stand und irgendetwas besprach. Dann ging Felix nach hinten ins Lager und kam mit einem kleinen Kaffeesack wieder in den Verkaufsraum. Er füllte die Kaffeebohnen in ein Tongefäß, verschloss den Sack wieder und ihr Onkel stellte das Gefäß zurück ins Regal, während Felix den Sack zurück ins Lager brachte und dann wieder nach vorn kam.

Eine Kundin betrat den Laden, und sofort war Frederikes Aufmerksamkeit geweckt. Ganz genau beobachtete sie, wie die Frau sich Onkel Karl gegenüber verhielt und ob sie ihm vielleicht schöne Augen machte. Vor allem aber wollte sie wissen, ob Onkel Karl womöglich mit ihr das Kontor verließ. Doch die Frau erhielt lediglich eine Papiertüte mit den abgewogenen Kaffeebohnen, bezahlte und verließ das Ladengeschäft, gerade als ein anderer Kunde eintrat, der der Frau noch die Tür aufhielt. Auch er hielt sich nicht lange auf, bekam seine Ware und ging wieder.

Frederike kam sich lächerlich vor. Was machte sie hier eigentlich? Sie beobachtete ihren Onkel, Felix und irgendwelche fremden Leute, die Kaffee- und Kakaobohnen kauften. Langsam, so fand sie, schien sie den Verstand zu verlieren. Dennoch rührte sie sich nicht vom Fleck und beobachtete ihren Onkel weiter. Als dieser kurz nach hinten ging und anschließend ohne seine Kontorjacke und stattdessen im Jackett hinter dem Tresen hervortrat, reckte Frederike den Hals. Onkel Karl verabschiedete sich von Felix und verließ dann den Laden.

Er schien bester Laune zu sein, als er nach rechts abbog und der Straße in Richtung der alten Arkadengänge folgte. Frederike schlich ihm in großzügigem Abstand nach.

Kurz überlegte sie, was sie sagen könnte, wenn er sich plötzlich umdrehte und sie entdeckte. Welche Begründung könnte sie liefern? Dass sie etwas für das Kaffeehaus besorgen sollte und von Frieda losgeschickt worden sei? Aber dann müsste sie erklären, was genau sie zu holen gedachte, und sie kannte sich hier überhaupt nicht aus. Ganz abgesehen davon schlug Onkel Karl eine Richtung ein, in der es immer weniger Ladengeschäfte, sondern vor allem Wohnungen und Privathäuser zu geben schien.

Wieder bog er um eine Ecke, und sie folgte ihm, bremste dann aber abrupt ab, als er vor einem Haus stehen blieb, einen Blumentopf, der davorstand, anhob und etwas darunter hervorzog. Er stellte den Blumentopf zurück und schloss die Tür auf.

Frederike wartete, bis er hineingegangen war. Dann näherte sie sich vorsichtig dem Haus und warf einen Blick auf die Namensschilder, die dort angebracht waren. Sie stutzte. Einer der Namen war Loising.

Frederike fragte sich, was das zu bedeuten haben könnte. Hatte Therese dort noch eine Wohnung, die auf ihren Mädchennamen lief? Oder war es eine Unterkunft, die von Friedrich Loising angemietet worden war und als kleine Stadtwohnung für die Familienmitglieder diente, wenn sie nach einem Opernbesuch oder einem späten Diner nicht mehr nach Hause fahren wollten? Oder war es die Wohnung von Florentinus Loising? Frederike wusste sich keinen Reim darauf zu machen.

Sie erschrak, als in diesem Moment die Tür geöffnet wurde und eine Frau plötzlich vor ihr stand.

»Grüß Gott«, sagte sie. »Möchten S' hinein?«

»Äh … ja, danke.« Frederike betrat den Hausflur und schloss die Tür hinter sich, die zum Treppenhaus führte. Zögernd stieg sie die erste Treppe hinauf und sah auch hier auf die Namensschilder an den Wohnungstüren, dann ging sie die Stufen nach oben, die in den zweiten Stock führten. Neben der Tür auf der rechten Seite war ein Schild mit dem Namen Loising angebracht.

Frederike wusste nicht, was sie jetzt tun sollte. Anklopfen? Aber was sollte sie Onkel Karl sagen? Dass sie ihm gefolgt war und ihn um eine Erklärung bat, was er in einer Wohnung der Familie seiner Ehefrau tat?

Vorsichtig legte sie das Ohr an die Tür und lauschte. Es drangen keine Stimmen auf den Flur heraus. Wenn da drin noch jemand bei Onkel Karl war, dann sprachen sie entweder nicht miteinander oder aber so leise, dass es nicht zu hören war.

Frederike setzte sich auf die Stufen, die nach oben zum Dachboden führten. Sie wartete. War es möglich, dass Karl eine Wohnung der Familie seiner Ehefrau nutzte, um sich dort mit einer Geliebten zu treffen? Wenn ja, musste sie jeden Moment kommen. Schließlich war es unwahrscheinlich, dass eine fremde Frau schon dort in der Wohnung auf ihn gewartet hatte und die beiden nun ein Stelldichein hatten.

Frederike stand noch einmal auf, legte das Ohr erneut an die Tür und lauschte. Kurz meinte sie, etwas hören zu können. War das ein Stöhnen gewesen? Sie war nicht sicher. Aber Onkel Karl war doch unmöglich so dreist, die Wohnung der Familie seiner Frau für ein Treffen mit einer möglichen Geliebten zu nutzen. Oder doch? Es war jedenfalls außer ihm niemand hineingegangen. Frederike seufzte, ging wieder die Treppe hinauf und setzte sich. Das durchgehende Holzgeländer versperrte so weit die Sicht, dass Onkel Karl sie nicht gleich entdecken würde, wenn er wieder herauskäme. Sie beschloss, genau hier sitzen zu bleiben und zu warten. Spätestens um Viertel vor fünf würde er ohnedies herauskommen, um noch halbwegs rechtzeitig zum Kaffeehaus zu gelangen, in dem Glauben, dort Frederike abholen zu können. Es war also nur eine Frage der Zeit, wann er wieder zum Vorschein käme. Doch was genau tat er dort drin? Frederike konnte sich einfach keinen Reim darauf machen. Also kauerte sie sich auf den Stufen zusammen und wartete.

Bis kurz vor fünf tat sich nichts. Dann hörte Frederike Stimmen und das Öffnen der Wohnungstür. Außer ihrem Onkel Karl hörte sie noch jemanden sprechen, und auch diese Stimme kannte sie, konnte jedoch nicht sofort zuordnen, wem sie gehörte. Vorsichtig lugte sie unter der hölzernen Abdeckung hindurch.

Natürlich, Florentinus! Florentinus Loising, Thereses Bruder. Wie dumm sie doch war! Therese hatte schließlich nächsten Monat Geburtstag. Bestimmt wollten die beiden gemeinsam etwas Besonderes vorbereiten.

Frederike war erleichtert und schämte sich außerdem zutiefst, ihrem Onkel gegenüber ein solches Misstrauen an den Tag gelegt zu haben. Dieser trat nun aus der Wohnung, und Frederike linste durch den Spalt. Sie hielt den Atem an. Auf keinen Fall durfte sie sich zu erkennen geben oder von den beiden erwischt werden.

»Dann also übermorgen?«, hörte sie Florentinus fragen.

»Ja«, sagte Karl. »Ich freue mich darauf.«

Frederike fand es eigenartig, wie die beiden miteinander sprachen, beugte sich nochmals herab und spähte nach unten. Onkel Karl hatte sich schon zum Gehen gewandt, wurde nun aber von Florentinus noch einmal ein Stück zurück in die Wohnung gezogen.

»Ich liebe dich«, sagte Florentinus. Und Frederike sah, wie die beiden sich küssten.

Sie schnappte nach Luft, und ohne es zu wollen, schrie sie laut. Ruckartig sprang sie vom Treppenabsatz auf, ihr Blick und die von Karl und Florentinus trafen sich.

»Frederike?« Karl schien nicht fassen zu können, dass sie wirklich vor ihm stand.

Frederike jagte die Stufen hinab und keuchte. Sie glaubte, sich übergeben zu müssen. Schon hörte sie schnelle Schritte hinter sich.

»Frederike, warte!«, hörte sie ihren Onkel rufen, doch sie dachte gar nicht daran. So schnell sie konnte, lief sie hinaus, rannte wie von tausend Teufeln gejagt. Immer weiter lief sie, ohne überhaupt noch zu wissen, wo sie sich befand, bis sie irgendwann sicher war, dass ihr Onkel oder auch Florentinus nicht hinter ihr waren.

Sie ließ sich auf eine Bank sinken, erschöpft, verwirrt, verzweifelt. Ihr Blick war vor Tränen verschwommen. Sie schluchzte und schlug die Hände vors Gesicht. Was sollte sie jetzt nur tun?

Stunden später, sie wusste nicht, wie viel Zeit vergangen war, war ihr so kalt, dass sie glaubte, es nicht mehr aushalten zu können. Die ganze Zeit waren Menschen um sie herum gewesen und ihrer Wege gegangen. Keiner von ihnen hatte Frederike angesprochen oder sie gefragt, ob alles in Ordnung sei.

Sie stand auf und spürte ihre Beine fast nicht mehr. Alles begann zu kribbeln und schmerzte. Sie verschränkte die Arme vor dem Körper und stolperte mehr, als dass sie ging. Stundenlang irrte sie umher, bis sie meinte, die Gegend zu erkennen, in der sie sich befand. Es war längst dunkel geworden, und Frederike wollte nichts anderes, als nach Hause zu gehen und sich schlafen zu legen. Doch das konnte sie nicht. Sie konnte nicht zurück in das Haus, in dem dieser Unhold wohnte. In dem er mit den Kindern und Therese lebte und so tat, als wäre er ein liebender Vater und Ehemann, wo er doch in ihren Augen nichts anderes war als ein Verbrecher, der von Gesetzes wegen bestraft gehörte.

Kurz überlegte sie, ob es wohl ihre Pflicht war, zur Sicherheitswache zu gehen und dort Meldung zu machen, was sie gesehen hatte. Machte sie selbst sich strafbar, wenn sie ihr Wissen für sich behielt? War es in Österreich-Ungarn genau wie in Deutschland, wo man derartige Fälle zur Anzeige zu bringen hatte? Sie wusste es nicht. Sie wusste überhaupt nichts mehr. Nur dass sie wegwollte. Weg von hier, weg aus Wien und zurück nach Hause. Zurück nach Hamburg. Und nie, niemals wieder, wollte sie Onkel Karl begegnen. Der Gedanke daran, dass er sie so oft umarmt und geherzt hatte, während er doch so verabscheuungswürdig war, verursachte ihr eine Gänsehaut.

Was war nur los mit dieser Familie? Erst ihr Vater und nun Onkel Karl. Gab es auch bei Robert etwas, das nicht in Ordnung war? Wie konnte es sein, dass ihre Großeltern solche Söhne in die Welt gesetzt hatten? Und was bedeutete das Verhalten Onkel Karls für ihre ganze Familie?

Sie wanderte ziellos bis nach Mitternacht herum. Dann ging sie zum Haus der Hansens und versteckte sich dort im Garten. Im Haus schien noch immer Licht, und durch die Terrassentür konnte Frederike Therese erkennen, die im Wohnzimmer auf und ab ging und immer wieder zur Haustür sah.

Therese. Wie sehr es Frederike leidtat, sie so furchtbar verletzen zu müssen. Sie war ein so herzlicher, gütiger Mensch und kümmerte sich so rührend um ihre Kinder. Es war eine Katastrophe, was dieser Widerling von Ehemann ihr antat und was sein Verhalten für die gemeinsamen Kinder bedeutete.

Die Gedanken hämmerten gegen Frederikes Stirn. Was würde Karl Therese gesagt haben? Hatte er ihr alles erzählt? Und wo war er eigentlich? Zumindest von hier draußen konnte Frederike ihn nirgendwo sehen. Sie hielt sich weiter dort versteckt, erwog immer wieder, hineinzugehen und Therese zu sagen, dass es ihr gut ging. Doch sie konnte es nicht. Sie konnte Therese einfach nicht unter die Augen treten, brachte es nicht übers Herz, ihr zu sagen, was sie gesehen hatte. Womöglich war das alles längst geschehen, und Therese wusste Bescheid. Doch sollte dies nicht der Fall sein, würde Frederike erklären müssen, wo sie sich bis jetzt aufgehalten hatte. Nein, sie konnte nicht dort hinein. Auf keinen Fall.

Frederike sah nach oben. Dort waren alle Zimmer dunkel, kein einziges Licht war an. In ihrem Zimmer waren die Fenster nur angelehnt. Frederike versuchte im Dunkeln etwas auszumachen, mit dem sie hätte hinaufklettern können. Doch um sie herum war nichts als Dunkelheit und Leere.

Irgendwann im Lauf der Nacht wurde ihr so kalt, dass sie es nicht mehr aushielt. Sie starrte durch die Terrassentür.

Therese war im Sitzen eingeschlafen, und Onkel Karl war immer noch nicht zu sehen.

Frederike gab ihre Position vor der Terrasse auf und schlich um das Haus herum. So leise es ging, schloss sie die Eingangstür auf. Jedes noch so kleine Geräusch ließ sie einen Augenblick lang erstarren.

Vorsichtig lugte sie hinein. Es war nichts zu hören und zu sehen. Sie schlich die Stufen hinauf, ließ die sechste aus, von der sie wusste, dass sie knarrte, und ging vollkommen lautlos zu ihrem Zimmer. Ganz leise öffnete sie die Tür und schloss sie hinter sich. Sie wagte nicht, Licht anzumachen, zog im Dunkeln ihren Koffer unter dem Bett hervor, öffnete, so leise sie konnte, die Kommode, in der ihre Unterkleider lagen, und dann schließlich den Schrank, der leise knarrte.

Sie legte alles, was sie besaß, in ihren Koffer. Die Kleider, die sie von Therese bekommen hatte, ließ sie zurück. Dann schloss sie den Koffer und trug ihn zur Tür. Leise öffnete sie, huschte über den Flur zur Treppe und nach unten. Sie zuckte zusammen, als sie auf die sechste Stufe von unten trat, die prompt ein Knarren von sich gab.

»Frederike?« Therese war durch das Geräusch wach geworden und in den Flur geeilt. »Frederike«, wiederholte sie. »Wir waren krank vor Sorge.« Sie machte ein paar Schritte auf die Treppe zu. »Was ist denn nur geschehen?«

Frederike schluckte schwer. »Ich möchte zurück nach Hamburg.«

»Frederike, bitte sprich mit mir!«, flehte Therese. »Was ist geschehen?«

»Ich …« Sie brach ab. »Ich kann es dir nicht sagen.«

»Hat dir jemand etwas angetan? Wurdest du verletzt? Dein Onkel sucht in ganz Wien nach dir.«

Frederike schüttelte den Kopf. »Ich möchte weg. Einfach nur weg.«

»Aber es muss doch einen Grund geben. Und wo warst du die halbe Nacht? Bitte, Frederike, ich flehe dich an, sag mir, was passiert ist!«

Frederike zögerte, dann hob sie den Kopf. »Es tut mir sehr leid, Therese. Das alles tut mir sehr, sehr leid.«

»Was tut dir denn leid? Du hast doch nichts getan, oder? Bist du in Schwierigkeiten?«

Frederike fasste ihren Koffer fester. »Könntest du mir das Geld geben, das ich im Kaffeehaus verdient habe?«

Therese wusste nicht, wie sie sich verhalten sollte. »Ja, natürlich«, sagte sie schließlich und seufzte. »Ich hole es.«

Therese ging ins Arbeitszimmer, griff in die Schreibtischschublade und zog einen Umschlag hervor. Erst nahm sie einige Scheine heraus, dann steckte sie sie zurück und nahm den Umschlag mit. Im Flur reichte sie Frederike das Geld. »Bitte.«

»Danke.«

Therese hatte Tränen in den Augen. »Ich wünschte, ich könnte dich umstimmen.«

»Nein«, sagte Frederike. »Leb wohl.« Sie war kurz in Versuchung, Therese zu umarmen, ließ es dann aber sein. »Ich werde dich und die Kinder sehr vermissen.«

»Wir dich doch auch!« Therese schluchzte, dann stutzte sie. »Du sagtest eben, du würdest die Kinder und mich sehr vermissen. Was ist mit deinem Onkel Karl?« Therese suchte Frederikes Blick. »Ist es das? Habt ihr euch gestritten? Bitte, Frederike, das ist alles aus der Welt zu schaffen. Aber du musst mir sagen, was geschehen ist.«

»Vielen Dank für alles. Ich werde jetzt gehen.«

»Aber es wird noch Stunden dauern, bis der erste Zug fährt. Bleib doch und lass uns miteinander sprechen. Ich flehe dich an!«

Frederike nahm den Koffer in die andere Hand. »Leb wohl.« Damit ging sie hinaus in die Nacht und drehte sich nicht mehr um.

Für Therese brach eine Welt zusammen.

17. Kapitel

»Mein Name ist Robert Hansen. Ich möchte mit meiner Ehefrau Elisabeth sprechen.«

»Bitte treten Sie ein«, bat der Diener Frederiksens höflich, der ihm soeben die Tür geöffnet hatte. »Wenn Sie mir bitte folgen und hier warten wollen.«

»Danke.« Robert verzichtete darauf, sich zu setzen.

Der Diener ging die Stufen hinauf und es dauerte eine Weile, bis er wieder herunterkam und auf Robert zutrat. »Ich bedaure, Ihnen mitteilen zu müssen, dass die gnädige Frau unpässlich ist und nicht in der Lage, Sie zu empfangen. Wenn Sie mir bitte hinausfolgen wollen.«

»Sie ist alles andere als eine gnädige Frau, wie wir beide wissen. Und in ihrem eigenen Interesse sollte sie sich jetzt hierherbewegen, bevor ich zu ihr hinaufgehe.«

»Ich bitte um Verzeihung, doch ich habe meine Anweisungen.«

»Schon gut.« Robert wollte die Treppe hinaufstürmen, als in diesem Moment zwei Männer in den Flur traten, die ihn beide um Haupteslänge überragten und eine Statur hatten, als würden sie hauptberuflich Schläge austeilen. Beide verschränkten die Arme vor der Brust, sagten aber kein Wort.

»Es wird das Beste sein, wenn Sie einen Termin vereinbaren«, schlug der Diener vor und deutete dann mit der Hand zur Tür. »Wenn ich Sie also bitten dürfte …«

»Elisabeth!«, brüllte Robert nach oben. »Wenn du das nächste Mal versuchst, einem aus unserer Familie zu schaden, werde ich mich persönlich um dich kümmern.«

»Bitte, Herr Hansen«, sprach der Diener ihn abermals an. »Es wird Zeit.«

»Scher dich zum Teufel, Robert, du und deine Sippschaft. Ich werde dafür sorgen, dass ihr alles verliert. Alles! Genau wie ihr mir alles genommen habt.« Elisabeth war plötzlich oben am Geländer aufgetaucht und geiferte zu ihm herunter.

Robert blickte zu ihr hinauf. »Du bist diejenige, die sich wie eine Hure aufgeführt und deshalb alles verloren hat. Und nun prostituierst du dich auch hier wieder. Ich schäme mich dafür, dich damals geheiratet zu haben.«

»Schäm dich, wofür du willst. Ich werde dafür sorgen, dass du bald nichts mehr hast. Keiner von euch!«

Robert schüttelte fassungslos den Kopf.

»Bitte, Herr Hansen. Ich möchte die Herren hier nicht bitten müssen, Sie hinauszubringen. Noch einmal sage ich es nicht.« Der Diener Frederiksens sah ihn abwartend an.

»Wenn du Krieg willst, kannst du ihn haben.« Damit machte er kehrt und ging.

Er hatte sich noch immer nicht beruhigt, als er das Kontor erreichte. Ihm kam nur ein knapper Gruß über die Lippen, dann stürmte er in sein Büro und ließ sich mit Schwung auf seinen Bürostuhl fallen.

Es klopfte, und nach Roberts Aufforderung steckte Fräulein Schreiber den Kopf herein. »Herr Hansen, alles in Ordnung? Kann ich etwas für Sie tun?«

»Nein«, antwortete er schroff, und sie wollte sich schon

zurückziehen, da fügte er schnell hinzu: »Fräulein Schreiber, da wäre doch etwas. Kommen Sie bitte kurz herein.«

»Ja, Herr Hansen?« Sie schloss die Tür hinter sich.

»Bitte sagen Sie meiner Tochter, dass ich sie in mein Büro bitte. Und dann lassen Sie einen unserer Lagerarbeiter kommen, sein Name ist Hans Georg.«

»Jawohl, Herr Hansen. Ich werde mich sofort darum kümmern.« Sie wartete kurz, ob er ihr noch mehr auftragen würde.

»Das wäre für den Moment alles, Fräulein Schreiber.«

»Jawohl, Herr Hansen.« Sie ging hinaus.

Kurze Zeit später klopfte es, und Luise trat ein. »Du wolltest mich sprechen, Vater?«

»Ja. Wir warten noch einen Moment.«

»Wie du möchtest.«

Luise war gespannt, wer noch erwartet wurde, denn ihr Vater war sonst nicht der Mensch, der lange mit dem, was ihn beschäftigte, hinterm Berg hielt.

Es klopfte wieder, und Fräulein Schreiber betrat zusammen mit einem grauhaarigen Mann das Büro. »Herr Hans Georg ist jetzt da.«

Luise musste zweimal hinsehen, bevor sie ihren Onkel erkannte.

»Danke, Fräulein Schreiber.«

»Sehr gern, Herr Hansen«, erwiderte die Sekretärin und verließ das Büro.

»Komm bitte hier herüber und setz dich, Georg.«

»Onkel Georg! Ich wusste nicht, dass du bereits wieder hier in der Firma bist.«

»Das liegt an mir. Ich möchte es nicht an die große Glocke hängen. Deshalb auch der falsche Name.«

Georg ging zu Luise und streckte ihr die Hand hin. »Luise.«

»Guten Tag, Onkel Georg.« Sie fand es eigenartig, wie förmlich sie einander begrüßten.

Georg setzte sich. »Ich vermute, du hast mich nicht gleich erkannt, nicht wahr?«

»Offen gesagt, nein«, gab Luise zu.

»Du hättest ihn mit Bart sehen sollen«, scherzte Robert.

Luise lächelte etwas gequält. Sie war unsicher, wie sie sich verhalten sollte.

»Ich habe euch beide hierhergebeten, weil wir etwas sehr Wichtiges zu besprechen haben.« Robert beugte sich vor und legte seine Hände auf die Schreibtischplatte. »Es geht um Elisabeth. Ich setze dich kurz ins Bild, Georg, damit du verstehst, was sich ereignet hat.«

Robert erzählte Georg von dem Komplott, das gegen die Ahrendsens geschmiedet worden war, und dass sich herausgestellt hatte, dass Frederiksen und damit vor allem Elisabeth dahintersteckte. Dann berichtete er – was auch Luise neu war – von seinem Besuch am heutigen Tag und der unverhohlenen Drohung Elisabeths, sie alle in den Ruin treiben zu wollen.

»Sie hat es zugegeben?«, fragte Luise nach, denn sie wollte sicher sein, ihn richtig verstanden zu haben.

»Mehr noch. Sie ist noch nicht fertig mit uns.«

»Aber warum? Sie war doch diejenige, die dich betrogen hat und mit ihm«, sie deutete auf ihren Onkel, »entschuldige bitte, durchgebrannt ist.«

»Es war so. Da gibt es nichts zu beschönigen«, sagte Georg.

»Ich verstehe es auch nicht«, gab Robert seiner Tochter recht. »Ich müsste Hass auf sie verspüren und nicht umgekehrt.«

»Was veranlasst sie dann, sich so aufzuführen?«, fragte Luise.

»Genau deshalb habe ich dich dazugebeten, Georg. Ich habe ohnehin den Eindruck, nicht zu wissen, wer diese Frau überhaupt ist. Du hast sie nach der Trennung von mir und dem Auszug aus der Villa erlebt. Was treibt sie an?«

»Zunächst einmal: Ich habe ebenfalls nicht das Gefühl, sie wirklich zu kennen«, stellte Georg klar. »Ich habe mich von ihr blenden lassen und …« Er unterbrach sich und holte Atem. »Aber das ist jetzt unwichtig.«

»Georg, du wärst nicht hier, wenn ich dir nicht verziehen hätte. Also hör auf, dich zu geißeln. Das bringt niemanden von uns voran.«

Georg sah Luise an. »Ich bin euch dankbar für die Möglichkeit, mein Leben wieder in den Griff bekommen zu können. Das wollte ich noch sagen.«

»Gut«, erwiderte Robert. »Zurück zu Elisabeth.«

»Genau, Elisabeth«, wiederholte Georg. »Seit wir aus der Villa und damit auch vom gesellschaftlichen Parkett in Hamburg verschwunden waren, hatte Elisabeth nur noch ein Thema: euch dafür büßen zu lassen.«

»Über drei Jahre lang?«

Georg nickte. »Wobei wir, genau genommen, nicht einmal ein Jahr zusammengelebt haben. Als Elisabeth merkte, dass wir nicht wieder auf die Beine kommen würden, hat sie sich nach anderen Männern umgesehen, die ihr mehr bieten konnten, vor allem aber angesehene Mitglieder der Gesellschaft waren.«

»Es gab also nicht nur Frederiksen?«

»Nein, beileibe nicht. Es gab diverse Männer.« Er sah Luise an. »Entschuldige bitte.«

Luise zuckte die Schultern. »Glaub mir, es gibt fast nichts mehr, was mich an dieser Frau, die mich geboren hat, noch irgendwie überrascht, schockiert oder kränkt.«

»Was will Elisabeth also?«, fragte Robert und kam so auf den Kern des Themas zurück.

»Anerkennung. Sie will wieder überall dabei sein und als Dame der Gesellschaft wahrgenommen werden«, resümierte Georg.

»Pah!«, machte Robert. »*Dame der Gesellschaft* – dass ich nicht lache. Ich kenne niemanden, auf den der Begriff so wenig zutrifft wie auf Elisabeth.«

»Sie kann euch an der Seite von August Frederiksen großen Schaden zufügen.« Georg atmete tief durch. »Er ist ein mächtiger Mann. Und das wirklich Gefährliche an ihm ist, dass er weder Stolz noch Ehre besitzt.«

»Wie meinst du das?«

»Frederiksen kann für Elisabeth nur eine vorübergehende Lösung darstellen. Durch ihn mag sie an Geld kommen, an Macht, aber nicht an Anerkennung. Sie wird nur dann zu gesellschaftlichen Anlässen eingeladen, wenn es sich um Geschäftspartner von Frederiksens Import-Export handelt. Und auch das nur, wenn es sich für die Gastgeber nicht vermeiden lässt.« Georg hob die Augenbrauen. »Das aber wird Elisabeth nicht genügen.«

»Und du denkst, es gibt ihr eine Art Genugtuung, uns und unseren Familien Schaden zuzufügen?«

»Vielleicht. Doch das kann nicht der einzige Grund sein.« Georg überlegte. »Denken wir es doch einmal weiter: Was wäre geschehen, wenn Luise diesem Betrüger nicht auf die Schliche gekommen wäre?«

»Dann wären die Ahrendsens über kurz oder lang in den Bankrott getrieben worden«, schlussfolgerte Luise.

»Oder«, Georg hob den Zeigefinger, »es hätte einen großen Retter in Gestalt von August Frederiksen gegeben, der entweder Horstmann hätte auffliegen lassen oder aber der Familie Geld angeboten hätte, damit sie sich von ihrem geschäftlichen Tief erholt. Möglicherweise auch beides, das können wir nicht wissen.«

»Aber was hätte Elisabeth denn davon gehabt?«, fragte Robert.

Luise nickte verstehend. »Dankbarkeit. Sie hätte von Martha Dankbarkeit einfordern und sie so dazu bringen können, Mutter wieder gesellschaftliches Ansehen zu verschaffen, indem sie ihr im Namen der Familie Hansen verziehen hätte.«

»Denn wenn die eigene Tochter einen solchen Betrug verzeiht, werden auch die Leute eines Tages aufhören zu tratschen und Elisabeths Wunsch nach Rehabilitierung respektieren«, führte Robert den Gedanken seiner Tochter zu Ende. »Sie ist solch ein durchtriebenes Weib!«

»Deshalb hat sie versucht, den Ahrendsens zu schaden und nicht uns. Wäre unser Kontor betroffen gewesen, wären die Zusammenhänge viel zu offensichtlich.« Luise schüttelte den Kopf. »Was könnte sie also als Nächstes vorhaben?«

»Ich weiß nicht, ob es für euch überhaupt infrage kommt, aber wenn ihr Elisabeth gebt, was sie will, wird sich das Ganze beruhigen, und vermutlich können dann alle wieder in Frieden leben«, meinte Georg.

»Auf gar keinen Fall.«

Die Antwort war von Luise gekommen, und sowohl Robert als auch Georg waren verblüfft, mit welcher Kälte sie die wenigen Worte ausgesprochen hatte.

»Wir werden sie nicht damit durchkommen lassen«, fügte Luise noch hinzu.

»Das könnte jahrelangen Krieg bedeuten, der uns von unserer Arbeit im Kontor und unseren Geschäften ablenken könnte«, gab Robert zu bedenken.

»Mag sein. Doch nachzugeben, ist kein Weg.« Luise hob den Kopf. »Sie ist unsere Mutter und war dennoch bereit, Marthas Leben zu ruinieren, obwohl sie wahrlich schon genug Schaden angerichtet hat. Das können wir ihr nicht durchgehen lassen.«

»Ich stimme Luise zu.« Robert sah Georg an. »Die Frage ist: Inwieweit können wir uns auf dich verlassen?«

»Ich werde alles tun, um euch zu helfen. Alles.«

»Dann sollten wir nicht darauf warten, was Elisabeth sich als Nächstes einfallen lässt, sondern sie noch tiefer in ihre Wut treiben und so dafür Sorge tragen, dass sie kopflos handelt.«

»Und wie?«

Robert lächelte. »Angesichts der Tatsache, dass sich Wilhelm Petersen als dein Verbündeter entpuppt hat, Luise, glaube ich kaum, dass es deiner Heirat abträglich wäre, wenn ich das Scheidungsverfahren jetzt sofort einleite. So leid es mir tut, Georg, aber ich werde auch deinen Namen in den Dreck ziehen müssen.«

»Ich habe schon selbst dafür gesorgt, meinen Namen zu beschmutzen. Was auch immer ich aussagen soll – wenn es dir nützen kann, werde ich es tun.«

»Gut. Ich fürchte, du musst nicht einmal lügen oder übertreiben, was Elisabeths Hinterhältigkeit angeht.«

»Was ist mit Frederiksen?«, fragte Luise.

»Was soll mit ihm sein?«

»Er ist einer der reichsten Männer der Stadt, und dennoch ist sein Ansehen nicht das Beste. Großvater hat ihn seinerzeit als Erzfeind bezeichnet. Was war der Grund?«

»Ehrlich gesagt, habe ich den nie erfahren. Weißt du etwas, Georg?«

Der Bruder schüttelte den Kopf. »Nein. Aber wenn ich darüber nachdenke, fällt mir in dem Zusammenhang noch etwas anderes ein. Erinnerst du dich daran, wie wir seinerzeit mit dem Bankier Palm über die Aussetzung der Darlehen verhandelt haben und kurz davorstanden, die Villa verkaufen zu müssen?«

»Ja, ich erinnere mich.« Robert zog die Stirn in Falten. »Worauf willst du hinaus?«

»Da war etwas, was ich nie so recht verstanden habe. Anfangs stand Palm unseren Plänen nicht besonders positiv gegenüber, obwohl er doch stets hinter Vater und dem Kontor gestanden hatte. Ich glaube mich zu erinnern, dass er sagte, er wolle uns gern helfen, ihm aber die Hände gebunden seien.«

»Ja, so ähnlich habe ich es damals auch verstanden«, stimmte Robert zu.

»Als dann aber August Frederiksen ins Spiel kam mit seinem Angebot für die Villa, wirkte Palm überaus betroffen, dass wir so verzweifelt waren und die Villa, die schon immer im Besitz der Familie Hansen gewesen war, ausgerechnet an ihn verkaufen hätten müssen. Er hat ohne weiteres Zögern all unseren Vorschlägen zugestimmt und die Zahlungstermine großzügig prolongiert. Wenn du mich fragst, weiß Palm, was hinter dem Streit zwischen Vater und Frederiksen steckte und wie ernst der Grund für Vaters Hass auf ihn war.«

Robert überlegte. »Da könnte etwas Wahres dran sein. Fragen wir also Palm.«

»Das macht ihr besser ohne mich«, meinte Georg.

»Nein, das sehe ich anders. Schluss mit der Heimlichtuerei. Es ist jetzt wichtig, vor allem nach außen hin Stärke zu zeigen. Ich will, dass du wieder in die Villa ziehst und wir als Familie das Bild abgeben, dass nichts und niemand uns unterkriegen kann. Schon gar nicht Elisabeth, ganz gleich, welchen Kerl sie sich an ihre Seite holt.«

»Und Tante Vera?«, fragte Luise zweifelnd.

»Georg muss ja nicht in ihrem Schlafzimmer übernachten.« Robert schlug mit der flachen Hand auf den Tisch. »Es ist an der Zeit, hanseatische Stärke zu beweisen. Ich bin das Familienoberhaupt, und so leid es mir für dich tut, diese Stellung wirst du nie mehr innehaben. Aber es wird den Menschen Respekt abringen, wenn wir trotz allem, was geschehen ist, Seite an Seite stehen.«

Georg schluckte schwer. »Das kann ich nicht von dir verlangen.«

»Nein, das kannst du nicht. Aber ich verlange es von dir. Und ich habe das Recht dazu.« Robert stand von seinem Stuhl auf, ging mit festen Schritten zur Tür und öffnete sie. »Fräulein

Schreiber, lassen Sie den Schneider Bertram kommen. Er soll Anzüge mitbringen, Fliegen, Einstecktücher, Westen und auch Hemden. Und er soll sich beeilen.«

»Jawohl, Herr Hansen.«

Robert schloss die Tür, um sie sofort wieder zu öffnen. »Und der Schuster soll ebenfalls kommen und eine Auswahl an Herrenschuhen mitbringen. Und der Friseur, nicht zu vergessen. Sie sollen sich beeilen, wenn sie Geld verdienen wollen.«

»Jawohl, Herr Hansen. Ich werde mich sofort darum kümmern.«

Robert schloss die Tür wieder, dann klatschte er in die Hände. »So, nun machen wir wieder einen richtigen Geschäftsmann aus dir. Und dann gehen wir zu Palm.«

»Guten Tag, Herr Hansen und …«, die Bankangestellte, die schon seit Jahren dort arbeitete, stockte, »… und Herr Hansen«, fuhr sie dann fort, als sie auch Georg erkannt hatte. Die Verblüffung darüber, die Brüder zusammen in der Bank zu sehen, stand ihr deutlich ins Gesicht geschrieben. »Was kann ich für die Herren tun?«

»Fräulein Handtke, Sie sind wie immer eine Augenweide. Wir würden gern ein paar Worte mit Bankdirektor Palm sprechen, wenn es seine Zeit erlaubt. Leider kam uns der Gedanke erst heute Morgen, sodass wir keinen Termin vereinbart haben.« Robert lächelte und zwinkerte ihr zu.

Sie errötete ein wenig. »Ich werde ihn fragen. Bitte setzen Sie sich doch einstweilen.«

»Danke sehr.« Robert sah ihr demonstrativ hinterher. Er war sicher, dass sie es bemerkte, und das war auch volle Absicht. Er flirtete stets ein wenig mit ihr, und es mochte an den guten Geschäften liegen, die das Bankhaus mit dem Kontor machte, aber er hatte noch nie einen Termin bei ihrem Chef gebraucht und glaubte, dass es auch ein bisschen daran lag, wie viel Aufmerksamkeit er der Sekretärin schenkte.

»Herr Palm wird Sie nun gern empfangen«, meldete sie, als sie aus dem Büro ihres Chefs trat und ihnen die Tür offen hielt. »Kann ich den Herren etwas anbieten? Einen Kaffee vielleicht?«

»Nein, danke.« Wieder zwinkerte Robert ihr zu. »Machen Sie sich bitte keine Mühe.«

Sie blickte errötend zu Boden, ließ die beiden eintreten und schloss dann die Tür.

»Ich dachte eben, Fräulein Handtke wolle sich einen Scherz mit mir erlauben, als sie mir sagte, dass Sie beide gemeinsam hier sind.« Der Bankdirektor ging auf seine Besucher zu, begrüßte erst Robert und dann Georg und reichte ihnen die Hand.

»Ja, nicht wahr? Wir Hansens sind doch immer für eine Überraschung gut«, erwiderte Robert.

»Bitte nehmen Sie Platz. Fräulein Handtke hat Ihnen doch schon etwas angeboten?«

»Ja, danke sehr.«

Die drei nahmen an dem Mahagonitisch Platz, dessen Farbton exakt dem der holzverkleideten Wände entsprach. Kurz sah Georg sich um. Es hatte sich nichts verändert, seit er das letzte Mal hier gewesen war.

»Ich sollte wohl meine Anwesenheit hier erklären«, bot Georg an.

Der Bankier schüttelte den Kopf. »Nicht, was mich betrifft. Natürlich sollte ich darüber informiert sein, falls weitere Kontovollmachten oder Ähnliches von Ihnen in Erwägung gezogen werden. Doch ganz persönlich kann ich Ihnen sagen, dass ich Ihnen allein aufgrund der Tatsache, Sie zusammen hier vor mir sitzen zu sehen, größten Respekt zolle. Zerwürfnisse zu überwinden, erfordert Größe. Also, was kann ich für Sie tun, meine Herren?«

»Es geht um eine persönliche Sache«, erklärte Robert.

»Haben Sie von dem Vorfall am Billhorner Röhrendamm gehört, der sich kürzlich ereignet hat?«

»Gerüchteweise. Es sollen sich Diebstähle ereignet haben, die die Familie Ahrendsen betreffen, wie man hört.«

»Es ist schon ein bisschen mehr als das.« Robert erzählte nun noch einmal, was sich zugetragen hatte und dass es Luise im Zusammenwirken mit Wilhelm Petersen gelungen war, den Männern eine Falle zu stellen.

Die Miene des Bankdirektors hellte sich auf. »Ach, das Fräulein Luise ist aber auch ein Original. Wenngleich die Situation durchaus gefährlich für sie hätte werden können«, fügte er dann mahnend hinzu.

»Das ist richtig. Wie Wilhelm Petersen jedoch in Erfahrung bringen konnte, waren die Diebstähle und der Betrug, die der Familie Ahrendsen zum Nachteil gereichen sollten, nicht allein auf das Betreiben dieses Berliners Horstmann zurückzuführen.«

»Ach nein?« Der Bankier setzte sich aufrechter hin, interessiert, zu hören, was Robert zu berichten hatte.

»Nein. Es steckte jemand anders dahinter, der für Sie kein Unbekannter ist. Ein Hamburger Kaufmann, wenngleich ihm hanseatische Ehre und Stolz fremd zu sein scheinen.«

»Nun machen Sie mich wirklich neugierig«, frohlockte Palm.

»August Frederiksen.«

Augenblicklich verschwand die heitere Miene des Bankiers, und er zog die Stirn in Falten. »Bei jedem anderen Namen eines Hamburger Kaufmanns hätten Sie mich überrascht gesehen. Dies ist hier jedoch nicht der Fall.«

»Sie kennen ihn ziemlich gut, oder?«

»Er ist kein Kunde unserer Bank. So viel Geld, dass wir einen derart zweifelhaften Charakter in unserer Mitte dulden würden, kann niemand besitzen.« Die Wangen des Bankiers röteten sich.

»Was wissen Sie über ihn?«, fragte nun Georg.

»Ach, nur dies und das«, antwortete Palm ausweichend. »Es gibt immer viel Gerede.«

»Nein«, entgegnete Robert. »Es sind mehr als nur Gerüchte. Und Sie haben unser Wort darauf, dass alles, was wir hier besprechen, niemals zu Ihnen zurückzuverfolgen sein wird.«

»Weshalb wollen Sie das wissen?«

Robert seufzte. »Das ist doch offensichtlich. August Frederiksen ist in diesem Fall ein williges Werkzeug meiner Noch-Ehefrau.« Er nickte. »Ja, Sie haben richtig gehört. Meine Ehefrau, bei der ich künftig keine Milde mehr walten lassen werde – sodass ich dem Scheidungsverfahren fast schon mit Freude entgegensehe –, lebt inzwischen als Geliebte von August Frederiksen in dessen Haus und hat ihn zu alldem angestiftet.«

Der Bankier schüttelte fassungslos den Kopf.

»Und mein Bruder und ich erinnerten uns, dass wir damals den Eindruck hatten, Sie könnten etwas über die Fehde zwischen meinem Vater und Frederiksen wissen.«

»Man sollte die alten Geschichten ruhen lassen«, urteilte der Bankier.

»Nicht, wenn sie noch heute Auswirkungen haben«, hielt Georg dagegen. »Es geht uns nicht darum, nur schmutzige Wäsche zu waschen. Wir wollen verstehen, mit welcher Art Mensch wir es im Fall von August Frederiksen zu tun haben.«

»Es könnten dabei Themen zur Sprache kommen, die Ihnen womöglich nicht angenehm sein werden«, warnte der Bankier.

»Das nehmen wir in Kauf«, stellte Robert selbstsicher klar.

Palm überlegte kurz, erhob sich dann ohne ein Wort und ging zum Barschränkchen hinüber. Er füllte drei Gläser je zwei Fingerbreit mit Cognac, kehrte dann wieder an den Tisch zurück, stellte die Gläser ab und setzte sich.

»Ich bin gute zehn Jahre jünger, als es Ihr Herr Vater war«, begann er zu erzählen. »Mein Bruder und Ihr Vater waren fast gleichaltrig.« Er drehte sein Glas nachdenklich in den Händen und trank dann einen Schluck. »Sie waren gut befreundet.« Er sah die beiden an. »Es ist nicht wie heute, wissen Sie? Es gibt jetzt viel mehr Gleichaltrige als früher. Damals war es noch anders. Hatte man in etwa das gleiche Geburtsjahr, war man für viele Jahre unweigerlich miteinander verbunden und traf sich bei den verschiedensten Anlässen, sei es nun schulisch bedingt oder auch privat. Mein Bruder war damals mit einem jungen Fräulein verbandelt, ihr Name war Felicitas Berger. Sagt Ihnen der Name etwas?«

»Nein.« Beide schüttelten den Kopf.

»Sie war seit Kindertagen die beste Freundin Ihrer Frau Mutter. Nun, wahrscheinlich war es für Ihre Mutter zu schmerzhaft, darüber zu sprechen und daran erinnert zu werden.«

»Was ist geschehen?«, fragte Georg.

»Felicitas Berger war zusammen mit Ihrer Frau Mutter auf einer Festivität. Mein Bruder war ebenfalls dort, wie wohl auch die meisten anderen dieses Jahrgangs. August Frederiksen, obwohl vier Jahre jünger, war ebenfalls mit zwei seiner Kumpane dort.« Palm fiel es sichtlich schwer, darüber zu sprechen. »Mein Bruder hatte an dem Abend zu viel getrunken, und er und Fräulein Berger hatten einen fürchterlichen Streit deswegen. Wie junge Leute eben so sind, gab ein Wort das andere, und schließlich verließ mein Bruder die Festivität allein. Etwas, das er den Rest seines Lebens bereute. Ihre Mutter und Fräulein Berger blieben noch eine Weile, und August Frederiksen, obwohl jünger, begann Fräulein Berger zu umschmeicheln. Diese hat ihn wohl nicht sonderlich ernst genommen. Jedoch ließ sie sich auf einige Tänze mit ihm ein, und vermutlich dürfte auch sie ein wenig beschwipst gewesen sein. Ihre Frau Mutter wollte schließlich gehen, war sie doch bereits über die Zeit dortgeblieben, und es stand zu erwarten, dass sie dafür zu Hause eine Strafe erhalten würde. Felicitas jedoch war nach dem Streit mit meinem Bruder trotzig und wollte noch nicht heim. So ging Ihre Frau Mutter schließlich allein.« Palm schüttelte den Kopf und trank den Rest des Cognacs in einem Zug leer, während die Hansen-Brüder noch nicht einmal an ihren Gläsern genippt hatten.

»Über das, was dann geschah, gibt es zwei Versionen. Sicher ist, dass Felicitas Berger erst Stunden später und zum Entsetzen ihrer Eltern vollkommen derangiert nach Hause kam. Erst wollte sie wohl nicht darüber sprechen, doch dann gestand sie unter Tränen, dass August Frederiksen über sie hergefallen sei und sie mit Gewalt genommen habe. Dieser hingegen, mit den Vorwürfen konfrontiert, beharrte darauf, dass Felicitas sich ihm angeboten habe und alles einvernehmlich geschehen sei. Um einen größeren Skandal zu vermeiden, wurde das Ganze zunächst nicht breitgetreten – bis jedoch klar wurde, dass Felicitas schwanger war.« Er stieß den Atem aus. »Mein Bruder war vollkommen mit den Nerven am Ende, genau wie Ihre Frau Mutter, hatten doch beide das Gefühl, Fräulein Berger im Stich gelassen zu haben. Die Eltern von Felicitas drängten dann darauf, dass August Frederiksen die Tochter heiraten müsse, damit die Angelegenheit zumindest im Hinblick auf das zu erwartende Kind geregelt sei. Sie können die Verzweiflung meines Bruders erahnen. August Frederiksen lachte sowohl seinen Eltern, die zu vermitteln versuchten, als auch Felicitas' Eltern ins Gesicht und beschimpfte deren Tochter gar als Hure, die dafür bekannt sei, sich jedem an den Hals zu werfen. Er behauptete auch, dass ihm mindestens fünf Männer einfielen, die ebenfalls infrage kämen, der Kindsvater zu sein.« Wieder seufzte er schwer. »Mein Bruder wusste, dass all das gelogen war. Er war in Felicitas verliebt und bereit, sie zu heiraten, auch wenn das Kind in ihrem Leib nicht von ihm war. Doch dazu kam es nicht mehr.«

Nun nahm auch Robert einen Schluck. Georg, der, seit er im Kontor arbeitete, vorsichtshalber überhaupt keinen Alkohol mehr angerührt hatte, schob sein Glas zu Palm hinüber, der sogleich zugriff und einen Schluck trank.

»Sie haben sie gefunden«, fuhr Palm mit belegter Stimme fort. »Felicitas hatte sich in der Scheune erhängt, in der Frederiksen ihr Gewalt angetan hatte. Mein Bruder ist nie darüber hinweggekommen. Er hat nie geheiratet und sich Jahre später vom Dach eines Hauses gestürzt. Und Ihre Frau Mutter war zeitlebens diejenige, die dafür Sorge trug, dass niemand vergaß, was August Frederiksen getan hatte. Zumindest innerhalb der Menschen, die damals dabei gewesen sind und alles mitbekommen haben. Vermutlich wollte sie jedoch nicht, dass Sie als Ihre Söhne davon erfahren. Sie hat diesen Mann abgrundtief gehasst. Und Ihr Herr Vater verachtete ihn ebenso.« Der Bankier trank nun auch Georgs Glas restlos leer, stellte es geräuschvoll auf dem Tisch ab und sah die Brüder an. »Das ist also die traurige und doch wahre Geschichte um die Feindschaft Ihrer Eltern mit August Frederiksen.«

Robert atmete nun geräuschvoll aus. »Unglaublich, dass er nie dafür zur Rechenschaft gezogen wurde.«

»Im liebevollen Andenken an meinen Bruder habe ich stets versucht, das Bankhaus so zu führen, dass Frederiksen noch so viel Geld hierhertragen konnte und wir uns dennoch weigerten, ihn als Kunden zu akzeptieren. Und wenn ich von Geschäften mit ihm erfuhr, warnte ich diejenigen Herrschaften stets hinter vorgehaltener Hand, sich bitte genau zu überlegen, ob sie sich wirklich mit ihm einlassen wollten. Nun zu hören, dass ausgerechnet Ihre Frau und die Mutter Ihrer Töchter mit diesem Menschen lebt, stößt mich auf eine Art und Weise ab, die ich kaum in Worte fassen kann.«

Robert überlegte. »Wissen Sie, was schade ist?«

»Was denn?«

»So schockierend das alles damals war, ist es doch nichts, was uns heute irgendwie nutzen würde. Ich wüsste nicht, wie wir diese Geschichte einsetzen könnten, um Frederiksen zu schaden.«

»Da muss ich Ihnen leider recht geben. Einen üblen Ruf aufgrund seiner zweifelhaften Art, mit Menschen umzugehen, hat er ohnehin schon.«

»Und selbst wenn man einen wie ihn in aller Öffentlichkeit auf die Geschehnisse von damals ansprechen würde, hätte er dafür vermutlich nicht mehr als ein Schulterzucken übrig«, fügte Georg hinzu.

»Was ihm allerdings wehtäte, wäre, wenn ihm der Geldhahn zugedreht würde«, schien nun der Bankier von der Idee angesteckt, etwas gegen Frederiksen zu unternehmen.

»Aber wie soll das gehen? Sie sagten doch selbst, dass er nicht Kunde Ihrer Bank ist.«

»Wissen Sie, mir kam da eben ein Gedanke. Und genau genommen hat uns Frederiksen die Vorlage dazu geliefert.« Der Bankier grinste. »Zwar werden wir ihn dadurch vermutlich nicht in den Ruin treiben können. Doch wenn ich Sie richtig verstanden habe, plant Ihre Frau mit der Hilfe von August Frederiksens einen Feldzug gegen Sie?«

»Ja, das stimmt.«

»Wie wäre es nun, wenn wir den Vorfall bei den Ahrendsens zum Anlass nähmen, so viele Hamburger Geschäftsleute wie möglich anzusprechen und auf die Gefahr hinzuweisen, die von Frederiksen ausgeht? Hierbei sollten wir den Einfluss Ihrer Frau unbedingt unerwähnt lassen«, riet Palm. »Wir könnten es so darstellen, dass Frederiksen kein integrer Hanseat ist, sondern vielmehr versuchen will, so viele Geschäftsleute wie möglich aus ihren Geschäften zu drängen, um ihre Kunden zu übernehmen.«

»Der Aufwand wäre gewaltig«, gab Robert zu bedenken.

»Ja, zweifelsohne. Doch ich würde mich persönlich darum kümmern, immerhin all jene anzusprechen, die Kunden unseres Bankhauses sind. Und das sind eine ganze Menge. Nehmen wir nun noch Ihre Geschäftskontakte hinzu, die der Ahrendsens und der Petersens, so dürften wir schon ein recht großes Feld abdecken, meinen Sie nicht? Und da die Geschichte Empörung hervorrufen wird, dürfte sie sich noch schneller verbreiten.«

Robert grinste. »Sie sind ja ein echter Haudegen, lieber Palm. Ich gebe zu, dass ich Ihnen so etwas gar nicht zugetraut hätte.«

»Ach, wissen Sie, ich bin nun schon so viele Jahre der stets korrekte und ein wenig … tja, vermutlich sehen mich viele so: langweilige Bankier. Ich habe alles erreicht und mich immer pflichtbewusst um die Angelegenheiten unseres Bankhauses gekümmert. Nun, gegen Ende meiner beruflichen Laufbahn, ein bisschen auf den Busch zu klopfen, kann nicht schaden. Und da es um Frederiksen geht, so muss ich gestehen, hätte ich es schon viel früher machen sollen.«

Robert stand auf, woraufhin sich auch Georg und Palm erhoben. Robert reichte dem Bankier die Hand. »Herr Palm. Unser Gespräch, wenn auch unerfreulichen Inhalts, war mir ein echtes Vergnügen.«

Palm schüttelte Roberts Hand. »Möge der Mistkerl am Ende doch noch seine Strafe bekommen.« Er grinste. »Aber wenn mich jemand fragen sollte, habe ich das nie gesagt.«

Georg und Palm verabschiedeten sich ebenfalls voneinander. Dann verließen die Hansens das Büro. Bester Laune wünschten sie Fräulein Handtke noch einen guten Tag, bevor sie ins Kontor zurückkehrten, um so bald wie möglich einen gemeinsamen Termin mit den Petersens und den Ahrendsens abzusprechen. Und als Nächstes ließ Robert seinen Anwalt kommen, um unverzüglich die Scheidungsklage gegen Elisabeth vorbereiten zu lassen.

18. Kapitel

Die Nebenernte hatte im Mai begonnen, und nach der erforderlichen Verarbeitung der Bohnen war Anfang Juli die erste Schiffsladung mit frischen Kakaobohnen aus Kamerun in Hamburg eingetroffen. Die nächste Lieferung, so teilte Verwalter Begemann mit, dürfe Hamburg gegen Ende desselben Monats erwarten.

Auch wenn das Telegrafieren teuer war, nutzte Robert die seit Februar 1893 in Kamerun bestehende Telegrafenstation, um Begemann mitzuteilen, dass die Ware Hamburg sicher erreicht hatte. Es gab Robert ein gutes Gefühl, dass Nachrichten nun, selbst wenn man das Überbringen bis zur Plantage mit einrechnete, innerhalb weniger Tage übermittelt werden konnten. Dadurch war er, wie er fand, näher am Geschehen, das sich in Kamerun abspielte.

Durch den dieser ersten Lieferung beigelegten Brief Begemanns hatte er erfahren, dass es weitere schwere Aufstände gegeben hatte, jedoch die Region um die Plantage verschont geblieben war. Die deutschen Gesandten, die sich inzwischen mit aller Selbstverständlichkeit sämtliche Freiheiten nahmen, drangen immer weiter ins Binnenland vor und raubten mit roher Gewalt, was sie für sich beanspruchten. Menschenleben zählten hier nicht.

Als Robert das las, kamen ihm die Streitigkeiten mit Frederiksen, der in letzter Zeit durch die entschiedene Gegenwehr der Kaufleute Hamburgs schwere Verluste einzustecken gehabt hatte, lächerlich vor. Ganz abgesehen davon, so musste er sich eingestehen, war ihm der Kampf gegen Frederiksen im Lauf der vergangenen Wochen fast zu zeitaufwendig erschienen. Sicher waren die Verluste dieses Kerls erheblich, doch der durchschlagende Erfolg, auf den Robert und auch alle anderen gehofft hatten, war bisher ausgeblieben. Und Robert befürchtete, dass Frederiksen sich zähneknirschend etwas zurücknahm, um neue Kraft zu sammeln und dann zu einem Zeitpunkt, den weder er noch Petersen, Ahrendsen oder eine der anderen Kaufmannsfamilien erahnte, zurückzuschlagen. Robert war klar geworden, dass die Euphorie, mit der sie anfangs vorgegangen waren, so nicht aufrechtzuerhalten war. Also versuchte er zumindest, Elisabeth durch seinen Rechtsanwalt am Kochen zu halten und ihr so die Zeit zu rauben, neue Intrigen gegen ihn und seine Familie zu spinnen.

In der Familie Hansen drehte sich inzwischen alles nur noch um die bevorstehende Hochzeit am 22. Juli, die bereits in drei Tagen war. Robert hoffte inständig, dass alles reibungslos verlaufen würde und keine bösen Überraschungen auf Luise und Hans oder andere Familienmitglieder warteten.

Eine große Enttäuschung hatte sich gestern ergeben, als sein Bruder Karl und dessen Frau Therese ihre Teilnahme an der Hochzeit hatten absagen müssen. Luise hatte sich über die Maßen enttäuscht gezeigt, denn sie hatte gerade zu ihrem Onkel Karl stets ein überaus herzliches Verhältnis gehabt. Karl hatte seine Absage schriftlich mitgeteilt, sein übergroßes Bedauern ausgedrückt und dem Umschlag Geld beigelegt als Geschenk für das künftige Ehepaar. Irgendetwas, so fand Robert, hatte sich an Karls Verhalten verändert. Er konnte nur nicht sagen, was es war.

Vielleicht hatte es mit dem Streit zu tun, den Frederike und er gehabt hatten. Zumindest vermutete Robert, dass es einen solchen gegeben haben musste, da die Nichte vollkommen überraschend ohne vorherige Ankündigung heimgekehrt und in ihr altes Zimmer gezogen war. Er selbst hatte Frederike einige Male gefragt, weshalb sie so überraschend aus Wien zurückgekommen war, jedoch nur ausweichende Antworten erhalten. Dabei schien sie dort jemanden kennengelernt zu haben, da für sie regelmäßig Briefe von einem gewissen Anton Messinger eintrafen. Und soweit Robert wusste, schrieb sie stets zurück.

Mit der Heimkehr Frederikes, die fast zeitgleich mit der Rückkehr Georgs in die Hansen'sche Villa erfolgte, wurde es langsam, aber sicher voll im Haus, und Robert fragte sich, ob es wirklich eine gute Idee von Luise war, nach der Heirat auch noch mit ihrem Ehemann dort leben zu wollen. Zwar war Luise wirklich die Letzte, die er hätte vertreiben wollen. Aber allein durch die Tatsache, dass Richard nun auch mit seiner schwangeren Frau dort lebte und es Frederike und Luise nicht zuzumuten war, ein Zimmer zu teilen, während ein weiteres Schlafzimmer dafür herhalten musste, dass Vera und Georg nicht gezwungen waren, die Nächte zusammen zu verbringen, wurde es merklich eng. Und was sollte erst werden, wenn Luise auch in andere Umstände käme? Manchmal wünschte Robert sich die Zeiten zurück, da es still im Haus gewesen war und nicht immer und überall Menschen waren, die oft mehr schlecht als recht miteinander auskamen.

Erfreulich fand er allerdings, dass Vera über den Wiedereinzug ihres Ehemannes zwar nicht begeistert gewesen war, aber auch keinen echten Widerstand geleistet hatte. Und bei Empfängen, an denen sie alle nun regelmäßig teilnahmen, um wegen des Streits mit Frederiksen manch frisch geknüpfte Geschäftsbeziehung zu festigen, schien es Robert, als würde

Vera es durchaus begrüßen, ja fast sogar genießen, an der Seite ihres Mannes zu stehen, der reumütig und geläutert heimgekehrt war.

Robert war froh, dass zumindest die Vertragsverhandlungen hinsichtlich der ehelichen Einkommensverhältnisse nach der Heirat zwischen Luise und Hans abgeschlossen waren. Hans hatte sich ausgesprochen großzügig gezeigt. Das machte das Verhandeln mit reichen Menschen, die gut und gern auf das Geld anderer verzichten konnten, so angenehm. Es war ihnen meist egal, wenn sie etwas nicht bekommen sollten.

Nun war also geregelt, dass Luise im Falle des Ablebens ihres Vaters das Kontor selbst übernehmen könnte und ihr Ehemann Hans sie bei Entscheidungen lediglich beraten, nicht jedoch überstimmen dürfte. Sie sollte die Chefin sein und das Kontor so führen, wie sie es für richtig hielt. Allerdings hatte Hans auch keinerlei Verpflichtung, seiner Ehefrau im Falle eines drohenden Ruins des Hansen'schen Kontors mit finanziellen Mitteln auszuhelfen, um größeren Schaden abzuwenden.

Roberts Rechtsanwalt hatte Bedenken geäußert, ob diese, wie er es nannte, im Innenverhältnis geschlossene Vereinbarung im Außenverhältnis mit möglichen Gläubigern und Handelspartnern Bestand haben würde. Doch das schien Luise nebensächlich, da sie ohnehin nicht davon ausging, dass das Kontor jemals schlecht dastehen könnte. Sie hatte bekommen, was sie wollte: die notariell beglaubigte Zusicherung, das Kontor allein führen zu können, ohne dass Hans ihr wirklich dreinreden konnte, wenngleich die Unterschrift unter Verträgen immer noch von ihm als ihrem Ehemann geleistet werden musste. Aber das war nun einmal nicht zu ändern.

Robert klopfte an und steckte seinen Kopf herein. »Du bist ja doch hier im Kontor«, stellte er fest, »und nicht zu Hause, wegen all der Vorbereitungen?«

Luise sah von den Papieren auf.

»Bitte sei so nett und sprich mich nicht mehr auf diese Hochzeit an. Es gibt ja überhaupt kein anderes Thema mehr! Alle reden ständig aufgeregt durcheinander, und wenn ich noch ein einziges Mal Martha höre, wie sie sich über etwas auslässt, das ihrer Meinung nach *unbedingt* sein muss, werde ich wahnsinnig.«

Robert ließ sich auf den Besucherstuhl fallen. »Mir geht es nicht anders. Ich bin schon froh, wenn ich zu Hause den Weg durch den Flur zu meinem Schlafzimmer geschafft habe und die Tür hinter mir schließen kann.«

»Wem sagst du das!« Luise verdrehte die Augen. »Aber wir sind auch plötzlich so furchtbar viele im Haus. Ist das nicht eigenartig? Noch vor Kurzem war mir das Haus zu leer, und jetzt möchte ich manchmal gar nicht aus dem Kontor weg, wo ich meine Ruhe habe.«

»Genau diesen Gedanken hatte ich auch schon«, schmunzelte Robert. »Wenn ich dich schon nicht zu der Feierlichkeit befragen darf, kann ich dann wenigstens von dir erfahren, ob du aufgeregt bist?«

»Nicht mehr als bei jedem anderen Geschäft.«

Robert sah Luise überrascht an. »Weißt du, was du da gerade eben gesagt hast? Ich hoffe doch sehr, dass das ein geschmackloser Scherz gewesen sein soll.«

Luise überlegte kurz. »Was erwartest du denn von mir? Dass ich Liebe heuchle? Ganz unter uns: Ich verstehe mich mit Wilhelm Petersen wesentlich besser als mit meinem zukünftigen Ehemann. Er ist lustig und Hans nicht.«

»Und dennoch willst du die Ehe unter diesen Bedingungen eingehen?«

»Du warst es doch, der mich unbedingt dazu überreden wollte.« Es klang vorwurfsvoll.

»Ich dachte, du würdest noch Gefühle für ihn entwickeln,

wenn du ihn erst besser kennst und deine anfängliche Abneigung hinter dir lässt.«

»Nein«, erwiderte Luise. »Ich kann nicht sagen, dass ich Gefühle für Hans habe. Aber ich schätze ihn und gebe zu, dass es mir gefiel, wie er sich verhalten hat, als es darum ging, Mutter und diesem Frederiksen eins auszuwischen.«

»Manchmal, meine liebe Tochter, bist du mir etwas zu kalt geworden.«

»Weshalb? Weil mir nicht wie Martha wegen jeder Kleinigkeit die Tränen kommen? Oder ich nicht so melancholisch bin wie Frederike, die sich, nach der großen Liebe schmachtend, drei Viertel des Tages in ihrem Zimmer einschließt?«

»Möchtest du nicht wenigstens versuchen, dich auch zu verlieben? Ich denke, wenn du es einfach nicht zulassen willst, könntest du es irgendwann bereuen.«

»Dann sollten wir rasch noch alles absagen und mir einen anderen Ehemann suchen.«

»Bitte, Luise, deine Scherze so kurz vor der Hochzeit mag ich gar nicht.«

»Bitte verzeih. Ich wollte nicht so wirken, als wäre mir alles einerlei.«

»Na, dann will ich mal wieder in mein Büro hinübergehen und weiterarbeiten.« Robert stand auf. »Fahren wir gegen fünf gemeinsam nach Haus?«

»Gern, Vater.«

»Gut. Dann hole ich dich hier ab.«

»Ja, tu das.«

Robert ging, und Luise war erleichtert, als er die Tür von außen schloss.

Sie fühlte sich elend. Die Hochzeit rückte immer näher, und sie wurde fast wahnsinnig bei dem Gedanken, mit Hans nicht nur geschäftlich, sondern vor allem auch körperlich vereint zu sein. Sie hatte es sich weder bei ihrem Vater noch bei ihrer Schwester oder den anderen Verwandten anmerken lassen, doch sie wollte am liebsten laut schreien. Innerlich tat sie es bereits jeden verdammten Moment seit dem Abschied von Kamerun. Immer wieder musste sie an die Plantage und an Hamza denken. Nach all den Jahren stand da wieder die Frage im Raum, weshalb er an jenem Morgen, da sie gemeinsam hatten fliehen wollen, nicht gekommen war. War ihm womöglich doch etwas zugestoßen? Sie schalt sich selbst eine Närrin, denn sie wusste ja aus den Briefen Begemanns, dass Hamza sich bester Gesundheit erfreute und seine Stellung auf der Plantage offenbar gut zu festigen gewusst hatte.

Sie hatte mit ihrem Vater nicht mehr darüber gesprochen, ob dieser eventuell in Erwägung zog, Begemanns Vorschlag zu folgen und Hamza eines Tages nach Hamburg kommen zu lassen, um ihn hier im Kontor in die Lehre zu schicken. Allein bei dem Gedanken daran, dass dies geschehen könnte und Hamza dann jeden Tag in ihrer Nähe wäre, wurden ihr die Knie weich.

Auch wenn sie ihrem Vater gegenüber die Kühle und Gelassene spielte, brodelte doch ein Vulkan der Leidenschaft in ihr, der nur niemals zum Ausbruch kommen durfte. Hamza und sie trennten nicht nur Kontinente, sondern Welten. Und es war töricht von ihr, ausgerechnet jetzt, wo ihre Hochzeit bevorstand, Gedanken an den früheren Geliebten zuzulassen, statt diesen Einhalt zu gebieten.

Selbst wenn Hamza damals einen guten Grund gehabt hätte, nicht zum vereinbarten Treffpunkt zu kommen, um mit ihr in die englischen Kolonien zu fliehen, wäre es dennoch hoffnungslos, einen weiteren Gedanken an ein mögliches Zusammensein zu verschwenden.

Nur noch drei Tage, dann würde sie jeden Abend an der Seite von Hans Petersen einschlafen und am Morgen wieder aufwachen müssen. Allein die Vorstellung ließ Übelkeit in ihr aufsteigen. Am schlimmsten fand sie seinen Geruch. Sein

Körper war ja schon furchtbar, so dünn und käsebleich, doch je näher sie ihm beim Sprechen kam, desto unangenehmer wurde für sie auch sein Mundgeruch. Deshalb wandte sie sich des Öfteren einfach ab, bevor die Übelkeit zu heftig wurde, oder bat ihn unter einem Vorwand, sich dieses oder jenes anzusehen, nur um seinem schlechten Atem zu entgehen.

Luise legte die Hände aufs Gesicht und sprach ein leises Gebet, dass der Herrgott ihr helfen möge, das alles mit Contenance zu ertragen.

In den nächsten zwei Tagen verkroch Luise sich noch mehr im Kontor als sonst. Sie hatte inzwischen festgestellt, dass sie sich mit ihrem Onkel Georg immer besser verstand, der sich aktiv in die Geschicke des Kontors einbrachte, ohne irgendwelche Forderungen zu stellen. Luise tat er durchaus leid, denn er würde die Position, die ihm als ältestem Bruder zustand, wegen seines damaligen Fehlverhaltens nie wieder erlangen können. Ihn selbst jedoch schien das nicht zu stören, vielmehr versprühte er stets gute Laune und Optimismus, scherzte mit den Kolleginnen und Kollegen und hatte immer einen heiteren Spruch auf den Lippen, was ihn zu einem wirklich angenehmen Zeitgenossen machte. So war er nicht immer gewesen, und Luise fragte sich, ob der Herrgott ihn durch die Zeit der Prüfungen geführt hatte, damit er erkennen konnte, wer er wirklich war.

Unweigerlich fragte sie sich dann, ob sie selbst den wahren Wert des Lebens und ihrer Person wohl noch herausfinden würde und eines Tages mit einem milden Lächeln zurückblicken und feststellen könnte, dass das, was sie getan hatte, richtig gewesen war.

Als der *große Tag,* wie alle ihn nannten, gekommen war, wollte Luise ihr Bett am liebsten gar nicht verlassen. Sie fühlte sich elend und krank und glaubte nicht die Kraft zu haben aufzustehen.

»Ich fürchte, ich habe Fieber«, jammerte Luise, als Martha, die schon in aller Frühe herübergekommen war, um der Schwester beim Ankleiden zu helfen und die Zeit bis zur Trauung mit ihr zu verbringen, sich an ihr Bett setzte.

Martha befühlte Luises Stirn. »Du hast ganz sicher kein Fieber. Deine Temperatur ist völlig normal.«

Luise rollte sich zusammen. »Aber es geht mir überhaupt nicht gut. Und ich bin müde. Ich kann heute nicht aufstehen, Martha! Bitte sei so lieb und sage allen, dass die Hochzeit nicht stattfinden kann. Bestimmt finden wir einen anderen Termin.«

»Jetzt drehst du wohl völlig durch!« Mit einem Ruck zog Martha ihr die Decke weg, weshalb Luise ihr Kissen unter dem Kopf hervorzog und damit ihren Körper zu bedecken versuchte.

»Jetzt hör mit dem Theater auf!«, schimpfte Martha. »Du hast höchstens ein bisschen Angst vor deinen ehelichen Pflichten. Das ist vollkommen normal, das hatte ich auch. Doch es ist nicht so schlimm, wie du denkst.«

Luise kniff die Augen zusammen, presste sich das Kissen vor den Mund und schrie. *Nicht so schlimm, wie sie dachte?* Was redete Martha da nur? Sie konnte es der Schwester nicht sagen, aber Luise hatte die Liebe längst erlebt. Echte Liebe, die zu Hamza. Und es war wundervoll gewesen, wenn sie sich geliebt hatten. Nein, sie würde es nicht ertragen, von Hans auf die gleiche Weise berührt zu werden.

Luise nahm das Kissen von ihrem Gesicht herunter und sagte: »Ich werde es nicht tun.« Es klang wie eine Entscheidung.

»Doch, wirst du. Und jetzt steh endlich auf und zieh dir etwas über. Du musst etwas essen, damit du den Tag durchstehst.«

»Hörst du mir jetzt bitte zu, Martha! Ich will diesen Tag überhaupt nicht durchstehen. Ich möchte entweder einfach hier in meinem Bett liegen bleiben oder mir etwas anziehen und so weit fortlaufen, wie ich nur kann.«

Martha strich ihr die Haare aus dem Gesicht. »Aber, Luise, das ist ja tatsächlich nicht mehr als Scherz gemeint! Du willst ihn tatsächlich nicht heiraten, ist es so?«

»Ja, ich kann es einfach nicht.« Luise konnte die Tränen nicht mehr zurückhalten. »Ich weiß, dass es falsch war, der Heirat zuzustimmen. Es war falsch, falsch, falsch! Und nun wird es jede Menge Ärger geben, weil wir die Hochzeit absagen müssen. Ich werde zum Gespött der Leute werden. Und Hans ebenso. Dabei hat er mir überhaupt nichts getan. Er ist nur … er ist … er ist eben Hans.«

»Aber das kannst du doch nicht machen! Halb Hamburg wird heute in die Kirche kommen und Zeuge sein, wenn ihr euch das Jawort gebt.«

»Halb Hamburg wird in der Kirche sitzen und *darauf warten,* dass das geschieht«, korrigierte Luise. »Doch sie werden umsonst warten.«

»Ich weiß nicht, ob du dir einen Scherz mit mir erlauben willst, Luise. Doch ich sage dir, wenn du es auch nur eine Sekunde ernst meinen solltest, dann finde ich dein Verhalten empörend. Die Hochzeit ist seit Monaten geplant, und es gab genügend Gelegenheiten, es dir noch einmal zu überlegen. Hans das jetzt anzutun, ist das Gemeinste, was ich mir vorstellen kann.«

»Ich weiß ja, dass du recht hast«, gestand Luise ein. »Du hast so schrecklich recht mit allem, was du sagst. Aber ich weiß einfach nicht mehr, was ich tun soll. Ich habe mich dazu hinreißen lassen, diese Entscheidung zu treffen, weil ich sonst womöglich alles, was ich im Kontor aufgebaut habe, verloren hätte. Alles, Martha! Ich brauche einen Mann, sonst wird eines Tages der Zeitpunkt kommen, da mir nichts mehr bleibt.«

»Und genau diesen Fall hast du doch mit Hans geklärt. Du hast alles bekommen, was du wolltest. Oder gibt es etwas, das du ihm vorwirfst und weshalb du ihn jetzt nicht mehr heiraten willst?«

»Nein.« Luise setzte sich auf. »Nichts.«

»Dann ist das, was du jetzt vorhast, unverantwortlich. Du würdest es sicherlich bereuen, solltest du wirklich in Erwägung ziehen, die Hochzeit abzusagen.«

»Aber einen Mann zu heiraten, den man nicht liebt, nicht mal ein kleines bisschen, kann doch auch keine Lösung sein.«

»Ach, weißt du, ich habe Ludwig weiß Gott nicht genommen, weil ich mir keinen Besseren hätte vorstellen können. Es war auch eher so, dass gewisse Dinge auf Wunsch seines Vaters geregelt werden sollten und die Frau, na ja, wohl eher das Mädchen, mit dem er angebandelt hatte, nicht mehr gesellschaftsfähig war.«

»Und erst da kamst du ins Spiel?«

»Es war naheliegend.«

»Weshalb war es naheliegend? Ich verstehe kein Wort.«

Martha seufzte. »Eigentlich hatte ich vor, es dir nie zu sagen. Ich wollte es überhaupt niemandem sagen. Und du versprichst mir gefälligst, es für dich zu behalten.«

»Ich verspreche es.«

»Es war Frederike.«

Luise blieb der Mund offen. »Frederike? Unsere Cousine Frederike? Du hast ihr den Mann weggenommen?«

»Ich habe ihn ihr nicht weggenommen. Sein Vater hat entschieden, dass wegen des Eklats um Georg und des Verlusts seiner Position von dieser Seite mit nichts mehr zu rechnen wäre. Und er hatte ja recht. Denk nur daran, wie erfolgreich ich die Angelegenheit aufgeklärt habe, als Ludwig und Maximilian hereingelegt wurden, und die Sache durch meinen Einsatz aufgeflogen ist.«

»Durch *deinen Einsatz,* ja? Korrigiere mich, wenn ich falschliege, aber war nicht vielmehr ich diejenige, die sich die Hände aufgeschürft hat, als sie das Tor hochgeklettert ist und die Kerle dabei beobachtete, wie sie die Fässer austauschten?«

»Du oder ich, das ist doch einerlei. Wir sind schließlich Schwestern.«

Luise musste das Gehörte erst einmal verdauen. »Aber Frederike hat ihn damals wirklich geliebt. Das hat sie mir selbst erzählt.«

»Das hat sie dir erzählt?«, echote Martha überrascht.

»Sie hat keinen Namen genannt. Bis eben hatte ich keine Ahnung, dass sie von Ludwig gesprochen hat. Aber ja, sie hat ihn aufrichtig geliebt. Es hat ihr das Herz gebrochen, dass sie durch diese ganze Misere nicht seine Frau werden konnte.«

»Na, immerhin hat sie ja jetzt einen gefunden, dem sie schreibt. Dumm zwar, dass er in Wien lebt und sie hier ist, doch das hat sie sich ja selbst so ausgesucht.«

»Du kannst wirklich schrecklich herzlos sein.«

Martha stand vom Bett auf und zuckte die Schultern. »Also, was ist jetzt? Ziehst du dir etwas über und kommst mit mir nach unten zum Frühstück?«

»Ja, ich komme«, sagte Luise folgsam, die von dem Gedanken an die bevorstehende Hochzeit abgelenkt war. Frederike und Ludwig also. Was für eine Qual musste es für die Cousine gewesen sein, wenn sie bei Familienfeiern still zusehen musste, wie der Mann, den sie liebte, Martha umarmte und beide das Kind herzten, das sie gemeinsam gezeugt hatten.

Luise beschloss, künftig netter zu Frederike zu sein. Diese hatte wahrlich schon einiges durchgemacht, und seit sie aus Wien zurück war, hatte sie sich sogar noch mehr in sich zurückgezogen als früher. Vielleicht würde es Luise gelingen, sie aus ihrer melancholischen Stimmung zu holen, wenn sie sich mehr mit ihr beschäftigte.

Es klopfte an der Tür, und auf Luises Aufforderung steckte Trude den Kopf ins Zimmer. »Entschuldigen Sie bitte. Ich weiß, es ist der denkbar ungünstigste Zeitpunkt. Doch da ich weiß, dass Sie ohnehin gleich dorthin gehen, habe ich Anna gefragt, was ich tun soll. Weil Sie doch heute heiraten und es dann so unschön ist, wenn …«

»Trude! Kannst du bitte einfach sagen, was du zu sagen hast?«, rief Luise ungehalten.

»Cäsar, Ihr Kaninchen, ist tot.«

19. Kapitel

Es regnete, als hätte der Himmel alle Schleusen geöffnet, als Luise die St.-Nikolai-Kirche betrat.

Alle erhoben sich, als die Musik einsetzte und Robert seine Tochter gemessenen Schrittes zum Altar führte. Vorn wartete Hans auf sie, und mit jedem Schritt, den sie auf ihn zu machte, wuchs der Wunsch in ihr, sich vom Arm ihres Vaters loszureißen und in die entgegengesetzte Richtung davonzulaufen.

In Gedanken war sie bei Cäsar, dem sie heute Morgen eigenhändig mit einer Schaufel ein Grab im Garten gebuddelt hatte. Hugo hatte ihr diese Aufgabe abnehmen wollen, doch Luise lehnte ab. Das Kaninchen war das Letzte, was ihr von ihrem verstorbenen Großvater geblieben war. Und jetzt war es ebenfalls tot. Tot und in der Erde verscharrt, ganz so, als hätte es Cäsar nie gegeben.

Luise kamen die Tränen bei dem Gedanken an das tote Tier, und eilig wischte sie sich übers Gesicht. Bestimmt glaubten die Gäste, sie weine vor Rührung, weil sie gleich den Mann heiraten würde, den sie angeblich liebte. Wie lächerlich.

Luise schritt weiter voran, bis Robert ihre Hand aus seiner Armbeuge nahm und in die von Hans legte. So standen sie da.

»Wir haben uns heute hier versammelt, um diese Frau und diesen Mann …«

Luise hörte nicht mehr zu. Alles schien wie im Traum an ihr vorbeizuziehen. Ihr Blick fiel auf die Blumen, die am Altar standen. Hatte Hans diese vielen Rosen bestellt? Luise drehte den Kopf. Rosen und nichts als Rosen, wohin man sah. Bestimmt hatten sie ein Vermögen gekostet. Oder war es womöglich ihr Vater gewesen, der die Rosen bezahlt hatte? Fast war sie in Versuchung, ihn zu fragen, doch sie besann sich. Später würde sie ihn ganz sicher noch darauf ansprechen, denn sie fand die Verschwendung, die sich in den vielen Blumen ausdrückte, geradezu unerhört. Um eine solche Menge edler Blumen zu bezahlen, musste man, wenn man die Ernte- und Verarbeitungszeit einrechnete, bestimmt drei Säcke Kakaobohnen pflücken, verarbeiten, trocknen, in Säcke packen, auf einen Karren laden, vom Karren auf das Schiff und dann nach Hamburg bringen. Das war doch Wahnsinn und stand vom Aufwand her in keinem Verhältnis.

»Luise«, flüsterte Hans und stieß sie leicht von der Seite an.

»Was? Wie bitte?«

Der Pastor nickte ihr zu. »Dann frage ich dich noch einmal: Willst du, Luise Marie Hansen, den hier anwesenden Hans Erivan Petersen zu deinem Ehemann nehmen, ihn lieben und ehren und ihm treu sein, bis dass der Tod euch scheidet?«

»Ja?« Es klang, als versicherte Luise sich mit ihrer Antwort, das Richtige gesagt zu haben.

Der Pastor wandte sich nun Hans zu. »Und willst auch du, Hans Erivan Petersen, die hier anwesende Luise Marie Hansen zu deinem Eheweib nehmen? Willst du sie schützen, lieben und ehren und ihr treu sein, bis dass der Tod euch scheidet?«

»Ja!«

»Die Ringe, bitte.«

Martha trat mit Eduard heran, der eine kleine Schatulle in seinen Händen hielt, in der sich auf einem roten Samtkissen die Ringe befanden. Hans nahm den kleineren heraus und steckte ihn an Luises Ringfinger, dann tat sie es ihm nach, und beide wandten sich wieder dem Pastor zu.

»Dann erkläre ich euch hiermit zu Mann und Frau. Sie dürfen die Braut jetzt küssen.«

Hans beugte sich zu Luise, und sie musste dem Impuls widerstehen zurückzuweichen. Er drückte ihr einen Kuss auf den Mund, was augenblicklich ein Ekelgefühl bei Luise hervorrief. Dann reichte er ihr glücklicherweise den Arm, sodass sie nebeneinander die Kirche verließen und Luise nicht mehr gezwungen war, derart nah an seinem Gesicht zu sein.

Es regnete noch immer in Strömen, und Schirmträger eilten herbei, damit das frischgebackene Ehepaar trockenen Fußes zur Kutsche gelangte. Luise und Hans stiegen ein, und sofort trieb der Kutscher die Pferde an.

»Einen solchen Regen haben wir sonst selten im Juli.«

»Meine Großmutter hat immer gesagt: Scheint die Sonne auf die Braut, wird sie glücklich.« Luise zog eine Grimasse. »Nicht gerade ein toller Anfang, was?« Sie bemühte sich, es fröhlich klingen zu lassen, bereute aber sofort, den Gedanken, der ihr als Erstes durch den Kopf geschossen war, ausgesprochen zu haben.

»Bevor ich es vergesse: Hast du eigentlich die ganzen Rosen bezahlt?«

»Welche Rosen?«

»Die Rosen dort drin in der Kirche.«

»Ich habe überhaupt nicht auf irgendwelche Rosen geachtet«, gab er zu. »Bestimmt war das mein Onkel.«

»Aha.«

Damit war scheinbar alles gesagt, denn bis sie die Villa erreichten, sprachen sie kein Wort mehr miteinander.

Stunden später, als die Feier endlich ein Ende gefunden hatte und die letzten Gäste gegangen waren, glaubte Luise, sich vor Müdigkeit kaum noch auf den Beinen halten zu können. Sie war froh, als sie sich endlich in ihr Zimmer zurückziehen konnte, das sie von nun an mit Hans teilen würde.

Martha hatte ihr eigens für diesen Anlass ein Nachthemd geschenkt, das über gerade so viel Seide und raffiniert eingesetzte Spitze verfügte, dass es alles verbarg, jedoch genug Raum für Fantasien ließ. Luise nahm es mit ins Badezimmer, wusch sich und zog es dann über. Sie sah wirklich hübsch darin aus, wenngleich es sie störte, dass Hans vermutlich denken würde, sie hätte es seinetwegen gekauft.

Als sie wieder ins Zimmer kam, war Hans gerade dabei, seine Hose auszuziehen.

»Oh, entschuldige bitte.«

»Du musst dich nicht entschuldigen, wenn du in den Raum trittst, während ich mich gerade ausziehe«, stellte Hans fest. »Schließlich sind wir jetzt verheiratet.«

Luise erwiderte nichts, sondern beeilte sich, auf die rechte Seite des Bettes zu gelangen und unter die Decke zu kriechen.

Hans zog seine restlichen Sachen aus und trug nun nur eine Unterhose. Gerade wollte er sich hinlegen, da fragte Luise: »Willst du dir nicht die Zähne putzen? Im Bad steht ein Becher bereit mit einer ganz neuen Zahnbürste.«

»Ja, natürlich.« Er wandte sich um und ging hinaus.

Na, wenigstens würde er zumindest eine Weile einen frischen Atem haben, dachte Luise, als sie sich zudeckte.

Rascher als gedacht kam Hans zurück, was Luise fast zu der Bemerkung verleitet hätte, dass es aber für eine gründliche Zahnreinigung recht schnell gegangen sei. Doch sie schluckte die Bemerkung hinunter. Schließlich war es nicht besonders klug, jeden Gedanken auszusprechen, den der andere leicht in den falschen Hals bekommen könnte.

Luise löschte das Licht ihrer Nachttischlampe, und Hans tat es ihr gleich.

»Dann eine gute Nacht«, sagte Luise und drehte sich sofort auf die rechte Seite und ihm damit den Rücken zu.

Kurz tat sich nichts, dann tippte Hans ihr zweimal auf die Schulter. »Wir müssen die Ehe noch vollziehen, damit sie auch gültig ist«, gab er zu bedenken.

»Ach ja, richtig.« Luise gab sich alle Mühe, es nicht so klingen zu lassen, als stünde ihr mit dem, was nun folgen würde, etwas Schreckliches bevor. Sein Atem roch schon wieder nicht gut, dabei war sogar noch ein Hauch des Zahnpulvers mit dem Mentholöl wahrzunehmen.

Hans machte sich an Luises Nachthemd zu schaffen und schob es dann über ihre Hüften hinauf. Sie tastete zögerlich nach seinem Glied, doch der Ekel, der sich in ihr ausbreitete, schien fast unüberwindlich.

Eine Weile fassten sie sich gegenseitig an, dann stützte Hans sich auf den Unterarmen ab und legte sich auf sie. Er hatte einige Schwierigkeiten, den richtigen Winkel zu finden, um in sie eindringen zu können. Zum Glück blieb der Schmerz, den Luise erwartet hatte, aus.

Hans bewegte sich eine Weile auf ihr, während Luise den Kopf zur Seite drehte, um den aus seinem offenen Mund strömenden Atem nicht riechen zu müssen. Dann zuckte Hans einige Male, und seine Körperspannung ließ nach. Sofort rollte er sich von ihr herunter.

»Gute Nacht, Luise.«

»Gute Nacht, Hans.« Luise drehte sich wieder auf die rechte Seite. Martha hatte recht behalten: So schlimm, wie sie befürchtet hatte, war es zum Glück nicht gewesen.

Eine Woche nachdem Cäsar gestorben war, lag auch Frederikes Kaninchen morgens tot im Gehege. Frederike war untröstlich, was Luise überraschte, immerhin hatte ausschließlich sie sich all die Jahre um die Kaninchen gekümmert. Gemeinsam hatten sie das Tier zu Grabe getragen und waren eine Weile an der Stelle verweilt, an der nun alle vier Kaninchen der Hansen-Kinder ihre letzte Ruhe gefunden hatten.

Luise hatte ihr Vorhaben, sich mehr um Frederike zu kümmern, in die Tat umgesetzt und diese immer öfter ins Kontor mitgenommen. Allerdings hatte dies zu gewissen Konflikten mit Richard geführt, der murrte, weil er selbst eher weniger anspruchsvolle Tätigkeiten ausführen musste, während Frederike direkt mit Luise arbeitete und damit dem Rang nach um einiges über ihm stand. Luise wusste, dass es nur eine Frage der Zeit wäre, bis Richard zu seinem alten Anspruchsdenken zurückkehren und Ärger machen würde – ganz so, wie er es immer getan hatte.

In der letzten Zeit waren die Hansens immer häufiger zu Gesellschaften eingeladen worden, bei denen die Familie dann harmonisch Seite an Seite stand und Richard mit gewissem Druck sogar seine Frau Elsa dazu gebracht hatte, sich ins Bild zu fügen.

Luise bestand darauf, Frederike jedes Mal mitzunehmen, und hoffte inständig, dass sie neben dem Mann aus Wien, diesem Anton Messinger, dem sie regelmäßig schrieb, jemanden kennenlernen würde, den sie sympathisch fand. Und tatsächlich schienen sich seit dem Zeitpunkt, da Georg in die Familie zurückgekehrt war und nach außen hin Seite an Seite mit Robert stand, des Öfteren wieder junge Herren für Frederike zu interessieren. Doch zu Luises Bedauern verhielt sich Frederike meistens äußerst schroff und vergraulte mögliche Bewerber schon nach den ersten Momenten.

Luise glaubte, dass Frederike vielleicht einfach Zeit brauchte, wenngleich sie sich schon manchmal wunderte, wie viel Zeit das wohl sein mochte. Vor allem aber fragte sie sich, ob es möglich war, dass Frederike Ludwig noch immer liebte. Ihm war von der früheren Verbindung zu ihr bei Zusammenkünften nichts anzumerken. Wenn man Frederike jedoch ein bisschen besser kannte, so wie Luise es tat, fielen einem diese kurzen Momente auf, in denen sie verstohlen zu dem Mann ihrer Cousine hinübersah oder den kleinen Eduard mit einem Blick musterte, als fragte sie sich, ob ihr eigenes Kind wohl auch so ausgesehen hätte, wäre sie Ludwigs Frau geworden.

Martha ging in den Monaten nach dem Skandal mit dem Berliner Horstmann und dem Gerede darüber voll und ganz in ihrer Rolle auf. In den darauffolgenden Wochen gab es nicht eine einzige Gesellschaft, wo der schwere Betrug an ihrem Ehemann und Schwager nicht Thema gewesen wäre und Martha nicht immer noch ein kleines Detail dazuerfand, um die Geschichte zur vollsten Zufriedenheit ihrer Zuhörerinnen und Zuhörer zu gestalten.

Ludwig und Maximilian Ahrendsen waren seit dem Vorfall besser im Geschäft als je zuvor. Der Betrug hatte den Effekt gehabt, dass es nun geradezu ein Muss für die Hoteliers und Lokalbetreiber war, ihre Spirituosen von den Ahrendsens zu beziehen, die offenbar so gut im Geschäft waren, dass ein Berliner alles darangesetzt hatte, sie zu verdrängen. Der hanseatische Zusammenhalt war allerorts spürbar geworden und hatte gewisse Energien freigesetzt, von denen auch das Hansen-Kaffeekontor profitierte.

Vor einigen Tagen war eine telegrafische Nachricht von Sigmund Leffers aus Kamerun eingetroffen, der den Hansens berichtete, dass die Unruhen im Land, die im März des Jahres 1893 ihren Höhepunkt erreicht hatten, nun offenbar nachließen. Ähnlich hatte sich auch Heinrich Begemann in seinem letzten Brief geäußert. Es schien, als würde die deutsche Kolonie in Kamerun endlich ruhigeren Zeiten entgegengehen.

Luise hoffte sehr, dass es so blieb, fürchtete jedoch, dass die Einsicht zur Milderung des noch immer im Land befindlichen Kanzlers Leist und seines Assessors Wehlan kein Dauerzustand war.

Es war September geworden, und Luise ging wie immer ihrer Arbeit im Kontor nach. Sie musste heute etwas früher mit ihrer Arbeit fertig werden, denn am Nachmittag wurde in der Villa die Schneiderin erwartet, die den Damen des Hauses einige Entwürfe vorstellen und sie neu ausstatten wollte.

Es klopfte, und im nächsten Moment steckte ihr Vater seinen Kopf zur Tür herein. »Ich wollte dir nur Bescheid geben, dass die Lieferung aus Kamerun eingetroffen ist.«

»Danke, Vater, ich komme gleich. Ich möchte das hier nur eben fertig machen.«

Robert schmunzelte und öffnete die Tür ein Stück weiter. »Aber die Lieferung ist dieses Mal von besonderer Qualität«, kündigte ihr Vater an und gab im nächsten Moment den Blick auf Hamza frei, der hinter ihm gestanden hatte und nun zusammen mit Robert in ihr Büro trat.

»Guten Tag, Luise.«

Luise verschluckte sich und hustete, fast meinte sie, keine Luft mehr zu bekommen. Ihr Vater eilte zu ihr und klopfte ihr auf den Rücken. »Um Himmels willen, Luise!«

»Es geht schon wieder«, röchelte sie und sah dann auf. Sie hatte Mühe, das Zittern zu unterdrücken, als sie um den Schreibtisch herumging und auf Hamza zutrat.

»Guten Tag, Luise«, sagte der Kameruner nochmals höflich und nickte ihr zurückhaltend zu.

Luise schluckte schwer, als sie ihm die Hand entgegenstreckte, und hoffte, dass ihre Stimme nicht versagen würde. »Guten Tag, Hamza.«

»Was für eine förmliche Begrüßung für zwei Menschen,

die in Kamerun echte Freunde waren«, wunderte sich Robert. »Luise, ich dachte, du würdest laut aufjubeln, wenn ich dir die Überraschung präsentiere. Hamza wird bei uns hier im Kontor in die Lehre gehen.«

Luise wusste nicht, wie sie sich verhalten sollte. Sie fühlte sich so überfordert, dass ihr fast die Tränen kamen. »Ich freue mich, und wie sehr ich mich freue. Es ist nur so lange her.« Sie sah Hamza an. »Herzlich willkommen hier bei uns in Hamburg, Hamza.« Noch immer schüttelte sie ihm die Hand und lächelte dabei gequält. Wie sollte sie diesen Moment nur überstehen?

»Danke sehr, Luise. Ich kann gar nicht sagen, wie sehr ich mich über diese Ehre und die damit verbundene …«, er zögerte, suchte nach dem richtigen Wort, »Wertschätzung freue.«

»Hamza, Hamza, du hast ja schon damals sehr gut Deutsch gesprochen«, sagte Robert anerkennend. »Aber heute wirkt es fast so, als sei es deine Muttersprache.«

»Vielen Dank. Das ist sehr freundlich.« Hamza nickte Robert zu.

»Was meinst du, Luise, willst du Hamza nicht gleich alles zeigen?« Robert wandte sich an Hamza. »Und zur Feier des Tages wirst du heute Abend bei uns in der Villa zu Gast sein, Hamza. Du wirst mit der Kutsche von deinem Zimmer, das hier ganz in der Nähe ist, abgeholt und dann zu uns in die Villa gebracht. Ich hoffe wirklich, dass du dich hier in Hamburg wohlfühlen wirst.«

»Danke sehr!« Hamza zeigte beim Lächeln seine weißen Zähne.

Luise betrachtete den Mann, in den sie sich damals in Kamerun so unsterblich verliebt hatte. Es war eigenartig, ihn hier zu sehen, mitten in ihrem Büro und wie ein Traumbild, bei dem nichts zusammenzupassen schien. Hamza gehörte hier einfach nicht her. Der Anzug, den er trug, sah wie eine Verkleidung aus. Seine ganze Art wirkte vollkommen anders als damals in Kamerun. Fast war es, als wäre er ein fremder Mann.

Oder lag es an ihr, hatte sie sich in den letzten Jahren so sehr verändert, dass nun keine Verbindung mehr zwischen ihnen existierte? Luise räusperte sich. Sie musste sich jetzt unbedingt zusammennehmen. »Komm, Hamza, ich werde dich im Kontor herumführen.«

»Sehr gut«, befand Robert. »Stell Hamza bitte jedem vor, den du triffst, und erwähne auch gleich, wie verbunden wir ihm dafür sind, was er in Kamerun für uns geleistet hat.«

»Das werde ich, Vater.«

»Gut. Dann sehen wir alle uns nachher.« Als er an Luise vorbeiging, sagte er leise: »Na, ist mir die Überraschung gelungen?«

»Ja«, erwiderte Luise. »Und wie!«

Robert lächelte und ließ die beiden dann allein. Eilig bat Luise den Kameruner, mit ihr zu kommen. »Ich werde dir alles zeigen. Also, dies ist, wie du ja siehst, mein Büro. Hier arbeite ich. Komm, gehen wir hinaus.« Sie lief an ihm vorbei zur Tür. Hamza machte keine Anstalten, jetzt, wo sie allein waren, ein persönliches Wort an sie zu richten.

»Komm, Hamza«, bat Luise noch einmal und ging mit ihm auf Fräulein Schreiber zu. »Dies ist Fräulein Schreiber, unsere Sekretärin. Fräulein Schreiber, darf ich Ihnen Hamza vorstellen? Er hat sich durch besondere Verdienste für uns in Kamerun hervorgetan und wird nun bei uns im Kontor in die Lehre gehen.«

Fräulein Schreiber sah von ihrem Arbeitsplatz zu ihm auf. »Wir haben uns eben schon begrüßt, als Ihr Herr Vater uns einander vorgestellt hat«, erwiderte sie. Die Abneigung, die die Sekretärin Hamza entgegenbrachte, war fast mit Händen zu greifen.

»Nun gut, dann gehen wir weiter«, sagte Luise. »Hier oben sind unsere Büroräume, in denen wir uns um die Papiere kümmern, Rechnungen verbuchen und solche Dinge. Komm, gehen wir nach unten.«

Hamza blickte sich in alle Richtungen um, sagte aber kein Wort, sondern nickte nur ein ums andere Mal. Gemeinsam gingen sie die Treppe nach unten, wo Luise Hamza mit der weiteren Einrichtung vertraut machte, und bogen dann zu den Lagerhallen ab. Alles, was sie ihm erklärte, schien er aufzusaugen wie ein Schwamm. Er staunte, ließ sich alles genau erläutern und begrüßte ausgesprochen freundlich jeden Menschen, den Luise ihm vorstellte. Es dauerte fast zwei Stunden, bis sie alles gesehen hatten und Luise Hamza zu Roberts Büro führte.

»Vater«, sagte sie, nachdem sie angeklopft hatte und eingetreten war, »ich habe Hamza jetzt alles gezeigt, sodass er sich zumindest zurechtfinden kann. Alles andere wird sich erst nach und nach finden. Würdest du so freundlich sein und ihm zeigen, wo er wohnen wird?«

»Mit dem größten Vergnügen«, antwortete Robert zu Luises Erleichterung, die unbedingt vermeiden wollte, mit Hamza in dessen Unterkunft allein zu sein.

»Dann werde ich mich für den Moment verabschieden«, kündigte Luise an und reichte Hamza die Hand. »Noch einmal herzlich willkommen. Schön, dass du da bist. Wir sehen uns dann heute Abend zum Essen.«

»Vielen Dank, Luise.«

»Bis später«, sagte sie noch, dann ging sie direkt in ihr eigenes Büro. Sie schloss die Tür hinter sich und lehnte sich mit geschlossenen Augen dagegen. Sie zitterte, und schließlich gaben ihre Beine nach. Sie glaubte, jeden Moment ohnmächtig zu werden, und ließ sich langsam am Türblatt hinuntergleiten. Später wusste sie nicht, wie lange sie dort auf dem Boden gesessen hatte, bis sie sicher war, ihre Glieder so weit wieder unter Kontrolle zu haben, dass sie ihr gehorchten.

Sie stand auf, ging hinüber zum Schreibtisch, legte irgendwelche Papiere auf einen Stapel und verließ dann ihr Büro. Sie nickte Fräulein Schreiber nur zu, sagte aber nichts, als sie an ihr vorbeiging. Ihr war einerlei, wie die Sekretärin ihr Verhalten finden mochte.

Luise trat vor das Kontor, und obwohl die Fahrt mit der Kutsche bis zur Villa knapp zwanzig Minuten dauerte, trat Luise den Heimweg zu Fuß an. Sie brauchte dringend frische Luft.

Wie mechanisch trugen ihre Beine sie voran. Später hätte sie nicht mehr zu sagen gewusst, wie lange sie tatsächlich unterwegs gewesen war, nicht einmal, ob sie den gleichen Weg wie sonst genommen hatte. Alles zog wie durch einen Schleier an ihr vorbei. Es war ihr nicht möglich, auch nur einen einzigen klaren Gedanken zu fassen. Immer wieder ging ihr durch den Kopf, was das Auftauchen Hamzas in Hamburg für sie bedeutete. Und es war ja nicht nur ein kurzer Besuch – Hamza würde die nächsten Jahre hier leben, sie würden sich täglich sehen. Fast beruhigte es sie, dass nichts von den alten Gefühlen für ihn übrig zu sein schien. Als sie ihn angesehen hatte, war da nichts Vertrautes gewesen, nichts von dem, was sie früher so leidenschaftlich verbunden hatte. Der Hamza, den sie aus Kamerun kannte, war nicht identisch mit diesem Mann, der in schlecht sitzender Hose und zerknittertem Jackett heute in ihrem Büro gestanden hatte.

Luise war zum Heulen zumute, denn sie hatte das Gefühl, dass ihr sein Erscheinen den letzten kleinen Rest des diffusen Traums von einem Leben in Kamerun genommen hatte. Auch wenn dieser Mann sie so sehr enttäuscht hatte, war es für sie doch die schönste Zeit ihres gesamten Lebens gewesen. Und ganz tief in ihr hatte wohl bis zum heutigen Tage eine vage Hoffnung wie ein noch nicht ganz erloschenes Flämmchen geglüht, dass es irgendwann wieder so sein könnte. Doch nun spürte sie, dass es vorbei war. Da war nichts mehr, und die Hamburger Sonne, die auf ihre Haut brannte, vermochte ihren Körper nicht im Mindesten zu wärmen.

»Du bist aber früh da«, begrüßte Frederike sie, als Luise die Villa betrat. »Die Schneiderin kommt frühestens in einer Stunde.«

»Mir ist nicht ganz wohl«, erwiderte Luise. »Ich wollte mich noch ein bisschen hinlegen.«

»Ah, gut, dann weiß ich Bescheid. Trude ist oben noch mit den Zimmern beschäftigt. Soll ich ihr sagen, dass sie deines später machen soll?«

»Das kann ich selbst tun«, wehrte Luise ab. »Wir sehen uns nachher.« Sie schleppte sich mit schweren Schritten die Stufen hinauf und ließ sich dann in ihrem Zimmer einfach aufs Bett fallen. Trude bekam sie gar nicht zu Gesicht, vermutlich war die gerade in einem anderen Zimmer beschäftigt.

Luise lag nur wenige Minuten, ehe sie in einen tiefen Schlaf fiel, aus dem sie erst durch ein Klopfen an der Tür aufschreckte. Sie glaubte, gerade erst die Augen geschlossen zu haben, als Frederike zögernd ihr Zimmer betrat.

»Was ist denn?«

»Die Schneiderin«, sagte Frederike. »Wir anderen sind schon alle fertig. Möchtest du, dass sie auch noch zu dir kommt, oder sollen wir das lieber verschieben?«

»Wie spät ist es denn?«

»Fast halb fünf. Du hast über drei Stunden geschlafen!«

Luise setzte sich auf. »Ich werde mir ein anderes Mal neue Kleider bestellen. Sagst du ihr das bitte?«

»Ja, natürlich.« Frederike ging so leise wieder hinaus, wie sie hereingekommen war.

Luise blieb noch eine Weile auf der Bettkante sitzen, dann stand sie mühsam auf, ging ans Fenster und öffnete es. Es war ein herrlicher Spätsommertag, augenblicklich drang warme Luft herein. Luise jedoch rieb sich fröstelnd die Arme. Sie fror, als wären es zwanzig Grad unter null.

»Ich trinke auf Hamza, der den weiten Weg von Kamerun auf sich genommen hat, um bei uns in Hamburg zu lernen und zu arbeiten. Wir haben dir sehr viel zu verdanken, Hamza, und jeder hier freut sich aufrichtig, dich in unserer Mitte zu wissen.« Robert hob das Glas, und alle anderen am Tisch taten es ihm gleich. »Auf Hamza!«

»Auf Hamza!«, kam die Antwort der anderen wie aus einem Mund.

Es wurde ein guter Abend, wenngleich Luise ihrer Tante Vera deutlich anmerkte, wie abfällig sie Hamza immer wieder musterte. Sie sah ihn genauso an, wie sie Luise ansah, wenn diese sich versehentlich beim Essen bekleckert hatte.

Zwar waren alle Familienmitglieder mit Hamzas Ausbildung in Hamburg einverstanden gewesen, doch Luise wusste, dass seine Anwesenheit dennoch nicht allen gefiel. Einzig Frederikes Interesse an Hamza und dessen Leben in Kamerun schien echt, und ihre Fragen zu den Lebensgewohnheiten seines Stammes schienen ehrlich gemeint zu sein.

Es war bereits nach halb elf, als Robert den Kutscher Hugo anwies, Hamza zu dessen möbliertem Zimmer zu fahren.

Die nächsten Wochen beherrschte vor allem der arbeitsreiche Alltag das Leben der Hansens. Hamza fügte sich gut in seine neue Umgebung ein, und Luise hatte den Eindruck, dass ihm das Lernen und die Arbeit im Kontor große Freude bereiteten.

In der Woche zuvor hatte Elsa einem gesunden Mädchen das Leben geschenkt, und Luise fand, dass die junge Frau seither deutlich zugänglicher im Umgang mit der Familie war. Womöglich hatte sie erst jetzt das Gefühl, wirklich dazuzugehören, da sie die Familie Hansen um ein Kind bereichert hatte.

Frederike kümmerte sich rührend um die kleine Marie, die Richard und Elsa nach seiner Großmutter benannt hatten.

Wann immer Elsa es zuließ, beschäftigte Frederike sich mit dem Baby, trug es umher oder wiegte es in den Schlaf.

Da plötzlich, wie aus heiterem Himmel, legte sich auf einmal wieder der schwere Schatten aus der Vergangenheit über die Familie: Am Tag zuvor war überraschend Elisabeth, Luises und Marthas Mutter, in der Villa aufgetaucht und hatte Robert um ein Gespräch gebeten, das dann im Arbeitszimmer geführt wurde.

Es war kurz ausgefallen.

Robert berichtete Luise später, dass ihre Mutter den Wunsch geäußert habe, die Situation zwischen ihnen allen zu bereinigen. Dem hatte Robert grundsätzlich zugestimmt. Doch ihre Bitte, das Scheidungsverfahren einzustellen, hatte er kategorisch abgelehnt. Im weiteren Verlauf des Gesprächs hatte er dann herausgehört, dass es zwischen Elisabeth und ihrem Gönner August Frederiksen nach all dem, was der Hamburger Kaufmannsbund zusammen mit Bankier Palm gegen ihn in die Wege geleitet hatte, offenbar nicht zum Besten stand. Seine Noch-Ehefrau hatte sich Robert geradezu angedient, hatte ihm sogar angeboten, wieder zu ihm und damit in den Kreis der Familie Hansen zurückzukehren. Robert hatte größte Mühe gehabt, die Verachtung, die er für sie empfand, nicht gar zu deutlich zu zeigen. Den Vorschlag jedoch hatte er rundweg abgelehnt.

Ihre darauf folgende Ankündigung oder besser gesagt: die Drohung, dass ihm dies noch sehr leidtun werde, hatte er mit einem Schulterzucken quittiert.

Allerdings konnte er sich der Realität natürlich nicht verschließen, dass ihm Elisabeths Verschlagenheit und die Ankündigung, dass sie alles daransetzen würde, ihnen auch künftig zu schaden, große Sorgen bereitete. Doch da er wusste, dass er es ohnehin nicht würde verhindern können, fasste er den

Entschluss, sich erst dann wieder damit zu beschäftigen, wenn sich das nächste konkrete Problem stellte.

An diesem Abend war Hamza wieder einmal in der Villa zum Essen zu Gast. Roberts Ankündigung, sich nach dem opulenten Mahl noch die Beine vertreten und im angrenzenden Park spazieren gehen zu wollen, hatte Luise aufgegriffen und wollte ihn begleiten, woraufhin auch Hamza fragte, ob er mitkommen könne.

So schlenderten die drei mit ruhigen Schritten durch den Park, während sich die anderen Familienmitglieder auf ihre Zimmer begaben.

»Und, Hamza? Wie fällt dein Resümee der letzten Wochen aus?«

»Resümee?«, wiederholte der Kameruner fragend.

»Wie es dir bisher hier in Hamburg gefallen hat, möchte mein Vater wissen«, erklärte Luise schmunzelnd.

»Es ist wunderschön hier«, antwortete Hamza nun lächelnd. »Ich vermisse meine Familie und die Farben Kameruns. Aber ich habe hier so viel gelernt, und jeden Tag werde ich noch …«, er suchte nach dem passenden Wort, »noch schlauer.«

»Mir fehlt Kamerun auch«, gestand Luise.

»Ach ja?«, hakte ihr Vater nach. »Ich hatte schon fast das Gefühl, du hättest damit abgeschlossen.«

»Kamerun wird immer ein Teil meines Lebens sein, das ist mir klar geworden«, sagte Luise. »Doch mir ist auch bewusst, dass es nur eine schöne Erinnerung ist.«

»Ein trauriger Gedanke«, meinte Robert.

»Ja, das ist wohl so.«

»Was wirst du tun, Hamza, wenn deine Lehre hier eines Tages beendet ist?«

»Darüber habe ich auch schon nachgedacht«, sagte Hamza. »Doch ich weiß es noch nicht. Ich hatte andere …«, wieder suchte er nach dem richtigen Wort, »andere Vorstellungen, als ich hierherkam.«

»Und welche waren das?«

Hamza blickte zu Boden. »Ich bin mir nicht sicher. Es ist einfach alles ganz anders, als ich glaubte.«

Robert zog seine Taschenuhr hervor. »Oh, so spät schon. Wir sollten langsam zurückgehen. Morgen erwartet uns wieder viel Arbeit.«

»Ich würde gern noch bleiben«, sagte Luise. »Oder hast du etwas dagegen, Vater?«

»Ich werde auf Luise achtgeben«, bot Hamza an.

»Wenn das so ist, dann habe ich nichts dagegen. Aber bleibt nicht mehr zu lange.«

»Ist gut. Gute Nacht, Vater.«

»Gute Nacht.« Robert machte kehrt und ging zum Haus zurück.

Bisher hatte Luise es stets vermieden, mit Hamza allein zu sein. Doch seine Bemerkung, dass er andere Erwartungen an Hamburg gehabt hatte, hatte sie neugierig gemacht.

»Welche Vorstellungen über Hamburg hattest du denn?«, fragte sie ihn sogleich, als ihr Vater kaum einige Meter von ihnen entfernt war.

Hamza drehte sich kurz um, prüfend, ob Robert sie noch hören konnte. »Du bist hier ganz anders, als du es in Kamerun warst«, gab er ohne Umschweife zu. »Ich dachte, ich würde dich kennen. Doch so ist es hier nicht.«

Luise ging noch einen Moment neben ihm her, dann blieb sie stehen. »Warum bist du damals nicht gekommen?«

Hamza senkte den Blick. »Meine Schwester Nila ist in der Nacht gestorben, als wir zusammen fortgehen wollten.«

»Was?« Luise starrte ihn schockiert an. »Davon wusste ich ja gar nichts! Ich schwöre dir, Hamza, davon hatte ich nicht die geringste Ahnung.« Sie suchte seinen Blick. »Es tut mir so leid.«

»Es war ein Unfall«, sagte Hamza, und sie gingen weiter. »Sie hat einen Ochsenkarren geführt, und der ist vom Pfad abgekommen. Sie hat noch versucht, den Karren zu stützen, doch das Tier fand schließlich keinen Halt mehr, hat den Karren einige Meter mit sich hinabgerissen und Nila unter sich begraben. Als wir sie fanden, hat sie noch gelebt. Ich bin zu ihr hinabgeklettert, und wir hatten es schon fast geschafft, den Karren wieder aufzurichten, da kippte er noch einmal um. Sie starb in meinen Armen in jener Nacht.«

»Mein Gott, Hamza, hätte ich das doch nur gewusst!«

»Ich habe mir das Bein gebrochen, als ich ihr zu helfen versuchte. Deshalb habe ich dich nicht mehr rechtzeitig erreicht. Ich habe noch gesehen, wie das Schiff abgelegt hat. Doch ich konnte nichts mehr tun.«

Wieder blieb Luise stehen, und auch Hamza hielt inne. Sie machte einen Schritt auf ihn zu und umarmte ihn. »Es tut mir so leid. Das alles tut mir leid.« Sie ließ ihn los, und wieder liefen sie nebeneinander her.

»Danke.«

»Aber ich habe doch deinen Vater an dem Morgen noch gesehen«, erinnerte sie sich. »Er hat nicht ein Wort darüber verloren, was sich ereignet hatte. Ich habe ihm nicht das Geringste angemerkt.«

»Es betraf euch nicht«, erklärte Hamza schlicht.

Sie kamen an einem quer liegenden Baumstamm vorbei, auf den Luise sich nun setzte und auf die freie Stelle neben sich klopfte. »Komm, setz dich zu mir.«

Hamza folgte, und eine Weile saßen sie nur so nebeneinander, ohne dass einer von ihnen ein Wort sprach.

»Also wolltest du an jenem Morgen kommen?«

»Ja, Luise, das wollte ich. Ich war verzweifelt, als ich das Schiff ablegen sah und wusste, dich für immer verloren zu haben.« Zögernd griff er nach Luises Hand, und sie ließ ihn gewähren.

»Ich habe all die Jahre geglaubt, du hättest es dir anders überlegt.«

»Du hättest es besser wissen müssen«, entgegnete Hamza, und in seinen Worten schwang ein leiser Vorwurf mit.

Luise wollte protestieren, doch dann sagte sie: »Ja, vermutlich hast du recht. Ich hätte es besser wissen müssen.«

Eine Weile schwiegen sie.

»Ich habe vor einiger Zeit eine Botschaft von Raimund Leffers erhalten«, erzählte Hamza. »Erinnerst du dich noch an ihn?«

»Aber natürlich. Wir wollten uns mit ihm und Suna an jenem Morgen treffen und gemeinsam fortlaufen.«

»Sie haben es gut getroffen«, berichtete Hamza weiter. »Suna und Raimund haben eine Zeremonie vollziehen lassen und leben nun als Mann und Frau in der englischen Kolonie. Viele glauben zwar, dass Suna nur für Raimund kocht und den Haushalt führt, aber zumindest lässt man sie in Ruhe, und sie sind zusammen.«

»Ich beneide die beiden.«

»Ja, ich auch«, sagte Hamza.

»Und du? Bist du auch verheiratet?«

Hamza schüttelte den Kopf. »Ich hatte dir gesagt, dass mein Herz nur für dich schlägt und ich mit dir zusammen sein wollte. Und daran habe ich mich gehalten.«

Luise spürte, wie sich ihr die Brust zuschnürte. »Ich dachte, du wärst einfach nicht gekommen«, versuchte sie zu erklären.

»Ich werfe dir nichts vor, Luise. Es ist eben so, wie es ist.« Er hielt ihre Hand in seiner, streichelte zärtlich über ihre Finger. »Liebst du deinen Mann?«

»Hans? Nein!« Es klang fast, als ärgerte sie sich darüber, dass Hamza dies auch nur einen Moment lang annehmen könnte.

Eine Weile blieben sie noch so sitzen, dann kehrten sie zum Haus zurück, und Hugo brachte Hamza heim.

An diesem Abend fand Luise keinen Schlaf. Zu viele Gedanken gingen ihr durch den Kopf. Hamza war nicht fortgeblieben, er hatte kommen wollen! Er hatte sich sogar noch schwer verletzt zum Strand geschleppt. Doch sie hatte es nicht mehr bemerkt.

Luise wälzte sich neben Hans von einer Seite auf die andere, dann stand sie schließlich auf. Seinen Geruch konnte sie heute noch schwerer ertragen als sonst.

Sie zog sich ihren Morgenmantel über, ging nach unten und dann über die Terrasse hinaus in den Garten. Auch wenn es nicht so warm war wie in Kamerun, konnte sie die milde Luft des schwächer werdenden Sommers genießen.

Das Gespräch mit Hamza hatte sie aufgewühlt. All die Fragen, was gewesen wäre, wenn … Alles ging ihr nun wieder im Kopf herum.

Luise ahnte bereits, dass dieser eine Abend ihre gesamte Welt wieder ins Wanken bringen konnte.

20. Kapitel

Es wurde Herbst und dann Winter, und immer regelmäßiger trafen Luise und Hamza sich, um miteinander zu reden und möglichst viel Zeit zusammen zu verbringen.

Für Luise war es eine glückliche Zeit, obgleich sie stets darauf achtete, Berührungen, und seien sie auch noch so zufällig, zu vermeiden.

Vor vier Tagen war ein Brief aus Kamerun eingetroffen, in dem Begemann mitteilte, dass Hamzas Vater Malambuku am Fieber erkrankt sei. Seitdem machte Hamza sich große Sorgen. Jedoch verblieben Robert und er zunächst so, dass sie erst abwarten wollten, ob sich Malambukus Zustand wieder besserte, und dass Begemann sie telegrafisch über alles auf dem Laufenden halten sollte, was Malambuku betraf. Immerhin war der Brief fast einen Monat unterwegs gewesen, und Robert hatte daraufhin sofort Begemann telegrafiert und am gestrigen Tag eine Antwort erhalten. Offenbar hatte sich Malambukus Zustand bereits gebessert, auch wenn er noch nicht ganz wiederhergestellt war. Das Telegramm war erst am späten Nachmittag im Kontor der Hansens eingetroffen, und Hamza war bereits nach Hause gegangen. Also beschloss Luise, ihn aufzusuchen, um ihm die gute Nachricht gleich zu überbringen.

Sie hatte Hamzas möbliertes Zimmer nie zuvor betreten und war etwas gehemmt, als er ihr die Tür öffnete und sie über die Schwelle trat.

»Luise, ist etwas geschehen?«

»Ja, ich habe gute Nachrichten. Deinem Vater geht es schon wieder besser.«

»Wirklich?«

Sie hielt ihm das Telegramm hin, nahm es aber sogleich wieder an sich, als ihr bewusst wurde, dass er es nach wenigen Wochen Unterricht im Lesen und Schreiben noch nicht würde lesen können.

»Ja. Meist sind bei solchen Erkrankungen die ersten Tage entscheidend, die längst vergangen sind. Malambuku ist noch nicht wieder so kräftig wie früher, doch es wird jeden Tag besser. Du musst dir, so denke ich, keine Sorgen mehr machen.«

Hamza umarmte Luise. »Ich danke dir, dass du gleich gekommen bist.«

»Habe ich gern getan. An deiner Stelle wäre ich krank vor Sorge gewesen. Ich kann mir gut vorstellen, wie du dich gefühlt haben musst.«

Sie setzten sich zusammen auf das Sofa im Zimmer.

»Dennoch habe ich für mich bereits die Entscheidung getroffen, meine Ausbildung hier demnächst zu beenden und nach Kamerun zurückzukehren.«

Luise sah ihn entgeistert an. »Nein! Warum denn nur, Hamza?«

Hamza seufzte. »Hamburg ist nicht meine Heimat, Luise. Das, was ich im Kontor lernen darf, ist wichtig für meine Zukunft und die meines Landes. Doch es ist nicht mehr das Gleiche, weil ich jetzt weiß, dass wir niemals zusammen sein können. Ich werde heimgehen und bei meinem Stamm leben.«

»Aber es war doch immer dein größter Wunsch, eine Lehre

in einem Kontor des Deutschen Reichs zu absolvieren, um so deine Möglichkeiten auszuschöpfen.«

»Ja, das stimmt. Doch mir ist inzwischen klar geworden, dass es nicht das Leben ist, das mir vorbestimmt ist.«

»Aber ich will nicht, dass du wieder gehst! Ich möchte, dass du bleibst, wenigstens so lange, bis du deine Ausbildung beendet hast und etwas vorweisen kannst. Du hättest damit viel mehr Möglichkeiten als jetzt!«

»Es ist nicht leicht für mich, Luise.«

»Weil du deine Familie zu sehr vermisst?«

»Nein, weil ich dich jeden Tag sehe und doch nicht bei dir sein darf. Hätte ich gewusst, dass du geheiratet hast, hätte ich niemals das Angebot angenommen, hierherzukommen.«

»Ach, Hamza.« Sie rückte näher an ihn heran. »Was sollen wir denn nur tun?«

»Ich weiß es nicht, Luise.«

Sie nahm seine Hand. »Ich will dich nicht noch einmal verlieren.«

»Ich habe dich verloren, nicht du mich«, erklärte er traurig.

Luise suchte seinen Blick. Sie wusste, dass es falsch war, absolut falsch, aber sie konnte nicht anders, als sanft ihre Finger unter sein Kinn zu legen, es leicht anzuheben und ihn auf den Mund zu küssen. Ganz behutsam, ganz zart, ganz und gar voller Zärtlichkeit.

Hamza ließ es geschehen, erwiderte den Kuss aber nicht. »Ich kann den Gedanken nicht ertragen, dass er dich berühren darf.«

»Hans und ich sind verheiratet, doch wir sind keine Liebenden«, erwiderte Luise, wenngleich sie ihrer Pflicht als Ehefrau einmal die Woche nachkam, wie Hans es von ihr erwartete. Doch das sagte sie Hamza nicht.

Hamza sah sie einen Moment lang an, dann umfasste er ihre Taille. »Wenn ihr keine Liebenden seid, sind wir es dann?«

Luises Atem ging schneller. »Ja«, brachte sie mit einem leisen Keuchen hervor, »ja, wir sind Liebende.«

Er zog sie zu sich heran und küsste sie. Erst sanft, dann immer fordernder. Schließlich stand er auf, hob sie auf seine Arme und trug sie zum Bett hinüber. Behutsam legte er sie hin und betrachtete sie voller Liebe, während er das Hemd von seinen muskulösen Schultern gleiten ließ.

In Luises Blick lag Begierde, als sie ihn ansah. Seine dunkle Haut, diese starken Arme. Sie wollte diesen Mann. Sie wollte ihn mit jeder Faser ihres Körpers.

Sie knöpfte ihre Bluse auf und streifte sie ab. Hamza öffnete seine Hose, ließ sie zu Boden fallen und legte sich zu Luise auf das Bett.

Zärtlich und fordernd zugleich erkundeten sie den Körper des anderen, wurden immer leidenschaftlicher und liebten sich schließlich so wild, so hemmungslos und so voller Lust, dass Luise wünschte, es würde niemals enden.

Als sie ging, verabschiedete sie sich mit einem langen Kuss von ihrem Geliebten und nahm ihm das Versprechen ab, in Hamburg und bei ihr zu bleiben. Hamza willigte schließlich ein, auch wenn sie beide wussten, dass der Pfad, auf den sie sich begaben, unweigerlich in den Abgrund führen würde. Doch sie konnten nicht anders, als ihn zu beschreiten.

* * *

Hamburg, Februar 1894

Luise ließ den Brief sinken, den Begemann mit der letzten Lieferung an das Kontor gesandt hatte. Erst jetzt galten die Erkenntnisse in Kamerun als gesichert, dass es am 15. Dezember des vergangenen Jahres zu einem Aufstand von Dahomey-Soldaten gekommen war, der das Ziel gehabt hatte, Gouvernements-Kanzler Heinrich Leist zu töten und die deutsche Herrschaft in der Kolonie zu beenden.

Die Aufständischen waren durch den Besitz moderner Karabiner, Schnellladekanonen und sogar einiger Maschinengewehre und auch durch den Überraschungsangriff den Deutschen im ersten Moment überlegen gewesen. Dennoch war es ihnen nicht gelungen, das deutsche Verwaltungspersonal festzusetzen, das sich im Gouverneursgebäude verschanzt hatte.

Bei diesem Überfall war der Assessor Riebow durch einen Schuss in die Brust getötet worden. Es war nicht ganz klar, ob dies beabsichtigt oder doch eher ein Versehen gewesen war, weil man ihn mit Leist verwechselt hatte.

Mit Unterstützung der Regierungsdampfer *Nachtigal* und *Soden* war es den Deutschen schließlich gelungen, die Belagerung durch die Dahomey einen Tag später zu beenden und die festgesetzten Deutschen zu evakuieren.

Zwar war der Widerstand der Dahomey weiterhin ungebrochen. Doch nach einem Einsatz des deutschen Kanonenboots *Hyäne,* das den Bereich um die Jossplatte unter Beschuss nahm, und als Landungskommandos des Boots zusammen mit Polizeisoldaten die Stellungen der Rebellen stürmten und einen Großteil festnahmen, flüchteten die Aufständischen in den umliegenden Urwald. Diejenigen, die dennoch gefasst werden konnten, waren hingerichtet und die Frauen zur Zwangsarbeit verurteilt worden.

Luise seufzte. Wann immer sie solche Nachrichten las, fiel es ihr schwer, die Bilder, die hierbei in ihrem Kopf entstanden, mit all dem in Einklang zu bringen, was sie in Kamerun erlebt und wie sie das Land in Erinnerung hatte.

»Es ist schlimm, nicht wahr?« Robert nahm ihr den Brief ab.

»Man kann kaum erahnen, wie groß das Leid sein muss, das die Menschen dort durch uns Deutsche erfahren.«

»Wir wissen nicht, was wirklich geschehen ist«, relativierte Robert. »Zwar will ich gern glauben, dass dieser Leist alles andere als ein guter Mensch ist, doch es gab auf beiden Seiten Tote, und ich vermag nicht zu ermessen, wessen Schuld größer ist.«

Luise hatte dazu eine andere Meinung als ihr Vater, doch das sagte sie ihm nicht. Sie ging zum Fenster und blickte hinaus.

»Ich werde nun wieder nach drüben gehen. Denkst du daran, dass am Freitag die Gesellschaft bei den Palms stattfindet? Mir ist wichtig, dass wir vollzählig erscheinen.«

»Selbstverständlich, Vater.«

»Sag, Luise, geht es dir denn gut? Du siehst ein bisschen blass aus.«

»Eine kleine Unpässlichkeit«, entgegnete sie leichthin und legte die Hand auf den Bauch. »Das Rebhuhn von gestern Abend war wohl gar zu mächtig.«

»Dass du mir nur nicht krank wirst!«

»Aber nein. Ich doch nicht.«

Robert verabschiedete sich von ihr und ging hinaus, während Luise weiter am Fenster stehen blieb, hinaussah und dabei die Hand auf ihrem Leib ruhen ließ. Ganz bestimmt war nicht das Rebhuhn schuld, dass sie sich, wie schon in den letzten Tagen, auch an diesem Morgen übergeben hatte. Sie befand sich noch ganz am Anfang ihrer Schwangerschaft, vermutlich war sie im zweiten Monat. Es würde noch ein wenig dauern, bis sich ihr Leib wölben und damit auch ihrer Umgebung signalisieren würde, dass ein Kind in ihr heranwuchs.

Noch hatte Luise Zeit, sich darauf vorzubereiten. Noch. Doch es würde der Tag kommen, da sie sich dem Schicksal stellen musste.

Sie hob den Kopf, sah in den Hamburger Regen hinaus und lächelte.

Sie war bereit.

Printed in Poland
by Amazon Fulfillment
Poland Sp. z o.o., Wrocław

76590921R00188